NV

A-10奪還チーム 出動せよ

スティーヴン・L・トンプスン
高見 浩訳

早川書房

6539

RECOVERY
by
Steven L. Thompson
Copyright © 1980 by
Steven L. Thompson
Translated by
Hiroshi Takami
Published 2009 in Japan by
HAYAKAWA PUBLISHING, INC.
This book is published in Japan by
arrangement with
J. DE. S. ASSOCIATES, INC.
through JAPAN UNI AGENCY, INC., TOKYO.

すべてのきっかけをつくってくれたメリーに

感謝の言葉

軍事・科学技術面での二人の助言者の知識と体験と洞察力がなかったなら、本書は決して書かれ得なかっただろう。F・クリフトン・ベリー・ジュニア中佐（アメリカ陸軍、退役）とハーバート・O・ヘスター少佐（アメリカ空軍、退役）は、本書の筋立てをフィクションの枠内《わくない》で可能なかぎり現実に立脚したものにすべく、惜しみない努力を傾けてくれた。その成果は本書自体が物語っているだろう。

そうした公式の援助に加えて、本書は多くの方々の貴重な助力にも支えられた。なかでもデイヴィッド・エイブラハムスン、リーアン・マンデル、マイケル・ジョーダン、テッド・ウェストの諸氏にはひとかたならぬお世話になった。わが友人にしてリテラリー・エイジェントであるジャック・ド・スペールバークの名前も落とすわけにはいかない。彼の叱咤《しった》激励がなかったなら、移り気で怠惰な著者は決してこの物語を完成できなかったにちがいない。

その他有益な援助をたまわった方々の名をすべて列記しようとすれば、いくらページがあっても足りないくらいだが、いまはただ、本書を仕上げる過程で著者のためにタイプし、電話し、調査し、テストし、草稿を読み、著者を終始鼓舞激励してくれたすべての人々に感謝するとのみ記すにとどめておこう。彼らの努力を実らせ得たか否かは読者のみが判断できようが、私としては彼らにいくら感謝しても感謝し足りないと思っている。

一九七九年三月十八日

カリフォーニア、サン・ペドロにて

スティーヴン・L・トンプスン

著者覚え書

本書はフィクションであり、登場する人物、展開される事件、いずれも完全に著者の想像の産物である。が、ストーリーの根幹をなす設定のいくつかは、つい最近まで機密扱いにされていた多くの事実に基づいている。たとえば、東ドイツのポツダムに駐在するアメリカ合衆国軍事連絡部の起源と職務が初めて公《おおやけ》にされたのは、一九七五年九月九日に、武器管理軍縮委員会の報告書が機密指定から除かれたのがきっかけであった。また、本書に登場する〝ジーザス・ボックス〟は、軍用機における人間と機械の完全な結合をめざす〝脳波誘導〟システムの研究・開発からヒントを得たものだが、アメリカ空軍が現実にその種の兵器の開発に関心を抱いていることは、《エイヴィエーション・ウィーク＆スペース・テクノロジー》誌の一九七九年一月二十九日号で、初めて詳細に報道された。それよりわずか五カ月前の一九七八年九月三日には、恐るべき性能を持つA‐10をさらに高性能な地上攻撃機に発展させるべく、高度のエレクトロニクスを駆使した全天候型の〝A−10サンダーボルトII〟を製造する意向を公式に認めた報道機関向け文書が、メーカーのフェアチャイルド・リパブリック社によって発表されていることもつけ加えておく。

東西ドイツ国境地帯
東ドイツ
マカラック機の
不時着地点
キリッツ
ヴェルベン
ハーフェルベルク
ヴルカウ
クレーセン
フリーザック
オランニエンブルク
ヘルテフェルデン
ナウエン
ラーテノウ
アメリカ
軍事連絡部
東ベルリン
ツァッホー
ハーフェル川
トレベルゼー
西ベルリン
ゲンティーン
ブランデンブルク
ポツダム
E8号線

ハンブルク
エルベ川
E15号線
西ドイツ
ヴェンデマルク
ゼーハウゼン
ファルケンベルク
ザルツヴェーデル
レンガースラーゲ
オスターブルク
A-10
ランデヴー・ポイント
ケンシールスベルク
ボイツェンハーゲン
ソ連軍ミグ25基地
ヴァーレンホルツ
シュテンダル
レツリンガー・ハイデ
エーデミッセン
ヴォルフスブルク
A-10
前進基地
エルベ川
ヘルムシュテット

A‐10奪還チーム 出動せよ

登場人物

マックス・モス……………………アメリカ軍事連絡部〈奪還チーム〉のメンバー
アイク・ウィルスン………………同メンバー。マックスの相棒
ナブズ・ピアース…………………同整備担当主任
ジャック・マーティン……………アメリカ軍事連絡部指揮官
オールドリッチ……………………同ナンバー・ツー
バズ（ソーヤー）・マカラック……A－10Fのパイロット
ルー・デヴォー……………………アメリカ空軍人事担当下士官
グスタフ・ホーナック……………イギリス空軍基地航空部隊補給班主任
エリック・モス……………………マックスの父親。退役アメリカ陸軍少将
ギゼラ・コッホ……………………エリックの昔の恋人
ヨハンナ（ハンジ）・コッホ……ギゼラの娘
ルディー・グラーザー……………コッホ母子の監視人
クリスティー………………………マックスの元恋人
カール・シュタッヘル……………東ドイツ人民警察（ヴォポ）の軍事課報部長
ミューラー…………………………シュタッヘルの部下
ユーリ・コシュカ…………………GRU（ソ連国防軍参謀本部情報総局）大佐
コリャーチン………………………コシュカの筆頭副官
ヴァーニャ…………………………コシュカの部下

プロローグ　一九六三年

すさまじい寒気にさいなまれ、ネーリンゲンに至る道路に突き当たって、彼はとうとう立ち止まった。低くたれこめた空から吹きおろす寒風が、傷口をかきむしる。がむしゃらな逃避行もそこまでだった。激しく息をはずませながら、雑草の生い茂る土手道に彼はうずくまった。気温が急降下するにつれて、脚の痛みがいやました。

それでも、人気《ひとけ》のないその道に倒れこまずにすんだのは、厳しい訓練のたまものだった。苦痛のあまり思考力は鈍っていたし、体は寒さで麻痺《まひ》していた。ただ無性に休みたかった。が、数年にわたる猛訓練のつちかった本能が、彼を先へ先へと駆りたててきたのだった。

しばらくして荒い呼吸がおさまると、彼はまた足を踏みだした。ふらつきながら細い田《い》舎道《なかみち》を進みつつも、視線は、よろめく足の前方にひたと据えられていた。

彼は石ころを集めだした。左脚を曲げずに、上体を突っぱったまま腰を折って、丸い石、長方形の石、四角い石を拾い集めた。どれもほぼ同じ大きさ、卵大だった。両腕いっぱいになったところで、落日の余光に照らされた道の前後を見わたした。西に進むとネーリンゲン、東に進むとノッセンドルフだ。鉄のように堅く踏みならされた小道で結ばれた、東ドイツの二つの寒村。

その道は、オランダの農村の道のように、灌漑《かんがい》用水路にはさまれていた。北方には、彼が通り抜けてきた鬱蒼《うっそう》たる森林が見える。それは、約五〇キロ彼方《かなた》のバルト海までつづいていた。南方の、刈り株の残っている凍《い》てついた畑と運河の彼方には、全東ドイツ領が広がっている。そちらの方角にはこれ以上進めない。

さしこむような痛みに思わずよろめいたものの、すこしたつと胸の鼓動も落ち着いた。道の両側に注意深く目をこらした。四メートルほど前方で、暗渠《あんきょ》が道路の下を貫通している。その錆《さ》びついた鉄管の口の周囲には、ひとかたまりのずんぐりとした木や雑草が生えている。彼はけんめいに首をのばして、深まりつつある闇を見すかした。道の前後四〇〇メートル内で、身を隠せるところはその木立しかなかった。いまの体力では、四〇〇メートルが、歩けるぎりぎりの限度だった。

彼は足を引きずって、暗渠の上の路肩にゆっくりと歩みより、抱えていた貴重な石を路面に落とした。小さな雪崩《なだれ》のように道路を打った石は、機関銃火に似た音をたてたが、冬の静寂の中で何かが動く気配はなかった。

唇をかんで、切り裂かれた脚から波のように押しよせる苦痛に耐えつつ、彼は散らばった石の隣に腰を落とした。路面に尻をついて両脚を投げだすと同時に傷口を見た。ふくらはぎの肉の厚い部分が、機関砲弾によってえぐられていた。パラシュートの一部とひもできつく縛っておいたのだが、出血はやまなかった。

頭の中にしのびこんでくる赤いもやを押しのけて、石を積み重ねはじめた。薄れつつある集中力のすべてを注ぎこんで積んでいった。目印の高さは約三〇センチを要す、と教えられていた。しかも円錐形《えんすい》にしなければならない。指の感覚はもうかなり前から失われている。円錐状に積むのはむずかしくて、なかなか捗《はかど》らなかった。ある点まではきれいに積み重ねることができても、そこをすぎると崩れ落ちてしまう。それを虚《むな》しく見守って、また最初からくり返す。寒気はいよいよつのり、夕闇はいちだんと深まろうとしている。状況の困難さを承知していた故に、彼は小さな石を積みつづけた。薄いナイロンの飛行服を通して、貴重な体温が凍てついた道路に吸いこまれてゆく。両脚と尻の感覚が完全に麻痺したとき、小さなピラミッドがほぼできあがった。最後の石を慎重につまみ、震える指先に失敗するなと言い聞かせつつ、息を殺しててっぺんに置いた。そっと手を離すと、石はうまくてっぺんに坐って、動かなかった。

やっとできあがった目印を、精も根も尽き果てた思いで彼は見守った。こんどはそこから離れる番だ。両手を地面につき、両脚を前方に投げだしたまま、あらん限りの余力をふりしぼって後ずさる。感覚のない脚が石に触れないよう、ゆっくりと動いた。とうとう両脚を安全な位置まで遠ざけると、息をはずませて脇腹を下に横たわった。

遮蔽物《しゃへいぶつ》。身を隠すものがほしい。その思いが頭の中に鳴り響いた。といって、見わたすかぎり、身を隠せるものといえば、暗渠の入口の脇の藪《やぶ》しかない。いまはそれを頼りにするしかあるまい。

ごろんと腹這《はらば》いになると、彼はすこしずつ路肩ににじりよった。立って歩くことはできないから、その土手にすべりおりるしかない。左手をのばして路肩のへりをつかむと、体を思いきり引き寄せて、へりから上体をのりだした。

が、その土手の傾斜は予想以上に険しかった。へりからのりだしたはずみに、勢いを殺すこともできぬまま彼は落下した。小さな地すべりのように土埃《つちぼこり》と小石を巻きあげて、横向きにごろごろごろと転落していった。土中に埋もれていた岩に左脚がぶつかり、電気のような衝撃が全身を突きぬけた。苦痛に息をはずませ、危うく失神しそうになった。次の瞬間、彼は土手の下の、縦横にのびた木の根にひっかかって、両手を脇にのばしたまま横たわっていた。なおも土くれが落ちてきて、たちまち全身が砂埃の膜に包まれる。すべりどまったときの姿勢のまま、木の根のあいだに頭をのせて、彼は息をはずませていた。

できることといえば、どうにか体の向きを変えることしかない。それで精いっぱいだった。もはやこれっぽっちの体力も残っていない。それはいやでも意識せざるを得なかった。

体の存在が感じとれるのは、鋭い痛みが走るときに限られていた。それでも彼はけんめいに体を動かし、いくらかでも楽な姿勢になることができた。

両脚を土手の傾斜にそって、ノッセンドルフの方向にのばし、顔を仰向けて彼は横たわっていた。身を守るものといえば、一挺《ちょう》のリヴォルヴァーしかない。いまとなっては、それに頼るしかなかった。なんとか片手を上にあげると、震える指先で、どうにかショルダー・ホルスターから三八口径をとりだした。そのずんぐりとしたシルエットは、ごくささやかな慰めでしかないが、上の道に残した目印を除けば、いまの彼に残されているのはそれだけだった。

かねて教えられていたことを、彼は反芻《はんすう》した。頭まで凍りかけているのか、記憶はすんなりとは甦《よみがえ》ってこない。つかまったら、まずソ連軍の将校による尋問を求めること。それだ。東ドイツ軍の人間にはなにもしゃべるな。尋問に際しては、姓名、階級、兵籍番号のみを告げて、あとは黙秘する。朝鮮戦争のときと同じだ。太平洋戦争のときとも。目蓋《まぶた》がいつのまにかたれさがってきた。奇妙だな、と、うとうとしながら彼は思った――あの激烈《ホット》な戦争を無傷で生きのびてきたおれが、冷たい《コールド》戦争に足をすくわれて死にかけているとは。熾烈《しれつ》な対空砲火と戦闘機の襲撃を見事にかわしてきたおれが、ちゃちな国境紛争のあおりで撃墜されるとは。

一瞬、彼はにたりと笑いそうになった。たしかに阿呆らしい死に方かもしれないが、しかし、飛行機乗りの死に方とは概してこんなものではなかったか。火だるまになって地上に激突するよりは、まだマシというものだろう。そもそものきっかけは、偽のTACAN(戦術航行)電波に誘導されて、東ドイツ領空圏におびきよせられてしまったことにあった。そして、ミグ15の編隊と遭遇。被弾、炎上。だが、敵の銃火で左翼をもぎとられる前に、こっちも機尾の二〇ミリ機銃でミグを三機撃墜してやった。それでどうにか心のつかえがおりていた。

彼は、自分の機の運命を知って基地がどういう反応を起こすだろう、と考えてみた。ミグを数機撃墜したことは、なんらかの手段でスカルソープ基地でも察知するだろう。搭乗員《クルー》がつぎつぎにパラシュート降下する間《かん》、彼が狂人のように最後まで機に踏みとどまっていたことも知るだろう。基地ではきっと、彼が凍てついた藪《やぶ》の中で救援を待っていることも知るにちがいない。そこまで考えると、すこし気分が軽くなった。彼は眠りに引きずりこまれた。

ハッと目をさますと、とっぷりと日が昏《く》れていた。一面の荒涼たる大地が、あえかな乳白色の星の光に洗われている。首をよじって、あの目印がまだ路上にあるかどうかたしかめた。彼が横たわっている位置からだと、不格好なピラミッドの先端しか見えない。が、それがそこに見えるということは、あれからだれもその道を通った者がいないことを意味する。ほんのわずかでも道路が震動すれば、あの石は崩れ落ちてしまうにきまっているのだから。自動消滅式の目印というわけだ。

しかし、いったい本当に味方はそれを見つけにやってきてくれるのだろうか？　こわばった指をむりやりリヴォルヴァーの銃把《じゅうは》から離して、腕時計をのぞいた。地上に降下してから、すでに五時間たっていた。どうしていままで、敵に見つからずにすんだのだろう？　これだけの時間がたったからには、もういまごろは東ドイツの人民警察が、自分の臭跡を嗅《か》ぎつけているにちがいない。連中はそれほど無能ではないはずだ。かりに連中が無能でも、情報部で聞かされたソ連軍の索敵班ともなれば、話は別だろう。

とすると、考えられる理由はただ一つ、クルーが飛びおりてわずか数秒後に機が爆発したので、彼らが逃げた痕跡《こんせき》がはっきりあとに残らなかったからに相違ない。そういえば、爆撃機はすさまじい火の玉となって落下していったっけ。それからネーリンゲンに至る道路に達するまで、彼は人間の姿を見かけたことも、その気配を感じたことも、一度もなかった。冬の東ドイツは、よくよく旅行には適さないらしい。

彼は飛行服のポケットに入っている小型無線機をまさぐった。それはたえず救難信号《メイデイ》を発しているはずだった。味方は、そう、道路ぎわの小さなピラミッドを見つけるのが任務の捜索救援班は、なぜいまに至るも現われないのだろう？　彼らは東ドイツ領内に墜落したときの措置について、情報部の連中からいやというほど教えこまれたが、そのとき常に力点が置かれたのは、捜索救援班との接触の仕方だった。かりに救難信号が届かなくとも、石の目印がその役目を果たしてくれるはずだ、と情報部の連中は言っていた。それなのに、いままでのところ、そのどちらも功を奏していない。いま自分とともにあるのは、すさまじい寒気のみだった。そう思ったとたん、体がぶるっと震えた。ふくらはぎの傷が、火のように熱く感じられる。彼は息をはずませて、大声をあげた。巨大な拳《こぶし》で脚を握りしめられたような気がした刹那《せつな》、気を失った。

意識はゆっくりともどってきた。目の焦点を絞ると、まだ夜だった。星もさほど移動していない。失神していたのは、ごく短時間だったのだろう。

胸から下の体の感覚が、完全に麻痺していた。両脚をじっと見つめて動かそうとするのだが、ぴくりとも動かない。瞬《まばた》きすると、睫毛《まつげ》から氷の小片が落ちてきた。唇のまわりにも氷が貼りついている。止血帯代わりのパラシュートのひもからしみだして凝結した血を見つめながら、脚の痛みを感じようとした。が、なにも感じられない。最後に残った力を細長い傷口に注ぎこむようにして、もう一度試みてみた。そしてすんでに、かすかなエンジン音を聞き逃すところだった。

最初に感じられたのは、東のほうから伝わってくる、ごく低い空気の波動だった。それを感じた瞬間、ずきっという鈍痛が体の中を走った。それから数秒して、遠くかすかに車のエンジン音が聞こえた。が、混濁した意識は、まだその意味をとらえることができなかった。

やがて、凍てついた夜気をヘッドライトが切り裂きはじめた。そのときになって初めて、彼は起こりつつある事態をさとった。

車が、接近しつつある。

だが、運転しているのはどっちだろう？

ヴォポ（東ドイツ人民警察）だろうか、それともアメリカ軍だろうか？

唸《うな》るようなエンジン音が、しだいに近づいてくる。いったい、どちらの側の車だろう。

なんとか体をねじって見きわめようとするのだが、すでに苦痛と寒気によって、感覚は奪われていた。頭も黒い糖蜜《とうみつ》にひたされたように、もうろうとしている。

麻痺した手が依然として握っている拳銃を、彼は見やった。姓名、階級、兵籍番号のみを言え、と連中は言った。ソ連軍の将校にのみ口をきけ、と。

エンジン音がさらに大きくなった。ドラムの響きのように夜気をつんざいている。ヘッドライトの光が足元に迫り、夜空の半分を照らしだした。

口をきくのはソ連軍将校に限る。姓名、階級、兵籍番号。

いい、い、い、い、い、い、い、い、い、い、おれはきさまらの仲間を三機カモってやった。

彼はおぼつかない手で拳銃をもちあげた。頭上の道を、轟音《ごうおん》とともに大型車が通過した。目のくらむようなヘッドライトの光が、一瞬のうちに赤いテールランプに変わる。かなりのスピードで走っていた。小さな石のピラミッドが震えた。

その車が通過したという事実を、彼の頭がはっきり把握《はあく》しないうちに、エンジンの音が変わった。一段低くなって、鋭さが薄れた。重々しい響きのテンポが、落ちた。そして停止した。次いで、きいっとタイヤの軋《きし》る音。

連中はバックしてきた。後退《リヴァース》に入ったギア特有の甲高《かんだか》い唸り音に、彼も気づいた。車が彼の真上で停止するまでに、長い長い時間が経過したように思われた。

いい、いい、ソ連軍将校に限る。姓名、階級、兵籍番号……

ドアがひらき、バシンとしまった。小石をざくざくと踏みしめる音。パイロットは苦しげに首をよじって、頭上の白光を見上げようとした。光を背にして、一人の男のシルエットがくっきりと浮かびあがった。そいつがポケットから、なにかしら円筒状のものをとりだすさまが、パイロットの目に映った。道の上の男は、それを下の溝に向けた。

パイロットは三八口径の銃口を上げた。が、腕が震えて、銃身が左右に揺れ動く。呻《うめ》き声をあげながら、なんとか頭上の男に銃口を向けようとした。眩《まばゆ》い光に目を細くすぼめて狙いを定めようとするのだが、ままならない。それでもどうにか相手に照準を絞ったものの、すぐに動いてしまう。相手はゆらゆらと揺れている。パイロットは目を閉じて、引き金をひいた。

なにも起きなかった。目をあけて、もう一度必死に引き金を絞った。が、すでに彼は、体力の限界に達していた。東ドイツの凍てついた堅い地面に、余力のすべてが吸いこまれてしまったのだ。力なく両手をおろし、弱々しく頭上の男を見上げた。

そいつの手中の物体から、突き刺すような光線が放たれる。パイロットは目がくらんだ。

もう一度銃口を土手の上に向けようとして、彼は絶叫した。

が、じっさいに口から洩れたのは、かすれたしわがれ声だった。

「ソ連のやつにしか話さんからな。おれは三機もカモってやった。さあ、こい――」

そのとき、彼はつかまった。がっしりとした手が、パイロットの凍えた手から拳銃をとりあげた。彼は為《な》すすべもなく、ぐったりと横たわった。彼らに手足をとられて土手の上に運ばれながら、パイロットはもぐもぐと言った。「姓名、階級、兵籍番号。ソ連人に限る。将校に限る。姓名、階級――」

突然、彼の足を持っていた男が、大声で笑いだした。パイロットは目をあけて、その男の口元をぼんやりと眺めた。その男は言った。「そいつはもういいんですよ、大尉。あなたがだれかはわかってますから。あなたの機の航法士と爆撃手も救出して、上のフォードにいます。もう基地に帰ったも同然ですよ」

道路の上に運びあげられたとき、ヘッドライトに照らされたその男の姿がパイロットの目に映った。彼の服には、アメリカ陸軍軍曹の袖章がついていた。

なにか言うよりさきに、パイロットはまた彼らに抱きかかえられた。フォードの後部シートから、待ちかねたように手が――波のクルーの手が――さしのべられた。パイロットは暖かい車内に引きずりこまれた。そして、気がついたときには、部下の航法士の心配そうな顔を見上げていた。ドアがバタンとしまった。さらにもう一度。ギアがガクンとロウに入れられるのを彼は感じた。フォードは前進しはじめた。

ともすれば意識が薄れそうになるのに逆らって、パイロットは声を押しだした。

「いったい……連中は……だれなんだ？」

航法士が彼を見下ろして、にっこり笑った。車はスピードをあげつつあった。

「情報部でさんざん講義を受けたでしょう、大尉、あのとおりですよ。この東ドイツでトラブルにまきこまれたら、ただダイアルRをまわしてあの連中を呼べばいいんだ」彼は、前部シートの二人の男のほうに頭をかしげてみせた。

パイロットの視野はくもりつつあった。自分を包みこもうとするもやを見すかすようにして、彼は眉をひそめた。

「Rだって？　それはいったい……」

航法士の笑みは満面に広がった。

「ほら、例のチームですよ、大尉。〈奪還《リカヴァリー》チーム〉のRです」

パイロットは微笑して、ゆっくりと目を閉じた。彼らを乗せたフォードは、基地に帰投すべく長いドライヴの緒についていた。

一九八二年

1

ホーナックは汗をかいていた。冷たい霧に包まれて体の芯《しん》まで冷えきっているのに、汗をかいていた。

それであたりまえなんだ、と思いつつ、彼はまた作戦司令部の明るい入口に目を走らせた。こうして任務を果たすのはもう何年ぶりのことなのだから、神経質になって当然ではないか。

蛍光灯の照明に浮かんでいる入口は別として、司令部の建物は闇に沈んでいる。冷たいイギリスの霧に蔽《おお》われた墓場のように、静まり返っている。闇と悪天候のため、所属機がすべて格納庫入りしている戦闘機基地。司令部はその飛行指示センターなのだから、いまは暗く静まり返っていて当然だった。

それでもホーナックは、汗をかいていた。彼は、古びたレンガの建物の前の人気《ひとけ》のない駐車場の向かい側に、歩哨《ほしょう》のように突っ立っていた。冷たい汗が、ゆっくりと背中を伝いおちた。

恐れる必要などないことを、彼は知っていた。これまでアメリカ人と交わってきた長い年月のあいだに、彼らに関する多くのことをホーナックは学んできた。その中には――自分でも驚いたことに――好感を抱いた事柄もあったが、やはり、ハンガリーとモスクワで受けた教育の真実性を証明する事例のほうが多かった。新たな発見は多々あった。とりわけ有意義だったのは、アメリカ人は意外に無用心だという発見だった。だから、ビクつくことはないのだ、とホーナックはあらためて自分に言い聞かせた。連中はてんからこのおれを疑ってないのだから、失敗するはずがあるもんか。

彼は腕時計をのぞいた。三時四十五分。なかにいる二人は単調な当直をもう二時間もつづけた頃合いだ。退屈のあまり身をもてあましていることだろう。きっと話し相手をほしがっているにちがいない。

深呼吸を一つすると、彼は濡れたアスファルトを素早く横断した。入口に入って靴の底を慎重にマットでこすり、左に折れて長い通路を進んでゆく。突き当たりに鋼鉄の扉があった。上方の隅にテレビ・カメラが据えつけてあり、壁には黒い小さなコンピューター・ロックの操作盤が嵌《は》めこまれている。操作盤の上には、小さなインターフォン。隣に押しボタンと注意書きがあった――〝司令部への訪問者は、赤いボタンを押して、スピーカーが作動するのを待て〟。

乱れている呼吸を整え、表情を引きしめてから、ホーナックはボタンを押した。鋼鉄の扉の陰では、当直士官の制御盤《コンソール》にポッンとライトがともった。掲示ボードの背後の小部屋で眠っている当直士官には、それが見えなかった。が、執拗《しつよう》に鳴りつづけるブザーの音に、隣のコンソールの前でうたたねしていた男が目をさました。ジョー・キアニー二等軍曹は、ライトをちらっと見てから自分のコンソールのモニター・ブラウン管に目をこらした。広角レンズのとらえた歪《ゆが》んだ男の映像に、彼はパチパチと瞬《まばた》きしながら見入った。短く刈った灰色の髪、角張った顎《あご》、大きな鼻。そして、両袖に一等軍曹の袖章の入った空軍の作業服を着ている。作業服に縫いこまれている名札を読むまでもなく、その男がだれかキアニーには察しがついた。

彼はレヴァーをパチンとあげて、コンソールのマイクに話しかけた。「どうしたんだい、ガス？　こんな深夜になにやってんだ、そこで？」

イギリス空軍ベントウォーターズ基地、航空部隊補給班主任、グスタフ・ホーナック一等軍曹は、カメラに向かってにやっと笑いかけた。「いやね、ついさっきまで他の連中と一緒に、新しい救命いかだの搬入に追われていたんだ。帰る前に、ちょっとあんたの顔を見てこうと思ったのさ、ジョー。それに――」――手にした包みをカメラのほうにかかげると、ゆっくりとウィンクしながらホーナックは言った――「こいつなら、あんたとの約束を果たせるかな、と思ってさ」

キアニーはくっくっと笑った。これだからガスは話せるんだ。補給班で頼りになるのは、やつぐらいのもんだからな。「いいとも、ガス」キアニーは言った。「さっさと入ってこいよ」

ブーンという音とともに扉がひらき、ホーナックは指揮所に踏みこんだ。パチパチと瞬きして汗が目に入るのを防ぎ、さりげなくつくり笑いを浮かべた。

椅子をまわしてホーナックと向かい合ったキアニーは、指を一本、唇に押しあてた。

「しいっ――当直士官が眠ってんだ」

キアニーが顎をしゃくるほうにホーナックが目をやると、掲示ボード裏にあるベッドの柱からぶらさがっているコンバット・ブーツが見えた。

「今夜は開店休業ってわけだな、え？」

にやっと笑って彼が言うと、キアニーも目玉をぐるっとまわして、「今夜は全国的に飛行不能状態でね。大陸の上空も平和なもんさ」コンソールにさっと手をふってみせた。

「霧のおかげで、空は死んだも同然なんだ」

ホーナックは手近の椅子にどさっと腰を下ろした。手にした小さな包みを差しだしてみせると、キアニーはクリスマス・プレゼントを前にした子供のようにパッと目を輝かせる。

「おれのために持ってきてくれたのかい？」緑色の包みを受けとって、コンソールに置く。

上の結び目をほどいて布をひろげると、新品の空軍用耐寒フライト・ジャケットがでてきた。

襟《えり》の内側のラベルをのぞきこんで、キアニーは言った。「さすがはガスだな。サイズもぴったりだよ」ホーナックのほうをふり向くと、相手はデスクに両脚をのせ、突きでた腹の上に両手を組んでいる。キアニーはにやっと笑った。「恩に着るぜ、ガス。こいつがあると、寒い晩の勤務がほんとに楽なんだ」

ホーナックは、なめし革のような顔に皺《しわ》を刻んで、笑みを返した。「なあに、お安いご用よ、そんなことは。なにかほしいものがあったらいつでも言ってくれ、このガスさまがお役に立つから」

「ありがとうよ、ガス。なあ、なにかおれにもできることがあったら――」

ホーナックは手をふった。「そう気をつかいなさんなって、ジョー。おれも助けてもらいたいことがあったら、すぐあんたに言うよ。そうだな、さしあたっては、コーヒーなど一杯やりたいね」

キアニーはさっと立ちあがった。「そいつは名案だ。ポットもまだ熱いはずだぜ」ホーナックのかたわらをすり抜けて、あちこち傷んだクロームのポットに掌《てのひら》を押しあてる。

「よし、熱いぞ。どうやって飲む？」

「ブラックにしてくれよ」

キアニーがコーヒーをついでいるあいだに、ホーナックは腕時計をのぞいた。四時に近い。そろそろだ。

「なあ、ジョー」自分のコーヒーに砂糖を入れてかきまぜているキアニーに向かって、彼は言った。

「ここのトイレはどこにあったっけな？」

キアニーがドアのほうに、ぐいっと親指を向けた。「廊下をでて左、作戦室の向かい側だ。すぐわかるぜ」

ホーナックは重々しく吐息をついて、勢いよく立ちあがった。「わかった。じゃあ、ジョウ（コーヒー）をあっためといてくれよな、ジョー」

彼は階段の上のドアに歩みよった。キアニーは笑わなかった。そのジョークなら、もう百万回も耳にしていたからだ。でも――と、ホーナックの近よったドアのロックを解除するボタンを押しながら、キアニーは思った――ガスはいつもなにかしらお土産《みやげ》を持ってきてくれるからな。やっこさんの言うことなら、大目に見てやるよ。

ホーナックはつとめてゆっくりと通路を進んでいった。また体中に汗がふきだしている。曲がり角を左に折れると、右手にトイレが見えた。その前に歩みより、立ち止まって、ゆっくりと左右に目を配る。異状はなかった。

くるっとふり返って、向かい側の作戦室のドアの前に立った。そっと把手《とって》をまわしてみる。鍵《かぎ》がかかっていた。腕時計をのぞいた。キアニーに怪しまれずにいられる時間は約五分、長くても七分というところだろう。ぐずぐずしていると、当直士官が目をさまして用を足しにこないともかぎらない……。

ホーナックは自らを励まして、行動を開始した。ズボンの左のポケットから錠前破り用の道具をとりだして、古びた掛け金式の鍵の穴にさしこむ。経験不足の彼の腕でも、ものの数秒試みただけで、すり減った掛け金はカチッとはずれた。

再び左右に目を配ってからドアを押しあけて作戦室に入りこみ、そっと後ろ手にしめる。この部屋にはいかなる種類の電子警報装置も仕掛けられてないことは承知していたが、ライトのスイッチをつけることは控えた。ドアの下の隙間から、明かりが外に洩れないともかぎらないからだ。

彼は胸ポケットからペンライトをとりだした。細いが強力なその光線を頼りに、素早くマップ・テーブルの背後の書類棚に歩みよる。ペンライトを口にくわえて、飛行士用の薄いシルクの手袋をはめた。

飛行プラン用のファイルは、最初のキャビネットに入っていた。標準の空軍用コンビネーション・ロックが鋼鉄の輪から吊《つ》りさがっていて、こちらのあけたい引出しをがっちりと守っている。ホーナックはにやっと笑った。その鍵のメーカーが自慢しているとおり、これまでそいつをこじあけるのに成功したやつは一人もいない。が、ホーナックはかつてカール・マルクス・シュタットで、そいつの扱い方を充分に習得していた。

まず、ズボンの右ポケットから、先端にプラスティック板を貼《は》りつけた小さなハンマーをとりだす。次いで、ペンライトを口にくわえたまま左手で鍵を引きよせ、リングが鍵の本体に挿入されている部分を鋭くハンマーで叩いた。が、なんの変化も生じない。ホーナックは眉をひそめた。連中はこっちの知らないあいだに鍵の構造を変えたのだろうか？

もう一度、こんどは鍵の本体のやや下のほうを叩いてみると、がっしりしたクロームの鍵がはずれた。狭苦しい部屋に、パチンという音がやけに大きく響いた。

ホーナックが知っているのは作戦名だけだし、与えられている命令もごく簡単だった――その作戦名を冠したすべてのフォルダーの内容を写真に撮れ、というのである。

引出しをあけて、フォルダーの山を繰った。お目当てのものは底のほうにあった。〝トムとジェリー／極秘〟と記された付箋《ふせん》が表紙についていた。赤くふちどりされたそのフォルダーがはさまれていた位置を頭に叩きこんでから、外に引っぱりだした。書類や地図がぎっしりつまっている分厚いフォルダーだった。

そいつを作戦将校のデスクに置いて、腕時計をのぞきこむ。残された時間は、あと三分。が、汗はひいていた。なにもせずに待つより行動したほうが体にもいいのだ。

ホーナックは腕時計をはずした。デジタル式の、けばけばしい高価な代物だった。文字盤の大きなスクリーンには、月日、分、秒、経過時間から電話番号まで表示される仕組みになっている。しかもそれは——日本のその時計メーカーが賦与しなかった機能だが——カメラも兼ねているのだ。その改造を担当したのは、レニングラードの小さな工場だった。ボタンを押してスクリーンを変え、カメラ機能をセットする。自動焦点・露出式だが、事前にストロボもセットしなければならない。そちらのほうは、ペンライトに組みこまれている。雌雄ソケットとつながった細い柔軟なコードで時計とペンライトを連結させた。

準備は成った。

フォルダーをひらき、最初の書類の位置を決めて、カメラを向ける。左手でタイマーのボタンを押し、右手でストロボの狙いをつけた。ポンという小さな音とともに、カメラの中の極微小のリールがぶうんと回転した。

その操作を何度もくり返して、とうとうすべての書類を写真に撮り終えたとき、ホーナックはまた汗をかきだしていた。

ストロボをはずして腕時計を手にはめ直し、フォルダーをキャビネットの中の元どおりの位置に慎重にもどす。引出しをしめて鍵をかけると予定の七分間のうち、あと一分しか残っていなかった。

暗い室内を慎重に横切って、戸口に歩みよる。ペンライトを消して、耳をすました。コトリとも音がしない。

掛け金をはずして廊下に踏みだすと同時にドアを素早くしめた。掛け金がカチリとかかった。

廊下を横切ってトイレに入り、水洗のコックを引く。ざっと流れだした水を見ながら息を整え、調子っぱずれの口笛を吹きはじめた。なるべく大きな音をたてながら手を洗い、タオルでふいた。腕時計をのぞく。あと三十秒。

彼がブザーを押すか押さないうちに、キアニーがドアのロックをはずしてくれた。ホーナックは指揮所に踏みこんだ。キアニーが顔をあげて言った。

「楽しんできたかい？」

ホーナックはにやっと笑った。「ああ。美人としっぽりとな」

キアニーは低く笑って、「コーヒーがさめちまっても恨めしくないほどの美人だったんならいいがな」

ホーナックは腰を下ろして、笑いながらカップに手をのばした。

「ところがお生憎《あいにく》さまさ。でも、このコーヒーだって、まだ冷たくなっちゃいないぞ」つとめてさりげなく振舞わなければ、と彼は自分に言い聞かせていた。

キアニーはうなずいた。「おれはときどき、コーヒーは冷たいほうがうまいと思うことがあるんだ」

ホーナックは無言で、濃いブラック・コーヒーをゆっくりとすすった。ここはじっくりとかまえなければ。キアニーはたぶん、おれが今夜ここに立ち寄ったことをいずれ忘れてしまうだろう——覚えているとしたら、せいぜい二百ドルのジャケットのことくらいのはずだ。そのジャケットは、すでにどこかにしまわれてしまっていることに、ホーナックは気づいた。ここはひとつ、ちょっとした世間話ってやつをしなければならないところだ。それだけは、もう二十五年間もアメリカ人として暮らしてきたにもかかわらず、ホーナックが相変わらず苦手としている点だった。彼はカップを置いた。

「うまかったよ、さめちまっても。ところで、あっちのほうじゃ、なにか動きがあるかい？」

ホーナックの視線を追って、キアニーは地図掲示板のほうを見た。彼はかぶりをふった。

「いや、どうってこともないな。もっとも、USAFE（在ヨーロッパ空軍司令部）によると、チェコ＝ハンガリー国境でちょっとした動きがあるようだけどね。二、三分前に報告が入ってきたんだ」

巨《おお》きなヨーロッパの地図になおも視線を漂わせながら、キアニーはゆっくりとコーヒーをすすった。そのうち、ふとなにかを思いついたらしく、ホーナックのほうに向き直って、

「そういえばガス、あんたはあの辺の出身じゃなかったっけ？　もともとはさ？」

ホーナックは意識的に笑った。「ああ、そうだよ——おれはハンガリーからきたんだ。ブダペストからな」キアニーは興味を誘われたようにこっちを見ている。あの目の色には、やや強すぎる関心が浮かんではいないだろうか？

「おれは一九五六年に出国したんだ。

知ってるだろう——ほら、ソ連軍が侵入してきて、おれたちを鎮圧した年さ。そうか、あんたはまだ子供だったかもしれんな」

キアニーはかぶりをふった。「いや——ちゃんと覚えてるよ。あのとき、おれたちアメリカ軍は助けにいかなかった。それを思うと、おれは頭にきたもんさ。あんただってそうだろう？」

「まあな。こいつは覚えてほしいんだがね、ジョー、おれたちはいつもアミ——つまりアメリカ人——は、味方だと思ってた。おれたちがソ連軍を駆逐するのにきっと手を貸してくれる——そう思っていた。ところが——」重々しく息をついて、「——まあね、おれはハンガリーには二度ともどるまいと思っている。だからこそ、亡命して一年後の一九五七年に、アメリカ軍に入隊したんだ。おれは心底ソ連軍を憎んでたんだよ。いつだってな」

キアニーはびっくりしたようにホーナックの顔を見つめた。「驚いたな、ガス。まさかそこまであんたが——」

そのとき、キアニーの言葉を遮《さえぎ》るように、ブーッという大きな音が鳴り響いた。と同時に、赤いライトがコンソールに点滅しはじめる。「くそ」キアニーが言った。「いつもこうさ。まるでおれの当直勤務の晩を選んだように警報を発しやがるんだから」さっと手をのばしてボタンを押す。サイレンのような音はやんだものの、赤いライトは点滅しつづけている。「悪いけど当直士官を起こしてくれないか、ガス？　こいつはうちの管轄区じゃなさそうだけど、モニターしなくちゃならないんだ」

アメリカ軍内に巧妙に潜入したGRU（ソ連国防軍参謀本部情報総局）スパイにして、ハンガリー共産党の〝革命英雄〟、グスタフ・ホーナックは、笑ってうなずいた。彼はゆっくりと立ちあがった。地図掲示板の上の大きなスピーカーからヨーロッパ管区の一基地に対する暗号警報が流れだしたとき、彼は当直士官の肩をそっと揺すっていた。

四十年配の士官はぶつくさ言いながらのろのろと上体を起こした。「ああ、ああ、わかったよ。こんどは何事だ、キアニー？」ホーナックに気づくと一瞬口をつぐんで、「なんだ、ホーナックか？　いったい何事が――」

「いつもの警報ですよ、大尉。ジョーが、起きていただきたいそうで」

低く悪態をついて、士官は起き直った。「ああ、わかった。くそ、この夜間勤務というやつ、これだから好きになれん」

「わかりますよ、大尉。わたしも夜勤を終えて帰ろうとして、ジョーに会いに立ち寄ったんですから」

大尉の返事は、急にスピーカーから流れた声にかき消された。

「レッドフォックス警報。こちらサリー・プライム。くり返す、こちらサリー・プライム。第七号警戒体制をとれ、くり返す、第七号警戒体制をとれ。対象は五航空群。第一航空群は……」

「帰ったほうがいいようだぞ、ガス」唸るように大尉が言った。「この警報はおれたち向けじゃないが、いずれにしろ、ここは一時間ほど忙しくなる。せめておまえだけでもさっさとベッドにもぐりこんで、おれたちの分まで眠ってくれ」自分で言った最後の言葉に、大尉は顔をしかめた。

二人はコンソールの前にとって返した。そこではキアニーが、暗号警報を日誌に書き入れていた。

ホーナックは階段をのぼってドアの前に立ち、キアニーのほうをふり返ってロックが解除されるのを待った。書くのに夢中のキアニーに代わって、まだ坐らずにいた大尉が解除ボタンを押してくれた。ドアのブザーが鳴り、当直士官が声をかけた。「おい、ガス、例のノーメックスのフライト・ジャケットはどうなった？」

戸口から踏みだしかけて立ち止まったホーナックは、早く出ようと気がせくあまり汗をかいていた。「ああ――あれならまかせといてください、大尉。来週中には持ってきますよ」

ドアがバシンとしまり、各種の物音はまたしても司令室内に封じこめられた。ホーナックは深々と息を吸いこんで、廊下を歩きだした。

ビルの前の闇に踏みこみながら、彼は思った――来週中には別の人間もまた、望みのものを手に入れることになるだろう。ロンドンにおける受け渡しがいつもどおりうまくいけば、あのフォルダーの内容を知りたがっていた人間は、数日以内に望みを達することができるにちがいない。

自分の腕時計に手を触れると、ホーナックは引きつった笑みを浮かべた。いまの暮らしは、共産主義青年同盟《コムソモール》のクラスから抜擢《ばってき》されて亡命者に選ばれたときに約束されたような、魅力的な生活にはほど遠い。それでも今夜のように見事任務を果したときの充実感には、捨てがたいものがある。

いずれにしろ、〝トムとジェリー〟作戦はもはや秘密ではなくなったのだった。

2

部屋には異臭がたちこめていた。燃えさかっている石炭ストーヴの火が、古ぼけた安楽椅子にへたりこんでいる二人の男を赤く照らしだしている。床にはビール壜《びん》が散乱し、その茶色いガラスの表面が赤黒い火を反映して光っていた。それ以外に照明はなく、低く火がはぜる音だけが静寂を破っている。マリファナの煙、赤熱した石炭、それに蒸発したビールの気――それらが渾然《こんぜん》となって、うっすらと濁ったもやが部屋を包み、四隅がぼやけていた。

マックス・モスは、大事そうに膝《ひざ》にかかえたダブル・ダイアモンドの壜から目をあげた。向かい側に坐っている男に、目を走らせる。ルー・デヴォーは完全にできあがってしまったらしい。古い張りぐるみの椅子に身を沈め、しみだらけのコーヒー・テーブルに両脚をのせている。目も閉じているが、マックスの見るところ、眠ってはいないはずだった。まだしっかと膝のビール壜を握っていたからだ。

「おい」かすれた声で、マックスは呼びかけた。マリファナとビールをやりすぎて、喉《のど》がいがらっぽくなっていた。「いま何時だい、ルー?」

デヴォーはピクリとも動かない。

マックスは大きな壜を口に運んで、生ぬるいスタウト・ビールをまたすこし飲んだ。ひどい味がした。

「なあ、ルー、いま何時だい?」

デヴォーは依然、死んだように動かなかった。

「なあったら、ルー、ヴィフィール・ウア・イスト・エス? ドイツ語で訊《き》いてもだめか。じゃ、ロシア語ならどうだ。カトールィ・チェペーリ・チャス? いったい――」

アメリカ空軍二等軍曹ルイ・デヴォーは、目を閉じたまま片手をあげた。

「うるさいぞ、マックス。なぜ時間なんか気にするんだ?」

マックス・モスは顔をしかめた。目の裏の圧迫感がますますひどくなってくる。顔をしかめるのをやめて、言った。

「だけどいいか、こいつはおれのパーティーなんだから、おれが気にしたけりゃ気にしたっていいだろうが。文句はあるまい」

デヴォーはゆっくりと目をあけた。向かい側にいるマックス・モスの姿が焦点を結んできた。マックスは色あせたベーズ地の安楽椅子にぐったりと身を沈めていた。やはりコーヒー・テーブルに長い両脚をのせている。片方の足にはコンバット・ブーツをはき、もう一方の足には薄汚れた白いアディダスのジョギング・シューズをはいている。作業ズボンはこぼれたビールで濡れていたし、クラッカーのかけらがこびりついていた。ロンドンの救世軍の中古品安売り店で買ってきた当座は貫禄のあったビロードのスモーキング・ジャケットも、いまはよじれて腰のあたりまでめくれあがっている。やや褪《あ》せてはいても派手なその赤とどぎつい対照をなしているのが、下からのぞいているヤマハ・レーシング・チームの黄色いTシャツだった。グッドイヤーのものとはわかりにくい青と白の野球帽のつばの下にのぞいている顔は、完全にリラックスしていた。この二年間、ほとんど毎日のように見てきた顔に、デヴォーはじっと目をこらした。きりっと通った鼻筋。間隔のひらいた両眼。高い眼窩《がんか》の奥深くにあるその両の目は、白い肌と黒髪を持つ男のそれとは思えないほど深い緑色をたたえている。やや薄い唇は、さらに薄くのびて皮肉っぽい笑みを浮かべることがある。そういう機会はけっこうあった。そして、挑戦的に張りだした逞《たくま》しい顎には、ふつう割れ目がある部分に小さな傷が斜めに走っている。目を閉じているときにはハンサムと言っていいくらい整っている顔だが、落ち着きのない緑色の目をひらくと、ちらっと、途方にくれたような表情がかすめることがある。

デヴォーの見つめる前でマックスは目をひらき、ほつれて垂れさがった黒髪をかきあげた。

「どうなんだい、教えてくれるのか、くれないのか？」皮肉っぽい口調だった。

デヴォーは吐息をついた。中身の半分入っている壜を慎重にテーブルに置き、また頭がガンガン鳴りださないように、ゆっくりと手を動かす。マックスは緑色の目を翳《かげ》らせてその動きを注意深く追った。

「ええと」左の手首で光っている腕時計に、デヴォーは目をこらした。「いまは午前四時十九分ジャスト。GI流に言うと、〇‐四‐一九、十月二十七日、一九八二年、ということになる。もちろん、こいつは、ここイギリスの美しいバートン・ミルズにおける時刻だぜ。もし、あんたが目下マクガイア空軍基地で除隊の認可を待っているんだとしたら、時刻は——」

マックスはビール壜をかかげて、デヴォーに敬礼した。「ご親切、痛み入るね、デヴォー二等軍曹殿。しかし、近日中にその認可を受ける当人といたしましては、その時刻はもう計算ずみさ。じっさい、こう言ったらあんたは驚くかもしれないが、おれはもう、アメリカ空軍が偉大なる努力を払って教えてくれた計算法を適用して、除隊の瞬間までの残り時間を割りだしているんだ。それによると――」

デヴォーは椅子にまた身を沈めて、この二カ月間、マックスがお題目のように唱えていた文句を先取りした。

「除隊まで、あますところ、三十日と九時間――」

「――十五分」マックスは顔をしかめた。「なんで知ってるんだ？」

ルー・デヴォーは目を閉じたまま、にやっと笑った。「今夜だけでも、そいつを二十七回聞かされてるんだぜ、こっちは。このパーティーの間中あんたがしゃべったことといや、除隊したらこれだけはしたくない、あれだけはしたくない、ってことばっかりだったじゃないか」

マックスは、またダブル・ダイアモンドをすこし喉に流しこんだ。やはり、すさまじい味がした。

「だけど、除隊祝いのパーティーってやつは、そのためにあるんだろう？」

デヴォーは黙っている。

マックスは眉をひそめた。「つまりさ」わざとイギリス風のアクセントを誇張して言った。「あれもしたい、これもしたい、これもしたい、と言ったら軍隊生活をおとしめることになるわな。

士気を損なうことになる。はなはだよろしくない、じゃないか」

デヴォーの顔に、苛立《いらだ》ちの色が浮かんだ。「やめろったら、マックス、そんな声色なんぞ。こんな深夜に聞かされたって、気が滅入るだけだぜ」

マックスはよろよろと立ちあがり、帽子をさっと横にふって一礼した。ふらふらしながらデヴォーを見上げた目は、ストーヴの火に照らされて悪戯《いたずら》っぽく光っていた。「これはしたり！　失礼つかまつった《アーバ・エントシュルディーゲン・ジー・ミーア》、わが愛しのきみよ《マイン・リーバー・ヘル》。したが、わが辞書に不可能の字《エス・イスト・ニヒト・アンメーク》はなく《リッヒ》――」

「まったくだらんことを言う」うんざりしたような顔で、デヴォーは言った。「ちょっとトイレにいってくるからな」立ちあがり、呆気《あっけ》にとられているマックスのわきをふらつく足で通り抜けると、廊下に面したドアをあけた。彼がでていくのと入れ替わりに、冷たい風が吹きこんできた。

デヴォーの後ろ姿を、マックスはじっと見送った。今夜はずっとそんな調子で、なんとなくぎくしゃくしたシーンの連続だった。マックスはゆっくりと腰を下ろした。すえたような臭いを孕《はら》んだもやが、冷たい空気に吹き払われてゆく。それにつれて頭もはっきりしてきたのはいいのだが、疼《うず》くような頭痛も明瞭に意識にわりこんできた。

そのとき初めて、散らかり放題のその小さな居間のありさまが、マックスの目に入りはじめた。その部屋でパーティーをひらいたのはそれが最初ではないし、また最後でもないだろう。その家は、一九五〇年代以降、連綿とアメリカ軍の兵士たちに賃貸しされてきたのだった。イギリス空軍のミルデンホール基地——マックスが地上整備員、デヴォーが人事担当下士官として勤務している広大な輸送基地——からわずか八キロしか離れていないという地の利は、若いアメリカ軍兵士たちにとっては何物にも換えがたかった。その家の大きさ、間取り、それに閑静な環境という条件も、申し分なかったのである。二階には、互いに離れた寝室が四室と大きな浴室が二室。一階は一階で、お楽しみにはもってこいの間取りになっている。居間と広々とした娯楽室、それにちゃんとしたダイニングルームまであるのだから、一つ二つどころか同時に三つのパーティーでも一晩中ひらけるというものだ。

ひらいた戸口から注ぎこむ明るい光線に照らされた室内を見まわしているうちに、マックスは、この家を去りがたく思っている自分に初めて気づいた。下士官用宿舎をでて、デヴォーと他の二人の同僚たちと共同でこの家を借りることにしたのは二年前だった。マックスは当時、宿舎における最高位の下士官だったのだが、その地位に伴う責任を負うのがいやだったのだ。で、いわば喜び勇んでこのバートン・ミルズに引っ越してきたのだが、赤々と燃える暖炉や、花柄の壁紙や、古びた家具や、ぎいっと軋《きし》む床などに自分がどんなに馴染《なじ》んでいたか、この家を去る日を目前に控えたいまになって、初めて知る思いがするのだった。

そのときデヴォーがもどってきて、マックスが浸っていた感傷的な物思いを遮った。デヴォーはまだ機嫌を直していない様子で、壁のランプのスイッチを入れると、取り散らかった室内を見まわして顔をしかめた。屑缶《くずかん》をとりあげるや否や、彼は散乱している壜を拾ってそこに突っこみはじめた。

「さあ、マックス、パーティーは終わったんだ。早いとこ片づけてベッドにもぐりこもうぜ。メイドのマギーは、あと二日間はやってこない。それまでこの散らかり放題の家で暮らすのはご免だからな、おれは」

マックスは面目なさそうな顔で立ちあがった。「わかったよ、ルー。なあ、おれは――」

「いいってことさ、マックス。自分の除隊祝いのパーティーだもの、だれだって飲んだくれるさ。それより、おれがむくれたほうが悪かった。ちょっとマリファナをやりすぎたのがいけなかったな」

二人は一緒にビール壜や紙皿やタバコの吸い殻などを拾い集めはじめた。パーティーに用いられたもろもろの品の汚れた残滓《ざんし》が、屑缶行きになった。すべてを拾い終わると、三ガロン入り屑袋三個につめて、門の近くのゴミの回収地まで引きずっていった。午前五時だというのに、依然として周囲は見通しのきかない、しめった暗闇に包まれている。

すこしたってから、二人はキッチン・テーブルをはさんで向かい合った。デヴォーは熱いブラック・コーヒー入りのカップを抱え、マックスは薄い紅茶をちびちびとすすった。

しばらくは二人とも無言だった。そのうち、デヴォーがとうとう顔をあげて言った。

「真面目な話、除隊したらどうするつもりなんだ、マックス？」

訊かれた当人は、紅茶のカップに目を落としたまま言った。

「まだ決めちゃいないんだよ、ルー。そうだな、まずはちょっとした休暇を楽しむだろうな。ひげを生やして、昼まで寝坊する毎日を楽しむさ、失業手当をもらいながらね。一時通過軍用機の整備担当、モス三等軍曹ではなく、ただのマックス・モスにもどるんだ」

デヴォーはうなずいた。「なるほど。そいつはもっともなプランだな。しかし、それからあとはどうする？」

マックスはデヴォーの顔を見返した。いまの問いを放った声には、必要以上の好奇心が滲《にじ》んではいなかったろうか。鼻を鳴らして、マックスは答えた。

「すくなくとも、カリフォーニアはシリコン・ヴァレーの親父《おやじ》の工場にもどらないことだけはたしかさ。あのマイクロ・トランジスターやらICやらをただの一個でもこれから見ずにすますことができれば、おれにとってはおんの字なんだ」デヴォーの顔からつと視線をそらして、「見たくないといや、親父の顔にしてもそうだけども」

デヴォーはじっとマックスの顔に目をこらした。マックスには、不意に自分の殻にとじこもって顔を石の仮面に変えてしまうという特技がある。

「あんたの親父さんは……たしか、退役した将軍なんじゃなかったっけ？」

マックスの顔から遠くを見るような表情が消え、代わりに面白くもなんともなさそうな歪《ゆが》んだ笑みが浮かんだ。

「正確に言うと、少将さ。王侯たちの知人にして、大統領や上院議員や他のＶＩＰたちの友人。しかし、おれの友人ではなかった」

酔いと午前五時という時間のせいか、マックスはデヴォーの知るかぎり、これまでになく自分の過去について率直になっていた。

「でも、なぜだい？　こんなことを訊いて気にさわったら謝るが」

マックスは肩をすくめた。「なあに、どうってことないよ。理由は簡単明瞭。要するに、おれが親父の期待に沿えなかったからさ。親父にとっては、息子が何になろうとかまわないんだが、ただ一つ、出来損ないになることだけは許せないんだ」

「出来損ない？　だって、あんたはクラスのトップでカリフォーニア大学のバークレー校を卒業したんじゃないか。それなのに――」

マックスはさっと顔をあげた。「いったい、どこでそれを？」

デヴォーはにやっと笑った。「人事部にきまってるだろうが。忘れたのか、おれは目下、あんたの除隊手続きの審査を担当してるんだぜ。当然、いろいろなチェックをしなくちゃならん……あんたの学歴のチェックもその一つでね。記録を見りゃ、すぐわかる。それで思いだしたんだが——」椅子の背にぐっともたれかかって、「——入隊したときの書類に嘘の記述をしたのはなぜなんだ？」

ぎょっとしたあまり、マックスは紅茶をすこしこぼしてしまった。「なんだって？」

「〝学歴〟の項に、あんたは〝ハイスクール卒〟とだけしか書かなかった。なぜだい？」

マックスは一気に紅茶を飲み干した。からになったカップを慎重にテーブルに置くと、それを見つめながら言った。「〝大卒〟と記して、だれかに士官昇級試験を受けろ、などと言われたりしたら、迷惑だったからさ」

「士官と名のつくような馬鹿にはなりたくないってわけか？　なるほどね——まさかあんたぐらいの教育のあるやつまでそんなふうに考えるとは思わなかったが」

マックスは目を細くすぼめた。「そいつはおれという人間の過去について、あんたがなにも知らないからさ。ま、これからも知ってもらわんほうがいいけれども」パッと立ちあがると、またカップに紅茶をつぎにいく。

その背中を見ながら、デヴォーはにやっと笑った。「遅かったな、マックス。おれはあんたがストックカーのレーサーだったことも知ってるぜ。それもかなり腕のいい——」

マックスはさっとふり向いた。顔には血がのぼり、口はぐっと一文字に引きむすばれている。両手はかすかに震えていた。

「どういうつもりなんだ、ルー？　なんの権利があって、おれの過去をほじくり返したんだ？　それに、いまの件はどうしてわかった？」

「だから言っただろうが、マックス。こっちはそれを知るのが商売なんだ。じっさい、おれは感心したよ。レースに出場しはじめてたった二年間で、かなりいい線までいってるんだもんな、おまえさん」

マックスは椅子に腰を下ろして、ぐったりと背もたれによりかかった。「ああ、そりゃあいい線いったさ。デイトナのスポーツマン300マイル・レースでトップに立ったこともあるんだ。あのときはメーカーがスポンサーについてくれたし。じっさい、最終ラップでエンジンが壊れさえしなかったら……でも、まあ、すべてはむかしむかしの物語さ」

彼の顔は再び仮面にもどった。

デヴォーはテーブルによりかかって、なおもくいさがった。「でも、なぜ足を洗ったんだ、レースから？」

マックスは頬を歪めて、皮肉っぽい笑みを浮かべた。「あんたはなんでも知ってるんじゃなかったのか、ルー。どうやらあんたのファイルからは重要な事実が抜け落ちているらしいな。つまりだな、大学を卒業したおれは、当然親父の工場に勤めるものと、周囲から見なされたんだ。もちろん、最初はいちばん下っ端の仕事につき、それからよく小説なんかにあるように、雑多な仕事をすこしずつこなしていって、やがては親父の右腕になれるような修業を積む、ってわけだ」マックスの目は、顔の切り傷と見まがうくらいに細くすぼめられている。カップを握る両手には、関節が白く浮きあがるほど力がこもっていた。

「それはいいんだが、おれが気にくわなかったのは、肝心のおれの意思を、親父が一度も訊こうとしなかったことなんだ。おれが親の跡をつぐのは当然と決めこんでいて、ただの一度もおれの考えを訊こうとしない。生まれてからこのかた、すべてその調子でね。で、大学の四年のときだったかな、おれはときどきレースに出ているやつと知り合って、サーキットに出入りするようになったのさ。サーキット通いはロシア語の勉強や電子光学エンジニアリングの実験に精をだすよりずっと面白かった。そのうち自分でもレースにでるようになって、しかも自分にその素質があることがわかってみると、おれはもうレースの虜《とりこ》になっちまったんだ。親父の下で働くなんて、冗談じゃない、って気になってね。それで――」マックスは肩をすくめた。「――レースの世界に飛びこんだというわけさ」

デヴォーの驚きの表情に気づいて、マックスはさらに言葉をついだ。「おい――まさかあんた、金持の家の息子はみんなテディ・ケネディになると思ってるんじゃないだろうな? こいつはよくあることなんだぜ。ただし、たいていの物語の中じゃ、主人公が家をとびだすと、親父はそこで干渉を諦《あきら》めるんだがね」カップを握る手に、またしても力がこもった。「ところが、おれの場合にはそうはならなかった。親父はおれが匿名でレースにでていることを探りだして、おれの重要なスポンサーたちに、おれと手を切るように圧力をかけたんだ。未来のチャンピオン・レーシング・ドライヴァー、マクスウェル・ティラー・モスの運命もそれで一巻の終わり、ってわけさ」

「しかし、それから空軍に入隊したのはなぜなんだ？」

腑《ふ》に落ちない表情でデヴォーが訊くと、マックスはにやっと笑った。こんどは、いかにも愉快そうな笑みだった。「知ってのとおり、親父は陸軍だ。空軍の連中をいつも毛嫌いしていた。おれが空軍に入って、しかも士官昇級試験を断われば、いくらなんでも、こっちの言いたいことが親父にも伝わるだろうと思ったのさ。この四年間、親父からなんの便りもないところを見ると、どうやらこっちの狙いは図に当たったらしい」

デヴォーは頭をふった。「なるほどねえ。おれのうちなんか、あんたんとこみたいな名門じゃなくてよかったよ。それはそうと、あんたのおふくろさんはどうなんだ？　おふくろさんは、あんたのそういう生き方についてどう言ってるんだ？」

マックスの顔から、またしても表情が消えた。「おふくろのことは覚えていない。まだおれが子供の頃に死んじまったんで」

「しかし、あんたの書類の両親の項には、ちゃんとミセス・エリック・モスと——」

「ああ、それか。十年ほど前に、親父が再婚したのさ。相手はすごい美人でね。親父より十五も年下なんだ。元ミス・コンテストの女王だったとかで、いい女性なんだがおツムはからっぽでね」

どこかで犬が吠えだした。まだ周囲は暗かったが、イギリスは新たな朝を迎えようとしていた。

マックスは急にその話を切りあげたくなった。さめた紅茶をぐいっと飲み干すと、カップをバシンとテーブルに置いて立ちあがった。「いまの話だけどな、ルー、あんたが知ってるぶんにはかまわないが、他の連中には黙っててくれ。この隊とはあと一ヵ月でお別れなんだ。このまま波風を立てずにおさらばしたいのさ」

デヴォーも立ちあがって、答えた。「いいとも、マックス。いろいろ言って気にさわったら、勘弁してくれ。でも、こいつはおれの仕事の一環なんでな。それに、書類には事実を正しく記入したほうがよかったと思うぜ。上層部の連中に妙な勘ぐりをされても、文句は言えなかったろうからな」

「ああ、ああ、わかったよ。でも、どうせ除隊まであと三十日なんだ。わかったって、どうってことないさ。いまだってべつに、どうってことないんだから。さてと、じゃあ悪いけどおれはもう寝るぜ。この時間まで起きてると、さすがにバテる。明日は当直じゃないんで、起こさないでくれ。いいね？」

「わかったよ、マックス。おやすみ」

二階の自室にもどると、マックス・モスはよれよれのスモーキング・ジャケットを脱いでベッドに放り投げた。くそ、デヴォーのやつ。なんだって、こっちがとうに忘れていた事実をほじくり返したりするんだ？　空軍に勤務したこの四年間、おれの過去に特別な関心を示した者など一人もいなかったというのに。

ふうっと吐息をついてベッドに腰を下ろすと、マックスは左右ちぐはぐの靴を脱ぎすてた。もちろん彼は、だれからも特別扱いされずに四年間暮らせたことが嬉しかったのだ。果てしなく酒を飲み交わしては、征服した女の数を虚実とりまぜて自慢し合う毎日、男っぽさを気どり合う他愛ない暮らし——その単純な軍隊生活こそ、まさに彼が望んだものだった。それは、かつての波乱の青春に対する完璧《かんぺき》な解毒剤だったとも言えるだろう。そしていま、自分はまたしてもあの不安定な暮らしにもどろうとしているのかもしれない。

そう思うと、マックスは落ち着かなかった。もっとも、軍隊生活の無名性の中に自己を埋没させたところでなにひとつ解決しないことは、彼も最初から承知していたのだった——そう、デイトナから帰る途中、ノース・カロライナ徴兵局の前で立ち止まったあの瞬間から承知していたのだ。ベッドに横たわると、彼は目を閉じた。

映画のシーンのように、さまざまな情景が頭の中をよぎった。アーカンソーで初出場したレースを制したときのこと。ケンブリッジでのクリスティーとの出会い。そのクリスティーと、一ヵ月前に別れたときのこと。おまえは一生を棒にふるだろう、と冷ややかに語る父の声を聞きながら、電話ボックスの中に凝然《ぎょうぜん》と立ちつくしていたときのこと。それから、父が——。

そう、問題はそこなのだ。自分がなにをしていても、背後には必ず父の影がある。これは、主人公が自分でさえなければ、喜劇的とすら言える関係ではあるまいか。つまらない舞台劇のための合格線すれすれの筋書というところだ。その劇はおそらく、そんな父と息子の関係などもはや存在しないと信じている批評家たちから、さんざんな酷評を受けるにちがいない。

その批評ならこのおれにだって書ける、とマックスは思った。その筋書の欠点ばかりか、登場人物たちの弱点まで、おれは知り抜いているのだから。

主役としての自分自身のことを、マックスは考えてみた。それも内側からではなく、舞台で自分の人生劇を演じている役者を見るように、眺めてみた。まあ、俳優としては悪い素材ではあるまい。年齢は二十八歳、身長は平均よりやや高く、引きしまった逞《たくま》しい体をしている。体重は約七十四キロ。彫りの深いマスクの上の漆黒の髪は、さぞや女性の心を揺さぶるだろう。マックスの頭に、またクリスティーの面影が甦《よみがえ》った。とにかく、彼女はこの髪に魅《ひ》きつけられたのだ。

こんどは舞台でセリフをしゃべっている自分の声に耳を傾けた。ときどき横柄《おうへい》な感じを与えるかもしれないが、セリフまわしは上手なはずだ。深みのある、低いテノールの声で、話し方もめりはりがきいている。彼がしゃべったことを誤解する人間は、まずいないだろう。言語感覚も優れているほうだ。生まれつき語学の才に恵まれていた、とすら言えるかもしれない。じっさい、大学でもドイツ語とロシア語を難なくマスターしてしまったくらいなのだから。それに、アマチュアにしては演技もそう生硬なほうではない。

こうみてくると、まあ合格点をやってもいい役者と言えるだろう。名優とはとても言えないにせよ、脇役や主役の次に重要な役ぐらいなら演じられるかもしれない。主役を演じるのは別のたぐいの人間なのだ。たとえば……

そう、たとえば、彼の父親のような人間、である。

ルー・デヴォーは、マックスの寝室の前で立ち止まり、ドアに耳を近よせた。マックスは大きな不規則な呼吸をしながら、しきりに足を蹴《け》ったり寝返りを打ったりしているらしい。が、眠っていることはたしかだった。ルーはうなずいて、静かに階下《した》におりていった。

彼は、マックスが自室に引っこむ前から、きょうこそは絶好の機会だと思っていたのだった。で、素早くシャワーを浴びてひげをあたると、制服を着て基地にでかける用意をしたのである。

赤い小さなミニ・クーパーは、夜露に濡れていた。運転席にすべりこんで、イグニッションのキーをひねる。チョークを半分引いたまま、しばらくアイドリングさせた。エンジンが充分暖まったところでヘッドライトをつけ、狭い車道からバックで大通りにでる。まだ午前六時半という早朝のせいか、往き交う車もほとんどない。

小さなミルデンホールの町を通り抜けた頃になって、霧が晴れた。基地の主滑走路の端のカーヴを曲がると、東の空がようやく白みはじめた。荒涼たるイギリスの冬の、新たなる灰色の夜明け。例によってヒーターが効きはじめたのは、人事部のある二階建てのレンガ造りの建物の前に着いたときだった。

時刻は七時に近い。が、入口の扉はまだ閉まっていた。低く悪態をついてポケットをまさぐり、鍵をとりだして中に入った。メイン・スイッチをつけると、天井を走っている蛍光灯がパッとつき、冷たい空気の中で弱々しく瞬《また》きはじめる。デヴォーは階段をのぼって、二〇一号室の前に立った。彼のオフィスだった。

中に入り、自分のデスクの前に坐って、最上段の引出しの鍵をあける。小さなカード・ファイルをとりだして赤いふちどりのしてあるカードをひらき、電話のそばに置いた。

そのカードには八桁《けた》の数字が記されていた。盗聴防止回線が彼の番号を確認して相手につなぐまでに、二分近くかかった。呼出し音が二度鳴ったところで、相手がでた。「こちら、ポツダム」

デヴォーは言った。「こちら、ミルデンホール。マーティン大佐を出していただけますか？」

「ちょっと待ってくれ」抑揚のない声が言った。デヴォーは待った。凍てついた部屋の中で、吐く息が白かった。

「マーティンだが」

「デヴォーです。機が熟しました。次の段階に進んでよろしいでしょうか？」

短い沈黙。

「確信があるのか？　彼が除隊するまでに、機会は一度しかないんだぞ」

デヴォーは躊躇《ちゆうちよ》せずに言った。「率直に申しあげて、まるで確信はありません。彼の精神状態はだいぶ不安定のようです。わたしとしては、いまがチャンスだと思いますが」

一瞬後に伝わってきたマーティン大佐の声は、盗聴防止装置と静電気によって、かなり歪められていた。

「よし。じゃあ、きょうからスタートしたまえ。情報部にはわたしから通知しておく」

「かしこまりました」デヴォーは言って、電話を切った。

そのまま数秒間、受話器に手を置いて宙を見つめながら考えをまとめた。この手順を踏むのはこれで四回目だが、過去三回の場合、いずれも方法は異なっていた。こんどはまず告示から始めてみよう、と彼は決めた。

青い外套《がいとう》を脱いで、デスクからタイプ用紙をとりだす。そいつを電動タイプライターにさしこんで、ゆっくりと正確に打ちはじめた。数分もたたないうちに、指先が暖まってきた。

終わったのが十五分後。文面を注意深く読み直してからプリント・オーダー・シートを、とりつけて、タイプライターのスイッチを切った。

人事部の建物の印刷室には、だれもいなかった。まだ早すぎる時間だからだろう。チーフ・オフセット印刷機が三台置いてある、その大きな部屋の鍵をあけて、中に入る。印刷原稿用のかごの中の告示文の束をざっと繰り、自分の持ってきたタイプ用紙に〝最優先〟のタグをつけていちばん上にのせると、足音の反響する長い廊下を通って自分のオフィスにもどってきた。

さあ、これであとはおまえさんしだいだぞ、マックス、とデヴォーは思った。

そこから八キロ離れた寝室では、マックス・モスが身もだえしながら悪夢と闘っていた。彼に襲いかかってくる悪鬼はすべて、怒り狂ったエリック・モス少将の顔をしていた。

3

カール・シュタッヘルにとって、忍耐力を身につけるのは容易ではなかった。現在の地位につくための長い苛酷な闘いの過程ではなんとか自分を殺してきたとはいえ、それにはいつも並はずれた努力を払わねばならなかった。とりわけ、ロシア人を相手にする場合がそうだった。なかでも、ユーリ・アンドレーエヴィッチ・コシュカを相手にする場合には、とてつもない努力が必要だったと言えよう。

いまにしてもそうである。彼はすでに三時間以上も、コシュカのオフィスの待合室で待たされていた。しかも、そもそものきっかけといえば、至急会いたいというコシュカ大佐からのぶっきらぼうな電話連絡にあったのだ。それを受けたシュタッヘルは、ただちに自分の部のヘリコプターにベルリンで飛び乗って、ここフィノウの広大なソ連空軍基地の一画にあるコシュカ大佐の専用ヘリ発着場に到着したのだった。そのヘリのパイロットがまたトラックの運転手より乱暴なやつで、前方に立ちはだかる雷雲の中を、大型のMi-8ヘリコプターをふりまわすようにして突っ切ってゆくものだから、すんでにシュタッヘルは朝食を吐きもどすところだった。地上に降りれば降りたで、こんどはコシュカが専用運転手として使っているあのいかれたウクライナ人の運転する車が待っていて、風の吹きすさぶ飛行場を息つくまもなく突っ走ってきた。コシュカの待つ本部に一刻も早くシュタッヘルを送りこもうと急ぐあまり、その男は危うく駐機中のミグ25に衝突しそうになって、シュタッヘルもろとも、すんでにあの世行きになるところだったのである。それほどの思いをしてやってきたというのに、到着後三時間――いや、それ以上――もたったいま、彼、ドイツ民主共和国の誇る人民警察軍事諜報《ちょうほう》部長カール・シュタッヘルは、依然としてコシュカの豪奢《ごうしゃ》な絨毯《じゅうたん》の上で踵《かかと》を冷やし、コシュカの豪奢にはほど遠い来客用の長椅子をむなしく暖めていた。

もう我慢できん。

シュタッヘルは立ちあがり、シルク・タイを注意深く直してから、くわえていた最後のマールボロの火をもみ消した。表情をぐっと引きしめて、この上なく冷ややかな目つきで前方を見やると、彼は両手を背中に組んで大きく咳払《せきばら》いした。

六メートルほど離れたところで、コシュカの筆頭副官がデスクから顔をあげた。他のソ連軍参謀将校とちがい、コシュカ大佐は自分の特権を利用して美貌の女性を個人的補佐役の地位につけたりはしなかった。彼の副官は、ひとめでそれと知れる図太さによって若さを補っているパリパリの空軍少尉であった。彼は優秀な戦闘機乗りであり、卓越したドライヴァーであり、射撃の名手でもあった。何事であれ、自分の上官に有利になるよう事を運ぶ術《すべ》を心得ていたことは言うまでもない。だからこそ現在の地位に抜擢《ばってき》されたのであり、それ故にこそ彼は、これみよがしの贅沢《ぜいたく》な服を着た、横柄《おうへい》な、ヴォポの軍事諜報部長の威丈高な咳払いを一貫して無視していたのだった。上官と同じく彼もまた、ほとんどのドイツ人は信頼性に欠け、西側の影響に染まりやすく、マルキシズムに対する信仰を声高に表明しているわりには政治的信念が薄弱だ、と見なしていた。カール・シュタッヘルもまた、彼の見るところでは、その埒外《らちがい》にでるものではなかった。

「どうかしましたか、ヘル・シュタッヘル？」副官は訊いた。

その手なら、シュタッヘルも承知していた。上官への取次ぎをわざと拒むことによって、別の上官たる自分を威嚇《いかく》しようというのだ。が、こうなったら、おめおめとその手にのるつもりはない。「少尉、わたしはすでに三時間もここにこうして坐っているんだ。見たところ、きみはその間にわたしの名を大佐に告げもしなかったし、他のなんらかの手段でわたしがここにいることを大佐に知らせた形跡もない。どういうつもりなのか、説明してもらおうじゃないか」

ソ連空軍の少尉は無表情にシュタッヘルを見返した。シュタッヘルは、威風あたりを払うような巨漢だった。気の弱い人間なら、その前に立っただけで縮みあがってしまうだろう。赤みがかった金髪を背後に撫《な》でつけた、大きな砲弾のような頭部。レーニン風の粗放な顎《あご》ひげを生やした、石板のようにいかつい重厚な顔。眉はもじゃもじゃ、灰青色の目は深く落ちくぼんでおり、そのあいだから大きな鷲鼻《わしばな》が突きだしている。まるで、できの悪い新兵を見やる調練担当の軍曹にも似て、うんざりしたように半眼で世間を見つめる男——それがカール・シュタッヘルだった。その目は往々にして逆上のあまり大きく見ひらかれ、唇はちょうどいまのように、怒って反り返ることがあることを、コシュカ大佐の副官は熟知していた。彼が知っていることはほかにもあった。シュタッヘルの首とこめかみには醜い痣《あざ》がいくつかある。それをなんとか埋め合わせようとして、彼は日頃から高価な西欧製のスーツを着て、ふんぞり返っているのである。それはほとんどの人間に対して、シュタッヘルが意図したような威圧的な効果をあげたが、コシュカの副官にはさっぱり効き目はなかった。コリャーチン少尉は平然とシュタッヘルを見返すと、完璧なドイツ語で冷ややかに言った。「大佐殿はすでにご存じです、部長」

シュタッヘルの忍耐は、崩壊するビルのようにあえなく潰《つい》え去った。いかつい顔からは、たちまち血の気が失せた。それでも、性来の甲高《かんだか》い声を必死に抑えながら、彼は言った。

「それでは訊くが、なぜわたしはいまもこうして待たされているんだ、少尉？　そもそも軍事諜報部長たるわたしを、わざわざこうして呼びだしたからには――」

そのとき突然、コシュカ大佐の部屋の大きな鋼鉄製の両開きの扉が、勢いよくひらいた。中からコシュカとともに現われたのは、諜報担当の将軍――シュタッヘルの見るところ、マラコフ――であった。二人とも微笑を浮かべていた。扉の前でコシュカに向き直った将軍は、早口のロシア語で何事か話しかけた。とっさにシュタッヘルは耳をそばだてたものの、二人がしゃべっているのは聞き馴れないロシア語の方言だった。やがて将軍は、大股《おおまた》に歩み去った。

コシュカがさっとシュタッヘルのほうに向き、相手にしゃべる隙を与えずに言った。

「すまなかったな、ヘル・シュタッヘル。こんどの作戦は異例に高度なものになりそうなので、上層部の認可が必要だったのだ。まあ、入りたまえ」

シュタッヘルは黙って指示に従った。彼はいまだにユーリ・コシュカの前にでると、気《け》圧《お》されてしまう。彼自身、人を威圧するコツは心得ているほうなのだが、さりげなく睨《にら》みをきかせて人を意のままに従わせてしまうコシュカの名人芸に接すると、ただただ驚嘆してしまうのだ。コシュカ大佐はさほど立派な体格をしているわけではない。痩身《そうしん》と言ってもいいくらいほっそりしていて、白イタチのような顔をしている。濁った茶色の髪。生っ白い、高い額。いつもきつく引きむすんでいる、薄い唇。ナイフの刃のように鋭い鼻と、とがった顎。そして、ゴツゴツと突きだした喉仏《のどぼとけ》。貧相、と言っていいくらいの顔立ちだが、その目は生まれついての司令官のものだった。深みのある赤褐色で、やや間隔が狭く、すこし出目気味でもあり、常に催眠術師のような鋭い光を放っている。身長はごく人並みだが、濃紺の空軍の制服には、ハンニバルのように大佐の星章をつけている。その気になれば、コシュカはいかなる人間をも自在に操ることができた。

そしていま、彼はシュタッヘルにある作戦を手伝わせようとしていた。それは、ほぼ六カ月ぶりのことと言っていい。

シュタッヘルは、コシュカのモダンなスチール製のデスクの前に置かれた、背もたれのまっすぐな椅子に腰を下ろした。コシュカはドアをしめている。ピカピカのデスクにはたった一つのものしかのっていないことにシュタッヘルは気づいた。なめし革の表紙の、〝特別作戦〟のファイル・フォルダーだった。

やがてデスクを前に腰を下ろしたコシュカは、たのもしげな目つきでシュタッヘルを見やった。

「さてと、いかがおすごしだったかな、ヘル・シュタッヘル？　マイヤーリッツ事件をさばいたきみの手腕には、みんな感心させられたよ」

シュタッヘルはぽっと顔を赤らめ、次の瞬間、そんな自分に猛烈に腹を立てていた。叱《しっ》責《せき》ではなく賞《ほ》め言葉でも彼を赤面させることができるのは、コシュカくらいのものだった。

「恐縮です、大佐。もちろん、あなた自身の組織の尽力がなければ成功はおぼつきませんでしたがね」

なおも一、二秒シュタッヘルの顔を見つめてから、コシュカはファイルに目を落とした。

「ああ、そうだったらしいね」

あの修道僧のような顔をかすめたのは、薄い笑みだったのだろうか？　シュタッヘルはもじもじと身じろぎした。

コシュカがパッとファイルをひらいた。

「実はだな、シュタッヘル君、またしてもアメリカの軍用機の捕獲作戦を発動する必要が生じたのだ。こんどは通例の〝フェリックス〟共同作戦に新しい戦術を加味することになった。当然、極秘に進めることになる。決行日は十一月一日だ。どうだね、それまでにきみの部では準備ができそうかね？」

シュタッヘルは唖《あ》然《ぜん》として、懸命に考えを凝らした。十一月一日だって？　とすると、わずか三日後ではないか。ふつうなら〝フェリックス〟作戦は、必要なドライヴァーを確保し、車輌《しゃりょう》の整備をするのに、すくなくとも二週間の準備期間を要するはずなのに。もちろん、それ以外にも――。

「どうかね、ヘル・シュタッヘル？」

「もちろん、可能です、大佐。しかし、この種の作戦にしては異例に準備期間が短いですな。こちらとしては必要な人員を確保しなければなりませんし、装備にしても――」

しまいまで言わせずに、コシュカが遮った。「わかっとるよ、部長。しかし、時間が切迫しているのだ。説明を全部聞いてくれれば、きみも了解してくれるだろう」コシュカならではの皮肉っぽい口調は、ナイフのようにシュタッヘルの胸をえぐった。

「わかりました。どうぞ、おつづけください」シュタッヘルの洗練された西欧製のスーツの脇の下には、汗の黒いしみが広がりはじめた。

マイクロ・フィルムを引きのばして焼きつけた三枚の写真を選ぶと、コシュカはそれをデスクごしにシュタッヘルのほうに押しやった。

「いちばん上の写真は、アメリカ空軍の通例の飛行プランだ。〝極秘〟の判が押してあって、〝トムとジェリー〟という作戦名が記されているのがわかるだろう。二番目の写真は飛行区域とルート、それにある種の共同演習に参加する地上軍の位置を示している。この演習は、一週間の予定で行なわれる、通例のNATO諸国による合同機動演習だ。暗号名〝ミッキー・マウス〟というその演習については、すでに正規の申し合わせに従って、ブリュッセルの欧州連合軍最高司令部からわが方に通達がきている。ところが、明らかにその演習の一環である〝トムとジェリー〟については、いかなる通達もきていない。もちろん、きみもとっくに承知していると思うが、そいつは毎度のことでね。あらかじめ予定された機動演習に連動させて、NATO諸国がひそかに小規模の秘密演習を行なうのは珍しい事例ではない。その場合、大規模な作戦演習のほうは常にカモフラージュの役割を果たすのだ。しかし、今度の場合、その秘密作戦はわれわれにとってきわめて重大な意味を持っている。その意味は、三番目の写真を見ればわかるだろう」

シュタッヘルは写真を繰った。三枚目の写真は望遠レンズで撮られたらしく、かなり不鮮明だった。相当な遠距離から困難な条件下で写したらしい。被写体は、斜め横を向いている、あるアメリカ空軍機だった。しばらく考えて、シュタッヘルにはその機種の見当がついた。一九七二年にワルシャワ条約軍の戦車攻撃用に開発された、A-10双発地上攻撃機だ。

「ちがうね」コシュカは言った。「それは単なるA-10ではない。いまきみが手にしている写真は、ニューイングランドの辺鄙《へんぴ》なテスト用基地で撮られたものだ。そいつはA-10のきわめて特殊な変形機でね、在アメリカのわが方の軍事筋の話によると、A-10Fと呼ばれているそうだ。もしきみがアメリカ空軍機の現況に通じているなら、現在配備されているその機種はA-10Cと呼ばれていることを承知しているはずだ。しかし、このFとC

の両機種のあいだには、単なるアルファベットの相違以上のちがいがあるのだ。このA-10Fは、われらがワルシャワ条約機構軍にとっては、従来の物差しでは計れない、想像を絶する脅威となるおそれがあるのだよ、部長」

シュタッヘルは、ぼやけた写真にじっと目をこらした。すでにお馴染《なじ》みのA-10との差異はまったく認められなかった。単座の操縦席。長いまっすぐな翼。各種の兵器を搭載するために翼と胴体の下にとりつけられた多数の〝硬い爪〟。そして、ドイツ空軍スタイルの灰色のまだら模様の迷彩。どこをとっても、従来のA-10と変わるところはない。シュタッヘルはいささか面くらった。

「失礼ですが大佐、わたしにはこれという相違は――」

「ああ、わからんだろう。この機の恐るべき特徴は、その外観にはないのだ、シュタッヘル部長。それは操縦席の中にあるのだよ」コシュカは椅子から立って、デスクの背後をゆっくりと往きつ戻りつしはじめた。

「いわゆる電子対応装置の開発において、アメリカ軍が依然としてわれわれ社会主義諸国に対する優位を保っていることは、秘密でもなんでもない。つまり、世界的に見て社会主義諸国の軍事抑止力があまりに優勢なので、アメリカとしてはその種の高度なエレクトロニクスの広範な利用によって、かろうじてわがソ連邦との均衡を保っているのが実情なのだ。ところが、この新しい単座近接支援攻撃機によって、アメリカ側は総合的なバランスでも優位に立った。すくなくとも理論的には、従来考えられなかったほどの優位に立ったことになる。したがって、NATO軍とワルシャワ条約機構軍間の軍事バランスも、前者の圧倒的な優位に傾いてしまったのだよ。というわけで、われわれとしてはこの新型機を捕獲することが至上命令になったのだ、シュタッヘル部長。もはや遅延は許されない。失敗も許されない。結果はあまりにも重大なのでね」椅子に腰を下ろして、「そして、まさにその新型機を捕獲する命令がわれわれに下った。そのための最初にして――おそらくは唯一の――チャンスが、三日後に訪れる。その機会を逃すことはできん」

不意にシュタッヘルは、コシュカが汗をかいていることに気がついた。まちがいない、コシュカの青白い額には、小さな汗の粒がキラキラと浮いていた。こいつはどうだ――とシュタッヘルは思った――なんと、この男が不安に駆られているとは。

シュタッヘルは、あらためて事の重大さを認識した。コシュカとは知り合って五年になるが、その間《かん》目前のロシア人がすこしでも動揺の色を示したことは絶えてなかったはずである。彼らがまんまと誘導電波で越境させた西ドイツ空軍のトーネード機を追跡していた、あの晩にしてもそうだった。そのときシュタッヘルとコシュカが乗っていたヘリコプターはエルベ川上空で突然失速したのだが、パイロットが度を失っているのを見てとったコシュカは、平然とシートベルトをはずし、狭いドアから操縦席に移って、すくみあがっているパイロットから操縦桿《かん》を奪った。そして見事にタービン・エンジンを再始動させたのだ

――その間ヘリコプターは、三十トンもの岩石さながらに急降下しつつあったというのに。

じっさい、シュタッヘルの見るかぎり、コシュカという男は鉄の神経を持っているとしか思えなかった。コシュカが東ドイツ側との隠密の協力作戦の指揮官に任命されたとき以来、シュタッヘルがひそかに収集しはじめた彼に関する秘密ファイルにも、その観測を裏づける事実がすこしずつ集まってきていた。当年四十二歳のコシュカは、すでにして、ソ連空軍の他の上級士官五、六人が束になってもかなわないような、赫々《かっかく》たる功績をあげていた。最初に入学したのはモスクワ大学である。そこを、同級生のだれよりも優秀な成績で一九六一年に卒業。と同時に航空工学の博士号を取得。翌年、共産党に入党。そのまた翌年には空軍に入隊し、最新鋭戦闘機のパイロットとして集中訓練を受けた。未確認の報告書によれば、ヴェトナム戦では無標識のミグを操縦していたらしいが、その真実性は、中東における同様の活動が記録されていることで裏づけられている。チェコ事件に際しては戦闘機隊指揮官として活躍。その後、大使館付き武官としてロンドンに二年間駐在。さらに諜報担当中佐としてプレセックに勤務したのち、クレムリンの奥深くで二年勤務。現在はGRUの長官その人と直接話ができる地位にある。東ドイツ人民警察における、カール・シュタッヘルの十五年間の経験を通じて、GRUの長官とさしで話ができる地位にまで昇格し得た人間は、それまで一人もいなかった。が、ユーリ・アンドレーエヴィッチ・コシュカだけは、現にその地位にあるのだ。

そのコシュカが、いま初めて不安の色を露《あら》わにしている。

「どうだね、ヘル・シュタッヘル？　ちゃんと聞いてくれてるだろうね、いまの話を？」

三枚の写真をいじくりながら、シュタッヘルは自分の考えをまとめた。こちらの対処の仕方しだいでは、こんどの作戦で、単に人民警察部内での昇進をかちとる以上の成果をあげられるかもしれない。もしコシュカが、その態度に表われているとおりの不安をこの作戦の前途に覚えているのなら、見事こちらの任務を果たして、ドイツ民族主義、ドイツ・マルクス主義、真のドイツ社会主義の大義を、たとえわずかでも発揚することができるかもしれないではないか。

一つ咳払いをして、シュタッヘルは言った。「はい、大佐。もしこの飛行機が本当にわれわれの防衛網に対する重大な脅威になり得るのなら、いかなる努力を払っても捕獲すべきでしょうな。機体それ自体は重要ではないとおっしゃいましたが――すると、操縦席内のなにかが問題なんですな？」

コシュカは別の拡大写真をとりあげて、じっと目をこらした。「その辺の細かい点になると、きわめて大ざっぱなことしかわかっとらんのだ。とにかく、このA‐10に関するかぎり、アメリカ側のとっている警戒措置はかつてないほど厳重をきわめておってね。確実なのは、操縦席の近くに単数ないし複数の電子装置が備わっていること、しかもその装置は、現在アメリカ軍が保持している最も高度な対空兵器をも完全に無力化してしまう性能を有している、ということぐらいなのだ。正直なところ、わが方の対空兵器の技術水準がまだアメリカ側のそれにも達していないという事実に照らすと、これはきわめて憂慮すべき事態だと言わなきゃならん」

「かりに〝ヴィクター〟作戦を発動した場合、望ましい成果をあげるチャンスはありますかな？」

コシュカは首をふった。「こんどの場合、単にその飛行機を撃墜したのでは、なんにもならんのさ。問題の電子装置が機体といかなる相関関係を持っているかを知ることが、そもそもの目的なのだからね。それに、目下つかんでいる情報によると、地対空ミサイルもこの機に対しては役に立たん。そもそも、その種の対空兵器を無効にするために、その装置は造られたのだから。やはり〝フェリックス〟作戦でいって、この標的の能力に適応した修整を随時加えていくしかあるまい」

そこで彼は立ちあがった。「となると、第一区の地図が必要だな」言いながら、デスクのへりの下に隠されているボタンを押すと、シュタッヘルの左手の壁がかすかにブーンと唸りだした。シュタッヘルはそちらを向いた。天井のリールから大型の白いスクリーンがするすると降りてきて、ウッド・パネルの壁を蔽《おお》った。簡単な紙の地図ですませようとしないところが、いかにもコシュカらしい点であった。

次にコシュカは、スクリーンの反対側の壁に歩みよって、縦に十個並んでいるボタンの、上から四つ目を押した。精緻《せいち》なパネルによって隠されている映写機から明るい光線が放たれ、数秒後には向かい側の壁のスクリーンに地図が映しだされた。ドイツ中央部の四角形の地図だった。ほぼ中央部に、東西ドイツの国境線が上下に走っている。

「ここが」コシュカは言った。「ヴォルフスブルクだ。NATO軍の演習〝ミッキー・マウス〟は、この北方約三〇キロ、ボイツェンハーゲン村の近くで行なわれる。NATOの通達によると、重機甲部隊に支援された二個師団が参加することになっており、それはわが方の情報筋の報告とも符合している」

コシュカは次いで、国境からさらに離れた一点を指さした。「ここが、ヴォルフスブルクの西方約七〇キロのエーデミッセンだ。〝トムとジェリー〟作戦の計画によれば、このエーデミッセンの草原にある滑走路が、共同作戦に参加する空軍機の前方作戦基地に使用されるらしい。そこにはイギリスのベントウォーターズ・イギリス空軍基地に駐屯している、アメリカ空軍のA-10三個飛行隊が派遣されるはずだ。その三個飛行隊の中には、問題のA-10Fが四機まじっている。この飛行隊のフライト・プランには、それらA-10Fの任務の若干が明記されているが、それがすべてではない。残念ながら、この情報を盗みだしたわが方の諜報員は、これらA-10Fの詳細な任務は飛行隊のプランには記されていないということを知らなかったのだ。したがって、手がかりはほんのわずかしかないのだが、幸いなことに、それでもわれわれの目的には充分でね」

シュタッヘルはじっと地図に目をこらしながら、コシュカの説明している込み入った作戦を頭の中で整理しようとしていた。たしかにアメリカ軍が公然たる作戦演習の一環として隠密の作戦演習を実施することがときおりあるのは事実である。それに対し、ソ連側がこれほど乏しい情報をもとに対応を迫られるのは珍しいのではあるまいか。

「この四機の特別機の展開に関する情報は、完全とは言えん。しかし、確実にわかっていることもあるのだ。つまり、彼らの指揮官――まあ、便宜上〝ムイシュカ〟とでも呼んでおくことにするが――その〝ムイシュカ〟の操縦する機は、ある特定の時刻に小さな丘の上空で旋回しながら待機するよう指令を受けている。彼は一五〇〇時に、ボイツェンハーゲンの西一五キロにある、ケンシールスベルクという標高八〇メートルほどの丘の上空に飛来する予定になっているのだ。そこで彼は、僚機が到着するまで一〇〇〇メートル以下の高度を保って、旋回することになるだろう。それから僚機と編隊を組んで、前方作戦基地に帰投する――どうも、そういう行動予定らしいのだがね」

コシュカの目はギラギラと輝いていた。「われわれが〝フェリックス〟飛行隊を発進させるのは、〝ムイシュカ〟がその旋回地点に到着したときだ。指揮はわたしの副官コリャーチンにとらせる。コリャーチンはそのときまで、わが方のシュテンダル空軍基地で待機することになるだろう。いよいよ〝ムイシュカ〟が接近したという合図が地上要員から入ったら、即刻国境沿いに最高度の妨害電波を発信する。そのために、国境沿いの通信部隊も強化するつもりだがね」シュタッヘルの驚いた表情を見て、コシュカはつづけた。「なに、心配せんでいい。彼らの通信を長時間にわたって完全に妨害することが不可能なのは、わたしもよく承知しているさ。電波妨害は、〝フェリックス〟飛行隊が越境して〝ムイシュカ〟の背後につくまでのあいだ続行できれば、それでいいのだ。〝フェリックス〟はそれから散開して、〝ムイシュカ〟を国境に追いこむことになるだろう」

「しかし、もし先方が応戦してきたらどうなります？」

シュタッヘルがたずねると、コシュカは薄く笑った。「たしかに、そういう可能性もある。だがね、A－10は戦闘機ではなく、単なる地上攻撃機にすぎんのだ。それに対してわが方は、特別武装のミグ25をコリャーチンに委《ゆだ》ねて投入するのだからな。それに、われわれの得た情報によると、こんどの演習でそのA－10Fは実弾の代わりにレーザー捕捉《ほそく》装置を使用するらしい。とすると、〝ムイシュカ〟は武装すらしていない可能性もある。となるとどうなるか。〝ムイシュカ〟はコリャーチンに追いたてられるように、前方に逃げてゆくしかない——そして強制着陸させられることになる」薄い笑みがすっと消えて、勝ち誇ったように獰猛《どうもう》な表情が浮かんだ。「そのときには、やつはもう国境のこちら側にいる。われわれの領土にな。われわれはこちらの望む場所で、〝ムイシュカ〟とその特殊電子装置を捕獲できるというわけだ」

シュタッヘルは、そのプランをじっくりと検討してみた。〝フェリックス〟飛行隊は、通例、危険性の低い標的に対して起用される。輸送機、民間機等、応戦してくる気づかいのない航空機が相手の場合だ。理由は簡単で、国境を越えての作戦活動は宣戦布告に等しいからである。たしかに、過去、ミグ機を越境させたことは何度もある。その場合、敵のレーダーにひっかからぬよう超低空を飛び、しかも十分以内に帰投すれば、まず安全と言っていい。にしても、いくつかの深刻な疑問が残る。

シュタッヘルはもじもじとネクタイをいじくった。

「素晴らしい案ですな、大佐。ですが、われわれが突然電波妨害を行なったら、NATO側の疑惑を招かんでしょうか？ それに、連中が常に一万五〇〇〇メートルの高度で飛ばしているAWACS、つまり空中早期警戒管制機がこちらの動きを察知せんでしょうか？」

コシュカの顔に貼りついていた笑みは、すっと消えた。

「電波妨害そのものについては、危険を覚悟で実行しなければならん。しかしな、NATO司令部は、かりにそれに気づいたとしても、こちらに抗議したりせず、むしろ連中の装備をテストする好機として利用するはずだ。わが軍がいかなる警戒態勢もとっていないこと、国境近くにいかなる地上軍も進出させていないことを、連中は承知しとるのだからな。連中はきっと、それはわれわれの側の演習だと思うだろう――われわれが連中の電子防御システムをテストしているのだ、と」

シュタッヘルは不安そうに身じろぎした。

「しかし、AWACS機の高度なレーダーにかかると——」

「その心配は要らんよ、ヘル・シュタッヘル」コシュカは首をふった。「いいかね、この先さらに天候が悪化するだろう、とわれわれの気象衛星が予告していることを思いだしたまえ。そういう悪天候下でわが方の機がつい迷い子になり、心ならずも越境してしまったところで、だれがそれを責められるというのだ？　それにわが〝フェリックス〟はNATO演習部隊の地上レーダーの捕捉範囲外を飛ぶのだし、国境沿いに張りめぐらされているレーダー網にもひっかかる恐れのない低空を飛ぶはずだ。絶対に気づかれんよ。逆に、こっちが首尾よく〝ムイシュカ〟を捕獲したら、向こうが越境したとNATOに抗議してやるさ」

コシュカは耳ざわりな声で笑った。

予定されている作戦ゾーン周辺の地勢なら、カール・シュタッヘルも見たことがあった。だから、悪天候うんぬんに関するコシュカの言葉が決して的はずれではないこともわかっていた。おそらく森には嵐が吹き荒れ、寒気はいや増し、滝のような豪雨が降りしきることだろう。だが、そのプランを成功させるためには、正確無比なタイミングと完全無欠な技倆《ぎりよう》が要求される。果たしてコシュカの目論見《もくろみ》どおりにすべてが運ぶかどうか——そうは思ったものの、シュタッヘルはあえて異議を呈さなかった。といって、それは目の前の人物の権勢や、彼が体現している権力に気圧《けお》されたからではない。そうではなくて、いまコシュカの明かした新たな〝フェリックス〟作戦が成功するか否かのきわどい境目に、祖国ドイツ民主共和国の国威と彼シュタッヘル個人の名声を発揚する機会が賭けられているからだった。シュタッヘルはただ微笑して、うなずいた。

「となると、地上の追跡班の配置はどういうことになりますかな、大佐？」

コシュカは地図に視線をもどした。「軍事制限地帯十五区と十六区に、最大の主力を置くことになるだろうな――つまり、レツリンガー・ハイデとラーテノウにだ。〝フェリックス〟のパイロットたちは、それらの地区内にA‐10を強制着陸させてくれるだろう。そうすればわれわれも、ポツダムのわれらが〝友人たち〟からの干渉をいささかも受けずにすむ」

最後のくだりを述べたとき、コシュカはかすかに苦笑していた。

むろんシュタッヘルには、彼の言わんとするところがわかっていた。ポツダム駐在のアメリカ軍〈奪還チーム〉が三回に二回は彼とコシュカから獲物を奪いつづけているという事実は、二人にとって、絶えざる頭痛の種子《たね》だったのである。もっともシュタッヘルは、その成功率にすら、誇りを抱いてもいた。彼の前任者などは、どんなに努力しても必ず獲物を奪われてしまうのが常だったのだから。いまはただ、ミグの指揮官機がコシュカの見こんでいるとおりの有能さを発揮してくれることを祈るしかない。かりにも問題のA‐10

機が永久軍事制限地帯の外に着陸しようものなら、ポツダムのアメリカ軍チームとシュタッヘルの追跡班との寸秒を争うレースになることはわかりきっているのだから。それは考えただけでうんざりだった。

「地上支援に関しては、どうなりますか、大佐？　われわれの追跡班はあなたの組織の支援を期待できましょうか？」

コシュカは眉をひそめて、窓外の灰色の光景を見やった。「残念ながら、それは不可能なのだよ、シュタッヘル部長。わたしの指揮下の優秀なドライヴァーたちは全員、モスクワに召還されて、ソ中国境の特別任務に派遣されたのだ。つい数日前のことなんだがね。こんどのA‐10の情報がもっと早く入手できていたら……まあ、いまさらそんなことを悔《くや》んでもはじまらない。したがって今回の作戦を遂行するのは、きみのほうの追跡班とわたしだけ、ということになる。もちろんわたしは、もっと多くのドライヴァーをまわしてくれるよう要請したのだが、マラコフ将軍はこう言うのだ――ソ連軍の兵士は優秀な戦士ではあるが、必ずしも優秀なドライヴァーではない、とね。まあ、ドライヴァーの数が絶対的に不足しているのは事実なのだ。今後、ドライヴァーが補充されるまでにはかなりの時間を要するだろう」コシュカは不満そうに、ぐっと顎《あご》を引きしめた。おそらく――と、それを見てシュタッヘルは思った――彼の精鋭ドライヴァーたちが配置転換された際には、白熱した論議が交わされたのに相違ない。

「それともう一つ。ポツダムのアメリカ軍が発信する電波の妨害を、この前のときより効果的に実施していただけるでしょうか、大佐？　ご記憶でしょうが、あのときわずか数キロの差で獲物を逃がしたのは、高感度の誘導電波によって——」

「ああ、ああ、覚えてるとも、シュタッヘル。こんどは湖の向こうに特別班を配置するから心配要らんよ。その班には最新の電波妨害装置を持たせることにする。その装置によっても妨害できないのは、電子光学通信くらいのものさ。それに、たとえアメリカ軍でも、五〇〇〇メートルもの厚さの雲に、レーザーで穴をあけるわけにはいくまい」

そのとき、デスクの中でブザーが鳴った。さっと受話器をとりあげると、コシュカは明瞭なロシア語で言った。「なんだ、コリャーチン？　どうした？」

コリャーチンの返事はシュタッヘルには聞こえなかったが、コシュカの顔は苛立たしげに歪んだ。

「いや、すぐにお会いしよう。次官殿をお待たせするわけにはいかん。お通ししてくれ。それから」——ちらっとシュタッヘルのほうを見やって——「ヴァーニャを呼んで、シュタッヘル部長をヘリコプターまでお送りするように言え」

受話器を置くと、彼はデスクをまわって近よってきた。

「すべて了解してもらえたかね、ヘル・シュタッヘル？」

シュタッヘルはわずかに頭をかしげた。コシュカは三時間も自分を待たせながら、わずか十五分で説明を切りあげ、昼食すらふるまおうとしない。これがロシア流というやつなのだろう。これがコシュカ流なのだ。

「ええ、大佐。すべての準備が成りしだい、電話でご報告します」

「けっこう」コシュカの心はすでにシュタッヘルにはなく、早くも次官との会見に備えているようだった。二人がまだ話しているうちに、その次官が入ってきた。シュタッヘルは退出しようとして、その男がソヴィエト共産党中央委員会のアレクセイ・グレジンであることに気づいた。コシュカの態度がうって変わって卑屈になった。

「これはこれはグレジン同志！　おひさしぶりですな。いかがですか、最近お嬢ちゃんのナターシャは――」

副官のコリャーチン少尉がドアをしめたので、あとは聞こえなかった。ロシア人はいつもこうだった。イデオロギーでは兄弟でも、どっちがボスかは忘れるなよ――常にそういう態度をとるのである。

シュタッヘルが顔をしかめているところへ、大男のウクライナ出身の軍曹が入ってきた。さっと敬礼するなり、お粗末なドイツ語で、「用意はいいですか、部長殿？」

シュタッヘルは帽子と外套《がいとう》を壁の洋服掛けからとって、ヴァーニャにうなずいた。

「ああ、いいよ、ヴァーニャ。しかし、その前に、どこかで昼食をとれんかな？」

大男のロシア人の頭は、左右に揺れた。「申しわけありませんが、部長、ヘリコプターにまっすぐお連れしろ、との命令です。どうしてもとあれば、これから大佐に——」

「いやいや、けっこう」シュタッヘルは吐息をついた。「そこまでしてもらうには及ばん。どうせ四十五分後には、ベルリンの行きつけのレストランで食べられるんだ。さあ、でかけよう」

ヴァーニャは無表情にふり向いて、シュタッヘルのためにドアをあけた。その前を、シュタッヘルはつとめて尊大な物腰で通り抜けた。

ヘリコプターまでのドライヴと、それにつづく飛行は、きたときに劣らず荒々しかった。いったいロシア人の中には、機械の正しい扱い方を心得てるやつが一人でもいるのだろうか？

激しく揺れるヘリコプターに身を預けながら、シュタッヘルは思った——こんどのA‐10捕獲計画でいちばん気がかりなのも、ロシア人たちのこの不器用さなのだ。第二次大戦後、彼らロシア人は全国民的な劣等感から軍備の増強に狂奔し、世界最高の軍事大国にのしあがった。けれども、その軍備にしたところで、質の劣悪さと操作性の悪さを圧倒的な量で補っている観がある。こんどのコシュカの計画にしても、穴があるとしたらそういう点だと言えるだろう。

大型ヘリの中で前後に揺られながら、シュタッヘルは鼻を鳴らした。コシュカのやつはさも見下したように、A‐10のパイロットを〝ムイシュカ〟と名づけたが、おそらく敵はねずみどころ《ムイシュカ》ではあるまい。過去十五年にわたってアメリカ人パイロットたちを追いかけまわしてきたシュタッヘルは、彼らに対してある種の敬意を抱くようになっていた。むろん、彼らのイデオロギーは軽蔑《けいべつ》していたし、そのファシスト的な政治体制は憎悪の対象以外の何物でもなかったが、彼らアメリカ人パイロットたちが一様に示す勇気と卓抜な技倆は、評価するにやぶさかではなかった。スクリーンに映した地図をさしてきれいごとの計画を並べたてるのと、それを実行に移すのとでは同日の論ではないのだ。

とりわけ——と、シュタッヘルは思った——そのA‐10Fのパイロットが、ユーリ・アンドレーエヴィッチ・コシュカの望みに反した行動をとったとしたら。

たとえ敵であろうと、コシュカの鼻を明かそうとする人間がいるかもしれないと思うと、シュタッヘルはついにんまりとした。そのとき、ヘリコプターは突然下降気流に遭遇した。カール・シュタッヘルは、もはや自分のむかつく胃袋のこと以外なにも考えられなかった。

4

意識と無意識のはざまを漂いながら、マックスはゆっくりと眠りから抜けだしつつあった。が、無意識の世界にいるほうが、まだしも楽だった。深い眠りの底から浮かびあがって、うとうとしながら目をさましそうになるたびに、万力でしめつけられるような頭痛を覚えたからだ。それに、寒さも感じた。

そのうちとうとう眠りが完全に遠のいて、粘つく目蓋《まぶた》をむりにひらいた。冷えきった体の中を血が搏動《はくどう》しながらめぐっている。苦しかった。血がずきんと脈打つたびに、万力がぎりぎりとしめつけてくる。しばらくなにも考えずに、じっと横たわっていた。

外界の眺めがすこしずつ焦点を結びはじめた。寒さを感じたのは、寝室の小さな電気ヒーターのスイッチを入れ忘れたまま、ベッドに倒れこんでしまったからだった。そのくせドアはきちんとしめてあったから、家の中のぬくもりが完全にその部屋からしめだされていたわけである。マックスは溜息《ためいき》をついた。イギリスの暮らしには、それなりの欠点もある。セントラル・ヒーティングに対する国民的な嫌悪などは、その一例と言ってよかろう。

外はどんよりとした灰色の世界だった。早朝の霧が雨に変わっていた。ときどき思いだしたように突風が吹いて、窓に雨音が響く。通りの木々も風に揺れていた。

頭痛がぶり返さないよう、そっと首をひねってマックスは時計を見やった。化粧台の上のデジタル時計のスクリーンには、緑色に輝く七センチもの大きさの文字が現われるのに、目の焦点をそれに合わせるのに三十秒もかかった。二時を、それも午後の二時を、まわったばかりだった。

しばらくそのまま横たわって、吐息が白い小さな雲と化してゆくさまを見守った。つとめて単純なことしか考えないようにした。

昨夜のパーティーは成功だったのだろうか？　ビールとマリファナ・タバコの消費量を目安にするなら、答えはイエスだ。参加者の数を目安にするなら、やはりイエス。昨夜は多いときで十人は集まったのだから。では、愉快なパーティーだったと言えるだろうか？マックスは目を閉じた。こうした生活を四年つづけたいまも、彼は、底なしの孤独を飼っている男たちがなんとか気分を浮き立たせようと必死になっているさまを、〝愉快だった〟と形容することはできなかった。

彼らのほうだって、こちらが自己嫌悪に陥っていることに気づいたにちがいない。その場の雰囲気《ふんいき》に没頭できない人間くらいパーティーをだめにするものはない。だからこそ彼らは、ルーとマックスだけをその場に残して、零時前に、早々と引き揚げていってしまったのだ。女がまじっていたら――たとえクリスティーでもいてくれたら――すこしはちがっていたかもしれないが、昨夜に限って、女抜きにしようとルーが主張したのだった。ルー。あいつはなぜあんな遅くまで付き合ってくれたのだろう？　この家で共同生活をしはじめて二年になるが、その間、彼とルーが――いや、ルーに限らず、一緒に住んでいる他の二人の男のうちだれとでも――同じパーティーに参加したのは四回しかない。その四回ですら、みんな単なる付き合いのために顔をだしたのだ。

頭が、またずきずきと痛みはじめた。考えすぎるからだ、とマックスは自分に言い聞かせた。何も考えずに、ぼやっとしていよう。

だが、昨夜ルーが遅くまで居残っていたのはビールとマリファナ以外になにか魂胆があったのではないか、という考えが頭にまとわりついて離れない。単なる友情からだとは、とても思えないのだ。早い話、昨夜までのルーとの間柄はお互いに会えば挨拶する程度の域をでなかったのだから。それに、お別れパーティーをひらくべきだ、それも階下でひらくべきだと最初にすすめたのはルーだったのである。

マックスは頭を左右にふった。きりきりとしめつけられるような頭痛に代わって、こんどはフォード自動車会社の組立て工場がフル稼働しているような猛烈な痛みが襲ってきた。まるで熟れすぎたメロンのように、頭が真っ二つに割れるのではないかと思われるほどだった。

このみじめな状態を脱するには、もはや起きあがるしかない――呻《うめ》きながら得た結論がそれだった。横たわったまま身がまえ、歯をくいしばり――それだけでずきんと頭に響いた――パッと毛布をはねのけた。とたん、北大西洋のように冷たい空気が、体中を押し包む。ぶるっと震えて寝返りを打ち、床に転げ落ちた。

その床の冷たいことといったらない。ベッド以上だった。おかげで目がはっきりとさめ、すこしは頭痛を忘れることができた。ゆっくりと起きあがってベッドの柱をつかみ、浴室へのダッシュに備える。が、いざ駆けだそうとすると、まるで足が言うことをきかない。

つんのめりながら戸口に近よってドアをむしりあけ、三メートルの距離をよろめき歩いてようやく浴室に着いた。壁のヒーターがつけっ放しだった。重大なルール違反だが、おかげでこの部屋だけは暖まっていたのだから、違反者には感謝しなければ。たてつけの悪いドアをバシンとしめて、ところどころ欠けている陶器の洗面台にもたれかかった。

鏡をのぞきこむ。長い強制収容所生活ののちにジンにありついた男のような顔が、こちらを見返した。黒い髪はだらしなく額にかかっていたし、本来鮮やかな緑色の目は真っ赤に血走っていた。頰骨から喉仏《のどぼとけ》まで黒い無精ひげに蔽《おお》われ、唇はカサカサに乾いている。鼻孔もややひらいていて、赤かった。そして、突きでた両の頰骨の上には、赤い斑点《はんてん》が一つずつ。顔の残りの部分は、魚の下腹のように白かった。

と、突然、吐き気がこみあげてきた。すぐに隣の便器におおいかぶさって、吐いた。五分間も吐きつづけていると、胃がからっぽになる。全部吐いてしまうと楽になるのは毎度のことだ。執拗《しつよう》な頭痛も、いくぶん薄れてきた。

シャワーも完璧《かんぺき》に役目を果たしてくれた。もうもうたる湯気の中で、熱い湯を全身に浴びると、甦《よみがえ》ったような心地がしてくる。降り注ぐ湯の外に踏みだすと、やっとこれから先のことを考える元気が湧《わ》いてきた。

タオルで体をぬぐいかけたとき、脱衣所の壁にかけてある大きな掲示板の真ん中に、新しい紙が貼りつけてあるのが目に留った。頭をタオルでふきながら、近よって目を走らせた。
基地の正規の情報伝達媒体である、公報だった。安っぽいボンド紙に印刷されていること公報は、新聞の役目を果たそうとするものではなく、イギリス空軍ミルデンホール基地に勤務する四千人の兵士たちに、司令部の声明や指令を一方的に下達するためのものだった。いつもだとマックスは目もくれないのだが、きょうは一面の最後にのっている記事に注意を引かれた。そこだけが、赤枠で囲まれていたからである。

〈7〉語学堪能《たんのう》なドライヴァー＝次の条件を満たす語学に堪能なドライヴァーを募集。階級は二等軍曹、ないしそれ以下の者。頑健な肉体を有し、ロシア語とドイツ語を流暢《りゅうちょう》に操れること。カー・レースと車の整備の経験を有すること。仕事の内容は応募者にのみ知らせる。詳細を知りたい者は、デヴォー二等軍曹、並びにハリスン三等軍曹（電話ＤＰＭＣＡ／二一五八）に連絡せよ。

デヴォーの名前を見て、マックスはにやっと笑った。そうか、それでルーのやつは昨夜あれほど執拗にからんできたのか。すべてはこの、偽の公報記事をでっちあげるためだったのだ。ドライヤーをソケットにさしこみながら、マックスはまたくっくっと笑った。人事部のやつのユーモアのセンスとは、この程度のものだったのか。除隊を間近に控えている者が、同僚たちから偽の命令を受けたり、偽の昇進通知を伝達されたりして、一杯くわされるのは毎度のことなのだが、偽の公報をでっちあげることを考えつくようなやつは、軍隊に骨を埋める気でいる人事部の下士官、ルー・デヴォーくらいのものではなかろうか。マックスはほっとした。ともかくもこれで、昨夜のルーのあの奇妙な言動の理由がわかったというものだ。なおもにやつきながら、マックスはドライヤーのスイッチを入れた。が、それからの一時間、あの公報の告示はマックスの頭を離れなかった。キッチン・テーブルに坐って、他の連中が見向きもしない中国茶をすすりつつ古いバター・パンをむしゃむしゃ食べながら、彼はあらためてそれについて考えてみた。第一に、どうもルーはあの手の悪ふざけをするような人物ではないような気がする。日頃の真面目な勤務ぶりからいってもそうだ。履歴書等には嘘の記述はしないほうがいい、と昨夜訓戒をたれたときの彼の口調は真剣そのものだった。だいたい、デヴォーは、すでに三期目の軍務についている男である。昇進のスピードは遅いにせよ、空軍に惚《ほ》れきっている。同僚たちと軍隊生活をこきおろす場合でも、彼だけはいかにも仕方なくといった風情で調子を合わせるのが常だった。考えれば考えるほど、あのルー・デヴォーが、あれほど忠勤を励んでいる軍隊の公報を冗談の材料にするようなことは、ありそうにないように思われてくる。

マックスはカップを置いて、唇をすぼめた。とすると、やはりあの公報の告示は本物なのだろうか。ひょっとするとデヴォーは、昨夜の段階ですでにあの告示の内容を知っていたのかもしれない。知っていて、単なる好奇心から、こちらが有望な候補者になり得るかどうか、さぐりを入れていたのかもしれない。もともとデヴォーとフランク・ハリスンの職務には、あの手の告示の応募者を受けつけることも入るのだから、そうであったとしても不自然ではない。

どう考えても不自然なのは、あの告示の職務内容そのものだ。ロシア語とドイツ語がしゃべれて、しかも車の整備とカー・レースの経験のあるドライヴァーなど、いったいどこのだれが必要とするのだろう？　というのも、七〇年代の後期に入ってから、ヨーロッパ駐留アメリカ軍の将官たちの車の運転手には、すべて現地の軍隊の提供する人員が起用されるようになったからである。NATOの新しい軍隊の地位条約が批准されて以来、それが慣行となったのだった。せっかくのわりのいい仕事をそれで棒にふった、と公然と息まいている元空軍の運転手たちを、マックスも何人か知っている。となると、ドイツやモスクワにおいて将官たちの運転手役を務めるという任務でもなさそうだし。ほかにはいったいどういう仕事が残されているだろう？

考えこんでいるあいだに、黄色いお茶はすっかり冷えてしまった。そんな風変わりな条件を必要とする軍務など、どうしても思いつかない。ひょっとすると、どこかの大使館かなにかで……。

馬鹿ばかしい。あれこれ考えるより、ルーに直接電話すれば、一発でわかることではないか。腕時計をのぞいた。三時十五分。ルーはきっと勤務についてるだろう。

基地に電話を入れ、内線の二一五八につないでくれ、と頼んだ。最初の呼出し音で、ルーがでた。

「人事部デヴォーだが――」

「やあ、ルー。マックスだよ。掲示板にでている告示を見たんだが、あれはなんだい？ごたいそうな条件がいろいろと並べてあるが――」

「いま、宿舎から電話してるのか、マックス？」

「ああ。おれは――」

「じゃあ、それ以上なにも言うな。どうだ、関心があるか？」

「そうだな……まあね。ゆうべ、あんたからいろいろと手厳しいことも言われたし――」

「よし。実は、そう言ってくるのを待ってたんだ。もっと詳しいことを知りたけりゃ、こっちにこいよ。知りたくなけりゃ、忘れるんだな」

マックスは眉をひそめた。

「今夜、おれの部屋で教えてくれないか？」

「すまんが、それはできんのさ、マックス。これは機密扱いなんだ。本当に知りたけりゃ、こっちで説明を受けてもらわにゃならん。いいな？」

マックスはしばらく沈黙した。〝機密扱い〟という魔法の言葉をデヴォーが発したとき、マックスは即座にそれを信じた。デヴォーは、将軍の位以下の人間でそういう言葉を口にできる数少ない人間の一人だったからだが、それはそのまま、デヴォーがいかにアメリカ空軍に対して献身的であるかを物語っている。そう考えると面白くないが、相手も強情な男である。仕方なく、その場は折れることにした。

「わかったよ。じゃあ、十五分後にはそっちにいくから」

「けっこう。制服を着てこいよ」

「なんだって？　そいつはどういうこったい、ルー？　こっちは非番なんだぜ」

「いやなら、詳細を教えるわけにもいかん。じゃあな――そうそう、浴室のヒーターのスイッチ、忘れずに切ってこいよ」

電話は切れた。

一瞬マックスは、この件はきれいさっぱり忘れてしまおうか、と真剣に考えた。じっさい、一カ月後にはもう民間人になっているのだし、そうなれば月に一度失業手当をもらいにいくだけで、のんびりと気ままに暮らせるのである。髪が長すぎるなどと文句を言われることもなければ、午前二時にベッドから引きずりだされて、阿呆なパイロットがぶちこわした降着装置の脚支柱《ストラット》の修理に駆りだされるようなこともない。

しかし、まあ、聞くだけ聞いてみてもいいかもしれない。どうせきょうはもう、することもないのだし。ルーに会ったあとで、映画でも見て帰ってこよう。二階にあがると、マックスは作業服ではなく、青い第一種軍装のほうに着がえた。デヴォーに対するちょっとした腹いせだった。それに、きょうは作業服より、ウールのシャツにタイをしめていったほうが暖かいだろうし。

　小やみなく降る雨のせいで、道路は渋滞していた。時速三〇キロでのろのろ走るトラックに前をふさがれているのでエンジンは不機嫌そうだったが、おかげで彼は例の奇妙な告示について じっくりと考えることができた。三十分ほど考えこみながら車を走らせたのちに、ミルデンホール基地の中心にある大きなレンガ造りの建物の前に着いた。例の告示に関する疑問に対しては、やはりこれという答えはだせなかったが、それもじきに明らかになるだろう。

　二〇一号室に入ると、デヴォーがこちらを見上げた。ハリスンの姿はない。ほかにはだれもいなかった。無言で椅子をルー・デヴォーの前に引き寄せると、マックスはそこに腰かけるなりぐっと前に身をのりだして、ルーの書類の上に雨滴をしたたらせた。

「しいっ。間諜二十四号、ただいま参上。で、秘密の情報とは？」

　デヴォーは静かにこちらを見返した。眼鏡の奥には決して動じることのない目が光っていて、どこか学者めいた雰囲気《ふんいき》を漂わせている。黙って立ちあがると、〝機密の会議中につき立入禁止〟の札をドアの前にさげて、内側からロックした。その動きを、マックスは興味津々《しんしん》たる面持で眺めていた。

「おどろいたな、ルー。そこまでする必要があるのかい？」

依然として無言のままデヴォーは着席し、最上段の引出しに手をのばして、中からフォルダーをとりだした。機密書類であることを示す赤いふちどりがしてあった。マックスの驚いたことに、表紙に貼りつけてある分類票には、彼自身の名前と兵籍番号が記してあった。

そこから、一部記入ずみの用紙を三枚とりだすと、デヴォーは向きを逆にしてマックスの前に並べた。

「この三枚、いずれも×と記してある隣にサインしてくれ」

マックスはとうとう怒りを爆発させた。

「いい加減にしろよ、ルー。こいつはまるで、安っぽいスパイ映画の一場面じゃないか。いったい、どうして――」

にこりともせずに、デヴォーは書類をさし示した。

「すまんな、マックス。しかし、どうしても詳細を知りたけりゃ、この守秘誓約書にサインしてもらわなくちゃならんのさ」

マックスは腹立たしげに、デヴォーの手から政府支給の黒いボールペンをとりあげた。自分の名前と日付をさっと走り書きして、ペンを放りだす。

「さあ、書いたぜ、総統閣下《マイン・フューラー》。こんどはよけいな御託《ごたく》を並べずに教えてくれるんだろうな」

淡い緑色の目が、ギラギラ光っていた。

デヴォーは顔色も変えずに書類をとりあげた。「よし、話そう。実はベルリン地区のある施設が、東ドイツ領内を車で走りまわれる人材を必要としているんだ。ただし、その人間は車を猛スピードで、巧妙に走らせるテクニックを持っていなくちゃならん。それに、東ドイツの人間やロシア人ともときどき会話を交わす必要に迫られるので、その能力もあるやつでなければならん。勤務期間は四年。採用決定と同時に昇進を認められる。これだけ聞いて、もし関心があるなら、残りは情報部で聞いてくれ」

そこで椅子の背にもたれかかると、デヴォーはじっとマックスの顔に目をこらした。

マックスは耳を疑ぐった。

「東ドイツだって？　なぜあんなとこでアメリカ軍の兵士が――」

「それは話せんのだ、マックス。いまきみがサインした誓約書で知ることができるのは、そこまでなのさ。それ以上知りたければ、ブラウン大尉に会ってもらわなきゃならん。どうだい、会ってみたいか？」

マックスに否《いや》やはなかった。デヴォーの簡単な説明を聞いたかぎりでは、特別食指も動かなかったが、とにかく全貌を知るまでは腹の虫がおさまらない感じだったのだ。

「ああ、会ってみたいよ」

ルー・デヴォーは受話器をとりあげて、四桁《けた》の数字をダイアルした。

「ブラウン大尉をお願いします。こちら、デヴォー二等軍曹」

一瞬の間を置いて、

「大尉ですか？　デヴォーです。モス三等軍曹がきております。第二次の内容説明を受けたいそうで。わかりました。すぐまわします」

受話器を置いた。

「じゃあブラウン大尉のところにいって詳細を聞いてくれ、マックス。たぶん、あんたの知りたいことはぜんぶ教えてくれるだろう。大尉は主格納庫のそばの、四五一号舎にいる」

マックスは立ちあがって、荒々しく帽子をかぶった。そのままでていこうとすると、デヴォーが声をかけた。「この書類を持っていくんだ、マックス」分厚いマニラ封筒を差しだして、「もし引き受けることになったら、この書類が要る。除隊手続きは当然不要になるからな」

マックスはぶすっとした顔で、なにも言わずに封筒を受けとった。

デヴォーが立ちあがって、手を差しだしてくる。「幸運を祈るぞ、マックス。あんたがその任務につければいいんだが」

マックスは相手の顔を見守った。デヴォーはすべて本気で言っているとしか思えない。釈然としない気持のまま、マックスは相手の手を握った。

「ありがとう、ルー。しかし、なぜなんだ？」

デヴォーの顔に、一種沈鬱な笑みが浮かんだ。「あんたにはぴったりの仕事だからさ、マックス。もしこれを断わったら、あんたは一生後悔するだろう」

マックスは手を離して、歪んだ笑みを浮かべた。

「ほう、そうかね？　だけど、おれがどんな人間か、あんたはとっくに承知してると思ったがな、ルー。おれはなにをしようと後悔などしない人間なんだ――とりわけ、除隊することについてはな。もう軍隊勤務はたくさんだ。そろそろ人間らしい生活にもどりたいのさ」

デヴォーはなにも言わずにドアのロックを解除した。

外の通路に踏みだして、マックスは言った。「妙な期待はしないでくれよな、ルー。どんな任務であろうと、おれが自分から志願するような人間じゃないことはわかってるだろう。きょうは六時までに家に帰って、あんたがオーヴンに入れといてくれるインスタント料理をいただくことになるさ」

通路を遠ざかっていくマックスの後ろ姿を見守りながら、

「かもしれんな」

低くつぶやいて、デヴォーはドアをしめた。

マックスは黄色いロータスに乗りこんで、イグニッションのキーをひねった。エンジンが暖まるのを待ちながら、デヴォーの言ったことをもう一度考えてみた。このおれは何事であれ、〝ぜひぼくを出場させてくださいよ、コーチ〟とばかりに逸《はや》りたつ人間ではないことを、ルーは充分承知しているはずだ。それなのに、どうして彼は、東ドイツにおけるその奇怪な任務におれが飛びつくものときめてかかっているのだろう？　これまで聞いたかぎりでは、その仕事、どうやらお偉方たちの送迎任務のようなものらしい。将官たちのご機嫌をとることなど――と、マックスは皮肉っぽく胸に呟《つぶや》いた――おれはもうまっぴらご免だというのに。

車はわざと〝将校専用〟と記されたスペースに駐めてやった。雨の降りが激しくなっていたし、それでなくともいまは規則に逆らってやりたい気分だったからだ。彼はいつのまにか軍隊というやつに、また引きずりまわされていた。日ごとの屈辱からなんとか逃れたいという自尊心が、またしても傷つきかけていたのである。

情報部の建物は、第二次大戦後に増設されたり建て直されたりした古いカマボコ型兵舎の一つだった。そこには一年かそこら前、一度きたことがあった。スパイや破壊活動の探知技術を学ぶ必修コースを受けにきたのだ。あのときはそんな学習など無意味に思えたし、ウサギ小屋のような通路に端的に表われている、いかにも秘密めかした特権意識がいやみに思えたものだった。いま見ても、やはりその感じは変わらなかった。
マックスが入ると同時に、受付のデスクに控えた、引きしまった体軀《たいく》の小柄な軍曹が値
踏みするようにじろじろと見た。
こちらが口をひらくより先に、彼は言った。「モスか？　ちょっと待て」
黄色い受話器をとりあげて、マックスには目もくれずに、低い声で話しかけている。じ
っと立っているマックスの体から、雨滴が古いリノリウムの床にしたたり落ちた。
と、軍曹の背後のドアがあき、若い大尉が現われてこちらを見やった。その制服の上着
には、三列の勲章とパイロットの翼章、それにパラシュート部隊の翼章が並んでいること
に、マックスは気づいた。その歳でよくそれだけの勲章をせしめることができたものだ、
と思われるくらいの数だった。

よく通るバリトンで、大尉は言った。
「わたしがブラウン大尉だ、モス軍曹。こっちにきてくれ」先に立って歩く大尉のあとか
ら、マックスは通路を進んでいった。両側の壁には、ソ連の軍用機、戦艦、戦車、それに
三軍兵士の制服等の絵がずらっと貼りつけてある。外部の波形鉄板の壁を叩く雨が、さな
がら機関銃の銃声のような音をたてていた。

大尉に率いられてマックスが入ったのは、小さな作戦説明室だった。一方の壁は黒板、
もう一方の壁は機密保護用の蔽《おお》いのついた地図板で占められており、三番目の壁ぎわには

ずらっと書類棚が並んでいる。黒板の前には、スクリーンがセットされていた。マックスは、部屋の中央の小さなテーブルを前に腰を下ろした。ドアをしめたブラウン大尉は椅子に坐らずに書類棚に歩みより、書類を二枚とりだしてマックスの前に置いた。

「デヴォーからは、知りたいことをほとんど教えてもらえなかっただろう、モス。いまからわたしがすべて説明するが、その前にこの守秘誓約書にサインしてくれ。これから明かす事項は最高機密に属することなんでね」

マックスはテーブルの書類に目をこらした。さっきデヴォーに渡されたやつはほとんど読まなかったのだが、こんどは注意深く目を走らせた。機密事項の内容の個所にはたった五文字、USMLGとタイプで打ってあった。マックスは肩をすくめた。いまさらためらってもはじまるまい。それに、彼の中にはしだいに好奇心が芽生えつつあったのである。それぞれの紙の下にマックスは自分の名前を走り書きした。大尉がそれをとりあげてふり返り、ライトを消す。マックスの背後で、ぶうんと映写機が唸《うな》りはじめた。スクリーンには、〝ポツダム条約〟という文字が映しだされた。

「ポツダム会談のことは知ってるな、モス」ブラウン大尉が言った。「第二次大戦後のヨーロッパ構想を練るために、トルーマンとスターリンとチャーチルが一堂に会した、あの会談だ。彼らの話し合いから生まれた協定の内容はよく知られている。だが、あの会談で幕僚たちに渡されたコミュニケのほうはさほど知られてはいない。そのコミュニケがもとになって、実はもう一つの〝ポツダム協定〟が生まれたのだ。それが、これなんだがね」

映写機がぶうんと唸ったのにつづいて、スクリーンにはアメリカ国旗と剣の図柄をあしらった楯《たて》が映しだされた。国旗の中の星は、四十八しかない。国旗と剣の上には、〝合衆国軍事連絡部〟の文字と、湾曲した金色の旗。その旗の中には、たった一語、ポツダムと書かれており、湾曲したふちの上に赤、白、青の三色の旗が重ねて描かれている。楯の上には、〝ヒューブナー＝マリーニン協定、一九四七年四月五日〟と記されていた。マックスは、さっき自分が署名した誓約書にあった五文字、USMLGとは、楯の中の〝合衆国軍事連絡部〟という言葉の略語であることに気づいた。

ブラウン大尉はつづけた。「ヒューブナー中将――当時在ヨーロッパ総司令部にあって、アメリカ軍占領下のドイツを統轄していたルシアス・クレイ将軍に直属していた将官――とソ連陸軍のマリーニン少将とは、あのポツダム会談の結果生まれた、ある付随協定に署名したのだ。その協定によって、アメリカ軍、ソ連軍双方は、それぞれ相手の支配地区内に軍事連絡部を設置することになった。マリーニンは、フランス軍、イギリス軍とも同様の協定を結んでいる。

この協定の本来の目的は、ドイツ国内に秩序を確立する過程で生じるさまざまな法的問題を処理することにあった。捕虜の送還、旅行者の保護、あるいは連合軍の捕虜となっている夫に、残された妻や家族を面会させる問題まで含めて、さまざまな戦後処理を円滑に進めることにあったんだ。ところが、一九四八年と一九六一年の両度にわたるベルリン危機を通じて、ソ連側に駐在するアメリカ軍事連絡部は、しだいに本来の目的とは異なる重要性を帯びていった。

つまり、ソ連との対決が不可避な様相が濃くなるにつれて、われわれの軍事連絡部は最前衛の情報機関としての役割を果たすようになったのだよ。それはごく自然な成り行きだったと言ってよかろう。というのも、〝ヒューブナー＝マリーニン協定〟の取り決めによって、われわれの軍事連絡部の建物、及び敷地には完全な治外法権が認められていたし、そのメンバーには東ドイツ領内のいかなる地区にも自由に往来できる権利が保証されたのだからね」

いまやマックスは、完全に大尉の話に引きこまれていた。大尉はこう言っているのである——アメリカ、ソ連、双方の軍部は、互いにドイツの冷戦区域内を自由に動きまわれる権利を認め合う秘密協定を結んでいた、と。あのコチコチの反共主義者ジョー・マッカーシーなどがこのことを知っていたら——と、マックスは思った——それこそ頭にきて、全アメリカ陸軍を逮捕させていたにちがいない。

ブラウン大尉は、複雑な問題をかみくだいて説明するのに慣れている人間の、計算された冷静な口調でつづけた。

「当然のことながら、アメリカ軍、ソ連軍、双方とも、相手の軍事連絡部が情報活動を行ならのを座視してはいられなかった。その結果、いずれの側も事前の許可と相手の立ち会いなしには立ち入ることのできない永久軍事制限地帯を、東西両ドイツ内に設定したのだ。予想されたことだが、ソ連側は東ドイツの広大な区域をその制限地帯に編入してしまった」——スクリーンには東ドイツの地図が映しだされた。赤く塗りつぶされている広範な区域が、その永久制限地帯であるらしい——「こうしてソ連側は、わが方の軍事連絡部の情報収集センターとしての機能を、大幅に制約してしまったのだよ。しかし、むろんわれわれとて手をこまねいていたわけではない。われわれの軍事連絡部は、東ドイツのポツダム郊外にあるのだが」——大尉が別のスライドに切りかえると、スクリーンには、四階建ての館《やかた》が映しだされた。正面には円形の車回しがあり、ポールには星条旗がへんぽんと翻《ひるがえ》っている——「そのスタッフはソ連側のそうした措置を骨抜きにするさまざまな対策を編みだした」——スクリーンにこんど映しだされたのは、一台の車の写真だった。ダーク・ブルーに塗装された、新型のフォード・フェアモント。マックスの熟練した目は、即座にいくつかの特徴を見抜いていた。ただものではないボンネットの隆起《バルジ》、ワイドなタイヤ、横転時にドライヴァーを保護するロール・バー、そしてヘヴィー・デューティーのサスペンション。いずれも、そのフォードが高度にチューンナップされた車であることを物語っている——「これが、その対策の一つでね。例の協定によって、連絡部の人員は士官と下士官兵、合わせて二十名に制限されているので、われわれとしてはスピーディーに移動できる〝足〟を持つ必要があったのだ。本来、この種の高性能車の用途はそれだった。ところが、一九五五年以降事情は一変して、まったく別の目的のために使われるようになったのだ。きみがいまここにいるのも、そのためだと言っていい」

やはりそうだったのか、と思いながら、マックスはうなずいた。お偉方たちのための運転手役。思ったとおりだ。

ブラウン大尉は、またスライドを切りかえた。最初マックスは、なにが映っているのかわからなかった。ガラクタ置き場のようにも見えたのだが、よく見ると古い爆撃機——B-66らしい——の尾部だった。しかも、めちゃくちゃに壊れている。彼が見ているのは、その爆撃機の墜落現場だったのである。「一九五五年頃を境に、ソ連はベルリンへの三つの空の回廊からわれわれの飛行機をおびきだす作戦を本格的に実施しはじめた。そのために、国境沿いや沿岸に、偽の誘導電波を発信する装置を設置しはじめた。目的ははっきりしている。わが方の飛行機を故意に彼らの領内に越境させようというのだ。そうすれば領空侵犯の廉《かど》で強制着陸させられるし、必要なら撃墜することもできるからね。

それによって彼らは、機内に残っている多くの機密情報を入手することができた。とりわけそれらの機が最新型の戦闘機や爆撃機である場合には、収穫は大きかった。いま映っているB-66は、一九六〇年、演習の最中にヴォルフスブルクの近くで東ドイツ領内におびきよせられてしまった。この機にはNATOの配備計画書が一式積まれていたのだが、幸い地上に激突したときに炎上してしまった。これはラッキーな例だが、逆に——」大尉はまたスライドを送った。こんどは、機体をほとんど損傷せずに草原に胴体着陸しているF-100が映しだされた。「——こういうケースもかなりある。この機などは、各種の暗号や最新の電子航空工学の粋を載せたまま、ほとんど無傷で捕獲されてしまった。われわれの被害は甚大でね、ごく短時間のうちに多くの高価な変更を余儀なくされたほどさ。

それらの重要なデータや装備を敵に捕獲されるのを防ぐ手は、一つしかない——当時にしても、いまにしてもだ。つまり、敵に先んじてそれらをわれわれの手に確保すること——これだ。われわれは、東ドイツ領内を自由に移動できる軍事連絡部の権限をフルに利用して、強制着陸させられた機から乗員や重要な装備を奪還しはじめた。その体制が完全に整えられたのが一九五六年。以来、ヨーロッパ各地の駐屯部隊から優秀な人材が集められてきた——陸軍、海軍、空軍、海兵隊、出身部隊を問わずに、だ。もともとスタッフの数が制限されているので、各メンバーには、単に優秀なドライヴァーである以上の幅の広い才能が要求された——つまり、各人が一種の万能スパイでなければならなかったんだ。最初は主として士官グループを起用していたんだが、われわれの人員リストを見たソ連側は、士官の数が多すぎると文句をつけてきた。士官たちは軍事連絡部のウインドウ装飾以上の役割を果たしている、と連中は見たんだろうね——まあ、それは図星でもあったんだが。で、連中は強引に最初の協定の修正を迫ってきた。その結果、現在では軍事連絡部の人員の内訳は士官五名に下士官兵十五名、と厳密に規定されているというわけさ」

スクリーンには、さっきの館の前で陽光を浴びて整列している、二十名の制服の兵士たちの姿が映しだされた。

「幸いなことに、ソ連側は彼ら自身の物差しをわれわれにも当てはめて、こちらの下士官兵はソ連兵と同じく教養と才能に乏しく、練度にも欠けるという判断を下した」暗闇の中に、ブラウンの含み笑いが響いた。「きみも知ってのとおり、彼らはまちがっている。いま映っているメンバーの中には、博士号を持っている者もいれば修士号を持っている者もいる。おまけに、彼らは全員、レーシング・ドライヴァー級の運転技術の持ち主なんだ。おかげで軍事連絡部は、新しい、画期的な役割を担えるようになった。しかも、見事な成功をおさめてきている。われわれはそれを〝奪還任務〟と呼んでいるがね」ブラウンがまたスライドを送ると、こんどは、これまでにアメリカ空軍機がソ連側に強制着陸させられたり、撃墜されたりした事例のうち、その乗員の奪還に成功した比率を示すグラフが映しだされた。

「見てのとおり、合衆国軍事連絡部の〈奪還チーム〉の成功率は、年を追って向上してきている。一九五八年には、かろうじて約半数の乗員・装備の奪還に成功したにすぎなかったのが、十年後の一九六八年になると六割の成功率をあげているし、現在では三人中二人までの奪還に成功するようになっている。これまでの結果をふり返ると、成功例は合計二百五十件以上にのぼっているんだ」

彼は映写機のスイッチを切って、部屋の明かりをつけた。マックスは啞然《あぜん》として坐っていた。と、ブラウン大尉が向かい側に腰を下ろして訊《き》いた。

「これまでのところで、なにか質問はあるか、モス?」

マックスにとっては度肝を抜かれるようなことばかりだった。「もし自分の理解が正しいとすると、こいつは子供の頃よくやった〝お山の大将〟ごっこの大人版みたいなものですね。それにしても腑《ふ》に落ちない点がかなりあります。まず第一に、東ドイツは小さな国でしょう? たしか、ニューヨーク州並みの面積しかないんじゃありませんか? おまけに、その狭い国土のかなりの部分が永久軍事制限地帯に指定されているのだとしたら、いったいどうやって東ドイツ人やロシア人の目をくらませることができるんです?」

ブラウン大尉はうなずいた。「たしかに、東ドイツの国土は狭い。と同時に、あの国は西ヨーロッパ各国と比べればはるかに発展が遅れてもいる。道路は一般に狭いし、舗装率も低いし、道路標識の設備もお粗末だ。いくつかの四車線の幹線道路を別にすれば、アウトバーンも全国で五つしかない。おまけに人民警察の連中は、そろって車の運転が下手《へた》ときているんだよ。しかも、連中が使っているのは馬力の小さい旧式な車なんだ。だいたい東ドイツではマイカーを持っている国民は圧倒的に少ないから、警察でもふつうは高性能の車を必要とせんのさ。だから、さほど恐れるに足りない。一方、ソ連側のほうは、強制着陸させた機の乗員を捕えたり、わが〈奪還チーム〉を追跡するための特別部隊を擁しているが、彼らにしたところでそれほど優秀なわけじゃない。見せてやろう」再び立ちあがると、大尉は映写機のスイッチを入れた。

スクリーンに現われた画面は、ギャング映画の一シーンだと言っても通ったのではあるまいか。その写真は、アメリカの車の前部シートから背後をふり返って撮ったものらしかった。後部シートには、ずぶ濡れの制服姿の二人の航空兵が、顔を引きつらせてシートにしがみついている姿が映っている。そして、リア・ウインドウを通して背後に見えるのは、そのアメリカ車がクリアしたばかりと覚しいコーナーを必死に曲がろうとしている白いBMWの姿だった。見たところ激しく外側に傾斜しており、内側の車輪が完全に地面から浮きあがって、外側の二輪だけが地面に接している。ルーフには青い警戒灯がついており、前部シートに坐っている白いつばつきの帽子をかぶった二人の男は、車が横転しかけているのを察知してか、顔を両手で蔽《おお》ってしまっている。

「これは一九七一年に撮った写真でね。アメリカ車がフォード・トリノであることはもう気づいただろう。BMWのほうは一九六四年型の一六〇〇だ。この写真が珍しいのは、人民警察の車がクラッシュするのは稀《まれ》だからじゃない。連中が、〈奪還チーム〉による救出地点のすぐ近くにいたからだ。いつもだと、こちらのドライヴァーは難なく連中を引き離したり、まいたりしてしまうからね」

「でも、なぜ東ドイツ側は道路を遮断《しゃだん》しないんです？　いや、待てよ——それより、なぜ連中はわれわれの側を銃撃して、あっさり片をつけちまわないんです？」

「連中がめったに道路を遮断しない理由は簡単だ。つまり、東ドイツには小さな間道が多すぎるからさ。しかも、国土が狭いから、追跡はせいぜい数時間で終わってしまう。それに、人民警察が信頼し得る全国的な無線通信網を整備し得たのは、つい昨年のことだからね。おまけにソ連側はドイツ人たちを農奴並みに扱っている。彼らが親密に協力し合っているというのはあくまでも建前であって、なんのことはない、連中はお互いに相手を無視し合っているというのが実状なのさ。なぜわれわれを銃撃しないのか、という疑問だが、それも答えは簡単で、相手が先に射ってきたり、制限地帯の入口で停止命令を拒んだりしたとき以外は銃器の使用を禁じるという条項が、例の協定に明記されているからなのだ」

マックスがその答えを呑みこもうとするあいだ、ブラウン大尉は黙って見守っていた。

マックスの頭は混乱していた。大尉の話を信じるなら、過去三十年以上にわたって、アメリカ人たちは東ドイツ領内で共産側の連中と派手な鬼ごっこを演じつづけているというのだ。むろん、そんな話は、これまでただの一度も耳にしたことがない。

「もうすこし教えてください、ブラウン大尉。あなたのお話だと、〈奪還チーム〉の面々はハイ・パワーの車で東ドイツ中を走りまわっては、不時着したパイロットたちを救出しているわけですね。それはわかりました。しかし、じゃあ、救いだした連中はいったいどこに連れていくんです？　それに、連中を拾いあげる場所はどうすればわかるんです？」

ブラウン大尉は、二枚のスライドを早送りして、三枚目のスライドを映した。スクリーンには、二つの未舗装道路《ダート・ロード》の分岐点近くに、小さなピラミッド状に積みあげられている小石が映っていた。

「二番目の問いから先に答えよう。いま画面に映っているのが、その近辺に味方のパイロットたちが隠れていることを示す一つの目印なんだ。もちろん、〈奪還チーム〉のメンバーはパトロール中絶えずポッダムの本部と無線連絡をとっているから、いざという場合も無線の指示で現場に急行できる。が、そういう連絡が不可能な場合は、いま画面に映っているような目印を頼りに捜すわけだ。国境近くを飛ぶわが方の軍用機のクルーたちは、全員この目印の作り方を教えこまれている。もしもの場合、それによって自分の位置を〈奪還チーム〉の車に知らせるのさ。これは古い目印だ。一九六三年の写真だからね。敵に覚えられないように、この目印はしょっちゅう変えているんだ。

ところで、救出した乗員や装備だが、これはただちにポッダムの軍事連絡部に運びこむ。軍事連絡部は治外法権が認められているわけだから、東ドイツの国内にアメリカの小さな領土が突出しているようなものだ。その中に逃げこんでしまえば、乗員たちはもう安全なのさ。それはソ連側も認めていて、そこまでは執拗《しつよう》に追いかけてきても、いったん〈奪還チーム〉の車が本部内に逃げこんでしまえば、もう手はださん。あとは簡単で、毎日西ベルリンとのあいだを往復している軍事連絡部の補給車に乗せて、西ベルリンに連れていく」

マックスはものも言わずに坐っていた。なぜか体が小刻みに震えだし、掌《てのひら》がじっとりと汗ばんできた。

大尉はつづけた。

「軍事連絡部は、東ドイツにおけるわが方の聖域であり、諜報本部であると同時に、近代的な車の整備工場の機能をも果たしている」彼は一列に並んだ厩《うまや》を改造したモダンなガレージを映しだした。鋼鉄製の両開きの扉のいくつかがひらいていて、明るいライトに照らされた、最新式の装備をそなえた整備工場が見えた。「例の協定によると、政治的背景のない民間の〝客人〟ならいくらでも泊めてよいということになっているので、われわれは車の整備ならなんでもござれという、民間人のメカニックのスタッフを揃《そろ》えている。いずれも慎重に選抜された一騎当千の優秀なメカニックでね、全員が、レーシングカーの整備をやらせたらトップクラスのヴェテランなんだ。連中が整備にあたっているのは、目下〈奪還チーム〉の足になっている二種の車だ。一つは最初に見せた新型のフォード。もう一つはこいつだよ——高度の改造を施したジープ・チェロキー」スクリーンには、四輪駆動のチェロキーが現われた。塗装はやはりダーク・ブルーで、オフロード・レース用の最新装備をそなえている。ブラウン大尉はくっくっと笑った。「この四輪駆動車にかかっちや、ソ連や東ドイツ側のどんな車も敵じゃない。このチェロキーは、例の苛酷なオフロード・レース、〝バハ1000〟レース用に造られているうえに、ポツダムに送られてからさらにパワフルなチューンを施されているからね。いま映っているやつなど、シヴォレーのアルミ・ブロック製4270ccエンジンを搭載《とうさい》している。シヴォレーのレーシング・パーツ用の倉庫から、然るべき手段で手に入れたエンジンさ」

ブラウン大尉は映写機のスイッチを切って、マックスに向き直った。マックスは椅子に深くもたれて、髪を手ですきながら大尉の顔を見返した。

「連中の任務はわかりました。しかし、待遇はどうなんです？　宿舎とか、勤務中の身分とかは？」

大尉は壁にもたれかかった。

「こういう仕事には、当然それなりのマイナス面もある。たとえば、独身者の場合だと、本部の近くに新設されたドライヴァー用の宿舎に住んでもらわなければならない、とかね。勤務時間も長い。ふつう二人でチームを組むんだが、最初の二年間はサブをつとめてもらうことになる。勤務日数も決まってないから、週単位のスケジュールも事前にはわからない。

その代わり、任務につくと同時に一階級昇進するし、除隊時にはさらに一階級昇進することになっている。危険勤務手当もでるほか、奪還に成功するたびに特別ボーナスももらえるんだ。それに、もちろん——」にやっと笑って、「——東ドイツのブラック・マーケットでは、まだまだアメリカ人大歓迎でね、タバコ一箱が、金《きん》一ポンドに相当するそうだぞ」

そこで口をつぐむと、ライトをつけた。

「どうだ、だいたい呑みこめたかね？」

マックスは首を横にふった。

「指揮系統はどうなってるんです？　いま指揮をとっているのはだれなんですか？」

「現在の指揮官は、海兵隊のジャック・マーティン大佐だ。その下に海軍出身の副官がついている。あとは、なんでも屋の男たちだ。無線情報収集とか、法律担当とか。大きな機構とちがって、ごくあっさりしたもんさ」

マックスはまたかぶりをふった。

「質問の意味がおわかりになってないようですね、大尉。じゃあ、こう言い直しましょうか」相手の顔をじっと見すえて、「自分は決して出来のいい兵士じゃありませんでした。率直に言って、上官に盲従したり、こびへつらったりするのが性に合わないんです。いまお聞きしたところでは、その〈奪還チーム〉の面々は、アメリカのガソリンをばんばん燃やして東ドイツの道路を焦がすのを楽しみにしている一風変わった連中のようだ。さもなきゃ、車を速く走らせるのだけが取り柄の、自分の意志もなにもない、半分幽霊みたいな連中かな――上官が屁《へ》をひってもにこにこ笑い、嬉々として敬礼するような、ね。速い車ですっ飛ばすのは自分も好きなほうですが、せっかくの除隊を諦《あきら》めて、ここでまた〝はい、閣下、いいえ、閣下〟と米つきバッタのようにへいこらするのはうんざりなんだな。同じアメリカ人の兵士たちをロシア人の手から奪い返すのは素晴らしいと思いますが、そのために自分を殺すのはご免です。だから、愛国心がどうのという建前は抜きにして、本当のところを教えてもらえませんか？　その〈奪還チーム〉とやらは、いったいどういう感じの組織なんです？」

　ブラウン大尉は顔色ひとつ変えずにポケットに手を突っこんで、タバコの箱をとりだした。一本引きぬいて火をつけ、箱をマックスに差しだしたが、マックスはかぶりをふった。大尉はゆっくりと煙を吐きだした。さっきまでの、しかつめらしい作戦将校風の態度は消えていた。「いいかね、モス、いま説明したとおりの性格の組織だとすると、きみ自身はいったいどう思う？　二十年無事に勤めて年金をもらうのを楽しみに、毎日嬉々として敬礼しているような、そんなひょうろく玉のような連中を軍事連絡部がほしがっていると、きみは本気で思うのか？　もしそうだとしたら、きみは記録に表われている以上の馬鹿者だな」勢いよく、ふうっと大尉は煙を吐きだした。「ありていに言おう、いま〈奪還チーム〉に加わっている連中は、ほとんどがきみに劣らぬはみだし者さ。あたりまえだろう、だいたい、どういう連中がいま言ったような必要条件を満たせると思うんだ？　士官学校出の出世主義者か？　命知らずの低能どもか？　とんでもない。この仕事をこなすには、並々ならぬ教養と、度胸と、テクニックを同時に持ってなくちゃならん。参加するさいに認められる昇進など、くそくらえと言ってのけられるような、不敵な精神も必要だ」マックスのほうにタバコを突きつけるようにして、「それともう一つ――この世で最も高価なハイスピード・カーという玩具《おもちゃ》で、人間の発明した最も長い鬼ごっこを楽しむためなら、人生のもう四年分くらい棒にふったってかまわないというような、そういう破天荒な体験がなにより好きだというやつでなくてはならん。どうだい、それでもそういう連中は並みの兵士の集団かね？」

十秒というもの、二人はじっと互いの顔を見つめ合った。マックスは、心臓がどきどきと不規則に鼓動しているのを感じた。指先もひんやりと冷たい。ちょうどレースのスタート時、フラッグがふりおろされる直前のような気持だった。口中はカラカラに乾いていたが、頭は冴《さ》えていた。

「もしその〈奪還チーム〉が途中で廃止されることになったら、どうなります？　空軍に逆もどりだけはご免ですのでね、自分は」

ブラウン大尉は、吸いかけのタバコをもみ消した。

「再入隊契約の中には、〈奪還チーム〉が廃止される場合、きみは自動的に除隊扱いにされるという保証条項が織りこまれている」

険しい目が、じっとマックスの顔を見つめた。

「どうだ？」

心臓の鼓動がいちだんと速くなるのを、マックスは感じた。

「しばらく考えさせてください」

ブラウンは腕時計に目を走らせた。

「けっこう。じゃあ、十秒やろう」

マックスは相手の顔を見返した。競馬場でならともかく、それ以外の場所ではこれほど厄介な決断もない。選択肢は二つしかないのだ。やるか、やらないか。その中間でごまかすことはできない。巧みな逃げを打つことも不可能だ。舞台から降りることはできない。やるか、やらないか。くらいつくか、餌《えさ》を放すか。のるか、そるか。右か、左か。突撃か、それとも……。

ブラウン大尉に向かって、マックスはにやっと笑った。心臓は、サーキットを最初に一周したときのペースにもどっていた。強く、静かに、確実に、それは鼓動していた。

「出発はいつですか？」

ブラウンは笑い返した。

「明日だ」その口が言った。

5

雨はやんでいた。マックスは外にでて、ぼんやりと帽子をかぶった。情報部の建物の古い木製の扉が音もなくしまり、ドスンと重々しい音をたててロックされる。

マックスは、滑走路ぎわの道路の左右を見わたした。初めて見るような気持がした。情報部での説明と事務手続きが四時間にもわたったせいだろう、目がヒリヒリする。イギリス空軍ミルデンホール基地には、いつしか夜が訪れていた。黙然と立ち並んでいる格納庫の列は、一ブロックにわたって空に聳《そび》え立つ摩天楼群を思わせた。古い基地の中を縫っている狭い道路は、往き交う車もなく森閑としている。明るい街灯の光が舗道に弾んできらきらと輝いていた。広大な飛行場の彼方《かなた》では、異次元の世界の呻《うめ》き声のようにジェット・エンジンが唸《うな》っている。

今夜の空気はさわやかな香りがするな、とマックスは思った。驟雨《しゅうう》が通りすぎると、きまってサフォークの地はあの独特の清冽《せいれつ》な香りに包まれるのだ。身にしみ入るような夜気の冷たささえ、いまは心地良かった。情報部の建物の、暖房のききすぎた部屋に数時間も坐っていたせいか、イギリスの夜の芳香を胸いっぱい吸いたい気分だった。

マックスはゆっくりと自分の車に歩みよった。小さなロータス・ヨーロッパはうっすらと夜露をかぶり、オレンジ色の街灯の光を浴びて、クローム・イエロウのボディがつややかに輝いている。ロータスがそれほど美しく見えるのは初めてだった。アスファルトを踏みしめる足音が、静まり返った周囲の建物の壁に谺《こだま》する。古びたレンガ造りのそれらの建物にマックスがまともな注意を払ったのは、ここで勤務した三年間で初めてのことだっただろう。

彼は車のドアの鍵穴《かぎあな》にキーをさしこんだ。そのとき、横っつらをいきなり張られたように、愕然《がくぜん》とした思いにとらわれた。さっきの決断によって、自分はまったく新しい人生に一歩踏みこんだのだ。静まり返った基地を、彼は新たな目で見わたした。思えば、ここでの暮らしは気楽なものだった。単純な仕事に、安穏な生活。これという問題もなければ、神経をすり減らすような難問にもぶつからなかった。それなのに彼は、一束の書類に署名することによって、予想もつかない生き方の中に自分を放りこんでしまったのである。おそらく明日の晩の今ごろには、第三航空軍の輸送機でベルリンに向かっていることだろう。

そう思うと強い悔恨にとらわれた。たしかにここでの暮らしにはたいした意義はなかったし、事実、毎日の営みそのものが侮蔑《ぶべつ》の対象でもあったのだが、ある意味でそれは……そう、心安まる暮らしでもあったのだ。その暮らしが、いまや足元から飛び立ってしまった。

いや、とマックスはいまの自分の物思いを修正した。この暮らしは、これからもずっとここでくり返されていくだろう。飛び立ってゆくのはこのおれなのだ。それなのに、ここにいる連中のだれ一人として、まだそれに気づいてはいない。それはたぶん、おれがこれまで一人超然としてきたことの当然の結果なのかもしれない。

マックスはぐったりとロータスの運転席に坐りこんだ。果たして、本当にだれも気づいてないのだろうか？　いや、だれか知ってる者はいるはずだ。たとえば、ルーとか。それから……ほかにだれがいるだろう？　マックスは同僚たちから、一種の変人視されてきた。連中は彼の痛烈なジョークに噴きだし、彼の演ずる不人気な上司の物真似に膝《ひざ》を叩いて笑った。しかし……それだけの話だった。彼らとマックスはやはり別の世界に生きてきたのだ。それは連中も知っていたし、彼も知っていた。

ある種の絶望感が、じんわりと忍びよってきた。苛立《いらだ》たしげにイグニッションのキーをひねると、クーッと音をたててエンジンが甦《よみがえ》る。おれの身を心から気遣ってくれるほど親密な人間が、ここには一人もいない。そう思うと、初めて一抹《いちまつ》の淋しさが迫ってきた。しかし、範囲をイギリス全体に広げれば、おれの明日からの生き方に何ほどかの関心を抱いてくれそうな人間が一人はいる。

クリスティーだ。

先月別れたときの彼女の顔が、脳裡《のうり》に甦った。あのときもやはり、つまらないことから激しい口論になったのだった。いまとなっては原因すら思いだせない。最初、ケンブリッジの〈キムズ〉でカレーの夕食をとったときには、なんということもなかったのだ。それから、彼女の小さな部屋に移って酒を飲みはじめた頃から雲行きが怪しくなり、とうとうクリスティーに追いだされてドアをバタンとしめられてしまった。で、マックスはロータスのタイヤを鳴らしつつジーザス・レーンを後にして、バートン・ミルズに帰ってきたのだった。

ロータス・ヨーロッパは、エンジンが運転席の背後に搭載されている。しだいに暖まりつつある気配が背中に伝わってきた。独特の排気音《エグゾースト・ノート》が建物に谺《こだま》し、排気管《エグゾースト・パイプ》からは濃い排気ガスが吐きだされる。だいぶすり減ってきた革巻きステアリングを撫《な》でながら、マックスはクリスティーのことを考えた。

おれは本当に、彼女に会わずじまいでドイツに発《た》ってゆけるだろうか？　二年間の付き合いとはその程度のものだったのだろうか？　たしかに昨夜、ダブル・ダイアモンドを呷《あお》っていたときには、そう思っていた。このまま黙っていってしまおうと思っていた。ただ、昨夜はまだアメリカに帰るつもりでいたのだ。それが、事情が一変して、明日飛び立つ先は……。

東ドイツ。

となると、話はちがってくる。やはり、クリスティーには一目会っておきたい。マックスは腕時計に目を走らせた。まだ早い。クリスティーはきっと家にいるだろう。一人でいてくればいいのだが。

チョーク・ノブを押しもどして、素早くシフト・レヴァーをリヴァースに入れる。そのままバックしてから、人気《ひとけ》のない基地の中を走り抜けた。ゲートをでると同時に、スピードをあげた。二十分もすればケンブリッジに着くだろう。

が、実際に着いたのは約三十分後だった。クリスティーの住んでいる古い家の前で車を停め、エンジンを切って彼女の部屋を見上げた。クリスティーが借りているのは、四階の、三間から成る小ぢんまりとしたフラットだった。

明かりがついている。

車から降りて玄関に入り、クリスティーのインターコムのボタンを押した。

ややあって、スピーカーが甦った。

「どなた？」古ぼけたスピーカーを通してすら、歌うような彼女の声の響きは変わらない。

「おれだよ、クリスティー、マックスだ」

スピーカーが再び鳴った。が、内側のドアは依然としてひらかない。

「なんのご用、マックス？」一転して冷ややかな声に変わっていた。

「実は……おれは、その……」

「帰って、マックス。もう終わったのよ、あたしたち」

マックスはまたボタンを押した。

「なあ、クリスティー、一度でいいから顔を突き合わせて話せないか？　この二年間の付き合いに免じてさ」

轟音《ごうおん》とともにミル・ロードを走り抜けたモーターバイクが、彼女の返事をかき消した。

「――でしょう、マックス？」

「なあ、クリスティー、頼むからそっちにあがらせてくれよ。ぜひ話したいことがあるんだ」

しばらく沈黙がつづいたと思うと、ドアがぶうんと鳴った。

すかさずそれを押しあけて、マックスは四階まで階段をのぼった。木製の階段が重々しく軋《きし》み、足音が廊下に響きわたった。

クリスティーの部屋のドアは、すでにひらいていた。マックスはゆっくりと踏みこんでいった。

クリスティーはグラスを手に、両脚を折り敷いてソファに坐っていた。あれからヘアスタイルを変えたらしい。美しいブロンドの髪をきつくカールさせており、それが顔の輪郭をきわだたせて、ややとがった顎にかけての引きしまった線や、隆《たか》い頬骨などがひときわくっきりと浮きあがっている。化粧はしていない。表情に富む茶色の瞳《ひとみ》は、そんなものを必要としていなかった。首から爪先まで蔽《おお》い隠す絹のカフタンを、彼女は着ていた。

「で、なんだっていうの？」歩哨《ほしょう》が誰何《すいか》するような口調で、そう言う。

マックスはドアをしめ、コートを着たまま歩みよって彼女の前に腰を下ろした。

クリスティーは憂鬱そうに彼を見やって、返事を待っている。

「このまえはすまなかった、クリスティー。本当にすまなかったと思っている。だいたい、なにがきっかけでああなったのかすら覚えてないんだ」

バシンとグラスを置くなり、彼女はタバコに手をのばした。

「あなたは覚えてなくても、あたしは覚えているわ、マックス」ベンスン＆ヘッジズをくわえて火をつけた。長い指が震えている。深く煙を吸いこんでから強く吐きだして、クリスティーは言った。「こう言ったら思いだせるかしら――それはあたしたちに関することだったの。というより、あなた自身に関することと言ったほうが正しいわね」

マックスは眉をひそめた。「いや、思いだせない」

ぎゅっとタバコを灰皿でもみ消すなり、彼女は立ちあがった。つかつかと小さな窓に歩みより、両腕を組んで、「そんなの、信じられないわ、マックス。覚えてるはずよ、絶対に」すんなりした腰にまで、怒りが張りつめている。「あんまり人を見くびらないで。あのとき話し合ったことを覚えてないなんて、あたしが本当にすると思ってるの？　あとになったらいっさい思いだせないなんて？」パッとマックスのほうに向き直った顔が、怒りで紅潮していた。

あとになったら。あとで。そうか、とマックスは思った。思いだしたぞ。おれが除隊したあと。それだ。あのときクリスティーは、除隊したらどうするの、と何百回と訊いた。それに対しておれは、わからない、と、やはり何百回と答えたのだ。そのうちに、彼女はしだいに腹を立てていって――。

懸命に記憶をたどっている彼の顔を、クリスティーはけむるような目で見守っていた。マックスは顔をあげて言った。「ああ、思いだしたよ。除隊後にどうするつもりか、おれは答えられなかった。でも、それは本当におれ自身、わからなかったからなんだ」

クリスティーは形のよい唇を歪《ゆが》めて、顔をしかめた。

「でも、どうしてわからないなんて言えるの？　あとわずか一ヵ月もすれば除隊なんでしょう、マックス。あなたは自分でやりたいことができるし、いきたいところにいけるのよ。そういう野心が、あなたにはこれっぽっちもないの？」

待ってくれと言うように両手をあげて、マックスは首をふった。「だがね、クリスティー、それは先月の話だろう。いまじゃ事情が変わったんだよ」

クリスティーの語調が、急にやわらいだ。「じゃあ、あなたはここに残って、あたしと――」

「いや、ちがうんだ。事情が変わったというのはそこなのさ。ついこのあいだまで、おれはきみと一緒にここに残ってもいいと思っていた。きみがジョンと正式に離婚するのを待ってもいいと思っていたんだ。このイギリスで、なにか別の仕事についてもいいとすら思っていた。ところが……いまや事情が一変してしまったのさ」

クリスティーは目を大きく見ひらいて、腰を下ろした。

「どうしてそう言ってくれなかったの、ここに残ってもいいと思ってたのなら？」

「そうはっきり気持が固まっていたわけでもなかったからさ。おれはじっさい、自分で自分がわからなかったんだ。アメリカに帰って親父《おやじ》の下で働く気は毛頭なかったし……きみとのあいだがうまくいけば、あるいは……わかるだろう」

クリスティーはかぶりをふった。

「わからないわ。そこが問題なのよ、マックス。あたしには、とうとうあなたって人がわからなかった。二年間も付き合って、わかったことは数えるくらいしかないもの。もしあなたという人がもっとわかっていたら……あんなに喧嘩《けんか》することもなかったかもしれない」

マックスはキャビネットに歩みよって、グラスにワインをついだ。しばらく両手でそのグラスを揺すっていたと思うと、また彼女のほうに向き直って言った。「きみの言うとおりかもしれないな、クリス。でも、おれは本当のところ、頭の中のクレージーな思いを全部きみに話したかったんだ。しかし……そう、これまでの経験で、そうすると必ず相手の女性に愛想づかしされるのがわかってたもんでね」ワインをぐっと飲み干して、「だから、おれの本当の姿をなるべくきみに知られないようにすれば、嫌われることもないだろうと思ったのさ」

再び腰を下ろした彼を、クリスティーはしばらく見守っていた。

「あなたはとても頭の切れる人だと思うわ、マックス。でも、人間というものが、あまりよくわかってないようね――もし、それが友人を、あるいは――」一息ついて、「恋人を失う理由なんだと、本気で考えているのだとしたら」

二人はしばらく互いの目を見つめ合った。静かな室内に、電気ヒーターのちりちりという音だけがいやに大きく響いている。窓の隙間を通して、ミル・ロードを往き交う車の音もかすかに伝わってきた。

マックスの頭はからっぽだった。やっぱりうまくいきそうにない。彼はとうとう口をひらいた。

「なあ、クリスティー、せめて今夜だけでも、昔の二人にもどらないか。このあいだのことは、本当にすまなく思っている。それに……それに、明日からのおれの生活を一変させてしまうようなことが、実は、今夜起きたんだ」

クリスティーは警戒するような目つきで、深く椅子に坐り直した。

「おれは再入隊を志願したんだよ。東ドイツでの特別任務につくために」

クリスティーには、すぐにはその意味が呑みこめなかったらしい。ややあってパチパチと瞬《まばた》きすると、唇をかみしめた。

「詳しいことは秘密なんだが、きみには知る資格があると思う。おれは車を運転するんだ。速い車を操って、東ドイツ中をすっ飛ばすことになると思う。ベルリンの近くの、ポッダムに駐留している連中と一緒にね」

クリスティーは、またタバコに手をのばした。弱々しい声で、彼女は言った。「で、いつからその仕事をはじめるの？」

マックスは一瞬ためらった。

「明日からさ。明日、ドイツに向けて発《た》つ」

パチンとふたの閉じる音がしたと思うと、ライターが絨毯《じゅうたん》に落っこちた。震える指先でタバコを灰皿に捨てるなり、目を伏せたまま彼女は言った。

「そう……それはよかったわね、マックス。嬉しいわ」むりに咳払《せきばら》いしてから顔をあげて、「なにか積極的にすることが見つかって、よかったじゃないの」

言葉にならない言葉が、重苦しく二人のあいだにわだかまっていた。

マックスはクリスティーの手をとった。氷のように冷たい手を。

「ひょっとすると、おれはとんでもないことをしているのかもしれない。自分でも、まだわからないんだ、クリス。ただ、もしきみとの将来に自信が持てたなら、こんな任務は引き受けなかったと思う。代わりに、おれは待っただろう、きみの離婚が正式に成立するのを。きみが、いまいましいドクター・コースを修了するのすら、待ったかもしれない。でも、おれには確信が持てなかったんだ……それはいまも同じなんだが」

クリスティーの顔に、弱々しい笑みが浮かんだ。

「でも、アメリカに帰るのを一年ずらすことを本気で検討してくれたのなら、あたしとの将来のことも、真剣に考えてもらえたわけね。もう一年あれば、あたしの勉強のほうも片がつくんですもの」

マックスはうなずいた。

「それで確信が持てれば、そうしただろう。でも……」

あとの言葉は、クリスティーが引きとった。「でも、あなたには確信が持てなかった。わかるわ、マックス」彼女は眉根をよせた。

「で、その新しい任務だけど――危険なの？」

「まあ、多少はね」

彼女はまだ眉をひそめていた。

「あたしを子供扱いしないでちょうだい、マックス。大学の研究室の同僚の中には、東ドイツ出身の化学者もいるけど、その人たちから聞かされる話の内容は決して愉快じゃないわ」

「そいつはわかってる。たしかに愉快な仕事じゃない。でも、スリルがありそうなんだ。危険であればあるほど、スリルも楽しめそうなんだよ。どう言っていいのか、とにかく…

…とにかく、おれはその仕事に引きつけられるのさ。そうとしか言いようがないんだ」

クリスティーは、拗《す》ねたように笑った。

「あたしなんかより、ずっと引きつけられるというわけね」

内なるデモンと格闘しているさまを鏡のように映しているマックスの顔に、クリスティーはしばらく見入った。不意に前に身をのりだすと、彼女はマックスの唇に指を押しあてた。

「いいのよ、気にしないで、マックス。すくなくともあたしたちには最後の夜が残されているんですもの。それを、せめて有意義にすごしましょうよ」

すっと立ちあがるなりクリスティーはマックスを引きよせて、驚いている彼の口に唇を重ねた。頬を伝い落ちている涙が、彼の頬をも濡らした。彼の背に両手をまわしてぐっと抱きしめてから、クリスティーはかすかに上体を離して、からかうように言った。「兵士マックス・モス、戦争にいく、か」独特のハスキーな声で、低く笑った。

マックスは彼女の腰と膝の裏に手をまわして、さっと抱えあげた。大げさに顔をしかめると、唸るような調子の気どった声で、「きみはずっとぼくを求めていたんだ、スカーレット。いまこそ、その望みをかなえてあげよう」

すると、クリスティーは眉をひそめて、身を強張《こわば》らせた。

「どうしたんだ、クリス？　クラーク・ゲーブルじゃ、きみには不足かい？」

クリスティーはかぶりをふった。

「なにもかもジョークの種子《たね》にはしないでほしいの。この世には、それに相応《ふさわ》しくないものもあるんですもの」

マックスは彼女にキスして、長い睫毛《まつげ》を唇でなぞった。

「わかってるとも」

ささやいて、腕の中の愛《いと》しい女を小さな寝室に運んでいった――。

午前二時頃になって、また雨が降りだした。最初はためらいがちに、次いで本格的に降りだした雨音に、マックスは目をあけたまま聴き入っていた。隣では、熟睡しているクリスティーが、ときどきピクッと体を震わせている。彼女は背中をこちらに向けて寝ていた。

その柔らかな肌を撫《な》でてから、うなじに軽くマックスはキスして、そっとベッドの外にすべり降りた。近くの街灯のおかげで、周囲がぼんやりと明るいのを幸い、狭い寝室をどうにか横切っていく。自分の服をかき集めてから、戸口に立った。クリスティーの裸身が、あえかな橙《だいだい》色の光に洗われている。最後の一瞥《いちべつ》をその姿態に投げてから、マックスはドアをしめた。

素早く服を着て、クリスティーのタイプライターがのっている台から、紙を一枚とりあげる。それを、クリスティーに自分の所有物を譲る委任状代わりにすべくペンを走らせ、別紙には、自分のロータスも彼女に譲る旨《むね》明記した。それでもお役所の石頭どもがつべこべ言う場合に備えて、きちんと日付を書き入れ、署名をした。

すこし考えてから、クリスティー宛の長い置き手紙を書きはじめた。書き終えると、ほとんど三時近くになっていた。

ロータスのキーをとりだして、手紙の上に置く。ドアをあけて、寒い階段に踏みだした。下に降りたところで立ちどまり、周囲をしばらく見まわしてから深々と息を吸いこむと、玄関をでて扉を後ろ手にしめた。

その数分後、タクシーの運転手は信じられないような声で訊き返した。

「本気ですかい？　ミルデンホールまで飛ばすんですか？　あんな遠くまでいくんじゃ、十ポンド以上かかりますぜ」

マックスは、大きなオースティンのタクシーのドアをしめた。

「ああ、本気さ。さあ、やってくれ」

運転手は肩をすくめて、メーターのフラッグを下ろした。ディーゼル・エンジンの騒々しい音が、暗く寝静まった家々のあいだの狭い路地に響きわたる。

タクシーが走りだしたとき、マックスは思わずクリスティーの部屋の窓を見上げた。カーテンの陰に白い顔がちらっとのぞいたような気がした。たしかめるまもなく窓は遠ざかってしまったが、マックスの顔には微笑が浮かんだ。あんたはドイツにいったことがあるかい、と彼は運転手にたずねた。

6

「なあ、やっぱり〝イボイノシシ〟を好きになれるのは豚だけらしいぜ」

例によって、その声は背後から聞こえた。

彼は聞こえないふりをした。

同じ声が、つづけて言った。

「おれの聞いたところじゃ、〝イボイノシシ〟のパイロットたちは、いずれ砲兵隊に配属されることになるんだとさ。そうすりゃ、パイロットの訓練費用も浮かせられるってもんだからな」

くっくっという忍び笑いが湧《わ》き起こった。

彼は溜息《ためいき》を洩らした。連中はいつもこうなのだ。ふり返って、くすくす笑っている三人の男を見た。思ったとおりだった。二人の中尉と若い大尉。いずれもきれいにめかしこんで、真新しい飛行服の襟元《えりもと》には黄色いシルクのアスコット・タイをたくしこんでいる。三人とも、勇ましい文句の記された記章をすくなくとも五つはつけているようだった。目は蔑《さげす》むような光を帯び、頬には冷笑が浮かんでいる。

戦闘機のパイロットたちだ。きまってそうだった。

どうやら、レイクンヒース基地の連中らしい。なお始末の悪いことに、最新鋭のF-15戦闘機のパイロットたちときている。連中は空軍きってのエリートを自任しているのだ。ミグ・ハンター、大空の放浪者、地上数キロの高空を銀の矢に乗って駆けめぐる騎士——そう思っているのだろう。彼は咳払いをした。三人のパイロットは、わざとらしくにやついている。

その顔を眺めながら、彼は口元を引きしめてぐっと背筋を起こした。三人は体を強張《こわば》らせた。次の瞬間、彼はやおら豚のなき声をしてみせた。

「ブー、ブー」それっきり、作戦説明室の正面に向き直る。

意表を衝《つ》かれた三人の発した声は、折から他のパイロットたちがどやどやと入ってきた音にかき消された。

バズ・マカラックは、三人の戦闘機乗りたちの当てこすりを特別気にもしていなかった。連中がああ言うのももっともだと思うからである。たしかにマカラックの操縦するA-10のスタイルは、〝イボイノシシ〟の異名どおり、お世辞にも美しいとは言えない。目的が極端に限定されている軍用機なのだから、仕方がないだろう。A-10は超低空をゆっくりと飛べるように、そう、最前線に生い茂っている雑草を突っ切るくらいの超低空を飛べるように作られているのだ。敵の戦車を破壊し、橋梁《きょうりょう》を粉砕し、歩兵部隊を殲滅《せんめつ》するのがその任務である。別名、〝空飛ぶ砲兵隊〟。味方の地上部隊から頼もしがられるのも、そうした特異な性能と任務のためと言えるだろう。いまでは味方を誤爆する可能性のない唯一の空軍機とも言われている。

マカラックは、周囲にいる他の二十九人のA－10パイロットたちを見まわした。そのほとんどがすでに着席している。そこらへんがいかにも彼らららしい。どういうわけかA－10のパイロットたち――彼らは決して自らの愛機を、神と空軍とフェアチャイルド・リパブリック社がそう呼ばせたがっているように、〝サンダーボルトⅡ〟とは呼ばない――は、他の機種のパイロットたちより、任務に対する取り組み方が真剣なのだ。それは案外、彼らが超低空を飛ぶ必要に迫られるせいかもしれない。豚と同じ高さを飛ぶ場合には、豚が気にかける事柄を気にかけなければならぬものなのだ。そう、天候、敵の配置、そして敵部隊の動きを。それでA－10のパイロットたちは、常々《つねづね》作戦説明を真剣に聞くのだろう。

しかもきょうは――と、マカラックは思った――日頃に倍する重要な日なのである。きょうこそ彼らは、過去三年間の猛訓練の成果を知ることになるのだから。

空軍内には、ソーヤー・F・マカラック大尉の任務に対する取り組み方はあまりにも馬鹿正直すぎると言う者もいる。が、上層部は決してそうは考えなかった。結果としてきょう初テストを迎えるA－10Fを生むことになった、極秘の脳波誘導機計画がその緒に就いたとき、空軍はためらわずにマカラックをそのテスト・パイロットの一人に選んだのである。強健な身体を持つ彼は、中東での実戦経験を有するうえに冷静な性格の主であり、円満な家庭にも恵まれていた。もっと重要なのは、ベドウィン族の視力とモハメッド・アリの反射神経に恵まれているという事実かもしれない。

周囲を見まわしたマカラックの目は、即座に他の三人のA－10Fのパイロットたちを選り分けていた。彼らはいずれも、専任の整備員と整備用機器がC－5輸送機でアメリカ本土から運ばれてくるほど重要な最新鋭機を、これから操縦することになるのだ。

一段高い壇に立った大佐が、デスクを叩いて静粛を求めた。室内のざわめきはしだいに薄れていった。大佐は一同の背後のドアを注視して、待機した。ドアがひらくと、彼は言った。「諸君、航空団司令だ」

全員がパッと起立した。真ん中の通路をつかつかと歩みよってきた准将が、壇に立って言った。「休め」

全員が着席した。

「いまから数時間後に」准将は口をひらいた。「われわれはNATOの共同演習〝ミッキー・マウス〟作戦を開始する。諸君もすでに承知しているように、これはNATOの五カ国軍が参加するかなり大規模な演習になるだろう。当基地所属のA－10三個飛行隊も特別任務を帯びて参加することになるが、それについてはまだ知らない者もいるかもしれん。これら三個飛行隊は、〝トムとジェリー〟と呼ぶ別個の演習を実施する。これから、その演習に参加するA‐10のパイロット諸君のためにバード大佐から説明してもらう」

バードが立ちあがり、演習地域の巨大な地図をスクリーンに投射して、話しはじめた。

「A‐10の三個飛行隊は、本日〇八四五時に発進して、レイプハイム中継基地に向かう。そこで給油と最終点検を受けたのちに、エーデミッセンの前進基地に進出する――ここだ」地図上の一点をさして、「この基地でレーザー捕捉《ほそく》装置を装着し武器を搭載《とうさい》したのちに、必要装備の支給を受ける。ここでは陸軍との作戦協力に付随する通信法に関して、航空管制官から最終的指示を受けるが、その後の作戦飛行中は管制官との連絡をいっさい行なわないこととする」

この最後の説明を聞いたパイロットたちのあいだからは、低いざわめきが湧いた。

「〝トムとジェリー〟作戦の目的は、A‐10飛行隊が陸軍のコブラ・ヘリコプター並びに地上部隊と連携して、ワルシャワ条約軍の戦車を叩く能力をテストすることにある。合計三日にわたる実戦演習になるだろう。演習に際しては、西ドイツ軍のレパード戦車部隊がソ連軍戦車隊の代わりを務めることになる。彼らは最新式の地対空ミサイルと、対空、対戦車兵器を装備しているはずだ。作戦区域は国境近くの森林地帯で、天候の如何《いかん》にかかわらず実施する。各員は担当地区、標的、仮想敵部隊、審判班等について、前進基地で指示を受けること。以上の指示は、本日ベントウォーターズの三個飛行隊とともに飛ぶ四機の特別機にも適用される」

大佐が着席すると、代わって准将が再び立ち、より大規模な演習について詳細に説明しはじめた。忙しく鉛筆を動かして要点をメモしながら、マカラックの心は早くも彼の〝特別機〟の操縦席に飛んでいた。

A‐10Fに対する彼の熱中ぶりを見ると、友人たちはきまって首をかしげるのが常だった。彼らの目には、FタイプのA‐10も他のA‐10も大差ないように見えるのだからむりもない。肉眼で識別できる相違といえば、二つの垂直尾翼が五六センチほど延長されていることくらいなのだ。それを除けば、A‐10Fは依然として不格好な〝イボイノシシ〟にほかならない。機体には鉄灰色のまだら模様の迷彩が施されており、全長約一六・五メートル、両端が下向きに反っている主翼の長さは約一七・七メートル。エンジンは高バイパス比のゼネラル・エレクトリック・ターボ・ファンで、カラヴェル旅客機風に、主翼の背後の後部胴体両側面にポッド式で取りつけられている。両エンジンとも巨大なカウルに包まれているのは、放射される赤外線をなるべく遮蔽《しゃへい》して、敵の赤外線追跡スクリーンに映るのを防ぐためである。主脚はジェット機にしては珍しく、完全格納式ではない。一応両翼下面についているポッドに引きこまれる式になっているのだが、引きこみ時にも車輪が半分近く露出するようになっている。したがって、なにかの故障で脚がおりなくなった場合にも、安全に着陸できるわけである。丸い機首から突きだしているのは、巨大な七砲身の三〇ミリ・ガトリング砲だ。この機関砲は一分間に四二〇〇発の弾丸を発射することができる。劣化ウラン製の弾頭を持つ徹甲焼夷弾《しょういだん》を用いた場合には、いかなる戦車の装甲板にも大きな穴をあけてのけるはずだ。このほかにも翼下のパイロンに爆弾、ロケット弾その他の兵器を装着することができるが、その最大積載量は約八トンにも達する。この数字は第二次大戦中に活躍した〝空飛ぶ要塞《ようさい》〟ことB−17爆撃機の爆弾搭載量の約二倍にも匹敵すると言っていい。

これは標準型のA−10の性能だが、マカラックの操るFモデルはそれに輪をかけて高性能化されているのだ。標準型のA−10は各種航法システムや通信機器を装備しているにもかかわらず、夜間ないし荒天下の作戦活動を苦手としている。操縦席の視界の良さに助けられて、かなりの悪条件下でも飛びまわれるのだが、本格的な悪天候に見舞われると離陸を断念せざるを得ない。ところが、A−10Fはその種の問題を克服しており、視野のきかない嵐の中でも標的を見つけて叩くことができるのである。最新の航空電子工学の大幅な採用によって、A−10Fは真の全天候型攻撃機の域に達していると言ってよかろう。

だが、A−10Fが、どこに駐《と》められようとも特別警備の対象にされるほど極秘扱いにされているのは、そのためではない。A−10Fの真の秘密は、〝ジーザス・ボックス〟にあるのだ。

そのことに考えが及ぶと、マカラックはついにんまりとしてしまう。メモをとりつづけながら、彼は足元のヘルメット・バッグを軽くブーツの先で突ついた。〝ジーザス・ボックス〟の開発によって、軍用機はついに二十一世紀の世界に飛びこんだのである。

もちろん、それはエドワーズ空軍基地の技術者たちがつけた正式な名称ではない。A－10Fを〝驚異のイボイノシシ〟などとは決して呼ばないように、彼らはその種の不敬な言葉を毛嫌いしている。画期的な〝脳波誘導装置〟を〝ジーザス・ボックス〟などと呼ぶのは、パイロットぐらいのものだろう。

マカラックの脳裡に、三年前、初めてその装置を見たときの情景が甦った。あの初期型の装置はいまのよりずっと大きくて——操縦席右側のほぼ半分を占める黒い箱だった——それと連結しているヘルメットをかぶるのにも苦痛が伴った。が、その基本原理は当時もいまも変わらない。つまり、ヘルメットを装着すると、脳波増幅器が刻々と彼の脳波をとらえて電子信号に変え、それをコンピューターが解読して、機の攻撃・防御機能をコントロールするのである。開発にたずさわった技師たちの言によると、コンピューターは彼の思考を〝読む〟わけではなく、ただ強い電子信号に反応するだけらしいのだが、それにしても驚くべき新装置と言えただろう。しかも、一年後に新たな改良が加えられた結果、〝ジーザス・ボックス〟はさらに驚嘆すべき機能を発揮するに至った。というのは、初期型の機能と逆の機能をもあわせ持つことになったわけで、つまり、パイロットが心にそう念じるだけでミサイルの照準が自動的に合わされ、発射されるという機能に加えて、こんどは——パイロットがたずねなくとも——機が彼の頭にさまざまな情報を直接伝えてくれるようにもなったのである。機とパイロットはまさしく一心同体になったのだ。

マカラックは無意識のうちに、感嘆したように首をふっていた。じっさい、あの〝ジーザス・ボックス〟に対する驚異の念は、何度それを使おうとも薄れることはなかった。いまでは操縦席に坐ると、頭の一部がごく自然に、ヘルメットを通して機が語りかけてくる情報――レーダー、航法システム、飛行警報――に耳を傾けるまでになっている。各情報システムは、それぞれパイロットの別個の感覚器官を刺激するようになっているので、レーダーが国籍不明機をとらえると、彼はそれをただちに〝味わう〟ことができるし、赤外線スキャニングの結果は〝聞く〟ことができる。こうして、機が潜在的な危険を〝察知〟するや否や、彼はほとんど間髪を容《い》れずに反応を起こすことが可能になったのだった。

それは、いわば技術開発史上必然の趨勢《すうせい》なのだろう、そう考えると、マカラックは身の引きしまる思いがする。現代の戦場は、すでに電子兵器システムの入り乱れる迷路と化し、アメリカ、ソ連双方が互いに相手のシステムの妨害・破壊を図っている。空軍が〝脳波誘導装置〟の開発に数億ドルの巨費を投じたのも不思議ではない。人間のように緩慢で不器用な要素にその存否を賭《か》けなければならない危険を、空軍はつとに憂えていたからだ。その結果開発された〝脳波誘導装置〟がこれほど極秘扱いされるのは、ごく当然と言ってよかろう。マカラックは、その秘密をうっかり口外したりしないようにするための、特別な催眠術すらすでに受けている。現在までのところ、その秘密に関する一言半句も口にしたことはないし、それは現在この部屋にいる他の三人のA－10Fのパイロットたちにしても同様のはずだった。彼ら以外にヨーロッパでFモデルの秘密にあずかっているのは、C－5の機長と空輸司令部の司令官に限られていた。他のすべての人間は、Fモデルを、在来のA－10の単なる全天候型の一変種としか見なしていない。

准将の説明が終わると同時に、マカラックも回想から抜けだした。手帳を見下ろすと、無意識にとったメモが、三ページにわたってきちんと記されている。その特技のおかげで、学生時代もどんなに助かったことか。准将が大股《おおまた》に歩みでていくのを、彼も起立して見送った。

他のパイロットやクルーたちがいっせいにしゃべりだしながら、それぞれのグループに固まりはじめる。マカラックは壁の時計を見やった。〇七三〇時。離陸まで、あと一時間十五分。ヘルメット・バッグをとりあげて、フライト・ジャケットを着た。ジャケットの背中には、ひそかに〝驚異のイボイノシシ〟のアイドルに擬せられている、ギルバート・シェルドン描くところの漫画の主人公、フィルバート・ディーシネックスの絵が描かれている。

背後で、だれかが笑いながら豚の泣き声を真似してみせた。「ブー、ブー」

マカラックはにやっと笑って、また〝ジーザス・ボックス〟のことを考えた。連中は、全軍用機の中からただ一機種、A－10が〝ジーザス・ボックス〟の性能テストのために選ばれたことを知らないのだ。あの驚異の新装備のおかげで、最新式の地対空ミサイルすらあっけないほど簡単に回避できることを思いだすと、マカラックの笑みは広がった。こっちを見てにやついているF‐15のパイロットに向かって、彼は余裕たっぷりに手をふってみせた。

外にでると、早くも地上整備員たちがそれぞれの機の最終点検にとりかかっていた。灰色の暁《あかつき》の空からは、雨が落ちている。天気予報官の言ったとおりだった。滑走路上で最初のジェット・エンジンがけたたましい音とともに甦り、その独特の金属音はすぐに飛行場のあちこちに広がっていった。作戦本部にいって地図をもらい、コーヒーでも一杯飲むことにしよう。マカラックはゆっくりと歩きだした。

十一月一日は、長い一日になりそうだった。

7

腕立て伏せが五十回目に達したとき、電話が鳴った。コシュカは絨毯《じゅうたん》から跳ね起きて、二度目の呼出し音が鳴らないうちに受話器をフックからとりあげた。ひらいた戸口から寝室をのぞく。女はまだ眠っていた。ドアをきちんとしめると、コシュカは受話器に向かって言った。

「ああ、なんだ？」

「コリャーチンです、大佐。お寛《くつろ》ぎのところをお邪魔して申しわけありません。実は、〝シマリス〟から重要な連絡が入りましたので」

コシュカは微笑した。コリャーチンはこの自分の居場所を知っているばかりか、イギリスに潜伏中の諜報員からの情報を自分が心待ちにしていることまで承知している。コリャーチンはできる男だ。副官に起用したのは成功だったと言えるだろう。

「で、〝シマリス〟はなんと言ってきた？」

「〝ムイシュカ〟は定刻に離陸した、と」

コシュカの笑みはさらに広がった。〝シマリス〟はKGBと共有しているのだが、彼を起用したKGBの選択もまた正しかったと言うべきだろう。コシュカは腕時計に目を走らせた。

「いいぞ、コリャーチン。さっそくシュタッヘルに電話して、かねてからの計画を実行に移せと伝えろ。マラコフ大将にも伝えてくれ。きょうは軍本部におられるはずだ」

「はい、大佐。それはもう確認してあります。たしかに、目下、軍本部におられます。ほかになにか？」

コシュカは無意識のうちに太腿《ふともも》の古傷を指でなぞりながら考えこんだ。

「いや、それだけだ。一時間後にはわたしも飛行場にいく」

「そのときまでには自分もシュテンダル基地にいって、飛行隊を掌握します。作戦に参加する各機をこの目で点検しておきますから」

「よし。それじゃヴァーニャに命じて、わたし用に攻撃ヘリを用意させておいてくれ」

コリャーチンは、驚いた声を発した。

「すると、大佐ご自身が空中から指揮をとるおつもりですか？」

「もし必要ならば、さ、コリャーチン。そりゃシュタッヘルが万事抜かりなくやるだろうが、いくら用心しても用心しすぎることはないからな」

「はい、それはまったくお言葉のとおりです。ほかになにか――」

「いや、それだけだ」コシュカは受話器を置いた。窓ぎわに歩みよって、外をのぞく。東ベルリンはまたしても陰鬱な朝を迎えようとしていた。通りを往き交う車はほとんどなく、勤めに急ぐ連中だけが黙々と歩いている。市電が騒々しい音をたてて下を通過すると、古いアパートメントはかすかに揺れた。コシュカはブラインドを下ろして、また最初から運動をやりはじめた。

腕立て伏せが四十回目に達したとき、ドアの向こうから女の声がした。

「ユーリ？　まだいたの？」

コシュカはにやっと笑って、もう一度体を起こした。顔が紅潮し、首筋には腱《けん》が浮きあがった。やはり年は争えないのだろうか。四十回ぐらいの腕立て伏せなど、以前は苦もなくこなせたものだったが。

女がドアをあけた気配に、コシュカは顔をあげた。全裸で突っ立っている。長い褐色の髪が、ばらばらにほつれて肩にかかっていた。紫色の大きな目をこすりながら笑いかけて、女は欠伸《あくび》した。

「ねえ、なにしてるの、あんた?」

パッと立ちあがると、コシュカは大きく肩で息をした。引きしまった体が、うっすらと汗ばんでいる。

「運動だよ、ごらんのとおり」女の全身をゆっくりと眺めまわして、「きみもたまにはやってみたらどうだ」

女は仇《あだ》っぽく笑った。

「あたしはいいわよ、あんたみたいな強いロシアの熊がついててくれるんですもの、ユーリ」

ロシアの熊。コシュカの笑みは凍りつき、それに気づいた女の顔はみるみる青ざめた。その表情に、畏怖《いふ》の色をコシュカは読みとった。こんな娼婦ですら——と、彼は胸中で苦々しく舌打ちした——ちょっと心を許すとたちまちこれだ。

それでも彼は、また思い直してにんまりと笑った。

「この熊は、まだ料金ぶんだけ楽しませてもらってないぞ、リープヒェン」つかつかと歩みよって、女の裸の尻をぴしゃっと叩いてやった。

女は悲鳴をあげて、寝室に駆けもどってゆく。

コシュカは腕時計をのぞいた。まだ時間はある。ベッドに飛びこんで、女の豊満な乳房をつかんだ。彼女のあげた嬌声《きょうせい》は、コシュカの耳には入らなかった。彼はすでに〝ムイシュカ〟のことを考えていたからだ。

8

カールフリード・ハッソ・ルートウィヒ・フォン・ルストウ男爵には、ナブズ・ピアースという男が決して理解できなかっただろう。美しい彫刻をあしらった自分の厩《うまや》の天井を彼がぶち壊したがっている理由に至っては、理解の外だったにちがいない。男爵は妥協を知らぬ保守主義者として知られた人物である。もし現在も生きていたら、おそらくオットー・フォン・ビスマルクに対して示したのと変わらぬ侮蔑《ぶべつ》の念をもって、ナブズ・ピアースを遇したことだろう。かつてドイツ連邦を牛耳ったビスマルクにいやけがさした男爵は、その不快感を表明すべく自らベルリンを立ち退いたのである。そして、〝田舎家〟と称する広大な館《やかた》をポツダムのハーフェル川の岸辺に建てた。ハーフェル川はちょうどそのあたりで川幅が広がり、流れも緩慢になるので、小さな湖も同然の眺めを呈していた。ドイツ新古典主義様式の模範と謳《うた》われた男爵の館は六階（地上四階、地下二階）から成り、コリント調の壮麗な円柱も堂々と、中央ホールの窓の上部には精緻《せいち》な紋章が描かれていた。それに加えて巨大な厩を館は備えていた。贅《ぜい》を尽くした本館に見られる丹念な仕上げは、厩の造りにもそのまま表われていた。ハーフェル川の小さな湖に劣らず男爵が愛していたのは、彼の持ち馬だったのだから、それもむりはなかろう。

ナブズ・ピアースが初めてその湖を目にしたさい頭にひらめいたのは、この静かな水面でボート・レースでもやったらさぞかし壮観だろうな、という思いだった。彼がテキサスのラボックで生まれる半世紀前にこの世を去っていた男爵が、もしそれを知ったら、やはり呆れはてたにちがいない。が、アメリカ陸軍にとって幸いなことに、男爵の見解は、彼の最後の子孫、ヴィリー・フォン・ルストウ男爵のそれと同様、もはやなんらの拘束力も持っていなかった。ヴィリー・フォン・ルストウは、第二次大戦中ナチの悪名高き飛行部隊として知られるKG200（第200爆撃航空団）の飛行隊長をつとめていた。一九四三年のある夜、スターリングラード近郊の雪に蔽《おお》われた飛行場から飛び立った彼は、二度と再び帰らなかった。それで一九四七年、アメリカ陸軍がベルリンの境界線の向こう側に軍事連絡部を設置する運びになったとき、フォン・ルストウ家の館に白羽の矢が立ったのである。その館は人里離れたところにあって、ベルリンの検問所《チェックポイント》にも比較的近かったし、当時は空き家でもあった。が、なによりも素晴らしかったのは、そこをソ連側に先んじて確保することによって、赤軍のマリーニン将軍の鼻を明かしてやれたことだったと言えよう。

ナブズはむろん、男爵のことなど皆目《かいもく》知らなかった。ヴィリーのことなら聞いたことがあったし、マリーニンの名は、ここに配属されたさい渡された謄写板印刷の手引き書の中で見た覚えがあったが、その館について彼が知ってることといえば、これほど堂々たる石の堆積《たいせき》の近くには住んだことがない、ということくらいのものだった。そして彼は、厩の上の二階部分は、新しい貨物昇降機を据えつけるためにぜひとも壊さなければならないと考えていたのである。

いまも彼は、精緻なレリーフをあしらったウォールナット材の天井を見上げながら、場合によったらこの場所全体を造りかえなきゃならんかもな、と重苦しい思いをかみしめていた。が、それを聞いたらマーティン大佐がなにを言うかと思うと、ついにんまりとしてしまう。で、またしてもかみタバコの一部をぺっと吐き捨てた。十五人のバヴァリアの職人が三年がかりで仕上げた天井を、どうやって壊したらいちばん能率的かと目で測りながら、口の左端をぐっと下げて、〝レッド・マン〟のまじった茶色い唾《つば》を地面に向かって水

唾がかかっていた。

マックス・モスは、ハッと立ち止まった。靴の先に、いま禿頭《はげあたま》の小男が横向きに吐いた唾がかかっていた。

彼は手をのばして、小男の肩を叩いた。

「ちょっと。失礼じゃないか」

小男は腰から両手を下ろして、ゆっくりとマックスのほうをふり向いた。頭はツルツルに禿げあがっていて、体は小枝のように細く、顔は干しスモモのように皺《しわ》だらけだった。身長は一六五センチというところだろう。もじゃもじゃの白い眉毛の下に光っている薄青い瞳《ひとみ》。とがった鼻は、車が引っくり返るたびに、何度骨折、治療をくり返したかしれない。そして、肉の薄い大きな口。薄汚れた白いジャンパーの一方の胸ポケットには、〝ファイアストーン〟のマークがついており、もう一方の胸ポケットには〝ナブズ〟という文字の縫いとりがしてあった。

左頬をふくらませていたかみタバコを右頬に移して、小男はじっとマックスの顔を見返した。

「なんてったんだ？　もう一度言ってくれねえか？」

マックスは咳払いして、自分の靴を指さした。茶色い唾液《だえき》が靴の表面を伝い落ちて、下のコンクリートを汚している。

「ひとのブーツに唾を吐きかけるのは失礼じゃないか、と言ったんだ」

ナブズは下を見た。

「こんつぎからは、かかる前によけるこったな」マックスの顔をじろじろとねめまわしながら、「そうか、おまえさん、新入りのドライヴァーか？」その口調には、あらゆるドライヴァーたち――新、旧、そして、まだ生まれないドライヴァーまで含めて――に対する親愛の情が、まぎれもなく滲《にじ》んでいた。

マックスは、着任してまだ三日目だったし、相手は吹けば飛ぶような体つきの男なので、怒りをぐっとかみ殺した。

「ああ、そのとおり、新入りのドライヴァーだよ。で、あんたは？」

はるか頭上のタイル張りの屋根を、雨が叩いている。ジャンパー姿の小柄な男は、黙ってマックスの顔を見返した。別の整備エリアのメカニックが、ラジオに合わせて調子っぱずれの口笛を吹いていた。エア・レンチが唸《うな》った。

「ここにきて何日になる、おまえさん？」とうとうナブズは言った。

「三日だが」

ナブズはうなずいた。「やっぱりな。ガレージにきたのは初めてか？」

「二日前にちょっとのぞいたけど、そうだな、じっくり見物するのはこれが初めてだな。だけど、あんたはいったい――」

「おれはナブズだ」ジャンパー姿の小男は、油で汚れた手を差しだした。

マックスはじっとその手を見つめた。体に似合わぬ大きな手だった。軽く肩をすくめて、その手を握った。

「マックス・モスだ、よろしく。だけど、この靴はどうしてくれる?」

ナブズはちらっと下を見た。

「悪かったな」かなりのテキサス訛《なま》りのある口調だった。「早くふいちまったほうがいいや。革にどんどんしみこんじまうからな」

尻ポケットからぼろきれを投げてよこす。

しゃがみこんでふいているマックスに、ナブズは言った。「このガレージと車の感じをつかみにやってきたんだろうが、え?」

マックスは立ちあがった。

「そうなんだ。この三日間あの本館で、朝から晩まで講義を聞かされてたよ。運動らしい運動といったら、二、三回湖の岸をジョギングしたくらいで、やっときょうになってこっちにでてこられたんだ。まずピアース氏に顔を通してこいと大佐に言われたんだけど、あんたは彼の下で働いてるひと?」

ナブズはにこりともせずに言った。「おれさまがそのピアース氏よ。だがな、もしベスト・コンディションの車に乗ってあそこのゲートからでたけりゃ、そうは呼ばねえほうがいいぞ」ジャンパーの胸ポケットの名を指さして、「ナブズだ。ただのナブズでいい。いいな？」

やれやれとばかりに、マックスは首を振った。このテキサス生まれの、くたびれた爺さんが整備担当のボスだとは。しかし、だからどうだというのだ？ 考えてみればこの場所で、まともなものは一つもないではないか。

「ああ、わかったよ、ナブズ」

ピアースはうなずいた。「ようし。いいか、悪いことは言わねえ、このガレージに慣れておくこった。おまえさんもほかのドライヴァーたちと同じなら、この先何度もここの厄介になるだろうからな。ナブズさまの〝第一原則〟ってやつを教えといてやろう。車を壊したら、ここの連中と一緒に修理にあたること――これだ。なぜかってえとだ、いったんあのゲートをでて東ドイツ領内を走りだしたら――」ゲートのほうをぐいっと親指でさした。「――腕のいいメカニックなんざどこにもいねえんだからな。ある程度の直し方を心得てねえと、身動きがとれなくなっちまうのよ」

二人が立っているのは、厩への昔からの入口だった。かつて男爵の職人たちがとりつけた大きな木製の両開きの扉は、巻き上げ式の鉄の扉に変えられていた。扉の隣に、小さな事務室がある。昔、男爵の厩番の寝起きしていた部屋だ。厩の奥に入りながら、ナブズはその部屋を指さした。

「あそこがおれのオフィスよ。おれはおまえさんたちドライヴァーのやることにゃ、いちいち目を光らせねえ主義なんだ。どこでどんなクラッシュをやらかそうと、気にしねえことにしている。部品がどうとかいう問題も、みんな部下に任してある。だから、そういう問題でなにか知りたかったら、奥にいるカールやサムやジェイクに訊《き》いてくれ。それ以外のことでなにか面倒が起きたら、あのオフィスにいるおれに会いにくるといい」

二人は歩きつづけた。

「この上が、おれや部下たちのねぐらでな。暖房はお粗末だが、それにさえ目をつぶりゃ、ラボック出身の老骨が暮らすにゃ、まず文句のつけようのねえ場所よ」

角を曲がると、整備工場が広がっていた。中央の通路が、入口に対して直角に走っている。防音装置を施した飾り気のない天井から明るい蛍光灯が吊りさがっていた。四囲の壁の前にはステンレス・スチールのベンチが並び、切れ目なく壁を蔽《おお》っているペグボードのフックには、ピカピカの工具《ツール》類がぶらさがっている。最近コンクリートで固めたらしい床には、三台の油圧ジャッキと巻き上げ装置。整備工場全体の長さは、約三〇メートルというところか。ここにはもはや、元の厩の面影のかけらもない。目下、最近の事故で派手に壊されたジープ・チェロキーが、三人のメカニックとポータパワー板金圧延機のお世話になろうとしているところだった。

その設備の充実ぶりにマックスは感心し、そのとおり言葉にだして言った。

ナブズはにやっと笑った。「ま、ちょっとした工場だろうが。裏には部品《パーツ》の倉庫があるし、そこにはエンジン点検室がある。それにここには」——と、額を叩いて——「貴重な経験がつめこんであるってわけよ。ま、おれたちに任せりゃ、お好みしだい、どんな車でも造りあげてみせるってもんだ」

そのとき、壊れたジープの修繕にとりかかっていたメカニックの一人が、顔をあげて二人を見やった。

「おい、ナブズ、ちょっと持ってきてもらいたいもんが——」不意に口をつぐんで、マックスの顔をじっと見た。「おい、マーティーじゃないか？　あんた、マーティー・モリスンだろう？」

マックスの顔がみるみる赤くなった。彼のほうでも、相手をひと目見て、カール・ハスケルだとわかっていたのだ。

カールはジープから跳びおりて、両手をぼろきれでふきながら歩みよってくる。ほかの二人のメカニックも、何事ならんと見守っていた。カールは昔と変わっていなかった。大柄な体軀《たいく》。骨張った、気のよさそうな顔。やや薄汚れた感じの金髪。

「ひさしぶりだな、マーティー。あのデイトナのレースのあとで、また会えるとは思ってなかったぜ。それにしても、なんでここに？」

マックスの着ている、なんのマークもついてないフライト・ジャケットをじろじろと見る。

ナブズが、そばに転がっていたボール紙にぺっと唾を吐いた。「どういうことか、おれにも教えてもらいてえもんだ」

マックスが口をひらくより先に、カールがナブズのほうを向いて言った。「どういうこともなにも、こいつはデイトナで馬鹿っ速《ぱや》いシヴォレーを走らせたやつなんだよ、ナブズ。あのときゃ、もうすこしでスポーツマン・レースのトップを――」

「実はこういうわけなんだ、ナブズ」マックスは口をはさんだ。「おれは変名でレースにでてたんだよ。マクスウェル・テイラー・モス、またの名をオハイオ出身のマーティー・モリスン、ってわけさ。あのときは'77年型のマリブで走ってたんだが」

ナブズはマックスの顔に視線を転じた。「そういや、本国のなにかのレースで勝ったやつに、モリスンて男がいたわな。おまえさんがそうだったのか？」

カールが割って入った。「そうともよ、ナブズ。まあ、速かったのなんのって。どんなヴェテランもはじき飛ばされちまうくらいのもんだったぜ」マックスのほうに向いて、「でも、そのあんたが、ここでなにしてんだい？」

マックスは顔をしかめた。「いや、ちょっとまずいことがあってな、カール。あれから空軍に入ったんだ。それでここにいるわけさ」

ナブズがまた唾を吐いた。「さあて、昔話はこれくらいにしとこうじゃねえか。カール、おまえはあのジープにもどって、元どおりのハンサム野郎に仕立てあげてくれ。おれは、このミスター・モリスンことミスター・モスをもうちょっと案内してまわるから」

カールは屈託なく笑ってジープにもどっていった。「たまには二階のおれの部屋に顔をだせよ、マーティー。ビールを飲みながらレースの話でもしようぜ」

マックスは黙っていた。東ドイツにきてまで過去から逃れられないのか、という苦い思いが胸の底に淀《よど》んでいた。

ナブズが言った。「おれはどんな事情があったのか知らねえし、また知りたいとも思わねえよ、モス。でも、おまえさんの腕なら大丈夫と踏んだやつがいたからこそ——もちろん、あのカール以外にだぜ——ここに送りこまれたんだろうから、あとのことはどうでもいいんだ。そうだろうが？」

そこで区切りをつけるように、ベンチの下の古いコーヒーの缶めがけて、ぺっと一発飛ばしてみせた。

マックスはうなずいた。

「ようし。そこにあるのが整備状況を書きつける黒板だ。自分の車がどんな状態か知りたいときにゃ——」

不意に、だれかが大声で呼ぶ声がした。

「モス。モス軍曹はいないか？」

二人は入口をふり返った。海軍士官のレインコートを着た男が、降りしきる雨に打たれて立っていた。

だれだか、マックスはすぐにわかった。この軍事連絡部のナンバー・ツーの座にあるオールドリッチ中佐だ。マックスは声を張りあげた。「ここです、中佐」

オールドリッチは、こっちへこいと手招きする。ナブズに会釈してから、マックスは海軍中佐のほうに歩みよった。

オールドリッチは時間を惜しむように言った。「大佐がきみのスケジュールの繰り上げを決定したんだ、モス。ベルリンで治療中のシプリーとカーマイケルの恢復《かいふく》ぶりが、どうもはかばかしくないらしい」チェロキーのほうに顎《あご》をしゃくってみせた。シプリーとカーマイケルは、マックスの到着した翌日に、東ドイツ南部の辺鄙《へんぴ》な山中でそのジープを転覆させてしまったのだ。「となると、ドライヴァーのやりくりが苦しくなる。で、大佐は連中が退院してくるまできみを相棒にするようウィルスン曹長に要請したのだ。あの二人が退院したら、きみのスケジュールも正常に復することになる」マックスが浮かべた当惑の表情に気づいて、オールドリッチは微笑した。

「心配するな、モス。一緒に乗るウィルスンは超ヴェテランだ。パトロールというより物見遊山の気分で走れるさ――ゲートの外のわれらが〝友人〟たちの目にもそう映るだろうとも」

マックスはなにも言わなかった。二人は本館に引き返すべく円形の中庭に向き直った。オールドリッチが腕時計をのぞいた。「いまは九時だ。次の打ち合わせのあと、昼食をとったら出発してもらう。いいな？」

マックスはうなずいた。

二人はそこから駆けだした。本館まで、雨を突っ切って約五〇メートルのダッシュだった。円形の車回しを横切り、旗竿の立っている中央の草地を突っ切って走った。星条旗が風にはためいていた。雨足がいちだんと激しくなり、鈍色《にびいろ》のもやの彼方《かなた》で本館の窓の明かりが弱々しく瞬《またた》いている。各室の窓の下のラジエーターはいずれも力不足なので、本館の中はきっと寒いだろう。五つある暖炉にはあかあかと火が燃えさかっていることだろうし、エレクトロニクス室と無線室のある三階と四階では技師たちがヒーターを最高にきかせているにちがいない。なかでも寒いにちがいないのが二つの大食堂とホールのある一階なのだ。作戦説明室として使われている居間も、その一階にある。そこに比べれば、まだしも暗号解読室やコンピューター室のある地下のほうが暖かいのではなかろうか。

肩を丸めて玄関に駆けこんだマックスとオールドリッチは、扉を勢いよくあけ放ってからマットで靴をこすった。マックスは古いフライト・ジャケットを脱いで、ホールの奥のコート掛けに吊《つる》した。やはりレインコートを脱いだオールドリッチが、マックスのシャツの袖章を目ざとく見つけて言った。「ほう、新しい筋をつけたな」

マックスは自分の二等軍曹の袖章を見下ろした。そいつは、即刻つけろという大佐の命令で縫いつけたものだった。まさか自分が五本筋の袖章をつける日がこようなどとは、彼は夢にも思っていなかった。ふつうなら、一期目の兵役期間中にそこまで昇進することはありえない。そして二期目が終わる頃には——いや、これからさらに四年間空軍に勤務することになるなんて、マックスにはまだ他人事《ひとごと》のようにしか思えなかった。ここまできてもまだそうだった。

これまで、各原隊を離れて本館にやってきた男たちを大勢見慣れているオールドリッチは、マックスがどこか浮かない顔でふさぎこんでいるのにすぐ気づいた。ここにくる男たちは、それぞれのタイプに応じた手段で選抜されたにせよ、いずれも除隊を目前に控えた一期目の志願兵であるという点では共通していた。彼らはたいてい、ここにきてしばらくすると、風変わりな任務に対する最初の興味が薄らいで、再志願をしたのはとんでもない間違いだったのではないか、という懐疑心にとらわれるのだ。

「馬鹿な買い物をしてしまった、と後悔してるのかね?」壮麗なホールに通じる短い階段をのぼりながら、オールドリッチ中佐は訊いた。顔がニヤついていた。

マックスはかすかに笑った。「そうじゃないんです、中佐。この場所がまだしっくりこないんです。それだけですよ」

二人は一式の甲冑《かっちゅう》の前を通りすぎた。甲冑は細かな露を帯びていた。じっさいここは寒いのだ。

オールドリッチはうなずいた。「その感じはわかるな。わたしもそろそろ軍隊を辞《や》めようかと思っていたときに、ここの任務にまわされたのでね。どうせなら、きみの仕事をさせてもらいたかった。レーシングカーを一度は運転してみたいというのが、かねてからの夢だったのさ」

マックスがなにか言おうとしたときには、二人はすでに作戦説明室に入っていた。突き当たりのアーチ形の戸口は小さいほうの食堂に接しており、大きな窓の前に立つと、手入れの行き届いた芝生の彼方にゆったりと流れている川を眺望できる。ラジエーターは二つとも唸っていたが、室内の温度は依然として二〇度以下に留まっている。レリーフの刻まれた高い漆喰《しっくい》の天井からは水晶のシャンデリアが吊りさがっており、パーケット張りの床には高価なトルコ絨毯が敷かれていた。パチパチと火のはぜている暖炉には、一人のずんぐりした男が濡れた薪《まき》をくべているところだった。二人が近づいていくと、男は立ちあがった。

オールドリッチが紹介した。

「マックス、アイク・ウィルスンだ。大佐の花壇をバイクで突っ切ってもお咎《とが》めを受けない唯一の男だよ」

ウィルスンは無言で片手を差しだした。鉄のような握力のある手だった。身長はマックスより五センチは低そうだが、自信に満ちたゆったりした姿勢といい、物腰といい、並々ならぬ膂力《りょりょく》を秘めていることをうかがわせた。歳は四十くらいだろうか。マックスより黒い髪を短く刈り揃《そろ》え、口ひげもきちんと整えている。旧式の飛行用サングラスをかけている顔には、これという表情も浮かんでいない。どことなく、いつも自分の出番を静かに待ちかまえている男、という印象を与えた。

オールドリッチは、地図板の前の椅子に坐るよう二人に手真似で合図した。

「われわれ〈奪還チーム〉の目的と歴史については、きみもすでにおおよその事実をつかんだだろう、マックス。それでもわからない点はアイクに訊くといい。もっと詳しく教えてくれるはずだ。彼はすでに、ここにきて七年になるヴェテランだからな」

マックスは寡黙な曹長のほうをちらっと眺めやった。彼もマックスのように空軍の制服に身を包んでいた。二期連続して勤めあげようとしている人物が現実にいるということが、マックスにはやはり信じられない思いだった。

オールドリッチが、地図板のカヴァーをめくりあげて、つづけた。「わたしとしてはとりあえず、きょうの昼食後にきみが出発する前に、われわれのパトロールがどういうふうに行なわれているか、それに対して東ドイツ側のヴォポやソ連軍がどういう監視体制をとっているか、一応の予備知識を与えておきたいと思ってな」一瞬眉根を寄せてから、「そういえばきみは、以前ドイツに住んだことがあるんじゃなかったかな？」

マックスは答えた。「ええ、まだ子供の時分、父がベルリン勤務についていたことがありましたので。一九六三年頃です。一年ほど住んでいました」

オールドリッチはうなずいた。「よし。だとすると、当地の一般的な空気はだいたいつかめているはずだな。ベルリンは相当な変貌《へんぼう》をとげたが、それは月曜日に到着した際、すでに気づいただろう」

だが、ありていに言ってマックスは、輸送機を降りるなりベルリン司令部のあわただしい書類審査を受け、それがすむと車に放りこまれて暗いアヴス・アウトバーンを突っ走ってきたので、ベルリンはほとんど見てないに等しいのだった。もちろん、ケーニッヒシュトラーセの検問所では停止を命じられたが、そこでも特別のナンバー・プレートがものを言って、東ドイツ軍事警察の係官がナンバーをチェックするあいだだけ待たされたにすぎなかった。そこから約十分ほど走って軍事連絡部に到着したのだが、途中通過したポツダムの市街にはほとんど人気《ひとけ》がなかった。それ以来マックスは、ドライヴァー用に新設されたホテルのような宿舎に寝泊まりし、昼間は本館で各種のガイダンスを受けてきたわけである。したがって、東ドイツの田園風景などはほとんど目にしていないに等しかった。

オールドリッチは、そんなマックスの物思いには気づかぬ様子で、東ドイツの大きな地図をさした。それは五つの地区に色分けされていた。

「……われわれは車の行動半径に応じて、東ドイツをこの五つのパトロール・ゾーンに区分した。中心はもちろん、このポッダムだ。各ゾーンの面積はそれぞれ異なるが、いずれもほぼ同一の時間でパトロールすることができる。たいていは朝ここをでて、翌日の夜帰投するというパターンだ。東ドイツといえども、われわれには完全な行動の自由が認められているので、夜は各地の旅館に泊まってかまわん。大都市に近ければ、ホテルに泊まってもかまわん。もちろん、ヴォポやソ連軍にこちらの手の内を見透かされぬよう、巡回のルートはそのつど変えたほうがいい。アイクに訊けばわかるだろうが、このゲートをでるなりついてくる尾行車をまくのは、比較的簡単だ。しかし、こちらの巡回方法がパターン化してしまうと敵さんも尾行しやすくなるから、いざというときこちらがパイロットたちの救出に成功する確率は低くなってしまう。ここまでのところで、なにか質問はあるかね？」

「ええ、あります。まず第一に、いったんわれわれが東ドイツ領内を走りだしたら、尾行車の有無にかかわらず、四六時中監視されているのも同然なんじゃありませんか？ われわれの使うフェアモントにしろチェロキーにしろすごく目立つから、一般市民が見たってすぐわかるでしょう。そういう目から、いったいどうやって逃れられるんです？」

オールドリッチは腰を下ろした。「このことをひとつ想起してもらおうか――つまり、東ドイツの国民は報奨金のようなものがいっさい出ない政治制度に慣らされている、ということだ。たしかに、きみの車を見かけた人間は例外なく、きみがアメリカ人だということに気づくだろう——しかし、それだけの話でな、だからどうするということもないのさ。連中が警察に通報するのは、そうしろという特別な指示がでているときだけだ。農地に降下したパイロットをわれわれが救出している間《かん》、そこの主の農夫が鋤《すき》によりかかって見物していたという事例すらあるくらいだ。といって、連中が政府に反抗しているわけではない。ただ、巻き添えになるのを恐れているだけなのさ。したがって、目の色変えてきみを追いかけてくるのは、ヴォポの追跡班と軍事警察だけということになる。追跡班以外のヴォポの警官なら、きみらの活動を見物しているだけで上層部には特に報告もしない、ということだってありうる。なんてったって、われわれはもう二十五年以上もこの活動をつづけているのだから。われわれのブルーの車は、ヴォポの白いBMWやソ連軍の灰色のトラックと同じくらい東ドイツの風景に溶けこんじまっているのだ」

すこし考えてから、マックスは言った。「なるほど。永久軍事制限地帯以外の土地なら、われわれは自由に走りまわって、写真を撮ったり、メモをとったり、パイロットや装備を収容したりしてこの本部までもどってくる、その間《かん》、一般人からの妨害は受けない、ということはわかりました。しかし、われわれをつけてくる尾行車にはどう対処すればいいんです？」

オールドリッチは二階を指さした。「ヴォポの追跡班の連中に関しては、諜報部の面々まで含めて、われわれは詳細なファイルをすでに用意してあるんだ。だから、それぞれの顔、車、それに習癖に至るまで、完全に覚えてもらうことになる。そうすれば、いざという場合どう対応すればいいかも、だいたいわかるだろう。そのへんはアイクが心得てるから、よく教えてもらうんだな」

ウィルスンの顔に、薄い笑みが浮かんだ。彼はまだ一言も口をきいてはいなかった。マックスは、彼の手の甲に小さな青い刺青《いれずみ》が彫ってあるのに気づいた。ハートの模様の上に、〝マルガレーテ〟という文字が記してあった。

オールドリッチの顔に視線をもどしてマックスは言った。「われわれがパイロットや装備の収容に成功したら、ヴォポやソ連側は全力をあげてここへの帰還を阻止しようとするでしょうね？」

オールドリッチはうなずいた。「そのとおり。だからこそわれわれの車はどれも、最新式の無線装置と慣性航法装置を装備しているのだ。ヴォポ側にしても、ハイスピード・カーを持つ追跡班の陣容は、われわれ同様充分とは言えない。その不充分な人員で広大な地域をカヴァーしようというのだから、こちらのほうがある程度優位に立てるというものさ。むろん連中は、こちらがどこをめざしているかは常に承知しているわけだがね」

「だとすると、もっと根本的な疑問が湧《わ》いてくるんですがね。連中はなぜいっそのこと、この本部のゲート前を封鎖してしまわないんです？　そうやってわれわれを封じ込めてしまったほうが、あとで国中を追いかけまわすよりずっと楽じゃないですか」

オールドリッチはにんまりと笑った。「連中は現に封鎖を実行したことがあるんだよ。たしか一九五八年だったと思うがね。そればかりか、われわれ〈奪還チーム〉の車もスタッフごと押収した。そのさい、ドライヴァーとパートナーの骨が二、三本折れたくらいさ――もちろん、それは純粋の事故によるものだったが。われわれはそのとき、なんらの抗議も行なわなかった。しかし、その翌日、こんどは西ドイツのフランクフルト近郊にあるソ連軍事連絡部の建物が――それについてはすでに大佐から説明を受けたと思うが――なぜか各種の建築機械によって包囲されてしまったのさ。連中はかんかんになって抗議した。すべての軍事連絡部は例の協定によって完全な行動の自由を保証されているはずではないか、というわけだ。わが方の司令官はただ、道路工事が必要になっただけだ、と言ってとり合わなかった。翌週、ソ連軍事連絡部の車が一台、強行突破を図ろうとしたところ、巨大な地ならし機《グレーダー》がその正面にバックしてきた。あの事故ではたしか、ソ連の将軍一人と大佐一人が命を落としたはずだ。それ以来、連中は二度とわれわれのゲートを封鎖しようとはしなくなったのさ」

オールドリッチは立ちあがって、暖炉に歩みよった。「この点はよく呑みこんでほしいんだがな、マックス、われわれとソ連側との関係は、カードの家のようにきわめて危うい土台の上に築かれているのだ。フランスはかなり以前に軍事連絡部を閉鎖してしまった。イギリスは、ちょっとした情報活動や、東ドイツとの秘密情報の交換のためにのみ軍事連絡部を活用している。いわゆる〝奪還〟任務を遂行しているのは、いまではわれわれだけになっているのだ。だから、われわれにせよソ連側にせよ、例の協定内容からほんのわずか逸脱した行為をするにも、慎重の上に慎重を期しているのが実情でね。一例をあげると、ソ連と東ドイツ側は、われわれの車の逃走を阻止しようとがむしゃらな努力はしても、軍事制限地帯の外で発砲してきたことは未《いま》だかつてない。ただの一度もだ。理由は簡単だ。もしそんなことをしたらすべてが崩壊してしまうことを、連中は熟知しているのさ。われわれに劣らずソ連側もまた、西ドイツ内にある自分たちの軍事連絡部の存続をなによりも願っているのでな」

彼は暖炉に両手をかざした。「きみがいま寝泊まりしているのは新しい宿舎だが、あんなものを建てるんだって一悶着《ひともんちゃく》あったんだぞ。われわれがなんらかの秘密攻撃装置を設営しようとしているんじゃないのか、さもなきゃ新しいレーダー施設を造ろうとしてるんだろう、と連中は思いこんだらしい。わが軍事連絡部の八一年度予算が大幅に削減されたため、ドライヴァーたちを毎日西ベルリンの兵舎まで送迎するのは不可能になったのだということをソ連側に納得させるのに、数カ月もかかった始末さ。最後には了承してくれたんだが、建築期間中、GRUの大佐が毎日出張《でば》ってきて監視していたよ」

そこでまた地図の前にもどり、「つまり、以上説明したことを言い換えれば、今後とも敵の追跡班との駆け引きの上で、従来にない異常事態にきみが遭遇するようなことは、まずないだろうということだ。車やヘリコプターや飛行機に追いかけられることはあるだろう。しかし、街道に突然戦車が出現してきみを吹っ飛ばす、なんてことはまずないから心配せんでいい。そんなことはまず起こらんさ」

そこでオールドリッチは話題を変え、正確なパトロール・ゾーンや当直任務のスケジュール、あるいは〈奪還チーム〉を維持していく上での必要事項といった、より実際的な問題について長々と説明しはじめた。地図板上で最後にめくられた図表の説明を終える頃には、昼食時になっていた。

ちらっと腕時計をのぞいて、オールドリッチは顔をしかめた。「やれやれ、わたしはこれからＥｕＣｏｍ（アメリカ軍ヨーロッパ司令部）にでかけなくちゃならん。アイク、きみにはこれから研修パトロールにマックスを連れてってほしいんだが、かまわんだろうな？」

それまで沈黙を守りとおしていたウィルスンが、うなずいた。低音の深みのある声で、彼は言った。「ああ、かまわんとも、ボブ」

それにはマックスもびっくりした。軍事連絡部のほとんどの連中は、外部の人間のいないところでは互いの階級を無視してファースト・ネームで呼び合う、とは聞かされていたのだが、それを現実に自分の耳で聞いたのは初めてだった。彼はちらっとオールドリッチの顔を見た。海軍中佐はそんなことなど意に介さない様子で、広げた資料類を集めるのに忙しい。

「ようし。それじゃマックス、明日の朝食後にまた会おう。わたしのオフィスまできてくれ。こんどは特殊な救出方法について説明するから」

オールドリッチは、あわただしく部屋をでていった。

マックスはアイク・ウィルスンのほうを向いた。アイクは熱心に窓外を見つめている。

「この調子じゃ雨はやまんな。早いとこサンドイッチでも食って、でかけたほうがいいかもしれん」マックスのほうをちらっと見て、「どうだ、モス？」

彼がマックスに向かって直接口をきいたのは、それが初めてだった。マックスはあまり愉快な気分ではなかった。

「いいともアイク。なんでも仰せに従うよ」

かすかな皮肉を感じたのかどうか、ウィルスンは無表情に立ちあがり、マックスもそれにならったときには早くもドアの外に出かかっていた。

昼食の間中も、ほとんど言葉は交わされなかった。マックスがなにか言っても、ウィルスンは、ああ、とか、いや、とか、素っ気ない返事をするだけで、黙りこくってしまう。一時間たっても、相手がいったいどういう人間なのか、マックスには皆目見当《かいもく》がつかなかった。ま、無口な男であることはたしかだな――皮肉っぽく胸に呟《つぶや》きながら、彼はロースト・ビーフを口に運んだ。

そいつを嚥《の》み下しかけたとき、腕時計をのぞいたウィルスンがさっと立ちあがって言った。

「よし、いくぞ」

マックスはあわててコーヒーを喉《のど》に流しこんで、あとを追った。スタッフ用の食堂の優雅なことは、他の二つの正食堂と比べてもほとんど遜色《そんしょく》がないくらいだった。天井には巨《おお》きなシャンデリアが吊りさがっており、五つの食卓はアイルランド製の純白のリネンで蔽《おお》われている。料理人と給仕のスタッフはいずれもドイツの民間人で、調理の腕前と口の堅さにかけてはまず文句のつけようがないという。軍事連絡部内においては、じっさい、どこの部署においても上下の別はなかった。食事時《どき》にしてもそうだった。五人の士官は、常に他の下士官兵たちにまじって食べるのだ。唯一のちがいといえば、五人の士官のうち、家族持ちの三人だけは西ベルリンに住んでいて、毎日通ってくるということくらいのものだっただろう。

玄関の前まできたところで、マックスはようやくウィルスンに追いついた。さすがにムッとしたので、ウィルスンの片腕をつかんで言った。「なあ、ウィルスン、あんた、なにが面白くないのか知らないが、話し合えば解決できるんじゃないのか。どうせしばらくペアを組まなくちゃならないなら、楽しくやろうじゃないか」

ウィルスンは前を向いたまま微動だにせず、冷ややかな声で言った。「腕を放せ、モス」

マックスは手を下ろした。ウィルスンがこちらに向き直った。そうして面と向き合うと、彼はじっさいより背が高く見えた。

「そのとおりだ、モス。おれたちはこれからしばらくペアを組む。つまり、いまのところ、ヴォポの連中とわたり合っておまえさんが五体満足でいられることを保証できるのは、このおれしかいないということだ。おれがおまえさんだったら、くだらんおしゃべりのことなど気に病まずに、そのことをじっくり考えるぜ」

その声は終始落ち着いていて、怒りの色などみじんもうかがわれなかった。

マックスはなぜかぞくっとした。死と戯れている妖気《ようき》めいたものを、ウィルスンは全身に漂わせているかのようだった。

こちらの答えも待たずに、ウィルスンは雨の中に踏みだしていった。

十分後、二人は整備工場で顔を合わせた。マックスは宿舎から自分の携行品を持ってきていた。ウィルスンもそこで暮らしているはずなのに姿が見えないと思ったら、すでにナブズ・ピアースの隣に立っていた。古い厩《うまや》への入口をマックスが駆け抜けて近よっていっても、二人は顔をあげようともせずに夢中で話しこんでいた。

マックスがさらに近づくと、ナブズの声が耳に入った。

「……ターボのブースト圧は一〇ポンドにセットしておいたからな、アイク。いじるんじゃねえぜ。この前あんたが一五ポンドにあげたときにゃ、エンジンのガスケットを全部とっかえなきゃなんなかったんだ。ブースト圧を除きゃ、あとはあんたがこの前走らせたときとそっくり同じにしてあるから」

ウィルスンはうなずいて、新車同様のフォード・フェアモント・四ドア・セダンのエンジン・ルームをのぞきこんだ。マックスも隣に立ってのぞきこんだ。エンジンをひと目見て、彼は思わず息を呑んだ。レーシング・ドライヴァーとして活躍していた最中にも、これほど見事に手を加えられたエンジンは見たことがなかった。オリジナルのフォード5000ccV8エンジンには、〈奪還チーム〉のメカニックたちの手で入念なチューンが施されていた。ピストンの軽量化、クランクシャフトのバランス調整、フライホイールの軽量化とバランス調整に加えてポート研磨が施されていたし、カムシャフトとイグニッション装置はまったくの新品と交換されていた。おまけにエアリサーチ社製のターボチャージャーが付加された結果、ターボの最大過給時には五百馬力の最高出力を発生するという。これはもうオリジナルのエンジンとはまったく別物のモンスター・エンジンと言ってよかろう。

ナブズがマックスのほうをふり向いた。「カールの話じゃ、おまえさんは馬鹿っ速《ぱや》いレーシング・ドライヴァーだったらしいな。これまでに、ターボ・カーで走ったことはあるか？」

マックスはうなずいた。「ああ、あるとも。ただし、レーシングカーじゃない。古いマスタングをいじくって、ちょっと乗りまわしていたことがあるんだ」

ウィルスンが割って入った。「こいつの性能は、いままでにおまえさんが走らせたどの車をも上まわっているはずだ、モス。NASCARレースのストックカーを含めてな」

マックスはかすかに眉を吊りあげた。とすると、ウィルスンはおれのレースのキャリアを知ってるってことになる。

ナブズが言った。「ついてきな、モス。おまえさんも、ちったあこの老いぼれ馬の事前点検をしといたほうがいい」

マックスをつれてフェアモントの周囲をゆっくりまわりながら、改造を施した個所を一つずつ指さして教えてくれる。テキサス人特有のゆったりと引きずるような語調の中に、老メカニックの誇りがまごうかたなく感じとれた。

その誇りには充分な裏づけがあることを、カー・エンスージアストの一人として、マックスは即座に見てとった。スーパースピードウェイで一秒の十分の一を争うレースの世界に慣れている者の目にも、そのフェアモントの迫力は桁外れ《けたはず》だった。足まわりはドイツ・フォードのレース部門の手でまったく新しいものと交換されている上に、ナブズの率いる軍事連絡部の優秀なメカニック陣によってさらに強化されていた。四輪をガッチリ固めてレーシングカー並みの安定した走りを保証しているのは、ガス封入式のダブル・ショックアブソーバーだ。ブレーキは四輪ともレース仕様のヴェンティレーティッド・ディスク。フェンダーからは、グッドイヤーの太いレース仕様耐久タイヤがはみだしている。その薄いサイドウォール部の剛性は、グッドイヤー社の手で特に強化されているとのことだった。内部に目を転じると、標準装備はすべて取りはずされ、特製の計器盤とシートに替えられていた。前部の二つのバケット・シートのあいだには、リットン社製の慣性航法装置が組みこまれており、その地図表示スクリーンが運転席と助手席のあいだのダッシュ中央部にセットされている。助手席の前の複雑なデジタル表示盤やダイアルに感嘆しながら、この車では〝助手〟と呼ぶより〝ナヴィゲーター〟という言葉のほうがピッタリだな、とマックスは思った。シフト・レヴァーと航法装置に邪魔されない位置には、オール・バンドの無線装置も組みこまれている。運転席の前のダッシュには、速度計、回転計、油温計、油圧計、燃料計、電圧計、ターボのブースト計、それに一連の警告《ウォーニング》ライトが並んでいた。

ステアリングは当然のことながら小径で、太い革巻きである。その握りの部分には引き金状のスイッチが、また、中央のホーン・ボタンの隣にはマイクが組みこまれていることを、マックスは見てとった。彼の驚きの表情に気づいて、ナブズが言った。「気に入ったかい？ 両手でステアリングを握りながらでも助けを呼べるように、おれたちがちょっぴり頭をひねったのさ」

ウィルスンがバシンとボンネットのフードを下ろして、留め金をリンクに通した。「そろそろいこうか、モス。あとは走りながら説明してやるから。早くいかんと、五時までには暗くなるからな」

マックスはバッグからノートとマイクロ・カセットレコーダーをとりだし、バッグは車のトランクにしまった。トランクの中には、大型のバッテリーとツール・ボックス、救急箱、それにM16ライフルが入っていた。それを見たとたん、背筋に震えが走った。助手席に乗りこんでドアをバタンとしめ、六点式のシートベルトをしめる。革とグラスファイバーのにおいが鼻を衝《つ》いた。レースのにおいだ。

ウィルスンが、各欄に書込みのしてある紙をナブズに渡した。パトロールの予定表だな、とマックスは思った。

「第一地区を急いでまわってくるからな、ナブズ。E8号線を降りて、71号線をザルツヴェーデルまでのぼり、そこから間道伝いにオスターブルク、ゲンティーン、ブランデンブルクを抜けてくる。五時頃までにはもどってくる。もっとも、敵さんが制限地帯十五区と十六区のあいだの107号線をまた遮断《しゃだん》してくれたりすりゃ別だ」

床を這《は》っている一匹の蜘蛛《くも》めがけて、ナブズがぺっと茶色い唾《つば》を放った。

「とにかくブースト圧に気いつけてくれよ、ウィルスン。こんどこいつで小川を突っ切ったりしやがったら、ただじゃおかねえからな。そういう悪戯《いたずら》をしたきゃ、ジープを使いな」

ウィルスンは無言で車の周囲をまわり、一度しゃがみこんでロード・クリアランスを確認してから運転席に乗りこんだ。ベルトをしめ、無線装置と航法装置のスイッチを入れてからマックスに言った。「日誌におれの言うことを記入してくれ」マックスはドア・ポケットから青表紙の小さなノートをとりだして、十一月一日のページをひらいた。「研修パトロール。乗員、アイザック・ウィルスン一等軍曹、並びにマクスウェル・テイラー・モス三等軍曹。第一地区。最終目標地——ザルツヴェーデル。予定パトロール時間——五時間。出発時刻——」ダッシュのデジタル時計を見やって、「一二〇五時」

そこでウィルスンは、無線装置を指さした。「救難チャンネルが作動しているかどうか見てくれ——確認電波を発信するんだ」

マックスは、救難信号《メイディ》を本館四階の男たちに向けて発信する小さな赤いボタンを押した。無線装置から、ピーッという小さな音が流れる。次の瞬間、スイッチの下に黄色い光点が現われた。ウィルスンが唸《うな》るように言った。「きょうの指示信号は、アルファ・アルファ・ナインだ」無線機の正しい周波数を選んで、アルファ帯のインジケーターをA‐A‐9に合わせた。ステアリング組込みのスイッチを押して、「ピーター・ラビット、こちらブレア・ウルフ。確認願う」

と、即座に中央のスピーカーから声が流れた。「ブレア・ウルフ、こちらピーター・ラビット。感度良好。確認を終わる」

しばらくじっと坐っていたと思うとウィルスンはサングラスをはずし、運転席の隅にはさんであったシャモアクロスをとりだしてレンズを磨きだした。静かだった。耳に入るのは、二人の息遣いぐらいのものだった。やがてウィルスンがこちらを向いたとき、彼の瞳《ひとみ》がほとんど透明に近い、奇妙な灰色であることにマックスは気づいた。一瞬、無表情にこちらを見やってから黒いサングラスをかけ直すと、ウィルスンはトグルスイッチをパチンとあげた。エンジン・ルームで電磁燃料ポンプが作動しはじめた音が、マックスの耳に聞こえた。

五速のシフト・レヴァーをニュートラルに入れてから、ウィルスンはイグニッションのキーを一段ひねった。とたんにダッシュボードのオレンジ照明がつき、各計器の針が0の位置に跳ねあがる。

彼の指がさらに一段キーをひねると、エンジンが轟然《ごうぜん》と目ざめ、V8特有の底力のあるエグゾースト・ノートが整備工場内に広がった。

ちらっとマックスをかえりみて、ウィルスンは言った。

「さあて、いくとするか」

9

ザルツヴェーデルの南一〇キロの地点に達する頃、マックスは、アイク・ウィルスンに関しては数えるくらいのことを、東ドイツに関してはかなり多くのことを知るに至っていた。いや、というよりも――と、彼は内心思った――ウィルスンに関してはほんの二、三のことを確認し、東ドイツに関しては多くのことを思いだした、と言ったほうが正確かもしれない。父親の乗る将官用の車のリア・ウインドウから外を眺めていた九歳の少年の心に、かつて刻まれた朧《おぼ》ろなイメージの数々。それは、猛スピードで突っ走るフォード・フェアモントの窓から外を眺めているうちに、妙に懐かしい、見馴れた光景として甦ってきた。二十年前のイメージが現実の風景と重なり合ったとき、外部の光景は不意に鮮明な像を結びはじめた。御者台には暗い表情のドイツ民主共和国の農夫をのせ、後部の荷台にはなにやら焦げ茶色の荷物をうずたかく積んで、やはり焦げ茶色の元気のない馬に引かれている荷車。果てしなくつづく灰緑色の森。なんの標識もない狭い道路は、とりあえず入手し得る舗装材を片っぱしから使用したかのように、アスファルトで舗装されている個所もあればコンクリート舗装の部分もあり、単に砂利が敷かれているだけの個所もあった。人《ひと》気《け》のない通路沿いには寒村が望まれ、兵舎のように陰気な住居が点々と並んでいた。軍事連絡部のあるポツダムは、かつてはドイツの有閑階級のお気に入りの郊外住宅地でもあったのだが、比較的にぎやかなその街区を抜けでたとたん、馴染《なじ》みのある風景が目に入りはじめた。と同時にそれは、しだいに陰鬱な色彩をも帯びていったのだった。

そうした風景の変化など、ウィルスンにとってはどうでもいいことのようだった。じっさい、整備工場の外でクラッチをつなぎ、コンクリート舗装の私道に鋭いタイヤの悲鳴を響かせた瞬間から、ウィルスンは別人になっていた。まるで店舗のシャッターが巻きあげられるように石の仮面に似た表情が消え、口の両端がつりあがって薄い笑みが浮かんだのだ。それから二時間というもの、その笑みはずっと彼の顔に貼りついている。

ウィルスンのステアリングさばきやギア・シフトのタイミングは、さすがに正確で、きびきびしていた。彼はまるで、荒馬を強引に乗りこなそうとするかのようにフェアモントを操った。ときには、車を殺そうとしているのではないかと思われるほどだった。額には小さな汗の玉がふきだしていたが、奇妙な笑みが消えることはなかった。

車に対する思いやりには欠けていても、ウィルスンが優秀なドライヴァーであることは、マックスも――不本意ながら――認めざるを得なかった。ワイドなグッドイヤー・タイヤは、時速一一〇キロ以上になると、薄い水膜にのって路面から浮きあがりはじめる。が、ウィルスンはそんなことにはおかまいなく時速一四〇キロを保ち、細い道のカーヴでは容赦なく車をパワー・スライドさせてクリアしていく。ベルリンと西ヨーロッパを結ぶ陸の動脈、ヘルムシュテット＝ベルリン・アウトバーンにのると、良好な路面状態のおかげでさらに高い巡航速度を保てることに、彼は気づいたらしい。アクセルを踏みつづけて、時速一四五キロ以上をかなり長時間保ちつづけていた――のろのろ走っている車がけっこう多く、思いだしたように雨も降っているのに、である。

マックスはすべてを吸収するのに忙しく、神経質な戦闘機パイロットさながら、絶えず左右に目を配っていた。が、ウィルスンの視線は終始前方の路面にひたと据えられている。それだけに、彼が突然周囲の光景に関してあれこれ説明しはじめたときには、マックスも不意を打たれたようにびっくりした。

道路の特徴、地形、すれちがう車のタイプ、目下のルート。深みのあるウィルスンの声はザルツヴェーデルまで一六〇キロの間《かん》ほとんど消えることなく、この下水溝はこう、あのソ連軍機甲部隊のマークはこう、その細い未舗装道路《ダート・ロード》は制限地帯に流れこんでいる小川と接していてどうの、と、絶えずマックスの注意を促しつづけた。見ていると、車を運転するという行為があたかも彼の心の扉をひらいて、車に乗っていないときとは別人のように能弁にしているようだった。

これぞ好機と踏んで、マックスはなんとかウィルスンに彼自身のことを話させようとしてみた。自分のことはなんでも同僚たちに知られているのに、こっちは連中のことを知らないも同然だと思うと、癪《しゃく》だったのである。だから、ウィルスンが例のぶっきらぼうな調子で自分のことを語りはじめたときには、ささやかな勝利をものしたような気がした。そのときフェアモントは、これといって特徴のないアウトバーンを走っていた。あと十分ほどでザルツヴェーデルに通じる北回りの道への出口に着くというときになって、ウィルスンはとうとう、〝奪還〟任務に必要な外国語をどうして覚えたのか、というマックスの問いに答えたのだ。

依然として前方の路面に視線を据えながら、彼は言った。「簡単さ。おふくろがドイツ人だったんだ。で、おれはガキのころからドイツ語を聞きながら育った、ってわけさ。ロシア語のほうは、トルコに駐屯していた頃にものにしたんだ。ほかにすることもなかったんでな。あの国には気のきいたサーキットもなかったし」

それっきり、あとは出口に達するまで再び沈黙の行がつづいた。

アウトバーンを降りて検問所の前で停まったところで、マックスは時刻を記入した。前方には縞模様の遮断機がおりている。かたわらの衛兵所の中には、四人のヴォポと准軍事警察の男が一人、所在なげに突っ立っている。なかの一人がフェアモントのナンバー・プレートを見て、なにか怒鳴った。ウィルスンがガラスを巻き下ろして、アメリカ軍事連絡部の者だ、とドイツ語で告げる。相手は肩をすくめてボタンを押し、遮断機をあげた。とたん、ウィルスンはギアを一速《ロウ》にぶちこんで急発進した。激しく空転したタイヤがヴォポたちに向かって砂利石を跳ねあげる。衛兵所の中で、くぐもった怒声と悪罵《あくば》の声があがった。ウィルスンの笑みが満面に広がった。

「ちょっとした儀式でな、ここを通り抜けるときの。いまの検問所はシュタイナーというやつが責任者だ。しかし——いまやつらが持っていた銃に気がついたか？」

マックスは眉をひそめた。「銃、っていうと？」

「カラシニコフ19だ。新品だったな。モスクワから支給された最新式の自動小銃だよ。きょうはなんであんなものを持ってるのかな。日誌につけといてくれ」

青表紙の小さなノートにその件を書きこみながら、マックスは胃のあたりに妙なむかつきを覚えた。自信を失いかけると決まって現われる肉体的徴候だった。車の運転技術に関してなら〈奪還チーム〉のだれにも負けない自信があるが、いまウィルスンが発揮したような鋭い観察力を、おれはいったい身につけることができるだろうか？　悲観的な気分が芽生えるにつれて、ひんやりとしたものがみぞおちのあたりを押しつつんでくる。これではいかん。ともすれば沈みがちな気持を、マックスはなんとか引きたてようとした。ちょうどそのとき、ウィルスンの刺青《いれずみ》が目にとまった。

「なあ、アイク、マルガレーテってのはいったいだれなんだい？」

ぶっきらぼうに問いかけた。ウィルスンの口元がぐっと引きしまり、薄い笑みが消えて渋面に変わった。

「だれでもないさ。おれのほうなんか見ずに、窓の外をしっかり見てろ」

前方にカーヴが現われた。と見て、ウィルスンはシフト・ダウンした。次の瞬間、フェアモントは大きく尻をふり、後輪がアスファルトの路面から流れて、砂利で蔽われた外側のダートにすべった。ウィルスンは激しく悪態をつきながらもアクセルを踏みつづけ、スピンを防ごうと機敏なステアリングでカウンターをあてる。スピードがあがるにつれてフェアモントは立ち直り、マックスの側のドアが松の大木に叩きつけられようとする寸前、ウィルスンはシフト・アップした。フェアモントは弾丸のようにアスファルトの路面にもどった。その間、二秒とたっていなかっただろう。マックスの体は金縛りにあったように硬直していた。いまのような運転は、自分がするぶんにはかまわないが、乗せられている身では、ぞっとしなかった。ぶるっと身を震わせて、溜めていた息を吐きだした。

ウィルスンが初めてこっちに顔を向けた。薄い笑みはぬぐわれたように消えている。

「すまなかった、モス。なんというか、その……彼女の話はあまりしたくないんでな」

しばらく沈黙がつづいた。濡れた灰色のリボンのような路面が、なめらかに車の下に呑みこまれていく。周囲に他の車影はない。家並みもなかった。鬱蒼《うっそう》たる森が道路のすぐ両側にまで迫っている。速いピッチでフロント・ウインドウをぬぐっているワイパーが、ぼんやりした影のように見える。エンジンの力強い鼓動音が伝わってくる。が、五速でのクルーズは、V8にとっては退屈そのものの営みにちがいない。そのとき、回転計のレッド・ゾーンのはじまる位置に目を留めたマックスは、理論上、このフェアモントが時速二七〇キロまでだせることに気づいて、あらためて舌を巻いた。

ウィルスンが口をひらいた。

「おれが初めてベルリンの街をぶらついたときだった。ダンス・ホールで彼女と知り合ってな。親しくなったってわけだ。互いに離れられん仲になった。すると、ある晩彼女はわっと泣きだした。やっとのことで理由を聞きだしたんだが、彼女は、おれを通して軍事連絡部の機密を探りだせという命令を受けてたらしい。でも、あたしにはできなかった、と言うんだ。と言っても、彼女は職業的なスパイではなかった。ただ、身内がまだベルリンの壁の向こう側にいたんだ。そこにつけこまれて……東側のやつに、ちょっとしたスパイ役を強要されたってわけだ。わかるだろう？　よくある話さ。ところが、彼女にはどうしてもそれができなかった」

フェアモントは一九〇キロで走っていた。ウィルスンはロボットのように坐り、無意識のうちにステアリングを操作して微妙な舵角《だかく》の修正を行ないながら、田舎道を飛ばしていく。

「ある晩、彼女は約束の時間に現われなかった。おれは心配になった。同僚を何人か集めて捜しにいった。すると、西ベルリンと東ベルリンの境界にある検問所、チェックポイント・チャーリーの近くの路地で見つかった。かなり激しく抵抗した跡があった。しかし、やつらにかなうわけがない。喉笛《のどぶえ》を切り裂かれていた」ウィルスンの顎《あご》の筋肉はひくひくと引きつり、汗が頬を伝い落ちていた。

「で、おれはもう一期、再志願したってわけさ。なぜなら――」革巻きのステアリングを握る手にぐっと力がこもり、関節が白く浮きあがった。「――そうすればいつか、彼女を殺した豚野郎どもとどこかの道路で出会えるかもしれんからな」

マックスはウィルスンの顔から目をそらした。道はのぼりにさしかかっていた。フェアモントはぐんぐん急勾配《こうばい》を駆けあがり、下りにさしかかった瞬間かすかにジャンプしたが、ダンピングのきいたサスペンションががっちりと車体を支えた。そのとき、前方から走ってくる農家のトラックがマックスの目に飛びこんだ。ハンド・グリップをつかんで体をつっぱりながら、大声で彼は叫んだ。

「トラックだぞ、アイク！」

ウィルスンの反応は〇・五秒ほど遅かった。パチパチと瞬《まばた》きすると、彼はブレーキを踏まずにステアリングを切って、猛スピードで突っ走っているフェアモントを左側に寄せた。もしそのときブレーキを踏んでいたら、すべりやすい路面をかろうじてつかんでいたタイヤがロックして、グリップを失っていただろう。

トラックの農夫が、あいていたドアをあわててしめた刹那《せつな》、唸りをあげてフェアモントがそのかたわらをすり抜けた。唖然《あぜん》としている農夫の顔をちらっと見やってから、マックスは前方に視線をもどした。

「アイク、また車だ！」

こんどはウィルスンもいちはやく気づいていた。灰色のセダンが真っ正面から接近しつつあった。右側の車線《レーン》にもどっている時間はない。ぐんぐん迫ってくる車を、マックスはぞっとする思いで見つめた。恐怖で歪《ゆが》んでいる、先方のドライヴァーの顔がはっきりと見えた。

ウィルスンはやおらステアリングを左に切った。フェアモントは激しくテールをふりながら路肩から飛びだしていく。ウィルスンはアクセルをゆるめなかった。

道路の脇には濡れた雑草が生い茂っていた。猛スピードでその上を突っ走ってゆくフェアモントの運転席で、ウィルスンはスピンを避けようと、必死にステアリングを操っていた。

不意に泥飛沫《どろしぶき》の洗礼を受けたと思うと、かたわらを灰色のセダンがかすめ去った。あおりをくらって、一瞬車体がぐらっと傾く。ウィルスンが四輪のグリップを保ちつづけてくれるように、と祈りつつマックスは、わずか一メートル横をかすめ飛ぶ木々に血走った視線を走らせた。

そのうち、フェアモントはようやくアスファルトの路面にもどりはじめた。右前輪が軽いショックを伝えた。一段高い舗装面にのりあげたのだ。やれやれと安心しかけたマックスの耳に、ウィルスンの悪罵が飛びこんだ。

「くそ、しっかりつかまってろ、モス」

すぐ前方に大きな石の里程標が立ちはだかっているのを、マックスは見た。思わず目を閉じて、激突の瞬間を待ちかまえた。

ショックは訪れなかった。シフト・レヴァーを四速《フォース》にぶちこんだウィルスンが、ステアリングを目いっぱい右に切ったのだ。フェアモントはわずか三センチの差で里程標をかわして、アスファルト路面に躍りあがった。とたん、ついにスライドしはじめた。ウィルスンは穏やかにパワーをかけつつ、ステアリングでカウンターをあてた。フェアモントは依然として、一六〇キロを超えるスピードで濡れた路面を疾走している。それでも一秒もすれば四輪はグリップをとりもどし、コントロールが可能になるだろうと思われた。が、路面は濡れすぎていた。

なおもスライドしつづけているうちに、とうとう前輪がコントロールを失った。マックスが目をあけるのと、フェアモントがスピンしはじめるのと、ほぼ同時だった。ウィルスンは歯をむきだしている。ステアリングからパッと両手を離して一瞬空転させ、中央にもどったところで再びつかんだ。スピンは止まった。が、フェアモントは一八〇度回転して、後ろ向きにスライドしている。ウィルスンは不敵な笑みを浮かべるや、ハンド・ブレーキをぐいっと力まかせに引いた。と、まるでリモコンで操作されたかのように、フェアモントは瞬時に前方に向き直り、五体満足のまま右の車線にもどっていた。

ウィルスンがアクセルを踏みこむと、タイヤが軋《きし》り、ボディが揺れた。マックスを見やった彼の顔には、二人で走りだして以来初めて、屈託《くったく》のない明るい笑みが浮かんでいた。

「ステアリングで逃げたのを気にせんでくれるだろうな。ブレーキを踏んでいたら、あの爺さまの車にモロに突っこんじまってただろう」

マックスはようやくハンド・グリップから手を離した。心臓がまだ早鐘を打っていた。自分が運転するのではなく、ただ乗せられることには、なかなか慣れることができない。

「ああ、気になんかするもんか、アイク……またいつでもやってくれ。でも、こんどはその前に、大声で合図してもらいたいもんだ」

ウィルスンはくっくっと笑った。二人のあいだの垣根はあっけなく崩れてしまった。それ以降、ウィルスンは、周囲の光景について説明する合い間にマックス自身のことをあれこれとたずねはじめた。

ウィルスンのうって変わった上機嫌ぶりに、最初は警戒していたマックスも、いつしか率直に受け答えするようになった。が、ザルツヴェーデルの折り返し点に達する直前に訊かれた問いに対してだけは、別だった。なぜおまえさんは〈奪還チーム〉に入ったのだ、とウィルスンは訊いたのである。

「なぜって、それがおれにはいちばんふさわしいと思ったからさ」即座にそう答えて、マックスは沈黙した。ウィルスンがちらっとこちらを見やったが、マックスは自分一人の物思いに沈んでいた。そうだ、おれはいったいなぜこうして〈奪還チーム〉に入っているのだろう？　この数日間は、集中的なガイダンスの内容を頭につめこむのが精一杯で、落ち着いてものを考えることもできなかった。まる一日〝つめこみ授業〟を受けたあとでベッドに倒れこむと、宿舎に出入りしている他の三、四人の同僚たちと言葉を交わす気力も起きなかった。連中は宿舎を〝ＹＭＣＡホテル〟と呼んでいて、寝るときだけしか帰ってこない。勤務は交替制になっており、ドライヴァーたちはパトロールからもどると勤務の報告をし、眠り、それから一日二日ベルリンに遊びにいくか、またパトロールにでかける。それが、〈奪還チーム〉のメンバーの平均的な日常であるらしい。仲間同士で団欒《だんらん》することはほとんどない。陽気な仲間たちとはとうてい言えないな、とマックスは思った。だとしたら、なぜおれはこんな任務についてるんだ？　どうして美しいサンタ・バーバラにもどって、有名なシーフードのレストラン、〈カスタニョーラズ・シーフード・エンポーリアム〉から三〇メートルと離れていない砂浜に寝そべろうとしないのだ？　あるいは、ケンブリッジでクリスティーと楽しい日々をすごそうとしないのだ？

ウィルスンの声が、彼の物思いを破った。

「左側の塔を見ろ、マックス」

マックスは左側の窓外に目を走らせた。ウィルスンが急にスピードを五〇キロに落としたため、背後のトラックが怒ってクラクションを鳴らした。およそ八〇〇メートル西方の森の中、国境沿いの立入禁止区域の内側に、黒い鉄パイプ造りの高い塔が立っていた。ザルツヴェーデルに近いこの幹線道路は、東西ドイツ国境の、擬装地雷原と三列の鉄条網から一六キロ程度しか離れていない。その塔の屋上には、忙しげに首をふっているパラボラ・アンテナが据えつけられていることに、マックスは気づいた。

ウィルスンはスピードをあげた。「メモしてくれ、マックス。ザルツヴェーデルの南一〇キロ、森の西方一キロの地点にソ連製の新アップル型多目的タワー発見。時刻一四一五時」

マックスは書き終えて言った。「異例なことなのかい、あれがこの辺に立ってるのは？」

ウィルスンは再びスピードを落として、ザルツヴェーデルの街に入った。

「ああ、連中があのあたりでなにか企んでるんでないかぎりな」西のほうに頭をかしげて、「しかし、いま、この地区で、連中が妙なことを目論《もくろ》んでいる可能性はまずないんだ。なぜかというと、きょうはヴォルフスブルクの近くでNATOの演習が予定されている。ふつうソ連側は、われわれの部隊が国境のすぐ向こう側にいるときは、誘導電波や電波妨害などで事をかまえるのは避けるもんなのさ」そのときフェアモントは街の中央の広場にさしかかり、駐車中のソ連陸軍のトラックや装甲兵員輸送車の長い列の前を通りすぎた。ウィルスンは眉をひそめた。「こいつも記入しといてくれ、マックス。どうやら移動無線部隊の一個中隊らしい。所属は——待てよ——フィノウの第一六陸軍航空部隊本部だな」

マックスは顔をあげた。「フィノウ？　というと、たしかベルリンの北東にある街だろう？」

ウィルスンはうなずいて、広場から南に向かう道に車首を向けた。角のカフェにいた数人のソ連兵が好奇の視線を浴びせてきた。

「そのとおり。それに無線部隊の任務は、ふつう二つしかない。われわれを盗聴することと、われわれの電波を妨害することだ」一息ついて考えこみながら、「いいか、無線のスイッチを入れて——」不意に口をつぐみ、バックミラーに目をこらした。「おいでなすったぞ」

マックスはサンヴァイザーを下ろした。その裏には鏡がついている。一台の薄汚れた白いBMW１８００が背後についていた。二人の男が乗っていて、一人がマイクをつかんでいる。

「ヴォポだ」ウィルスンは言った。「ポツダムをでたところでフリッツをまいてから、もうほっといてくれると思ってたんだがな。いまの通信部隊に接近しすぎたのが気に入らんのかもしれん」

フェアモントは唸《うな》りをあげて、ザルツヴェーデルの南郊を突っ走っていく。約三〇メートル遅れてBMWが追尾してきた。

ウィルスンは無線機に向かって顎をしゃくった。

「発信は控えたほうがいい、マックス。連中がどの程度やる気か試してみよう」

住宅地区をでると同時に、フェアモントはスピードをあげた。雨はやんでいる。アイクがなにかやる気なら——とマックスは思った——お手並み拝見といこう。

ウィルスンの視線が素早く慣性航法装置の地図表示スクリーンに走る。緑の光点が、フェアモントの走行位置だ。目下、71号線を南下していることを示している。本部までの距離を示すデジタル数字は、82／131。ということはポツダムの軍事連絡部まで、直線距離で八二マイルないし一三一キロあることを意味する。「ここを見ろ」ウィルスンがスクリーン上の、数キロ南の分岐点を指さした。「ヴィンターフェルト分岐点だ。ここから東のオスターブルクに向かうと小さな丘がいくつかあるし、狭い田舎道もたくさんある。十字路もすくなくとも十はあるから、やっこさんたちをまくにも都合がいい。どう思う、マックス？」

初めてウィルスンに意見を求められて、マックスはびっくりして顔をあげた。たとえ形式的な問いかけだとしても、悪い気はしなかった。

「ああ、けっこうじゃないか」と、彼は答えた。

にやっと笑うと、ウィルスンはやおらアクセルを床まで踏みつけた。あたかも補助ロケットが点火されたかのように、フェアモントは猛然と地を蹴《け》った。排気ガスでタービンを回し、それと同軸上にあるもう一つの羽車《フィン》を回転させることによって大量の空気をエンジンのシリンダーに送りこんで燃料の充塡《じゅうてん》効率を高める――これがターボチャージングの原理だが、回転計の針が四五〇〇回転を指したいま、エアリサーチ製のターボチャージャーはフルにその効力を発揮しはじめたのだ。エグゾースト・ノートに加えて、ヒューンというターボ独特の高周波音が聞こえてきたかと思うと、すでに一三〇キロで走っていたにもかかわらず、フェアモントは猛烈なホイール・スピンを起こし、次の瞬間、巨大な力で背後から蹴とばされたようにダイナミックな加速に移っていた。バックミラーのBMWがみるみる小さくなっていく。ウィルスンの顔に会心の笑みが浮かんだ。

「これでいい。しかし、いまのBMWを運転していたのはきっとミューラーだ。とすると、そう簡単には諦めんかもしれん」

そのとおりだった。見通しのいい田舎道で背後の車に二キロの差をつけるには、全神経を運転に集中しなければならない。バックミラーからようやくBMWの姿が消えたとき、ウィルスンは初めてアクセルをもどして、四輪を存分にふりまわしながら泥でぬかった狭い田舎道を走り抜けていった。ある村では鶏《にわとり》や鵞鳥《がちょう》を蹴散らし、他の村では村人たちを追い散らしながら走り抜けた。約三十分後、二人はオスターブルクまで数キロの地点に達した。そして前方に十字路が見えてきたとき、ウィルスンは急ブレーキを踏んだ。タイヤを激しく軋らせつつフェアモントは停止した。すさまじい勢いで前方に放りだされようとするマックスの体にシートベルトがくいこむ。引きつるような痛みが全身に走った。

ウィルスンはマックスの体ごしに右手を見やった。密生した樹林の中に、そこだけ木を切り払った防火帯があった。ギアを一速《ロウ》に入れるなり、ウィルスンはその中に車を乗り入れていった。車一台がかろうじて通れるくらいの隙間しかなく、下生えの雑草がボディの両側面をこすりつけているのがわかる。なおもその樹間——道路とはとても呼べなかった——を進んでいくと、突然、車が優に方向転換できるだけの広さの野原にでた。濡れた草の上でウィルスンはステアリングを切り、一八〇度方向転換して車を停めた。いま通り抜けてきた樹林の長いトンネルの彼方に、さっきの農道が見える。満足げにうなずくと、ウィルスンはエンジンを切った。

「コーヒーでも飲まんか、マックス？　ミューラー旦那がしゃかりきに走りまわっているあいだに、こちらは一服といこう」シートベルトをはずし、後部シートに腕をのばして魔法壜《びん》をつかむ。

「こんなとこに防火帯があるなんて、よくわかったな？」右手に坐っているマックスにも、それは見えなかったのだ。

サングラスを額に押しあげると、ウィルスンは二つのカップに熱いコーヒーを注いだ。

「なあに、前にも一度ここに隠れたことがあるんだ。一年ぐらい前だったかな。あれからだれもここに入りこんだやつはいないらしい」

マックスは黙々と熱いコーヒーを飲んだ。

ウィルスンの視線が、時計に走る。「三時十五分前か。もう十分ほどしたら、オスターブルクを抜けて107号線に向かおう。そこから南下してゲンティーンにでる。その頃にはミューラー旦那も、おれたちをとり逃がして大目玉をくらってるさ」愉快そうに笑いだした。

マックスは窓ガラスを巻き下ろした。静まり返った樹林の中で、草の葉を打つ雨だれの音がする。と、遠くのほうから舗装路面を突っ走る車に特有の走行音が近づいてきた。とっさに防火帯の入口に目を転じると、いましも白いボディが幻のように通過していくところだった。

ウィルスンがまた笑い声をあげる。こんどアイクがなにか言うときにはもっと注意深く耳を傾けようと、マックスは決めた。舌が焼けるように熱いコーヒーを飲み干すと、彼はウィルスンに、慣性航法装置の利点の説明を求めた。機嫌よく応じてくれるウィルスンの説明内容を、慎重にノートに書き移すマックス。

まさにその瞬間、一八キロ南東の滑走路では、イヴァン・コリャーチンが、ミグ25から成る〝フェリックス〟飛行隊の指揮官機のコクピットに坐って、ベルトを装着しているところだった。離陸の合図を、彼はいまや遅しと待ちかまえていた。

10

あわやという瞬間、敵レーダーの存在は味覚としてマカラックに伝わった。A‐10Fの機首を引き起こして木々の梢《こずえ》を飛び越し、ゲパルト対空戦車にさらに一弾を見舞ったとき、一キロ南のSAM（地対空ミサイル）のレーダーを〝ジーザス・ボックス〟に教えられたのだ。彼は瞬時に反応を起こした。SAMに向かってマヴェリック・レーダー誘導ミサイルの発射を脳の一部で念ずる一方、操縦桿《かん》を迷わずぐいっと左に倒した。A‐10Fは左翼端を下向けて垂直急旋回に移った。マカラックは操縦桿を目いっぱい前方に押し、そのままの位置を保った。その一連の操作に要した時間は、〇・三二秒。敵のSAMレーダーがこちらに照準を合わせるのに必要な時間は、〇・三五秒だ。

雨滴をしたたらせている松の枝を左翼端が切り落としていく。と、〝ジーザス・ボックス〟を通してコンピューターが、まだゲパルトを叩けるチャンスがあると伝えてくる。どっさに決断を下したマカラックは、機の姿勢を直すと同時に、こんどは右手にすべるように旋回しはじめた。推力《パワー》をフルにきかせて、再度地上に向かって急降下してゆく。〝ボックス〟によって高められた自分の反射神経と、特別装備の地形追随レーダーに全幅の信頼を置いていたから、霧の裂け目に見え隠れする樹木や岩山はきれいによけていける自信があった。高度五〇〇メートルで、ゲパルトに対し一秒間の連射を加えてやる。先方の戦車兵はたぶんツイン・レーダーのスイッチを入れたばかりのところだっただろう。その反応は遅すぎた。これが演習でなく実弾を使っていたら、三〇ミリの劣化ウラン徹甲弾《てっこうだん》が厚さ二五ミリの戦車の装甲を突き破って内部で破裂し、積載している弾丸の誘爆を引き起こしていたところだ。連中はこのA‐10Fを目撃して一秒もたたないうちに、早くもあの世にいってることになる。

なおも樹林をかすめるように低空を飛びながら、マカラックはスロットルを絞ってスピードを三七〇キロに落とした。そのとき、地上から彼に対して熱線誘導ミサイルが発射されたことを、赤外線映像センサーが〝ボックス〟を通じて伝えてきた。マカラックはコンピューターに助けを求めた。〇・二九秒後に操縦桿を鋭く引いて上昇を図った。〝イボイノシシ〟は苦しげな呻《うめ》き声をあげる。が、スロットル・レヴァーを押してフル・パワーをかけてやると、数秒後にはゼネラルエレクトリック製のタービンが全速回転し、機は上昇しはじめた。三〇〇メートル、六〇〇メートル。相変わらず視界ゼロの雨雲に包まれていたが、ミサイルはなおも追尾してくる。こちらの位置をさぐろうとする赤外線を感じとって、マカラックは操縦桿を右に引き、失速の危険を冒しながら垂直右旋回に移った。そのまま、いままでと逆方向に機首を向けて、急降下を図る。約四〇〇メートル降下したとき機首を引き起こし、前方捕捉センサーで地上の赤外線スキャナーの位置を確認した。すかさず赤外線照準器のスイッチを入れる。と、計器盤上の小さな光源が、またしても彼の目に向かって針のように細い光線を放つ。コクピットの正面ディスプレイに組みこまれた照準器に目の焦点を絞ると、眼球内に反映される赤外線が示す瞳孔《どうこう》の位置から、コンピューターが瞬時に適正な発射角度を計算してくれる。敵のミサイルがこちらを発見できずにもたついているうちに、マカラックは自分の赤外線ミサイルを地上のミサイル・サイトに向けて発射した。一・二秒後、それは地上を赤々と焦がすすさまじい火の玉の中に消えた。

これで彼は、わずか二分もたたないうちに、地対空ミサイルの発射台《ランチャー》一基、ゲパルト対空戦車一輛、それに規模不明のミサイル・サイトを破壊したことになる。目下、各センサーは音もなく静まり返って、周囲にもはや脅威がないことを伝えている。マカラックはゆっくりと、それまでの戦闘の成果を吟味してみた。

標準型のA‐10機では作戦が不可能なほど雲底高度がさがった一四三〇時以降、当該戦域を飛びまわっているのは、彼と他の三機のFモデル機に限られていた。その間、もし彼の記憶に間違いなければ――そのとおりだとコンピューターは告げていたが――彼ら四機のA‐10Fは、十五輛の通常戦車、十二輛の対空戦車、九基のSAMランチャー、大小さまざまの十二台のトラック、それに六つの橋梁《きょうりょう》を破壊したことになる。殲滅《せんめつ》された地上部隊もかなりの数にのぼるだろう。わずか三十分のあいだの、しかも、こういう悪天候下の戦果としては、悪くあるまい。

マカラックは燃料をチェックした。作戦を開始してから、すでに二時間はたっていた。

最初の予定では、一五〇〇時に戦闘を終了し、小さな丘の上空を旋回しながら他の三機の僚機が集結するのを待つことになっている。もはや地上からの対空砲火もない。まず〝敵《フェルダムト》〟の周波数からはじめて、無線交信をモニターするよう〝ボックス〟に頼んだ。

「……くそ」最初に流れたのが、その声だった。「どうしてやつはあんなに素早く襲いかかれるんだ？　一度は捕捉できたと思ったのに、終わってみたらこっちは全滅させられたことになってる。いったい、やつは——」

「わかりません、大尉。赤外線映像センサーにパッと光点が映ったと思ったら、もう片がついちまってるんですからね。フリッツの話じゃ、ゲパルトもやつにやられたそうで」

マカラックはにやっと笑って、〝審判〟周波数に切り替えてみた。

「……いや、少佐、そちらでは手の打ちようがないでしょうな。われわれのセンサーによると、あなたの中隊はマカラック大尉に全滅させられたことになっています。公式審判結果もそういうことになるでしょう」

悪くない、とマカラックはまた胸に呟《つぶや》いた。思わず視線が、改造以前各種ウォーニング・ランプが占めていた、コクピット右手のコンソールに組みこまれている〝ジーザス・ボックス〟に走る。縦、横、高さがそれぞれ二八センチ、一八センチ、一三センチの小さな黒い箱だ。電源にはソケットで連結される方式になっており、いまはコンソールにピッチリとはまっている。スイッチはあっさりしたやつが四個。それに多用途コネクターがついていて、ヘルメットの導線がそれに連結している。その導線こそは、マカラックをA‐10Fに結びつけ、生存を保証しているへその緒にほかならなかった。

マカラックは、コクピット正面のディスプレイに映っているデジタル表示の時刻に目を走らせた。一四五八時。そろそろこの空域から離脱するときだ。おれたち四人は〝驚異のイボイノシシ〟の潜在能力を存分に証明してやれたな、と彼は思った。演習はまだあと二日ある。それに夜間演習が含まれていることは言うまでもない。

操縦桿をゆっくり引き起こして、再び高度六〇〇メートルまで上昇した。そのくらいの高度ならAWACS（空中早期警戒管制機）のレーダーにもとらえられるだろう。下の渓谷で大混乱が生じたあとだけに、高度一万三〇〇〇メートルを飛んでいる連中も、せめて一度くらいこの機が彼らのレーダー・スクリーン上に鮮明な光点として映るのを見たいだろう。

僚機とのランデヴー・ポイントは渓谷から一六キロしか離れていなかったので、二分ちょっとで到達できた。その周辺空域は一六キロ東に至るまで見通しがきかなかったが、地形追随レーダーと赤外線映像センサーのおかげで、標高八〇メートルの小さな丘は難なく見つけることができた。ゆるやかに旋回しながらしだいに高度を下げていくと、丘の周囲は湿地帯であることがわかった。無線機をA‐10の交信周波数に切り替えた。

「〝ウォートホッグ（イボイノシシ）〟飛行隊、聞いているか。こちらウォートホッグ1、こちらウォートホッグ1」

「ウォートホッグ1、こちらウォートホッグ4。目下の位置はエンジェル-ワン。これからランデヴー・ポイントに向かいます。こちらが見えますか？」

マカラックは、混入する雑音から相手の声を聞き分けつつ長距離スキャナーに目を走らせた。光点が映っていた。

「了解、ウォートホッグ4」

四番機はまだ五〇キロ北方にあった。

「ウォートホッグ1、こちらウォートホッグ3。ウォートホッグ2も当機と並んでいます。十五分後にランデヴー・ポイントに達する予定」

彼らはもっと北にいるようだった。僚機の到着を待ちながら、マカラックはさらに下降した。高度三〇〇メートルに達したところで水平飛行に移り、ほっと全身の力を抜く。もう三十分もすれば彼らはエーデミッセン基地に帰投して演習成果を報告しているだろう。それからゆっくりとシャワーを浴び、ビールを飲んで、素晴らしい一日を祝っているにちがいない。

旋回しているバズ・マカラック機の下の地上では、一人の男が雨のそぼ降る空を見上げながら耳をすましていた。マカラックのA-10Fが轟音とともに頭上の密雲の上を飛び去ると、男は携帯用無線発信機をとりだして、茶色いフォルクスワーゲン・ラビットのルーフにセットした。次いでコンパスの目盛りを慎重に調整し、あらかじめ目盛り上にセットされていたマークに従って、微調整式の小型ディッシュ・アンテナの方角を決める。オンのスイッチを入れると、ある言葉を三度マイクに向かってくり返した。

それだけで用はすんだらしい。男はルーフから無線機をとりはずし、車の中に放りこむと同時に運転席に飛びのって、ヴァーレンホルツの町に向かって一目散《いちもくさん》に走りだした。その町民たちのあいだでは、模範的な郵便局員として彼は知られていた。

その北東三七キロの地点では、ウィルスンとマックスがザルツヴェーデルの南で目撃した塔の下に配置された無線部隊が、三語から成る連絡を受信していた。それを聞きとった先任軍曹が、一枚の紙に書き移して狭い電信室内に詰めていた大尉に渡す。大尉はすかさず受話器を握って自分の前の操作盤に向き直った。彼はある電話番号をキーで叩いた。二秒後、ユーリ・アンドレーエヴィッチ・コシュカ大佐が電話にでた。

大尉は自分の名前も名のらず、ただ〝フェリックス、フェリックス、フェリックス〟とのみ言って受話器を置いた。

コシュカ大佐は満足げな笑みを洩らし、部下の無線士にさらに二度電話をかけさせた。

その頃、ソーヤー・F・マカラック大尉は、三機の僚機の到着を待ちつつ、ケンシールスベルクの丘の上空で新たな旋回に移りかけていた。

11

ヘルメットのイアフォンが、ガーッと鳴った。〝ムイシュカ〟の旋回点から八四キロ離れた、シュテンダル飛行場。コリャーチン少尉は、ショルダー・ハーネスをきっちりと締めて、巨大なミグ25の操縦席におさまっていた。エンジンは――〝フェリックス〟飛行隊の他の四機のそれと同様――すでに点火されている。五機のミグ25はいずれもキャノピーをしめて滑走路上に並び、〝発進〟の一語を待ちかまえていた。と、コリャーチンのヘルメットのイアフォンから、コシュカの命令を伝える管制官の声が流れた。「発進せよ」

間髪を容れず、コリャーチンの手が動く。二連スロットル・レヴァーを勢いよく前に倒すと、大出力を誇るツマンスキー・ターボジェット・エンジンが一瞬咳《せ》きこみ、すぐに短距離離陸に備えて、緊急戦闘レヴェルにまで回転が急上昇する。二秒後に、エンジンは最大回転数に達した。巨大な黒い機体を空中に射ちだそうと武者震いしている、推力三万二〇〇〇キロのエンジンの手綱を絞ろうとでもするように、コリャーチンはまだブレーキをかけつづけていた。それから無線機のマイクに向かってたった一語、僚機に対する命令を下した。

「いくぞ」

ブレーキ・ペダルから足を離す。時刻は一五〇〇時ジャスト。

滑走を開始した瞬間、コリャーチンの頭はヘッドレストに叩きつけられた。ミグ25〝フォックスバット〟での全力滑走離陸は、機体とパイロットの双方にダメージを与えやすい。が、コリャーチンの〝フォックスバット〟は、他の四機の僚機と同じく、その特殊目的のためにミコヤン＝グレヴィッチ工場で特製されたものだった。数秒もすると、滑走速度は時速三〇〇キロに達していた。操縦桿を引き起こすと同時に、凄《すご》みのある黒い機体は雨もよいの午後の空中に躍りあがる。コリャーチンは背後をチェックしなかった。部下が追従しているのは、わかっていたからだ。

樹木の梢《こずえ》をかろうじてかすめながら上昇し、複雑なレーダー装置類のスイッチを入れる。地形追随レーダー類は、アメリカの一手販売ではなかった。フル・パワーをかければ、〝獲物〟までの距離八四キロは三分ちょっとでカヴァーできるだろう。そいつはすでに計算ずみだった。作戦は、長くても七分以内に完了させなければならない。それを超えると西ドイツ領空の侵犯を察知されるだろうし、国境沿いの無線部隊による強力な電波妨害もNATO諸国によって危険と判定されるだろう。報復攻撃を受ける危険も無視できない。が、ともかくもいま必要なのは、貴重な数分間なのだ。

〝フォックスバット〟は猛スピードで空気を切り裂いてゆく。針のような機首の下を、暮れなずむ田園が目にも留まらぬ速さで流れ去った。国境の制限地帯上空に達したところで、彼らは音速の壁を突破した。地形追随レーダーに頼るほど低空を飛びながらの音速突破は、コリャーチンですら初めてだった。ミグ25は安定した姿勢を保って、なおもスピードをあげてゆく。最新の〝フォックスバット〟は、高度二四〇〇メートルで音速の約四倍――時速五六〇〇キロ以上――の速度で飛ぶことができる。が、地表を舐《な》めるような低空飛行をつづけているいま、コリャーチンはマッハ1をわずかに超える速度にとどめることにした。これでも奇襲をかけるには充分だし、A-10を包囲するさいも瞬時のうちに減速することができる。

あらかじめセットされていた制御警告灯が消えた。コリャーチンは荒々しくスロットル・レヴァーを引きもどして減速した。負荷の急増に伴なってミグの後退翼がわなわなと震える。彼は地形追随コンピューターに頼って、機をコントロールしていた。きょうの獲物、A-10Fはすでにレーダー・スクリーンにとらえられている。指揮官機を先頭に、〝フェリックス〟飛行隊は大きく獲物の背後にまわりこんだ。と思うと、一機、また一機と翼をひるがえして縦列を解き、A-10Fの西方に大きな弓形の陣形をしく。コリャーチンはまたしてもフル・パワーをかけ、ミサイルの発射準備を整えてから、A-10Fの後尾に矢のように肉迫していった。獲物はまだ肉眼では見えない。が、強烈なレーダー攪乱《かくらん》にもかかわらず、スクリーンには見間違いようのない光点が映っている。さらに接近を図りつつ、彼はちらっと時計に目を走らせた。一五〇四時。一九キロ彼方《かなた》の国境の向こうにA-10F

を追いこむのに許された時間は、あと三分。

そのときソーヤー・F・マカラック大尉は無線の電波妨害に気をとられていて、コリャーチンのレーダーと赤外線スキャナーを背後に感じたにもかかわらず、つい反応に遅れを生じてしまった。数秒間というもの、スクリーンに現われた五つの光点をぼんやり見守っているうちに、なにかがおかしいことに気づいた。天候は依然として最悪である。こんな悪条件下で飛行を敢行するNATO機はいないはずだ。そういえば、あの執拗《しつよう》な電波妨害は……。

マカラックはいきなりフル・パワーをかけた。ゼネラル・エレクトリック製ターボ・ファンが、最大出力を絞りだすべく急回転しはじめる。が、その速度は、まどろっこしいくらい緩慢だった。スクリーン上の先頭の光点は、すでに三・二キロ背後に迫っている。マカラックはたちどころに事態を覚《さと》った。敵はこの自分か、あるいはA-10Fの機体を捕獲しようと、一か八かの攻撃をしかけてきたのだ。それにしても、なんと無謀なことを。一瞬彼は、ソ連側の大胆さに呆《あき》れ返った。いま連中がしかけているのは、公然たる戦闘行為ではないか。そうこうしているうちに、先頭の光点が真後ろの位置についた。南に逃げよう。とっさにマカラックはA-10Fを急旋回させた。と、その前方からも、すでに別の光点が迫りつつあった。その頃には彼も、レーダー・スクリーン上の特徴から、五つの光点がいずれもミグ25〝フォックスバット〟であることに気づいていた。五機のミグは、彼を押し包むようにじりじりと肉迫してくる。逃げ道はたった一方向しかなかった。

背後のミグは、A-10Fと同じ速度、時速約五六〇キロに減速している。緊急推力増加装置《アフターバーナー》のついていないマカラックのエンジンは、そのときになってようやく加速しはじめた。マカラックはコンピューターに対策を諮《はか》った。これだけ国境に接近しているいま、助かる道はただ一つしかない。いったん東ドイツ側に越境し、すぐ針路を北にとって、東ドイツ領内に半島のように突きだしているオウムの嘴《くちばし》、ウェントラントをめざすのだ。そう、それしかあるまい。高度一万三〇〇〇メートルを飛んでいるAWACS機E-3Aが事態を察知してくれるまでに、どれくらいかかるだろう。マカラックの目は時計に走った。一五〇五時。一五一〇時までには、たぶん、すべての決着がついているだろう。

道は一つしかない。

マカラックはフル・パワーをかけて、急降下した。依然として一〇〇〇メートルの距離を保ちつつ追尾してくる光点が、やはり急降下する。マカラックはにやっと笑った。とすると、連中も地形追随レーダーを備えているのだ。よし、どれだけの性能を発揮できるのか、見てやろう。

〝ミッキー・マウス〟作戦に参加した第五〇五空輸歩兵部隊第一大隊の兵士たちは、そのとき夜営に備えて塹壕《ざんごう》を掘っていた。もちろん彼らは、この悪天候を衝《つ》いて飛んでいる軍用機があろうなどとは思ってもいなかった。だから、突然こんもりした樹林をかすめるようにして一機のA‐10が飛来し、甲高《かんだか》い金属音とともに頭上を飛び去ったと思うまもなく、こんどは黒い大型のジェット戦闘機が地軸を揺るがしながら夜営地の上をかすめさったときには、みな啞然《あぜん》として顔見合わせた。指揮官の大尉は、即座に異変を嗅《か》ぎとった。彼の部隊は東ドイツとの国境線上にある小さな運河の、すぐこちら側に位置していたのである。彼はためらわずに野戦用電話の受話器をとって、話しはじめた。

マカラックは地上を見下ろした。たったいま国境を越えたところだった。汗が全身に噴きだしていた。アドレナリンが体中をめぐっている。あと数秒で北に逃れなければならない。二基のターボ・ファン・エンジンが苦しげな悲鳴をあげた。演習において弾丸代わりに用いたレーザー捕捉装置のスイッチを、マカラックは切った。こうなってみると、きょうに限って司令官の勧めに応じて本物の武器を搭載《とうさい》してきているのは、不幸中の幸いだったと言うべきだろう。いま、A‐10Fは両翼の下に四発のスパロー空対空レーダー誘導ミサイルを抱いているし、コクピットの背後には威力絶大な三〇ミリ・ガトリング砲の弾丸一三五〇発が内蔵されている。何物にも換えがたい〝ジーザス・ボックス〟の価値を、マカラックは熟知していた。そいつは断じてソ連側の手に渡すわけにはいかない。

背後の霧と雨の中では、コリャーチン少尉がほくそ笑んでいた。これまでのところでは、万事計画どおりいっている。A‐10Fが超低空飛行で逃げようとするのも、計算ずみだった。けっこう。好きなようにやらせておこう。ミグ25だって、地上一〇メートルの高度をらくらくと飛べるのだ。それに、彼らはすでに東ドイツの領空に入っていた。

そのときマカラックは、前方捕捉レーダーで教会の尖塔《せんとう》の存在を確認していた。よし。あわや激突するという寸前、彼は尖塔の右手に機首を向け、と同時に急制動をかけつつ降下しながら、左翼端を九〇度下に向けて垂直左旋回に入った。ミグはおそらくついてこようとするだろう。が、いまのような真似はできっこない。〝イボイノシシ〟、とりわけ、この〝驚異のイボイノシシ〟にピタッとついて、いまのような急旋回をこなせるのはハリアー垂直離着陸機かヘリコプターくらいのものだ。旋回をつづけながら、マカラックはちらっと鐘楼に目を走らせた。A‐10Fは激しくわななき、操縦桿が手中で躍り跳ねている。マカラックの体も、ベルトがちぎれたかと思われるほどふりまわされた。が、強力な遠心力にも耐えられる与圧服《Gスーツ》が七Gの重力にも抗して自分を守ってくれることを念じつつ、彼はしっかと操縦桿を握りつづけていた。

意表を衝《つ》くA‐10Fの動きに、コリャーチンは一瞬愕然《がくぜん》としたものの、即座に平静をとりもどした。A‐10Fはどうやら北に逃れようとしているらしい。彼もすぐさま急旋回したが、一瞬遅れをとった隙に、相手との差はさらに二〇〇〇メートルひらいていた。低く悪態をついて、彼は無線のスイッチを入れた。

「サマロフ、やつは北に向かった。捕捉しているか？」

サマロフの答えは瞬時に返ってきた。

「はい。攻撃してもかまいませんか？」

「あくまでも逃走を図るようだったら、かまわん」

コリャーチンはスロットル・レヴァーを前に倒し、アフターバーナーをきかせてA-10Fとの差をつめていった。

マカラックは、眼下の黒い森の中を走っている小さな道を見つけた。ただちに道幅をコンピューターにたずねた。一八メートル。それなら大丈夫だ。操縦桿を押して、地上六メートルにまで降下した。目下路上には一台の車も走っていないことを、レーダーが示している。スロットルを絞って時速五二〇キロまで減速し、両翼端が木の枝に触れるほどの低空を、道路に沿って直進した。

思ったとおり、一機のミグが真正面から突き進んできて、上空をすれちがった。そのミグのコクピットでレーダー・スクリーンを見ていたサマロフは、A-10Fの光点が彼の下を飛び去ったのを知って、呆気《あっけ》にとられた。すぐさま操縦桿を倒して大きく旋回しながらも、彼は気が気ではなかった。ここでA-10Fを逃がしたら、ソ連空軍における昇進の道は断たれたも同然だ。まだ旋回し終わらないうちに、彼はAA-13空対空ミサイルをアメリカ機に向けて発射した。黒い翼の下で、一瞬赤い炎を噴いたと見るまに、ミサイルは糸を引くように離れていった。

その瞬間、〝ジーザス・ボックス〟は、敵のミサイル攻撃をマカラックに告げていた。

ミグのミサイルがこちらに追いついてA‐10Fを屠《ほふ》りさるまでには二・五秒を要するだろう。AA‐13がサマロフ機から発射されて〇・一秒後、マカラックはスパロー・ミサイルの発射をもって応酬した。と同時に、翼下から妨害音波を放って敵レーダーの攪乱《かくらん》を図った。追撃するミグ各機のレーダーには、てんでにちがう方向に飛ぶ十機のA‐10の光点が現われた。サマロフがそれを見た一秒後、彼の放ったAA‐13ミサイルは、マカラックの放ったスパロー・ミサイルに迎撃された。二基のミサイルが真っ向から激突した瞬間、巨大な火の玉が曇天を赤く染めあげた。サマロフは歯をむきだして、猛然とアフターバーナーを噴射した。A‐10Fが下にいることはわかっていた――が、その一瞬後、サマロフの意識は遥かな天空の彼方に吹っ飛ばされていた。マカラックが、最初のスパローを発射して〇・二秒後に発射した二発目のスパローが、大きく口をあけている〝フォックスバット〟のエンジン吸気口に飛びこんで爆発したからである。

その光景は、コリャーチンも目撃していた。恐怖が彼の背筋を走り抜けた。標的のアメリカ空軍機は単なる地上攻撃機にすぎない、と彼らは聞かされていた。それなのになぜ五機ものミグ25とわたり合えるのか？　こうなったらあいつを撃墜するしかない、とコリャーチンは肚《はら》をくくった。もう三分もすれば、やつは再び国境を越えて西ドイツ領空内に逃げこんでしまうだろう。

彼はフル・パワーをかけつつ高度三〇〇〇メートルから急降下して雨の中に突っこんだ。

〃フェリックス〃飛行隊の指揮官機は、いまや真正面からA‐10Fに向かって勝負を挑もうとしていた。たとえあの機が化け物のような性能を有していようと、正面から発射したミサイルをかわすことはできまい。ミグ25の最新式レーダーは、すでに本物のA‐10Fを囮《おとり》の光点から識別していた。

マカラックがなぞっているのと同じ道路の上空を、逆方向から突進していったコリャーチンは、AA‐13ミサイルを発射するや否や、素早く機首を引き起こした。

ほとんどそれと同時に、マカラックも三発目のスパロー・ミサイルを発射していた。次の瞬間、真正面から激突した二発のミサイルは青白い閃光《せんこう》とともに橙《だいだい》色の炎を噴きあげて、数キロ四方の森林地帯を真昼のように照らしだした。コリャーチンの駆るミグ25とマカラックの駆るA‐10Fは、ほんのわずかな高度差ですれちがった。すさまじい衝撃波が森林を揺るがした。

スパロー・ミサイルをあと一発余すのみとなったマカラックは、いちだんと不利な形勢に追いこまれたことを覚った。敵の〃フォックスバット〃はまだ四機残っているのだ。このまま北進しても逃げきれまい。無念の思いをかみしめながら再び森林の上に高度をとると、彼は針路を北東に転じた。

全速宙返りで方向を転じながらも、コリャーチンはレーダーでA‐10Fの動きを追っていた。不敵な笑みが、口元に浮かんだ。この大きな宙返りを終えて水平飛行に移ると、彼はまたしてもＡ－10Ｆの前面に位置して、もう一度正面攻撃をかけることができる。こんどはぎりぎりの瞬間まで待ってやろう。そして、ＡＡ－13を二発放ってやる。

マカラックは必死に頭を絞りながら、はるか前方上空で大きく背面降下しているコリャーチン機を見守っていた。敵の目論見《もくろみ》はわかっていた。やつらはまだ多数のミサイルを持っている。が、こちらの三〇ミリ・ガトリング砲の威力を連中は知るまい。他の三機のミグは、かなりの距離を置いて飛びまわりながら、この大空の一騎打ちを見守っている。マカラックは微笑した。やつらには事態に即応して動く機転がない。いいパイロットではあっても、やはり追随者にすぎない。そのとき、コリャーチン機が水平飛行にもどった。二機のジェット機は、合わせて時速一五〇〇キロを超えるスピードで、再び左右から相手めがけて突進していった。彼らの生死は、一秒の千分の一単位の時間に握られていた。コシュカ大佐の擁する最良のパイロット、コリャーチンは、ソ連が製造し得た最新鋭の迎撃機を操っていた。

が、彼には〝ジーザス・ボックス〟がなかった。

マカラックにはあった。そして、東ドイツの松林の上空にたれこめた霧を衝いて突き進む、千分の一秒単位のその貴重な時間を利して、彼は〝ジーザス・ボックス〟をフルに駆使した。これまでの戦闘体験のすべてが、ヘルメットの導線を通して、〝ボックス〟のセンサーやコンピューターと連結されたのである。コリャーチンがミサイル発射のボタンを押した刹那《せつな》、マカラックも最後のスパローを発射した。そして、コリャーチンが二発目のAA－13を発射しようとする寸前、マカラックは機首の三〇ミリ・ガトリング砲の引き金を引いた。恐るべき劣化ウラン徹甲弾約百発が、急接近してくる〝フォックスバット〟めがけて殺到した。

コリャーチンは驚いている暇すらなかった。AA－13ミサイルはわずか一〇〇メートル飛んだだけで破壊され、彼の操っているチタン合金製の機体そのものも三〇ミリ機関砲弾を浴びて一瞬のうちに粉砕されてしまったからである。〝フェリックス〟飛行隊の指揮官機が爆発したあとには、もくもくと噴煙が湧《わ》き起こり、ごく微小な、アルミフォイルのように薄い金属片が周囲の空中に飛散した。

その真只中を、マカラック機は突破した。小さな金属片がパチパチと風防ガラスに当たって弾《はじ》け飛んだ。

残った三機のミグのパイロットたちは、もはやA－10Fを仕留めないかぎり自分たちの命も危ないことを覚った。それまでバラバラに飛びまわっていた彼らは、申し合わせたように編隊を組んで、各自のレーダーの照準をぴたりとA－10Fに絞った。彼らは、かりに一機が爆発しても僚機がその破片を浴びない程度の距離をおき、V字形のフォーメイションを保ちつつA－10Fに肉迫していった。

マカラックは追撃してくるミグの編隊を認めたものの、もはや逃れる術《すべ》はないことを覚っていた。敵はまだ何発ものミサイルを発射できるのに、それを迎え撃つミサイルはもはや残っていない。低空での一対一の格闘戦ならなんとかなるが、この高度で包囲されるとなると……。

マカラックは地上を偵察した。荒廃した森林、農地、いくつかの道路。もし不時着することができれば、機に組みこまれている自爆装置によって〝ジーザス・ボックス〟ごと機体を破壊することも可能だろう。それに、なんとか〈奪還チーム〉と連絡がとれれば、自分も救出してもらえるかもしれない。ミグの編隊が背後に迫ったのを感じたとき、マカラックは決断した。

スロットル・レヴァーを引いて急制動をかけると同時に、彼は急降下に移った。めざすは小川の向こうの細長い農地だった。降下するというより墜落するのに近い角度で舞い下り、高い木の梢を飛び越えたところで操縦桿をわずかに引いた。機首を引き起こして胴体着陸に備えるためだった。地面に激突する寸前、〝ジーザス・ボックス〟を通じてエンジンや電気回路のすべてを遮断《しゃだん》するよう念じた。最後の瞬間、ついに地表が肉眼に映った。そのときですら機のスピードは、時速一六〇キロ以下には落ちていなかった。

ミグの編隊が轟音《ごうおん》とともに頭上を飛び去った。マカラックは小川の幅を読みちがえていた。尾部が岸辺に接触し、そのショックでA－10Fは農地に叩きつけられた。いかに頑丈とはいえ、尾部はこういう着陸に耐えられるようにはできていない。瞬時のうちに、主翼後端から背後の部分がむしりとられるようにちぎれ飛んだ。自動燃料洩れ防止装置が作動したときには遅かった。後部の機体はたちまち大きな火の玉と化した。機体前部は一度バウンドしてから斜め前方に弾き飛ばされた。主翼は左右ともむしりとられ、刈り株に蔽《おお》われた農地に燃料がまき散らされる。操縦席のある機首部分はくるっと回転し、さらに三〇メートルほど前方にバウンドしてから、雨で濡れた地表に長い爪跡を残して停止した。

最初に地表に叩きつけられたときから、バス・タブ状にコクピットを囲んでいるチタン合金製装甲に守られてきたマカラックも、この最後の回転で風防ガラスが吹っ飛ぶに及んで、頭で地面を打った。次の瞬間、機体はまた元の姿勢にもどった。数秒後に意識をとりもどしたものの、手足が動かない。彼の頭部は、ギザギザに割れたプレクシグラスが残っている、コクピットのへりに押しつけられていた。苦痛の赤いもやを通して、二四ボルトの二連バッテリーがまだ吹っ飛んでいなかったことを彼は覚った。〝ジーザス・ボックス〟の鼓動が依然として感じられたからだ。またしても意識を失う寸前、彼は二四三キロ・ヘルツの緊急周波数で救難信号を継続発信することを〝ボックス〟に命じた。それから、両眼を閉じた。

ミグのパイロットたちは面くらっていた。最初レーダーには、下降してゆくA‐10Fがはっきりと映っていた。で、ミサイルを発射しようとした刹那、かき消すように光点が消えてしまったのである。すぐ旋回してもどってみると、地上に強い赤外線シグナルが認められた。レーダーで慎重に捜索すべく、フラップと降着装置を下ろしてその上空を飛んでみたものの、航空機を示す光点はスクリーンには現われなかった。さらにもう一度その上空を飛んでから、臨時指揮官機は捜索中止を命令した。

もしあのA－10Fがまだ無事だとしたら――と、コリャーチンに代わって指揮をとったパイロットは思った――あとはコシュカ大佐に捜索を委《ゆだ》ねるしかあるまい。

そう、それも、地上でだ。

12

東ドイツの泥土の上空一万一〇〇〇メートルでレーダー・スクリーンを見守っていたアメリカ空軍の一等軍曹は、ふと眉をひそめた。ボーイング747を改造したAWACS機上には、十人のレーダー・モニター員が配置されている。その一人である彼がたまたま担当していたのは、マカラックが越境後に不時着した国境付近の区域であった。

彼は一瞬、奇妙な動きを示している光点を見守った。一度は見失ったものの、またすぐに周囲の光点から識別できた。

「少佐、ちょっと見ていただけますか?」

いくつも並んだスクリーンのあいだの通路を通って、モニター主任の少佐が近よってきた。

「どうした、軍曹？」

「空中戦に似た動きが映っているんですが」

少佐はじっとスクリーンに目をこらした。光点は再び消えた。

「いまのはヴィデオにとってあるか？」

「はい」

「じゃあ、そいつを巻きもどしてくれ。モニター・スクリーンで見てみよう」

一等軍曹は、メイン・スクリーン上の映像を常時記録している高性能ヴィデオ・テープを巻きもどしてから、コンソールに組みこまれている小さなモニター・テレビに映しだした。

二人は顔を寄せて奇妙な光点の動きを見守った。それは一五〇四時にはじまって、約四分間つづいた。

スクリーン上部左隅の小さな数字カウンターと連動して、映像が現われた。

「どう思います、少佐？」

少佐は答えずに、自分のインターフォンのプラグを一等軍曹のコンソールにさしこんだ。

「第九モニターから司令へ」

「こちら副司令。どうした、第九モニター？」

少佐は一瞬ためらった。

「申しわけありませんが、准将、フィリップス大将はいらっしゃいませんか？」いま応じたのは、副司令官である海兵隊の准将であった。AWACS機には通常、四軍から選抜された将官クラスの軍人が乗り組んでいるのである。

「司令はいま別の用でふさがっている。なにか問題でも起きたのかね？」

「はい。この第九モニターのレーダーに、事故らしき模様が映りましたので。地図で言いますと、AG-7地区の国境上空です」

「よし、こっちのモニター・スクリーンにテープを転送してみてくれ、少佐」

一等軍曹がボタンを押すと、録画されたレーダーの映像が巨大なAWACS機内の司令部に転送された。ややあって、准将の声がインターフォンのスピーカーから流れた。

「きみの言いたいことがわかったよ、少佐。で、きみの見解は？」

「〝トムとジェリー〟作戦に参加したパイロットたちが、なにかヘマをやったんじゃないでしょうか。連中はちょうどあの空域にいたはずですので」

「なるほど。ソ連側が手出ししたという線は考えられんか？」

またも一瞬ためらってから、少佐は答えた。「いえ、その線はないと思います。しかし、一応——」

「NATO司令部に照会したほうがいい、というんだな。賛成だ。それはわたしのほうでやってみよう」

「はい、お願いします」

准将は、ヴォルフスブルクの地上軍司令官に電話を入れた。

「ジェイクかね？　ボブだ。いま空中にいるんだが、この十五分間に、作戦中の軍用機に関わる異常事態は発生しなかったか？」

地上軍司令官は首をふって、言った。「いや、特に異状はないぞ、ボブ。しかし、一応空軍の者にたしかめてみよう。ちょっと待ってくれ」野戦通信用電話の送話口を押さえると、彼は近くにいた空軍の大佐に呼びかけた。「フランク、この十五分間になにか空で異常事態でもあったか？」

「いいえ、ありません」

地上軍司令官は、送話口から手を離して言った。「やっぱり、これという異常はないようだな、ボブ。心配要らんよ」

「ありがとう、ジェイク。では交信を終わる」

ちょうどそのとき、ＡＷＡＣＳ機上では司令のフィリップス空軍大将が機首からもどってきた。

「どうかしたのかい、ボブ？」

海兵隊の准将はモニター・テレビのほうに顎をしゃくった。「ＡＧ－７地区の上空で、ちょっと奇妙な動きがあったのさ。一応見てくれるかね？」

彼はまたヴィデオ・テープを映しだした。

フィリップス大将は、不可解な光点の軌跡をじっと見守った。彼には過去二十年間、戦闘機パイロットとして活躍した経験がある。海兵隊の人間よりは容易に、光点の軌跡の意味を読むことができた。と、突然、彼の顔から血の気が引いた。受話器をさっとつかむなり発信ボタンを押して、

「〝トムとジェリー〟作戦の前進基地につないでくれ。大至急頼む」

海兵隊の准将が眉をひそめた。「しかし、フィル、地上軍司令部への照会はすでに――」

「連中はA‐10Fについてはなにも知らんのだ」受話器の送話口を押さえて、フィリップス大将は言った。「まさかとは思うが、ひょっとすると――」

そこで口をつぐみ、こんどは受話器に向かって言った。

「ああ、AWACSのフィリップスだ。大佐、そちらのA‐10で行方不明になった機はないかね？」

エーデミッセン基地の大佐は、かたわらの副官の顔をちらっと見やった。

「いえ、一機もありませんが、将軍」

「Fモデルはどうだ？」

大佐はテントの入口から外の霧を見すかした。

「この濃霧の中で飛行をつづけているのは、彼らだけです。目下こちらに帰投中との連絡は入っていますが、お差しつかえなかったら事情を――」

「この電話をすぐ指揮官機につないでくれ、大佐」フィリップスの顔に汗が滲《にじ》みでていた。

無線電話がA‐10Fの交信回路に同調される間《かん》、長い沈黙があった。やがて、ガーッという音がフィリップス大将の受話器から流れた。

彼は呼びかけた。「こちらマザー・グース、聞こえるか、ウォートホッグ1？」

ザーッという静電気の音がつづく。フィリップスはくり返した。

「マザー・グースからウォートホッグ1へ、聞こえるか――」

「マザー・グースへ、こちらウォートホッグ3。ウォートホッグ1との交信は途絶えました。前進基地に帰投したものと思っていましたが」

「いや、まだだ、ウォートホッグ1と最後に交信したのはいつだ？」

「はい、一五〇〇時前後でした、マザー・グース」

フィリップスの目は、レーダー・モニターに走った。映像はテープの始まったところで停まっており、画面の隅に事件の発生時刻が映っている。一五〇四時、とあった。

「了解、ウォートホッグ3。そのまま帰投せよ。交信を終わる」

フィリップスは、驚愕《きょうがく》の表情を浮かべている海兵隊の准将のほうに向き直った。

「どうやら貴重な空軍機を一機失ったらしいぞ、ボブ。ソ連側の手で、東ドイツ領内に強制着陸させられたものと見ていい。地上の無線傍受部隊に連絡して、なにか有益な情報が入ってないかどうか確認してくれ。それから第三航空軍団、ＳＨＡＰＥ（ヨーロッパ連合軍最高司令部）、ＥｕＣｏｍ、それにペンタゴンにも、最優先回線で通報してほしい」

相手が答えるより先に、フィリップスは自分のコンソールに向き直っていた。

それから数秒というもの、目の前のコンソールに点滅する光も目に入らないかのように、彼は凝然と坐っていた。地上とははるかに隔たる高空で一定の軌道を描きつつ旋回している巨大なＡＷＡＣＳの機体は、ゆるやかに傾斜している。機上司令室の小さな窓から、厚い雲海の上で輝いている太陽が見えた。

フィリップスは赤い受話器をとりあげて、交換手に言った。

「こちら司令。ポツダム軍事連絡部のジャック・マーティン大佐につないでくれ。最優先で頼む」

電話は一五二二時につながった。

ユーリ・コシュカ大佐がカール・シュタッヘルの地上捜索部隊に墜落地域への出動を命じる三分前だった。

13

ユーリ・コシュカは受話器を慎重にフックにもどした。デスクの前にしゃちほこばって立っている三人の士官には目もくれずに立ちあがって、窓に歩みよる。眼下には広大なフィノウ飛行場が広がっていた。

これでよし。シュタッヘルの部下は車に飛びのって、墜落地点に急行している。ヴォポは東ドイツの全土で警戒態勢に入った。軍事警察、民兵隊、双方の捜索班も出動態勢を整えた。いまのところ、これ以上できることはない。

夕闇の迫りつつある霧の飛行場を見つめながら、コシュカは胸の中で舌打ちした。コリャーチンを失ったのが、なんとしても痛い。自分は最も優秀なパイロットを失ってしまったのだ。が、あのA-10Fがあれほど優秀な戦闘能力を有しているとは予想外だったのだから、いたしかたあるまい。これでますますあのA-10Fとそのパイロットの捕獲が重要性を増したことになる。

並んでいた士官の一人が、大きく咳払《せきばら》いした。ふり返ったコシュカが冷ややかな視線をその男に浴びせる。諜報部の中佐だった。コシュカ同様、党員である。が、まだ若い。彼よりずっと若い。野心に燃えている頃だな、とコシュカは思った。

中佐は壁の地図を指さした。

「もし大佐がお望みなら、われわれはヘリコプターを用意して、当該地域を──」

「いや、わたしはそうは望まんよ、フレシコフ。北東の風が──そいつは三時間以内に起こるだろうとそこにいるウリャノフ大尉が請け合ってくれているが──この霧を吹き飛ばしてくれんうちは、ヘリを使用する危険を冒すわけにはいかん」

中佐はうなずいて、沈黙した。

その顔を一瞬見やってから、コシュカはつづけた。「だがな、フレシコフ、きみのほうの連中にも手伝ってもらいたいことがある。現在国境沿いにいる無線部隊に、施設の撤収作業をただちに中止させてくれ。アンテナをすべて東ドイツ側に向けさせるんだ。そしてあらゆる周波数の交信電波の傍聴を命じてくれ。現在ドイツ人たちが行なっている通常の電子情報収集作業を最大限に強化したいんでな」

中佐はカチッと踵《かかと》を打ち鳴らした。

「ご指示のとおりにいたします。で、いかなる伝達方法をお望みでしょうか？」

コシュカはまた椅子に坐って、電話を指さした。「この件に関わる情報はすべてわたしに直接伝わるようにしてほしい。有益と思われる情報は可能なかぎりすみやかに伝達してほしいのだ。いいね？」

フレシコフはうなずいた。彼の顔には、内心の緊張がそのまま現われていた。コシュカの要望に応えるには、とてつもない人力と労力を必要とするだろう。が、GRU内部でもささやかれているとおり、〝コシュカは結局望みどおりのものを手に入れる〟のだ。

それにつづく会話を遮ったのは、コシュカの机上の赤い電話のベルだった。それはクレムリンと直接つながっている。コシュカは手をふって三人の士官に座をはずすよう促し、彼らがドアをしめるのを見て受話器をとりあげた。

「コシュカだが」

すぐには相手もでなかった。ザーッという静電気の音と、ヒューッという薄気味の悪い音が耳を打つ。この回路は盗聴不可能な、レーザーによる直接通信なのである。

と、男の声が言った。「ボリスだ、コシュカ。すぐあとでチャイトフ同志がでる。彼はご機嫌斜めなので、そのつもりで。そのことをあらかじめ伝えておきたいと思ってね」

コシュカは苦笑した。クレムリンは、ほぼ自分と同時刻に知ったらしい。いや、それより早かった可能性すらある。

「わかった、ボリス。すまんね。ご親切は忘れんよ」

カチャカチャッと内線が切り替わった気配がしたと思うと、別の声がでた。チャイトフだった。

開口一番、彼は言った。「説明はしてもらえるんだろうな、同志？」

質問、というより命令に近い口調だった。

「はい、長官。結局、あのアメリカ機の性能がわれわれの予測を上まわっていたことが原因と言っていいかと思います」いかなる感情もこめずに言ったつもりだが、掌がじっとりと汗ばんでいた。

「その言葉には訂正が必要だな、コシュカ。われわれの予測ではない、きみの予測を上まわっていたんだろう。きみも記憶していると思うが、当初からGRU内部にはきみの計画に反対の者もいた。結果的にはその主張が正しかったことが証明されたわけだが、彼らは、冒す危険の大きさに比べて成功の可能性が小さすぎることを懸念したわけだ。それについては、当然きみも一言あるだろうな？」チャイトフの声は冷ややかだった。

コシュカは即座に答えた。

「はい、チャイトフ同志。第一に、われわれにはああする以外なかったのです。あのA－10Fの捕獲を命じてきたのは、ほかならぬ中央委員会なのですから。そのためには、きょうが絶好の機会でした。第二に、この作戦はまだ失敗と決まったわけではありません。わたしのパイロットたちはただ、地上捜索レーダーで捜した結果、あの飛行機の大きさの物体は見つからなかった、と報告してきているにすぎませんのでね。それがなにを意味するかといえば、A－10Fは大破した可能性が強いということです。パイロットも死亡したものと見ていいでしょう。しかしこの作戦の当初の目的、すなわちあの機体の秘密を探りだすという目的を完遂する余地はまだ充分に残っております」

暫時の沈黙ののちに、こんどは別人の声がコシュカの耳を打った。GRU本部ではいま幹部会をひらいているのだ、とコシュカは思った。こいつはますます用心しなければならん。

「わしはボルツォイ大将だ、同志コシュカ。いまきみの言ったその目的を完遂するために、きみはどういう措置をとったのだ？」

地上捜索の段取りを素早く説明しながらも、コシュカの頭は言葉よりも速く回転していた。どうやらGRU内部には、自分が思っていたよりも敵が多いらしい。こういう幹部会自体、異例のことだ。一九八〇年に西ドイツ空軍のトーネード戦闘機を首尾よく捕獲したときですら、こんな会議はひらかれなかった。あのときはただ、お祝いの言葉を長官からかけてもらい、ウォトカを一壜《びん》贈られただけだった。長官との接触といえば、それだけのものだったのに。

どうやらチャイトフ長官から二本目のウォトカをせしめるためには、もっともっと輝かしい戦功をあげなくてはならぬらしい。

これからの捜索方針をコシュカが説明し終えると、再びチャイトフがでた。

「きみが並々ならぬ重荷を担っていることは、われわれも承知しとるよ、ユーリ・アンドレーエヴィッチ。それは、われわれとて同様なのだ。いずれにしろ、この作戦の結果はすこぶる重大な政治的影響をもたらすことを銘記しておいてくれたまえ。こんどの作戦に対して、アメリカが従来とは異なる対応をしてくる徴候がすでに見えはじめている。早くも各方面の部隊を警戒態勢下に置いてるからな、連中は。その事実だけをもってしても、きみが成功をおさめることが至上命令となる。事態はすこぶる重大だ。こんどの件では、すでに首相ご自身も無関係ではありえんのだから。わかるかね？」

またしても、獣が吠えるようにザーッという静電気の音が流れる。もちろん、コシュカはわかっていた。つまり、万が一作戦が裏目にでた場合には彼が詰め腹を切らされる、ということだ。が、そういう危険は常に承知の上だった。それでもこの作戦には、自分のすべてを賭けてみるだけの価値があるはずだった。

「ご心配なく、長官。二十四時間以内にあのA-10F——ないしその残骸——をプレセツクに移送して、そちらの技師の点検を受けられるようにしてごらんにいれますから。それでは、失礼します」

ガシャンと受話器を置いた。一方的に電話を切られたチャイトフは激怒するだろうが、コシュカとしてはそうせずにはいられなかったのだった。それにチャイトフとしても、幹部会の残りの面々が聴き入っている前で、これまでいかなる失敗も犯していない男を罵《ののし》ることはできまい。

コシュカは自分の両手を見下ろした。デスクの表面にぴったりと掌《てのひら》を押しつけているにもかかわらず、両手は小刻みに震えていた。それは生まれて初めてのことだった。

14

無線機から声が流れたのは、オスターブルクを通過して南下しはじめたときだった。周波数、A‐A‐9。ポツダムの本部からの連絡である。マックスは身をのばして、音量をあげた。

「ブレア・ウルフ、こちらピーター・ラビット。いまから〝ダブル・プレイ〟を送る」

ウィルスンは無言でフェアモントのスピードを落とした。眉毛がかすかに吊りあがっている。〝ダブル・プレイ〟とは、きょうの暗号シグナル中最優先連絡事項を意味することを、マックスも知っていた。本部の無線士は彼らの応答を待たずにつづけた。

ダッシュボードのスピーカーから流れる指示を、マックスは懸命にメモした。

「ブレア・ウルフ、ジョー叔父さんの農園にわれわれのカンカン・ダンサーがいる。くり返す、ジョー叔父さんの農園にわれわれのカンカン・ダンサーがいる。RLHはきみたちだ。くり返す、RLHはきみたちだ。交信を終わる」

マックスはすぐ暗号表をチェックし、解読した通信文を読みあげた。

「00地区のどこかに空軍機が不時着。正確な場所は不明。奪還を頼む」

彼はフロントガラスごしに前方を見透かした。目下オスターブルクからゲンティーンに向かっている最中だが、この二車線のハイウェイはいつもだとシュテンダルのソ連空軍基地からの軍用車輛《しゃりょう》がビュンビュンとばしているらしい。きょうはこの濃霧のせいか、どの車もノロノロ運転を強いられている。いまの指令にあった00地区とは、オスタープルクの北のことだった。ちょうど逆方向にあたることになる。マックスはウィルスンの顔を見やった。ウィルスンは燃料計と、エンジンの状態を示す各計器をチェックしているところだった。

「どうやらここでUターンして、北に向かわなくちゃならんらしいな」彼は言った。「パイロットがうまく救難信号を発信できればいいんだが。さもないと、この霧だ、道路標識も満足に見えんかもしれん」サングラスをはずして、バックミラーをちらっとのぞいた。背後、といってもさほど遠くないところに、霧をすかしてトラックのヘッドライトが朧ろに浮かんでいる。対向車線をやってくる車は皆無だった。

「ようし、いくとするかマックス。どうやらおまえさん、物見遊山じゃすまなくなりそうだぞ」

マックスは黙ってうなずいた。まあ、おれはただついていきゃいいんだろう、と彼は思った。あとはウィルスンがうまく舵取《かじと》りをしてくれるに相違ない。

ウィルスンはやおらステアリングを左に切った。と同時にシフト・ダウンして、アクセルを床まで踏みつける。フェアモントは見事に一八〇度ターンして対向車線に移り、ほんの一瞬停止したかと思うと激しいホイール・スピンを起こして、尻をふりながらオスターブルクの方角に走りだした。そうくるだろうと思っていたので、マックスはハンド・グリップをしっかりつかんで体を支えていた。対向車線をノロノロ進んでくる車のかたわらを、フェアモントは矢のように直進してゆく。ウィルスンは首を前にのばして、霧にけむっている前方を見すかしている。視界は三〇メートル以下に落ちていた。

マックスは無言で、フロントグリルに嵌《は》めこまれているフォグランプのスイッチを入れた。ウィルスンはうなずいて、相変わらず薄暗い前方をひたと見すえている。フォグランプの黄色い光に照らされて、妖《あや》しげに舞っている霧の彼方の路面をじっと読んでいるのだろう。

二人はほとんどスピードを落とさずにオスターブルクを走り抜けた。いずれにしろ街は閑散としていた。驀進《ばくしん》してくるフェアモントに気づいて、あわてて身をかわした老人が一人いた程度だった。懸命にとびすさる老人を見てウィルスンはにやっと笑い、マックスは息を呑んだ。

オスターブルクを抜けたところでマックスは無線方位探知機のスイッチを入れて、傍聴防止周波数にセットした。ヴォリュームをあげてみたが、ジーッという雑音と、ときおり飛びこんでくる大きな静電気の音しか聞こえない。オスターブルクの北にさしかかると、道路を往き交う車は一台も見えなくなった。ウィルスンはスピードを三〇キロに落とした。

どこかに飛行機が不時着した形跡がないものかと、懸命に目をこらしながら二人は進んだ。

そのまま一三キロ北に進んだとき、ビーッというかすかな発信音が無線機から流れたような気が、マックスはした。とっさにウィルスンに手をあげて、スピーカーに目をこらす。

「ちょっと待った、アイク。なにか入ったぞ」

ウィルスンはフォグランプを消した。エンジンも切ってクラッチを踏み、惰力で車を道路の端によせて、停める。沈黙が毛布のように二人を押し包んだ。冷却しつつあるエンジンが、チリチリと音をたてている。

雑音を通して、再びビーッという発信音がかすかに聞こえた。マックスは、ルーフのループ・アンテナをゆっくりと回転させた。車の進行方向の真横の位置までアンテナが回ったとき、不意に発信音が高くなった。慣性航法装置、小型コンピューター、それに方位探知機を瞬時に連動させる電子スイッチを、マックスは入れた。地図表示スクリーンには、彼らのいる道路の東の方角に、光の線がのびた。コンピューターがはじきだした発信源まででの距離は、八キロもない。マックスは驚いて顔をあげた。

「こんなことってあるかい？　こんな町の近くに不時着して、どうしてまだつかまらずにいられるんだろう？」

ウィルスンが窓外を見すかした。

「この霧の中じゃ、どんなことだって起こり得るさ。それにな、この付近はさほど人口が多いわけじゃない。あの辺なんぞは——」と、右手を指さして、「ほとんど無人地帯と言ってもいい、広大な荒野なんだ。田舎道が二、三本に侘《わび》しい村落が二、三あるくらいでな。だから、われらがパイロットも運良くつかまらずにすんでるのかもしれん」

ちょっと地図を見やってから、またエンジンをかける。ばらついているアイドリングが安定するのを待ちながら、マックスに向かって言った。「コンピューターとの連動スイッチはオンのままにしといてくれ。この調子だと、発見するまでだいぶ手間どりそうだからな。あの辺の道路には詳しいつもりだが、なにせ一寸先も見えないんじゃ——わかるだろう、言いたいことは」

しばらくすると、右手にのびている小さな砂利道が見つかった。ウィルスンはそっちに折れた。スクリーン上の光の線は、ほぼその道路と平行している。ウィルスンは低く唸《うな》って、ゆっくりとその道を進みはじめた。彼がサイド・ウインドウを巻き下ろすのを見て、マックスもそれにならった。

太いタイヤがみしみしと砂利を踏みしだいてゆく。地図によると、彼らは電波の発信源まであと四五〇メートルに迫っているはずだった。

ウィルスンはまたエンジンを切った。たちこめた霧の中で、無線機から流れる発信音だけが小さく響く。彼は外に降りて、マックスにもそうしろと合図した。霧の中をのぞきこむようにして耳をそばだてる。なにも聞こえない。

ウィルスンはマックスに手をふって、乗れと合図した。また一〇〇メートルほど進んでから、同じ手順をくり返す。やはり、なにも聞こえない。二人とも無言だった。

三度目に車を降りたとき、マックスはもっと遠くまで歩いてみた。霧の中を用心深く進んでいくと、なにかが爪先にぶつかった。かがみこんで、拾いあげた。表面の溶けた、分厚い金属片だった。すぐウィルスンに呼びかけた。

受けとった金属片を見ながら、ウィルスンはうなずいた。

「ああ、飛行機の機体の一部だな。きっと大破したんだ。もう一〇〇メートルほど進んでみよう」

二人はフェアモントにもどって、そろそろと前進した。と、道路の端の下水に、さっきのよりひとまわり大きな金属片が突き刺さっているのがマックスの目に留まった。

二人は外に降りた。喉《のど》がカラカラに乾いているのを覚えつつ、マックスは、ヘッドライトのギラつく光芒《こうぼう》に照らされている金属片に目をこらした。それに気をとられたあまり、地面をえぐっている溝に足をひっかけて下水の中に転がり落ちてしまった。よく見ると、下水と見えたものは、実は細い小川なのだった。よろめきながら立ちあがって、地面の溝を見つめた。さながら巨大な爪で地面を引っかいた跡のように、その溝はのたくっていた。なにか大きなものが、すさまじい力で地面に激突したらしい。

その溝は小川を越えて、霧に蔽《おお》われている野原のほうにのびていることを、マックスは瞬時に見てとった。彼は小川の堤をよじのぼって、大きなアルミニウム片を引っくり返しているウィルスンの前に歩みよった。

ウィルスンが顔をあげた。

「どうしたんだ、そのざまは？　よっぽど泥んこ遊びが気に入ったと見え——」

「ふざけるのは後まわしにしてくれ。あっちのほうに、われらが母なる大地を思いきり深く引っかいた跡がある。どこまでつづいてるのか調べたほうがいいと思うんだ」

ウィルスンはぐっと目を細くすぼめて、アルミニウム片を落とした。

「よし、案内してくれ」

小川の向こう岸に立ったウィルスンは、しばらく地面をのたくっている亀裂を眺めていたと思うと、無言でフェアモントに引き返した。

「こいよ、マックス。たしかあの畑にいくには別の道があったはずだ」

二人は車に飛び乗った。ウィルスンはゆっくりとフェアモントをバックさせてゆく。三〇メートルほどバックしたところで、その道が見つかった。黒く光っているぬかるみに、わだちは一つも刻まれていない。

左手に見える野原をじっと見すかしながら、ウィルスンは大きなフェアモントを進めてゆく。一〇〇メートルほど前進して停止し、耳をすました。やはり、森閑としている。彼は肩をすくめて、マックスを見やった。

「田舎にでも遠足にきたような気分だろう、え？」

マックスが答えるより先に彼はアクセルを踏んで、刈り株の残っている畝《うね》の上を勢いよく走りだした。ライトが激しく上下して、依然として濃くたちこめている霧の中に薄気味悪い光の絵模様を描きだす。周囲はしだいに暗くなりつつあった。もう一時間もすれば日はとっぷりと昏《く》れることだろう。

次の瞬間、それが見えた。激突の衝撃で折れ曲がり、黒く煤《すす》けたA－10の尾部が、無残な姿をさらしていた。明るいヘッドライトが闇を裂いて、惨状をくまなく照らしだす。ウィルスンは降りようとしなかった。しばらくじっとその残骸を見つめてから、マックスの側の窓外を見すかした。やはり泥濘《でいねい》の中に、ひとまわり小さな亀裂が走っている。フェアモントの車首をめぐらすと、その溝に沿って走りだした。

ちぎれた翼の横を通りすぎたが、ウィルスンは目もくれない。残骸の散らばり方が意味するものを、彼ははっきりと読みとったのだ。奪還任務の長い体験から、墜落時の模様を頭の中に再現するのは造作もないことだった。

「パイロットが生きているとしたら、この亀裂が終わるところにいるはずだ」

マックスは、無線方位探知機のスイッチを切った。気がかりな発信音がいちだんと強くなっている。発信源は、間近にあるはずだった。

と、それは忽然《こつぜん》としてヘッドライトの中に浮かびあがった。東ドイツの大地を引き裂いた末にえぐった穴の中に、A‐10の前部が機首をやや上向けて斜めに突き刺さっていた。こころもち右にかしいでいるようだった。操縦席の風防ガラスが吹っ飛んでしまっていることを、二人は背後から見てとった。

フェアモントを近づけたウィルスンは、ヘッドライトで真横から照らせる角度に車首を向けて停まった。エンジンをかけたまま、外に降りる。マックスもそのあとに従った。

ウィルスンは真っ先にパイロットに目を走らせた。操縦席に坐ったまま、周縁部に残っている風防ガラスの一部に頭をもたせかけている。その位置はかなり高くて、とても手は届かない。声をかけても応答はなかった。

彼は機首の左側にまわって、胴体に組みこまれている乗降ステップ用緊急ハッチの留め金を見つけた。すぐふたをあけて、ステップを作動させる。機首の側面からゆっくりと現われたステップを見て、マックスは息を呑んだ。

「救急箱をもってきてくれ、マックス。なにかしてやれることがあるかもしれん。このパイロット、機首がもげて一回転したときに、頭を地面にぶつけたらしい」マックスがフェアモントのトランクにもどっているあいだに、ウィルスンはステップをのぼった。

半分ほどのぼったとき、低く呻《うめ》くような音をたてて機体がかすかに揺れた。ウィルスンはハッとした。この機首の部分は、かろうじて地面の上でバランスを保っているらしい。ややあって無気味な音がやんだので、またゆっくりとステップをのぼった。

最上段までのぼったところで、操縦席の内部をのぞきこむ。電気回路のメイン・スイッチは切ってあったが、右側のコンソールの小さなパネルのライトがぼんやりと光っている。パイロットのヘルメットは――そんなグロテスクな形をした空軍のヘルメットを見るのは初めてだったが――そのパネルに導線でつながっている。彼はそっと手をのばして、パイロットの血まみれの顔をまさぐった。まだ温かい。自分の体のバランスを保ちながら、頸《けい》動脈《どうみやく》をさぐってみた。不規則ながら、かすかに脈打っている。まだ生きているのだ。が、銀色のヘルメットに包まれた頭部が、奇妙な角度にねじれているのが気になった。首は、まだ折れてないにしても、それに近い状態にあるようだ。

そのとき、救急箱を持ったマックスが、傾斜したステップの下にもどってきた。

「アイク。まだ生きてるのか、パイロットは?」

ウィルスンは下を見下ろした。「ああ、なんとかな。だが、首の骨が折れてるらしい。よし、救急箱を貸してくれ」

マックスは、奇妙な形をしたプラスティック製の救急箱を倒れないように掌にのせて、思いきり上に差しだした。ウィルスンが慎重に体をねじって手をのばす。彼は悪態をついた。遠すぎて届かないのだ。

「そこにいてくれ、マックス。すこし降りるから」

一方の足を注意深く一段下におろし、次いでもう一方の足をおろす。右手で踏み段の一つをつかみながら、また体を下によじった。

「よし、マックス、できるだけ上に――」

不意にミリミリッという音がしたと思うと、ステップの支柱の一つが機体から剝《は》がれた。ステップは大きく揺れた。ウィルスンがハッとして見上げると、もう一つの支柱も剝がれようとしていた。とっさに両腕をのばして操縦席のへりをつかもうとしたときには遅かった。彼の体は大きく宙に放りだされて、地面に叩きつけられた。一声うっと苦しげな呻き声を洩らすなり、ウィルスンは動かなくなった。

マックスは呆然と突っ立っていた。フェアモントの七個の高性能フォグランプに照らされたウィルスンの体を、声もなく見つめていた。ぐにゃっとよじれたその体から、目をそらすことができなかった。ウィルスンは俯《うつぶ》せに倒れていたが、大きく投げだされた一方の腕は妙にねじれていて、すくなくとも一カ所が骨折していることをうかがわせた。もう一方の手は掌《てのひら》を下にして背中にのっている。眉間にざっくりとあいた傷口からは血がどくどくと流れていた。ウィルスンはピクリともしない。

自分がどれだけそうして突っ立っていたか、マックスにはわからなかった。耳に入るのは、静かなアイドリングをつづけているフェアモントのエンジン音と、かすれた自分の吐息ぐらいのものだった。ゆっくりと、軋《きし》むように、頭がまた働きはじめた。衣服を通して寒気がしみ通ってくる。彼は震えはじめた。ウィルスンの頭部から流れている血を眺めながらも、ショックに打たれたマックスの胸中には、突拍子もない思いがくり返し湧《わ》いていた。

こいつは空想劇ではない。おれは観客ではない。こいつは現実なのだ。このおれに起きている現実の出来事なのだ。

そのとき、ウィルスンが呻き声をあげた。マックスの全身を戦慄《せんりつ》が突き抜けた。

こいつは現実だ。まぎれもない現実なのだ。

ウィルスンの口から、また呻き声が洩れた。

マックス・モスは自らを励まして、震える手を彼の体にのばした。

15

シュタッヘルは悪態をついた。最初はドイツ語、次いでロシア語、最後に英語で悪態をついた。彼はアメリカ人を、ロシア人を、西ドイツ人を罵《ののし》った。目下霧の中をのろのろと進んでいるメルセデスをも罵った。大声で、思いつくかぎりの言葉を並べ、口をきわめて罵った。だが、霧はいっこうに晴れず、メルセデスは依然として時速三〇キロにも達しないスピードで這《は》うように進んでいた。

運転手は、そんな彼の言葉など耳に入らないふりをしていた。彼はすでに、安全を保てるギリギリの限界までスピードをあげて走っていたのだ。薄暮時のドライヴがいちばん危険なことを思えば、それでもスピードのだしすぎと言えたかもしれない。

シュタッヘルにとっては、じっさい頭にくることばかりだった。マグデブルクの本部からオスターブルクに至る道路は、すいているにもかかわらず濃霧に蔽《おお》われている。指揮下にある地上捜索用の五台の車は各地に散らばっているうえに、この濃霧のために目標地域に急行することもできない。おまけにあのミューラーの阿呆ときたら、つい二時間ほど前に、ポツダムのアメリカ人どもの車を逃がしてしまった。どこを向いても阿呆ばかり。

黒いメルセデス450SELの後部シートで、シュタッヘルはいらいらしながら無線電話の受話器をつかんだ。呼びだした先は、ベルリンの軍事諜報部の本部だった。「この霧はいつ晴れる?」

答えは一時間前と同じだった。「六時までには晴れるはずです、部長」

この霧にはアメリカ側も悩まされるだろうが、さっきミューラーがとり逃がしたアメリカの車は墜落地点の近くにいるものと見ていい。おそらくこうしているいまも、あのA-10を一刻も早く見つけようと躍起《やっき》になっているだろう。そう思うと、シュタッヘルは気が気ではなかった。

が、あることを思いついて、にやっと笑った。この自分がこれだけやきもきしているのだ、コシュカ同志などいま頃どれくらいあたふたしていることか。モスクワにはコシュカの敵もいることを、シュタッヘルは熟知していた。彼自身、これまで精勤を励んだ結果それらコシュカの敵と目される人物の知遇を得るまでになっている。もしコシュカがこんどの狩りの獲物を逃がしたら——ヤンキーどもをあれほど怒らせたあとだけに——組織の改編は必至だろう。従来コシュカが牛耳ってきた組織に代わって、たぶん新しい機構が誕生する。その新機構の長にだれが任ぜられるか——それも、もはや決まっているようなものだ。

このおれさま、カール・シュタッヘルは、その新機構をドイツ人中心に運営していくだろう。GRUにしたって、自国人の失敗を見せつけられている以上反対はすまい。そして、ひとたびわれわれドイツ人がその新機構の中枢に坐ったなら……。

シュタッヘルはそこで想像の翼をたたんだ。なべて壮大なる夢につきものの陥穽《かんせい》を、彼は長い経験からよくわきまえていたのだ。とはいえ、もしこんどの狩りが失敗に終わったなら、彼自身にとっては願ってもない出世の好機になることはまちがいあるまい。かりにパイロットをとり逃がした場合、コシュカが面目を失ってモスクワに召還されることは必至だからだ。よしパイロットをとり押さえたとしても、肝心の貴重な秘密装備とやらはコシュカが発進させた戦闘機によって破壊されている可能性が大きい。悪天候下における捕獲作戦に際しては、敵の飛行機はそのパイロットもろとも破壊されてしまう確率が大きいのだ。そうなったらコシュカとしては、作戦が完全に失敗した場合よりも面倒な立場に追いこまれるだろう。となると、コシュカが面目を保つためには、機体とパイロットの双方を無傷のまま捕えるしかないことになる。

その目標を彼が成就できる可能性はきわめて低いはずだ。窓外の薄暗闇を見やりつつ、シュタッヘルは山羊《やぎ》ひげをしごいてにんまりとした。が、その笑みはすぐに消え失せた。コシュカを失脚させられるか否かは、一にかかって自分の部下がだれよりも先に墜落現場に到着できるか否かにかかっている。そのためにこそ、ミューラー以下のメンバーを、特にこんどの任務のために選抜したのだ。彼らは、A-10の機体とパイロットがコシュカを益するような状態にあってほしくないとこの自分が願っていることを、知っているはずだ。したがって、もし現場にだれよりも早く到着できたら、然るべき工作を——もちろん、疑いを招かない程度に——施してくれるだろう。

そのためにも連中には、コシュカに先んじて到着してもらわなければならない。シュタッヘルはまたしても悪態をつきはじめた。が、霧はいっこうに晴れそうになかった。

16

マックスはどうにか傷口の出血を止めることができた。次いで骨折した個所に救急用の添え木をあてているあいだに、ウィルスンが意識を回復した。左目の上に青黒い擦過傷《さつかしょう》があり、それが腫《は》れあがってそっちの目がほとんどつぶれている。

右目がゆっくりひらいたとき、マックスは麻酔注射の指示書きを懸命に読んでいるところだった。ウィルスンが見上げているとは知らなかったから、彼が口をきいたときにはぎくっとした。

「マックス……おれはどうなったんだ？」

かぼそいウィルスンの声を聞いて、マックスは地面にぺたっと尻をついて坐り直した。

「びっくりしたぜ、アイク。もうだめなのかと思ったよ。いかん――じっとしていろ。腕が両方とも折れてるんだ、かなりひどくな。これから痛み止めの注射をしてやろうと思っていたところだ」

ウィルスンは弱々しく首をふった。

「おれにはかまうな。それより操縦席のパイロットを早く救いだして車に乗せろ。ヴォポがすぐにもやってくるぞ」

必死に起きあがろうとするのを、マックスは押さえつけた。

「だめだよ、動いちゃ。じっとしてるんだ」ウィルスンの腰に透明な液体を注射して、そっと仰向けに寝かせる。両腕は胸に組んだまま動かないようにしてあった。

無傷なほうの目を閉じて、ウィルスンは言った。「わかった。いいか、あの男を早く運びだせ。とにかく、ここを離れるんだ。一刻も早く」

マックスはあらためてA‐10の機首を見上げた。ウィルスンを介抱するのに夢中で、パイロットのことはすっかり忘れていた。

搭乗用のステップが機体からもげてしまったからには、フェアモントのトランクに積んである折りたたみ式梯子《はしご》を使うしかあるまい。操縦席までの距離を、マックスは目測した。あの梯子では、たぶん操縦席の下縁部までしか届かないはずだ。パイロットを運びだすには、下縁部のへりを乗り越えて操縦席の中に乗りこまなければならない。機体が不安定なことを考えると、それはあまりぞっとしなかった。

が、いつまでもこうしてはいられない。マックスは気をとり直して行動を開始した。こんどは自分がやるしかないのだ。

ぐったりしているウィルスンの上にかがみこんで、そっと抱きかかえる。ウィルスンが歩けないのはわかっていたから、フェアモントを近くまで寄せてきてあった。半分引きずるようにして、朦朧《もうろう》としている僚友を後部ドアの前まで運んでいった。ドアはすでにあけ放してあった。いったんウィルスンをボディによりかからせておいて、自分が先に乗りこむ。それから彼を引きずりこんで、そっとシートに寝かせた。頭の下にリュックを枕代わりに押しこんで毛布を体にかけ、その上からシートベルトで固定した。ウィルスンは依然として意識と無意識のはざまを漂っているらしく、うわごとのように何事か呟《つぶや》いている。

外に降り立つと、マックスは大きく深呼吸した。すぐトランクから折りたたみ式の梯子をとりだして、いっぱいに伸ばしてみる。みるからに頼りない梯子で、とても大の男を支えてくれそうにはない。

が、いまはこれにすべてを賭けるしかないのだ。

機体に立てかけて、脚が安定するよう充分に地面に押しつけた。なんとかなりそうだった。マックスはのぼりはじめた。梯子は大きくしなったが、保《も》ちこたえている。自信をつけて、すこしずつのぼりはじめた。最上段に立ってみると、最初に思ったより操縦席に近かった。これなら機体によじのぼり、風防ガラス前部の骨組にまたがって、パイロットを引きずりだせるだろう。

いつのまにか微風が吹いていたし、寒気もやわらいではいないのに、マックスは全身に汗をかいていた。口中もカラカラに乾いていて、唾《つば》もうまく嚥《の》みこめなかった。

パイロットは、ウィルスンが言ったとおりの姿勢で坐っていた。両眼を閉じており、顔はまだぬらぬらした血で濡れている。両手はぐったりと膝に置かれていた。右側のパネルに導線で連結されている、奇妙な形のヘルメットが目を惹《ひ》いた。手をのばして、パイロットの首をまさぐった。かすかではあるが、脈を打っている。機体の上によじのぼり、風防ガラスの骨組をまたぐようにして、パイロットと向かい合った。

手をのばそうとすると、パイロットの目蓋《まぶた》がひくひくと動いた。彼は苦しげに咳《せ》きこんだ。口の端から血がたらっと糸を引く。両眼がゆっくりとひらいて、マックスを見た。一瞬、なんの反応も起こさなかったが、やがてなにかしゃべりたそうに口をひらいた。なにを言ってるのか、マックスには聞こえなかった。唇は動いているのだが、フェアモントのごく低い排気音ですらが邪魔して、聞こえない。前に身をのりだすと、機体がガクッと揺れた。パイロットは目を閉じた。頭がごくかすかに動いたと思うと、表情が苦しげに歪《ゆが》む。やはり首か背中を折っているのだ。そう思うと、マックスの背筋に震えが走った。

パイロットがまた両眼をひらいた。さっきよりわずかに生色が認められ、目蓋も大きくひらいていた。いまの苦痛のショックで、かえって意識がはっきりしたらしい。酔ったようにろれつがまわらず、痛ましいほど口調ものろかったが、言葉は明瞭に聞きとれた。

「やつらに……ジーザス……ボックスを……渡しちゃいかん。ヘルメットと……」そこでしばし声がとぎれたものの、苦痛をはねのけるようにして、またロをひらいた。「……ボックスを持ってってくれ。それから……自爆装置を……セットしろ。装置は……シートの……下にある」両眼が、また閉じた。

マックスはヘルメットを見やった。とすると、やはりこのヘルメットにも特別な意味があるのだ。曲がりくねっている導線を目で追うとパネルにゆきついたが、その小さな黄色いライトはまだかすかに瞬《またた》いていた。よく見るとそのパネルは、簡易挿入《そうにゅう》式の黒い箱だった。あれをとりだすにはネジまわしも要るまい。四隅を押さえている鉄の爪を起こせば、すぐとりだせるだろう。

が、ヘルメットを脱がせようとすれば、どうしてもパイロットの頭を動かしてしまうことになる。いま頭を動かせば、それこそ命とりになりかねない。

時間は容赦なくすぎてゆく。マックスは迷った。例によって自嘲《じちょう》的な思いが頭をかすめる。どうした、モス。果断ぶりを示すのはいまじゃないか。ヘルメットか、パイロットの命か？　さっさと決めるんだ、マクスウェル・テイラー・モス。さあ、神の役割を果たしてみろ。

彼は額の汗をぬぐった。ヘルメットなどくそくらえだ。早く助けを求めなければ、この男の命がない。また喉の脈をさぐろうと、前に身をのばした。もっと確実にさぐりたくて、わずかに体の位置を変えたとき、機体が無気味な呻《うめ》き声を発した。ミシミシッと軋むような音が、またあがった。手を前方にのばしかけたまま、マックスは凍りついたように静止した。次の瞬間、彼のまたがっている機首全体がぐらっと左に傾いた。

マックスはかろうじて機体にしがみついた。尻がずるずるっと横にすべった。とっさに操縦席のふちをつかんだ手に、プレクシグラスのギザギザの破片がくいこむ。歯をくいしばって痛みに耐えた。しばらく前後に揺れていた機体は、やがて一メートルほど背後の亀裂にのめりこみ、ガツンという鈍い音とともに静止した。

マックスは荒々しく息を吐きだして、パイロットに目を走らせた。思わず息を呑んだ。苦痛の悲鳴をあげるように口をあけたまま、パイロットは目を剝《む》いていた。いまの機体の震動がたたって、とうとう絶命したらしい。

こみあげてきた吐き気を、マックスはなんとか押しもどした。人が死ぬさまならこれまでにも目撃したことがあるが、それは白熱のレースが展開されているサーキットに限られていた。こういう死に立ち会うのは初めてだった。自分の見も知らぬ男、それも敵地に墜落させられたアメリカ人パイロットが絶命するさまを目にするのは初めてだった。こみあげてきた苦い液体をなんとか押しもどして、マックスは胸いっぱいに冷たい夜気を吸いこんだ。

そのパイロットの名前すら、彼は知らないのだ。

ゆっくりと、慎重に、操縦席の両端から手を離した。機体はさっきよりずっと安定したようだった。いざというときにはいつでも風防ガラスのレールをつかむことができるように身がまえて、ためしに前後に揺らしてみた。びくともしない。こんどはどうやら堅い岩盤に支えられているらしい。

さっそく必要な作業にとりかかった。まず最初にヘルメットの導線をパネルのソケットから引き抜き、ヘルメットのストラップそのものをはずす。パイロットの両眼を閉じてやってからヘルメットを脱がした。思ったより軽かった。裏側には、薄い金属の箔片《はくへん》で蔽《おお》われたフォームラバーのパッドがいくつも貼ってあった。

パイロットが〝ジーザス・ボックス〟と呼んだパネルをとりだすには、操縦席の反対側のへりに腰かけなければならなかった。妙な呼称だなと思いつつ、マックスはパネルを留めている爪を起こしにかかった。そのパネルの正体を知る手がかりはどこにもない。表面にはBGUという文字が記されているにすぎない。それはいかなる意味にもとれる。数秒ほどで、箱をとりだすことができた。ヘルメットと並べて床に置いてから、パイロットのベルト着脱ボタンとパラシュート着脱ボタンを押す。

このパイロットのために、ほとんどなにもしてやれなかったのが無念だが、せめて本部にまでは連れ帰ってやらなければ。

折りたたみ式梯子は、奇蹟《きせき》的にまだ倒れないでいる。後方に危なっかしく傾いていたが、マックスはそろそろと降りて、またしっかりと立てかけ直した。フェアモントのツール・ボックスにナイロンのロープがあったはずだ。それをとりにいった。ついでにウィルスンの様子をのぞいてみたが、やはり目を閉じたまま、うわごとを言いつづけていた。

また梯子をのぼって、パイロットの体にロープを巻きつける。十分近くかかって上からどうにか地上に降ろしたときには、全身汗みずくになっていた。梯子の下の地面にパイロットの体がうまく横たわったのを見ると、安堵《あんど》のあまりマックスは、操縦席にへたりこんでしまった。そのままシートに坐って、目の前の複雑な計器盤を眺めた。この機のどこが機密なのか、さっぱりわからない。パイロットの日誌を捜したが見つからなかった。おそらく、まだ飛行服のポケットかどこかにおさめられているのだろう。操縦席内には、ほかにこれといってめぼしいものはなかった。機体に固定されていなかったものは、地上に激突した際みな放りだされてしまったのだろう。

パイロットの死体を寝袋につめるのは容易ではなかったが、切羽《せつぱ》つまった危機感のせいだろう、馬鹿力をふるい起こすことができた。が、たとえ大型とはいえ、フェアモントのトランクには緊急用の装備類に加えてパイロットの死体まで収容できるほどの余裕はない。マックスは躊躇《ちゆうちよ》せずツール・ボックスとスペア・タイヤ、それにM16ライフルを外に放り捨てた。それらのいずれも、今夜はたいして役立ちそうにない。いま肝心なのは、ぜがひでも今夜中にポッダムまで帰投することなのだ。

その思いが頭に浮かんだとき、彼はつい働く手を休めていた。考えてみれば、おれは迷い子になったも同然ではないか。航法装置は、本部までの距離を教えてはくれても、大規模な敵の追撃をかわす手助けまではしてくれまい。永久軍事制限地帯に迷いこむのを防いでもくれまい。きょう出発前に受けた説明によれば、制限地帯にまぎれこんでしまった場合、ソ連側はまず発砲し、それから――つまり、こちらがその銃撃でくたばらなかった場合にのみ――尋問するのがふつうらしい。

フェアモントのエンジンが、咳きこむような音をたててからまたスムーズなアイドリングにもどった。パイロットの死体を深いトランクに積み、ヘルメットと〝ジーザス・ボックス〟もそのわきに置く。次は機体の自爆装置をセットする番だ。

シートの下の装置はすぐ見つかった。簡単なタイマーで、それを望みの時間にセットすればよい仕掛けになっており、一度セットしてしまうと別に隠されている解除ボタンを押さないかぎり爆発を止めることはできない。マックスはこれまで、輸送機に仕掛けられた同種の装置を見たことがあるだけだが、このA－10の爆破装置の場合、ヒューズが異例に短いような気がした。おそらく最大限の余裕を見てセットしても、爆発まではわずかの時間しかないだろう。急いですべり降りた梯子を機体から蹴《け》りはずすなり彼はフェアモントに向かって駆けだした。ドアをむしりとるようにあけてレース用の深いバケット・シートに転がりこみ、各計器をチェックする。すべて順調だった。長時間アイドリングをつづけたせいでエンジンが熱くなっていたが、べつに支障はない。後部シートを見やると、ウィルスンはまだ朦朧《もうろう》としているようだった。マックスは六点式シートベルトをがっちりとしめた。アクセルをそっと踏んで、タイヤがえぐった溝から青いフェアモントを慎重に抜けださせる。霧がいくぶん晴れてきたらしい。風がすこし強くなったようだ。

敵には都合がいいだろうが、こっちにとってはかんばしくない。

マックスは考えをまとめにかかった。なにはともあれ、まず飛行機が爆発する前に道路にもどることだ。そして帰りのルートを捜しだす。それから先のことは、いまは考えまい。とにかく、いまは。

でこぼこの農地を横切るには、きたときの記憶より長い時間を要した。それから泥でぬかった道に乗り入れ、フェアモントのタイヤの跡を見つけ、それを伝って細い砂利道にもどった。

十字路にさしかかったところで停止し、ギアをニュートラルに入れる。背後ではウィルスンのかすれた吐息が聞こえる。コーヒーをすこしカップについで、彼の唇をしめしてやった。残りは自分で飲んだが、カップを持つ手がかすかに震えていた。

さて、どうしよう？　右すべきか、左すべきか？　航法装置のスクリーンのスイッチを入れた。しだいに暖まったスクリーン上には、現在地を示す図が現われた。本部までの距離は九五キロ。スクリーンの地図によると、現在地はドップルンという小さな村の真東にあたっているらしい。すこし考えてからコンピューターのキーを叩いて、半径一六キロ以内にある町の名をすべて列挙するよう命じた。瞬時にスクリーンに打ちだされてゆく町の名を、熱心に読んでいった。

ケーニッヒスマルク、レンガースラーゲ、オスターブルク、クレフェーゼ、デューゼダウ、ゼーハウゼン、ファルケンベルク。

ファルケンベルク。その名は、見た瞬間、頭の中に鳴り響いた。これはほかの町の名前とはちがう。どこかしら聞き覚えがあった。その名前にまつわるなにかが頭の底によどんでいる——その名と結びつくなにか——もう一つの館《やかた》、大きな館……

いや、館ではない、城だ。シュロス・ファルケンベルク。

不意に、すべての記憶が甦ってきた。一九六三年、父とともにベルリンから田園地帯に遠出したときの思い出。長い長いドライヴだった。その果てにお伽話《とぎばなし》にでてくるような城に着き、そこでドイツ人の少女と一日中、だれにも邪魔されずに遊んだのではなかったか。

そう、そして父にも相手がいた。その名は……ギゼラ・コッホ。

マックスは微笑した。目的地が定まった。

17

ファルケンベルクへの道順をチェックしてからシフト・レヴァーを一速《ロウ》に入れ、北に向かう砂利道に車首を向けた。

そこにいったところで展望がひらけるとはかぎらないが、いまの完全な孤立状態よりはマシだろう。

霧があがりはじめる直前、ミューラーは、ソ連軍無線部隊の強力な探知機による支援を失った。それまで彼らは、A-10の発している救難信号を三角測定することによって、墜落地点に誘導してくれていたのだ。ごく微弱な信号ではあったが、ソ連軍はおおよその方角を割りだすことができた。

ところが、その信号電波が不意に途絶えてしまったのである。これまでのところ、ミューラーはまだ漠然とした方角しかつかんでいなかった。北のゼーハウゼン、南のオスターブルク、東のハーフェルベルク、その三点を結んだ三角形内のどこかに墜落地点があることまではわかったのだが、それ以上に正確な目安はどうしてもつかめない。A-10の救難信号があまりにも微弱で断続的だったからだ。

思わず悪態をついたミューラーは、白いBMW2002のスピードを落とし、路肩に寄せて停止した。口数もすくない代わり頭を働かせることもすくない助手の手から地図をひったくって、面積一二五平方キロに及ぶ三角形の捜索区域を睨《にら》みつける。墜落地点まで最短距離にいるのは、やはり彼の車だった。シュタッヘル軍事諜報部長の車は、ここまですくなくとも二十分はかかる地点で濃霧に封じこめられているようだし、ほかの車もかなり広範な地域に散らばっている。この霧では、彼らが到着するまでに、そう、三十分はかかるだろう。

貴重なマールボロ――シュタッヘル部長からのプレゼントだった――に火をつけると、

ミューラーは情勢を検討してみた。付近一帯は広大な田園地帯である。草原、農地、若干の森林。それぐらいのもので、人家はさしてない。とすると、とりあえずは通行可能な道のある農地を片っぱしからまわってみるしかあるまい。つまり、足をつかった地道な捜索だ。マールボロの煙のたゆたう車内で、ミューラーは重々しく吐息をついた。じっさい、おまわりの仕事ってやつは——。

窓ガラスをみな下ろし、目を血走らせて薄暗闇を見すかしつつドップルンに至る道をゆっくりと進みはじめた頃には、霧も薄れはじめていた。BMWの小型二リッター・エンジンは、こんなのろいスピードで走っていると不機嫌になる。ときどきは空吹かし《レーシング》して、回転をあげてやらなければならなかった。いまも砂利道の上で、そうして空吹かしさせていると、東の方角を見ていた助手が何事か言った。が、エンジンの唸《うな》り音にかき消されて聞こえない。ミューラーは苛立《いらだ》たしげな顔でアクセルをもどすと、そっちを見やった。助手は右手の農地を指さしている。ミューラーはその方角に目をこらした。と、それが目に入った。

農地の中へ一〇〇メートルほど入った地点に、なにやら大きな、輪郭《りんかく》の曖昧《あいまい》な鉄塊のようなものが転がっている。つい最近大地をえぐってできたらしい深い溝《みぞ》の尽きるあたりに、それはあった。間違いない、墜落したアメリカ空軍機だ。ミューラーは助手に懐中電灯でそのあたりを照射させながら、素早く溝に沿って北に進んだ。これだけ離れていると墜落現場はぼんやりとしか見えないが、ひしゃげた機体の尾部ははっきりと識別できた。そのうち農夫が使っている北側の農道が見つかったので——そこにはわだちはなかった——機体の残骸と平行に農地の端を進んだ。ちょうど残骸の真横にきたところでステアリングを切り、でこぼこした畝《うね》を突っ切りはじめた。小さなBMWは前後に激しく揺れながら進んでいった。

墜落機の尾部の前で、ミューラーは停止した。明るい懐中電灯の光で照らしているうちに、二つに折れた機体の前部が、地上に激突したはずみにさらに前方まで地面をえぐっていったことに気づいた。残された溝を目で追っていくと、機首の部分が見つかった。夢中で車の運転席に駆けもどると、ミューラーはシュタッヘル部長に連絡した。

五台目の車がタイヤを軋《きし》らせて停止したとき、シュタッヘルはすでに十分あまりA‐10の墜落現場の周囲を歩きまわっていた。無残に壊れたA‐10の機首は、周囲をとりかこんだ四台の白いBMWと一台の黒いメルセデスの浴びせるヘッドライトに照らされて、明るく浮かびあがっている。

シュタッヘルは憤懣《ふんまん》やる方なかった。残骸の近くで見つかったスペア・タイヤを蹴《け》とばし、M16ライフルを拾いあげると、自分を半円形にとりまいている物言わぬ男たちを彼は怒鳴りつけた。

「この役立たずどもが。見ろ、まんまとやつらに先を越されてしまっただろうが。パイロットもいない、操縦席の秘密装置もない、それなのにおまえらときたら、霧がどうのと泣き言ばかり吐《ぬ》かしおって。この阿呆どもが」怒りにまかせて、M16ライフルを地面に叩きつける。男たちは身をすくめた。

シュタッヘルはさっとミューラーに向き直った。

「おまえもおまえだ。やつらがすでに出発したのがわかっていたら、われわれは貴重な時間を節約できたはずだ。無線で話したとき、そいつをなぜ報告しなかった?」――マックスの車が残していった品々をさして、腕をふりまわしながら――「それから、やつらの車のタイヤの跡もだ」顔は怒りで紅潮し、紫色の斑点《はんてん》がところどころに浮かんだ。プロシア風の、ふくらはぎまで達する外套《がいとう》の裾《すそ》をひるがえしながら、彼は憤然として男たちの前を往きつ戻りつした。

ごくっと息を呑みこんで、ミューラーが言った。

「ですが部長、わたしは反対側の方角からきましたもので」

背後の農地を指さしてみせる。シュタッヘルは押しかぶせるように言った。

「もういい。いまさら言い訳を聞かされたところでどうにもならん」そこで口をつぐむと、大きく息を吸いこんだ。胃袋は空《から》っぽだし、背中も痛かった。ついまたぼんやりとA‐10を眺めてしまう。とにかく機敏に行動しなければ。これですべてがご破算になったわけではない。むろん、いちばん簡単な手は、アメリカ人パイロットの捕獲にわざと失敗してしまうことだが、それだと必ずしもこちらの株があがるとはかぎらない。コシュカの面目が丸つぶれになるのは間違いないが、その場合でも自分の部下は万事抜かりなく任務を果たしたのだ、という体裁だけは整えなければならない。シュタッヘルはまた部下たちに向き直った。

「よし、こうしよう。われわれはまた散開し、各車がそれぞれ一つずつ幹線道路を担当することにする。無線連絡は最小限に絞れ。われわれがアメリカ人どもの交信を傍受できるように、連中もわれわれの交信を聴けるんだからな。ソ連側にはまだ警報を発しなくていいし、一般警察の手を借りることもない。彼らの援助は要らん。まだ要らん、この段階ではな」またしても、その場を往きつ戻りつしながら、「アメリカさんは、すくなくとも一時間われわれをリードしている。だが、いずれはポツダムに向かうにきまっているのだ。すべての道はポツダムの前で一つに合流するのだから、いざという場合はそこで待ち伏せすればいい。幹線以外の間道や抜け道はわたしとミューラーが隈《くま》なく洗うから、残りの面々は各自担当の通路を哨戒《しょうかい》しつつポツダムに向かえ。ソ連側にはわたしが通報する」

部下たちがなおも不安そうな面持で突っ立っているのを見ると、シュタッヘルはまた怒鳴りつけた。

「どうした？　なにをぼやぼやしとるんだ、馬鹿め。さっさといけ！」男たちは蜘蛛《くも》の子を散らすようにそれぞれの車に駆けもどり、一台、また一台と刈り株で蔽《おお》われた農地を突っ切っていった。シュタッヘルはミューラーのほうに向き直った。

「どうやら、われらがアメリカの友人どもは、機体の爆破に失敗したようだ。そうだろう、ミューラー？　連中は長いヒューズしか持っとらんようだ。そんなことでいいのか、え？」

　底光りのする目で、ミューラーを睨みつける。

「はあ？　は……はい、部長」ミューラーは落ち着きなく重心を別の足に移し変えた。いったいシュタッヘルはなにを言わんとしているのだろう？　ときどき突拍子もないことを言いだすから、この部長には困るのだ。

　沈黙が深まった。シュタッヘルはなおも冷ややかな目つきで睨みつけてくる。とうとう沈黙に耐えられなくなって、ミューラーは言った。「部長――あの、部長はわれわれにこの機体を爆破せよと……」

「わたしはそんなことは言っとらんぞ、ミューラー」せせら笑うような口調で、シュタッヘルはつづけた。「わたしはただ、もしおまえがドイツ民主共和国人民警察における昇進を望むなら、アメリカ人がまちがいなく自爆装置を作動させたことを確認したほうがよくはないか、と言ってるのだ。わかるか？」

ミューラーは愕然《がくぜん》とした。シュタッヘルは怒ると狂人も同然になる。人間戦車も同然になって、あらゆる障害物を押しつぶしてしまうのだ。

ミューラーは熱心にうなずいた。「はい、わかりました、部長。アメリカ人たちは長時間タイマーを使って、機体を首尾よく爆破したのです。爆破は、われわれがここを去ったのちに起きたことになるでしょう」汗がだらだらと顔を伝い落ちた。

シュタッヘルの怒りは、あたかもスイッチを切られたかのように消え失せた。

「よし。むろん、連中に機体を爆破されてしまうのは遺憾なことだが、ま、やむをえん。けっこうだ」外套のボタンをかけはじめながら、「じゃあ、おまえは必要な作業に着手してくれ。捜索を開始しよう。わたしは南にいく。そっちは北に向かうんだ。おそらく相手は、おまえがきょう見失ったのと同じ車だろう。当然見分けはつくはずだな」

ミューラーは赤面した。なにか言おうとしても、口がわなわな動くだけで言葉にならなかった。

シュタッヘルは片手をふった。

「心配するな、ミューラー。もしあのアメリカ人どもの逮捕に成功すれば、この機のパイロットと秘密装置を連中に奪われた責任がおまえにあるということは、だれにも知られずにすむさ。さあ、仕事にかかるんだ」自分のメルセデス450SELの後部ドアを勢いよくあけると、シュタッヘルは巨軀《きょく》を押しこむようにして乗りこんだ。運転手はまっすぐ前方を見すえている。いいやつだ、とシュタッヘルは思った。なにも見ず、聞かず、そしてよけいなことを知ろうともしない。その肩を叩いて、彼は言った。

「よし、出発だ、ハンス。南のオスターブルクに向かってくれ」

小さくうねっている農地を突き進むメルセデスの中で、シュタッヘルは無線電話の受話器をとりあげた。が、スイッチは入れなかった。コシュカにはどう報告したらいいものか。ミューラーがあの機体を完全に爆破することはまず間違いない。すでに失敗を一度犯したことで、あの小男は戦々兢々《きょうきょう》としているのだから。コシュカには詳細を知らせるには及ぶまい。いや、待てよ、たとえあの機体が灰に帰したとしても、人間が乗っていなかったことはわかるのではあるまいか。それにロシア人どもは、破壊されたNATO軍の飛行機を元どおりに再現するのがうまい。操縦席の装備の一部が欠落していたことにすら気づくかもしれない。気づくものと見ておいたほうがよかろう。となると、コシュカにもある程度の真実は告げておいたほうが無難だ、ということになる。そこまで考えたところでシュタッヘルは、ユーリ・アンドレーエヴィッチ・コシュカ大佐に直接つながるボタンをおもむろに押した。

最初のベルが鳴り終わらぬうちに、コシュカは受話器をとりあげた。

「ああ、コシュカだが？」茶色い目の周囲には引きつった皺《しわ》が刻まれている。真一文字に結ばれた口は、青白い傷口に似ていた。

「コシュカ大佐、わたしです。シュタッヘル同志です。実はご報告したいことがありまして」

コシュカは薄く笑った。シュタッヘルが自ら〝同志〟と名のるときは、まず十中八、九、悪い報《しら》せなのだ。

「それで、部長？」

シュタッヘルは咳払いした。コシュカは眉をひそめた。受話器に向かって咳払いする人間を彼は好まないのだ。

「悪い報せです、大佐。アメリカ人どもに——」

「——先を越された、というんだな。やっぱりな。きみの電話連絡が遅いから、そういうところじゃないかと思っていた。で、きみはいまなにをしている？」

シュタッヘルは即座に、いかにも有能そうなてきぱきした口調で言った。「もちろん、連中を捕捉《ほそく》すべく最大限の努力をしております。全警察、民兵組織、それにもちろん、わたしの部下をあげて全国の道路の検問にあたっております。連中がポツダムに近づく前に捕えてごらんにいれますので、ご安心のほどを」

コシュカの笑みはまたたくうちに消えて、深刻な表情に変わった。

「一つだけはっきりさせておくぞ、シュタッヘル部長。こんどに限って、失敗は許されん。絶対に、だ。むかしスターリン主義者どもが結んだきれいごとの条約の内容はわたしとて承知している。その取り決めは細部に至るまで、常に厳守しているように見せかけなければならん。だが、こんどだけは、あのアメリカ人どもをポツダムに帰すわけにはいかんのだ。わかるかね、わたしの言いたいことが？」

シュタッヘルは愕然とした。必要ならアメリカ人どもを殺してしまえ──そうコシュカは言っているのだ。コシュカはこちらの思っていたよりずっと窮地に立っているらしい。

狡猾《こうかつ》そうな笑みが、ゆっくりとシュタッヘルの顔に広がった。

「もちろんですとも、コシュカ同志。その点は、このわたしが責任を持ちます」

それに対するコシュカの答えは、下腹部への痛烈な一撃も同然だった。

「いや、シュタッヘル、こんどに限ってこのわたしが直接総指揮をとる。二十分後には出発して全作戦を掌握するつもりだ。今回は空から指揮をとるからな。予報どおり、風がでてきたおかげで霧も吹き払われているらしい。こんどこそは、いささかの手抜きもない最大限の努力を傾注するのだ。それほどこの作戦は重要なのだからな、われわれすべてにとって。いいか、われわれすべてにとって、だぞ、シュタッヘル。わかるか？」

カール・シュタッヘルは唇をかみしめた。もちろん、彼はわかっていた。コシュカはとうにこちらの肚《はら》のうちを読んでいるのだ。こちらを信頼していないのだ。どうやらこのおれは、剃刀《かみそり》の刃の上を歩きながら、どこかでボロをだしてしまったらしい。機敏な手を打つことは必要だが、常に慎重を期さなければ。

「ええ、コシュカ同志。その点は充分理解しております。で、具体的にはどちらのほうにいらっしゃるご予定で？」

デスクに広げた大きな地図を睨んで、コシュカは答えた。

「きみはいま、189号線を南下しているところだな。よし、シュテンダル飛行場で合流しよう。わたしのミグ部隊が駐屯している飛行場だ。きみのほうが先に着いたら、しばらく待機してくれたまえ、シュタッヘル」

コシュカはどうしてこちらの位置を知っているのだ？　シュタッヘルは急に恐怖に襲われた。背筋を冷たい手で撫《な》でられるような無気味さを、初めて覚えた。自分はいま――と、彼はあらためて思った――血も涙もない冷酷さで鳴る人物と国家に対して、陰謀を企んでいるのだ。しかも、切り札はすべて向こうに握られている。

第二次大戦後、ドイツに進駐してきたソ連軍の粗暴な兵士たちによって演じられた、蛮行、強姦《ごうかん》、略奪の数々の記憶が不意に甦ってきた。ナチが粛清に値する数々の残虐行為を働いたのは事実だが、ソ連軍の軍靴の下で落とさなくともよい命を落としたドイツ人が何千といたこともまた事実なのだ。シュタッヘルはぎりぎりと歯をくいしばった。

「もちろんですとも、大佐。お待ちしております。ほかになにかご指示は？」

シュタッヘルの応答ぶりに、コシュカは面くらった。いまのところシュタッヘルの声からは、内心抱いているに相違ない怒りや恐れが毛筋ほども感じられない。やはり、これまで何度も自分に言い聞かせたとおり、シュタッヘルという男には用心が肝心だ。良きマルキシストにはちがいないが、と同時に腹に一物ある民族主義者でもあるのだ、やつは。

「いや、それだけだ、部長。任務をつづけてくれ」

シュタッヘルの返事を待たずに、受話器を置いた。

コリャーチンの後任の新しい副官がドアをノックした。なおもシュタッヘルのことを考えつつ、入れとコシュカは声をかけた。

コリャーチンに劣らず無表情で、剛毅《ごうき》で、訓練のゆき届いている若い少尉は、カチッと丁重に踵《かかと》を打ち鳴らした。

「大佐、ヘリコプターの用意ができたとヴァーニャが報告してまいりました」

コシュカは顔をあげて、うなずいた。少尉は再び踵を打ち鳴らして、ドアの外にでていく。

立ちあがったコシュカは、ぼんやりと携帯品を揃《そろ》えはじめた。九ミリのピストル。弾丸。双眼鏡。赤外線スコープ。一つ一つ確認しながらリュックにつめてゆく。が、頭の中では、雪だるま式に拡大してゆくこんどの作戦のマイナス効果を懸命に吟味していた。

当初は単純な捕獲作戦で終わるはずだったものが、いまではずっと面倒な事態に発展してしまった。シュタッヘルの陰謀について、こちらが飼っている内通者たちのもたらした情報は必ずしも完全ではないにせよ——シュタッヘルはさすがに機密を秘匿する術《すべ》には長《た》けていた——やつが目論《もくろ》んでいることは充分わかっている。勝手がちがったのは、シュタッヘルがこちらの考えていたより抜け目がない、という点だった。やつは、反逆行為の証拠となるようなものをなに一つ残そうとしない。なお始末が悪いのは、たとえ一時的にせよGRU内のこちらの敵がシュタッヘルと通じていることを示すれっきとした徴候があることだ。こんどの作戦の妨害を図った者は、さすがにモスクワには一人もいないにせよ——つまり、それだけみんなが新型のA-10を恐れているからだろう——かといって、こちらを全面的に支援しようという態勢ができているわけでもないのだ。

自分の大きなオフィスの戸口から外にでようとして、コシュカはちらっと背後をふり返ってみた。

不思議なことに、これだけ長期にわたってこの部屋を占有していながら、自分という人間固有の匂いがどこにも感じられない。冷えびえとして、無味乾燥な部屋だった。空き部屋と言っても通る室内を、レーニンと現書記長の肖像写真が無表情に見下ろしている。

まるで、自分がこの部屋に一度もいたことがないかのようなたたずまいだった。

バシンとドアをしめると、コシュカはヘリコプターに搭乗すべく外にでていった。

18

ファルケンベルクの村は、ひっそりと静まり返っていた。人家はせいぜい二十軒ぐらいのものだろう。ほかに目につく建物といえば、貧相な店が数軒、ガソリンスタンドが一軒、小さな旅館が一軒、それにかなり古ぼけた教会が一つあるきりだった。住民たちはみんな引っ越したか、あるいはきっちりとしめたカーテンの陰に坐っているか、そのどちらかだな、とマックスは思った。いずれが当たっているにせよ、見た目に大差はなかった。フェアモントが村の中心に乗り入れていっても、動く人影ひとつない。

分岐点にさしかかったところで、彼は東に向かう道に折れた。むかし父に連れられて近くの城に通った頃、この村を注意して観察したことなど一度もなかった。城はこの村の東か南に位置していたような気がする。自分は南の方角からやってきたのだから、残るは東ということになる。

フェアモントをゆっくりと走らせながらも、マックスは焦燥をつのらせていた。ウィルスンのうわごとを聞いていると、容態がさらに悪化したとしか思えないのだ。ここまでくるあいだ、スピードをずっと落として走ってきたのは霧のせい――いまは晴れかけているが――だったが、ウィルスンがベルトを遮二無二《しゃに》はずそうとしはじめたからでもあった。一度など完全に車を停めて、ベルトをきちんとしめ直してやらなければならなかった。

トランクに積んである死体のことはつとめて考えないようにした。そんなことまで深く考えていたら、ますます気が動転して、どうしていいかわからなくなっていただろう。とにかく行動すること、いまはそれが一番だった——それに優るピンチの克服法はない。

彼はまるで運転席で生まれたかのようにフェアモントを操った。運転そのものには、あまり神経を使う必要はなかった。車を手足のように扱うことにかけては、いささかなりとも自信がある。それに、初めて運転席に坐ってみてわかったのだが、このフェアモントはまさしく〝宝石〟だった。強力なV8エンジンの俊敏なレスポンスと桁外《けたはず》れのパワーは、アクセルをわずかに踏んだだけで感得できた。アクセルを思いきり踏みこんでみたいという誘惑に抗《あらが》うには、かなりの努力を必要とした。どこに向かってでもいい、こいつのパワーをフルに引きだして存分に走ってみたいという熱い衝動を鎮めるのは、並大抵《なみたいてい》のことではなかった。が、とにかくウィルスンをなんとかしなければならないし、霧が……。

驚いたことに、霧はいつのまにか完全に晴れていた。村をでてから数キロも走ると、周囲はいくつもの丘がなだらかにうねっている田園だった。それらの丘を鬱蒼《うっそう》たる樹林が——それも軍事的な見地から整然と植えられた陰気な松林ではなく、自然に生い茂った樹林が——蔽《おお》っている。月はまだ昇っていないが、夜空には一点の雲もない。紫紺の空に瞬《また》く星屑《ほしくず》が、灰《ほの》かな光で周囲を照らしだしている。いまほど気がせいていなかったなら、マックスもきっとその夜景の美しさに魅せられたことだろう。

不意に、道路の北側に走っている石の壁が目に入った。傲岸《ごうがん》なまでにどっしりとしている、高い花崗岩《かこうがん》の連なり。シュロス・ファルケンベルクの城壁だ。もし記憶に間違いなければ、さらに一キロあまりほど東にいったところに、門衛の起居する屋舎があるはずだった。

最後の一キロはヘッドライトを消し、文字どおり這《は》うようなスピードでゆっくりと進んだ。路上には、他に往き交う車もない。これまでのツキが、もっと持続してくれればいいのだが。と、前方、左手にめざすものが見つかった。

門衛用の屋舎はほとんど変わっていなかった。もっと大きく堂々とした構えがあったような気もするのだが、しかし、この屋舎に間違いなかった。この地方に特有の様式の造りで、長屋風の二階家である。壁は石造りの部分と水漆喰《みずしっくい》塗りの部分が半々で、屋根には光沢のあるタイルが張られている。一、二階双方の窓から明かりが洩れているのを見ると、マックスは口中がひときわ乾くのを覚えた。四つある装飾的な煙突の一つから、煙がゆらゆらとたちのぼっている。彼は入口の周辺を見まわした。すぐ前に黒いメルセデスが一台。優雅なスタイルだが、かなり使いこまれている。走りはじめて六年はたっているだろう。一方の壁に自転車が一台たてかけてあり、その隣に型式不明のバイクが一台ある。

あの頃、門衛は番犬を飼っていたのをマックスは思いだした。あのドイツ人の少女――そういえば、彼女はたしかギゼラ・コッホの娘だった――と一緒に、よく城の長い私道伝いにここまでやってきて、番犬たちと戯れたことを覚えている。今夜は、犬は一頭も目につかない。

城に通じている暗い私道を、彼は見わたした。城は、道路から四〇〇メートルほど奥に入って建っているので、ここからは見えない。門衛用の屋舎の背後からはじまっている私道の入口に、鎖が渡してあるのだけが見えた。その鎖に、小さな白い標識がぶらさがっている。文字は遠すぎて読みとれないが、書かれている内容をぜひ知りたくなってきた。なんとか屋舎の脇をすり抜ける方法がないものかと考えているうちに、夜間偵察用の赤外線双眼鏡がグラヴ・コンパートメントに入っているのを思いだした。シートベルトをはずして、グラヴ・コンパートメントの中をまさぐる。しばらくかきまわしているうちに、ずっしりとした小型の双眼鏡が見つかった。

倍率は十倍である。焦点を絞ると、すぐに文字が読みとれた。たったの二語だった。アイントリット・フェルボーテン。立入禁止。胸の動悸《どうき》がまた速くなった。もしやという望みは、はかなく消えたわけだ。ギゼラ・コッホがこの城に住んでいた当時は、あんな標示などなかった。双眼鏡を膝《ひざ》に落とすと、マックスはぼんやりと窓外を見わたした。

突然、背後のウィルスンが身を起こそうとしてもがく気配がした。とっさにふり返ると、夢中で周囲を見まわしている。その目は高熱でうなされている人間のそれのように、うるんでいる。顔一面に細かな汗の玉が噴きだしていた。

「ここは……ここはどこだ？　一刻も早く……」

「わかってるよ、アイク、大丈夫だって」ゆっくりとウィルスンの体を押しもどして、またベルトをしめ直した。「大丈夫、心配しなさんなって」ウィルスンはきょとんとした顔で、こちらを見つめる。救急箱からまた麻酔薬をとりだすと、マックスはすぐウィルスンの腕に注射した。ウィルスンはぶるぶる震えているだけで、注射されたことすら気づかない様子だったが、そのうち薬が効いてきたらしく、しだいに静かになった。

　マックスはまた門衛の屋舎に視線をもどした。こうなってみると、結局は分《ぶ》のない賭けだったのだ、と言うしかない。昔を思いだしながら、暗闇をすかして小さな屋舎の隅々まで見まわした。

　もう二十年近く前、最後にこの屋舎を見たときの情景が頭に甦った。彼は父の車の後部シートに立ちあがって、しだいに遠ざかっていくこの屋舎をリア・ウインドウごしに眺めていた。その間《かん》父のエリック・モスは――当時はエリック・モス大佐だったが――終始肩をいからせて、車を運転していたっけ。あのとき、ギゼラ・コッホの素晴らしい城への訪問がなぜ途中で打ち切られたのか、マックスには見当もつかなかった。その日も彼女の娘――いま、その名前を思いだした、たしかハンジ（ヨハンナの愛称）と言ったはずだ――と庭で遊んでいると、突然父がすごい見幕で城から飛びだしてきた。そしてマックスを抱きかかえるなり、半ば引きずるようにして車まで連れもどったのである。数分後に、シュロス・ファルケンベルクは、その後父によって二度と語られることのない記憶、ついさっきまでマックスもすっかり忘れていた思い出の一ページになってしまったのだった。

そして、いま突然、父が付き合っていたあの女性、金髪のあの優雅な女性にまつわるすべてを思いだすことが最大の急務となった。彼女こそは、ヴォポの非常線に対する唯一の突破口になってくれるかもしれないからだ。

彼女の現在の姿を、マックスは心に思い描こうとしてみた。あの頃の彼女はまだ三十そこそこで、寡婦になって間がなかったはずだ。夫は東ドイツ政府の官僚で、彼が死んでまもなく、彼女とエリック・モスはある政府機関の仕事を通じて知り合った。マックスが初めて彼女に会ったのは、父に連れられてこの城を最初に訪ねたときだった。彼女はベルリンのアパートメントを引き払って、祖先伝来のこの城にもどっていたのだ。結婚前の彼女の名は、たしかアレクサンドラ・ギゼラ・マリア・フォン・ファルケンベルク、と言ったはずだ。どこかの王妃にふさわしい名前だが、子供心にもマックスは、このひとは本当に王妃みたいだ、と思ったものだった。あの頃の彼女はすらっと背が高く、彫像を思わせる威厳すらあり、つやつやした金髪と深みのある青い瞳《ひとみ》が印象的だった。彼女から娘を紹介されたとき、その子が母親のそうした美質をまるで受け継いでいないので、がっかりした覚えがある。その子は茶色の髪で、なにかというとクスクス笑う、ずんぐりした体つきの少女だった。

急に赤いライトがダッシュボードに点滅しはじめたのを見て、マックスはハッと追憶からさめた。パチパチと瞬《まばた》きしながら、ウォーニング・ランプをたしかめる。エンジンを長時間アイドリングさせていたので、水温があがったらしい。すぐに電動式の補助冷却ファンのスイッチを入れると、ライトは消えた。深呼吸してから、また門衛の屋舎に目を走らせた。いつまでもこうしてはいられない。問題は、ポツダムへ帰投する上で、二十年も前のモス父子とコッホ母子の短い交わりがなんらかの役に立ってくれると期待することが、果たして妥当か否かという点だ。ギゼラがまだここにいるとしても、もう五十を越しているだろう。この国の人々は、老齢になるとひときわ賢明になるという。ひときわ用心深くなることは言うまでもあるまい。

立入禁止の札に、またしても視線が走る。あの札の背後に彼女が住んでいるとはとうてい思えない。東ドイツの連中は、一介の初老の婦人の安全を守るためにあんな札を掲示したりはしないはずだ。

マックスの顔が歪《ゆが》んで、友人たちが見馴れている例の自嘲《じちょう》的な笑みが浮かんだ。やれやれ、と彼は思った。おれはまたしても厄介な問題に直面して、途方にくれている。いつもそうなのだ。が、いまはいつまでも迷ってはいられない。とにかく行動しなければ。それも、一刻も早く。この周囲数平方キロでただ一軒明かりがついている家の前にぐずぐずしていて、ヴォポの追及をかわせるはずなどない。ここでむざむざとヴォポにつかまるよりは、たとえ猛追跡を受けようとポツダムまでフル・スピードで飛ばしたほうがまだしもい。

そうは思うのだが、いざとなるとどうしても走りだす気になれなかった。マックスはもう一度門衛の屋舎を見やった。あそこにいる連中はおれのことなど、ましてや貴重な積荷のことなど、知ってるはずはない。たぶん、こういう辺鄙《へんぴ》な場所では、道に迷って助けを乞う旅人も珍しくないのではあるまいか。それがたまたま、ベルリンに向かう途中で道に迷ったアメリカ人だとしても、べつに不都合はあるまい？

かりに連中がアメリカ人に敵意を抱いている人間だとしても、おれが立ち去るのを黙って見ているしかないのではなかろうか。もし連中が過度な好奇心を示したら、そのときは即座に逃げだせばいいのだ。

よし、危険だがやってみる価値はある。マックスは意を決した。もし連中がギゼラ・コッホを知っていて、彼女がまだこの近辺に住んでいることがわかれば、やはりなんらかの役に立ってくれるかもしれない。ただし、彼女のことをあまり根掘り葉掘り訊くのは避けたほうがよかろう。かえって怪しまれて、ヴォポに通告される恐れがある。

一息ついてからギアを一速《ロウ》に入れて、ヘッドライトをつけた。ゆっくりと構内に乗り入れ、ライトをつけたまま停止した。エンジンも切らずにおいた。

ひんやりとした夜気には、依然としてじめついた霧の匂いがまじっている。急ぎ足で庭を横切って扉の前に立ち、古い真鍮《しんちゅう》製の大きなノッカーをつかんで強く打ち下ろした。すこしたって頭上のランプに明かりがともり、何者だ、と誰何《すいか》する男の声がした。

「アメリカ空軍のマックス・モス軍曹というものだ」ドイツ語で声高に答えた。

ややあって、同じ声が訊き返した。「なんの用だ？」

実は道に迷って、という話をマックスはひとくさりぶった。相手はしばらく答えなかった。冷たい夜気が骨の髄までしみ通ってくる。

と、男の声が言った。

「よし」

扉が大きくひらかれる。マックスは中に踏みこんだ。そこは細長い旧式なホールだった。両側の壁ぎわには古風な椅子やテーブルが並び、そのあいだにドアがいくつもある。いずれもしまっているが、両側にある部屋と二階に通じているのだろう。

マックスは自分を入れてくれた男と向き合った。見るからに屈強な体軀の男だった。身長は一八〇センチに足りないが、獰猛《どうもう》な、ネアンデルタール人のような顔つきをしており、太くて黒い眉の下からやはり黒い目がさも疑わしそうにこちらを見すえている。茶色いツイードの上着はいかにも古めかしい仕立てで、ところどころすり切れていた。

黙ってこちらを睨《にら》んでいる男を見返して、マックスは軽く咳払いした。「ありがとう。実はベルリンへゆく道順を教えてもらえると助かるんだが」

ネアンデルタール人のような顔が、ゆっくりと値踏みするようにこちらをねめまわす。マックスの青い制服は汚れていたし、ズボンの膝頭の部分はすり切れている。シャツの片方の袖には血がしみこんでいた。おまけに靴は泥だらけときている。どう見ても、単なる通りがかりの旅人とは受けとれまい。

屈強なドイツ人が口をひらくより先に、マックスは自分の体を見まわして、笑い声をあげた。

「ひどいざまだろう。パンクしたタイヤを霧の中で交換したらこの始末さ。道順を教えてもらったあとで、ちょっと体を洗わせてもらえるかな?」

相手は目を細くすぼめた。そんないかつい体格の男には似合わない、甲高《かんだか》い声で彼は言った。

「ああ、そいつはかまわねえがな、軍曹。その前に――」

「ルディー、どなたがきてらっしゃるの?」脇の部屋の一つで、女の声があがった。

ネアンデルタール人もどきの男は、怒れる雄牛のように頭をふって、マックスを見やった。

「ちょっと待っててくれ、軍曹。すぐもどるから」

マックスを一人その場に置いて、ホールを横切っていく。一緒にこいとも、坐っていろとも言わなかった。

ルディーがあけたのは右手の扉だった。向こう側にいる人物となにやら話し合っていたが、彼の声も相手の声も低すぎて聞きとれない。やがて慎重に扉をしめると、ルディーは引き返してきた。

マックスの前で立ち止まり、表情をほとんど変えずにこっちを見すえながら、

「あんたに入ってもらえと言ってる。こっちにきな」くるっと踵《きびす》を返して歩きだした。多くの巨体の主と同じく、その男もまた見かけよりも動作が機敏なことにマックスは気づいた。

男はがっしりとした樫《かし》の扉をひらいた。マックスが踏みこんだのは、パチパチとはぜている火に照らされた、暖かな居間だった。さっきのホールより五、六度は室温も高いのではなかろうか。背もたれの高い、ビロード張りの古ぼけた椅子がいくつか、暖炉を囲むように置かれている。こちらに背を向けて坐っている女性の銀髪が、マックスの目に入った。足音が聞こえたのだろう、彼女はゆっくりと立ちあがり、にこやかに微笑しながらふり返った。

その顔に向き合った瞬間、マックスの顔から血の気が引いた。相手の笑みも凍りつき、両の頬に朱がさした。二人はじっと目と目を見交わした。どのくらいそうしていただろう、やがてルディーがわざとらしく足音をたててマックスの背後を歩きまわりはじめた。深みのある青い目をつと、マックスの顔からそらすと、彼女はルディーに言った。

「ありがとう、ルディー。この方のお相手はわたしがするから、あなたは向こうにいっていいわ」

彼女の声はかすかに引きつっていた。何事か低く唸《うな》ると、ルディーは扉を後ろ手にしめて立ち去った。

マックスはまた彼女に視線を据えた。身長はおそらく一六〇センチぐらいだろう。プリントのロング・ドレスとざっくりした白いカーディガンに包まれている体は、きっと見かけよりは細いにちがいない。そして、丹念にマニキュアされた優雅な両手。それは彼女が身だしなみに細心の注意を払う人間であることを物語っている。すでに初老の域にさしかかっていることはたしかだが、細い小皺は別として、その美しい顔にはほとんどたるみもない。化粧もしてないに等しく、落着きのある大きな瞳が銀髪と調和して、円熟した女性美をかもしだしている。その銀髪は、ひっつめた髷《まげ》に結っていた。喉元《のどもと》に光っている十字架のペンダントを無意識にさわりつつ、彼女はマックスのまさぐるような目を見返していた。

まちがいない。彼女こそギゼラ・コッホだ。

沈黙を最初に破ったのは、彼女のほうだった。

「失礼をお許しくださいね、軍曹。あなたを見たとたん……あの、昔の知人を思いだしたもので」強い訛《なま》りのある英語で、彼女は言った。

マックスは微笑を浮かべた。

「ドイツ語でお話ししませんか、コッホ夫人。そのほうがお互いにとって楽ですから。ぼくがわかりませんか？」

彼女はまた十字架をいじりながら、目を大きく瞠《みは》った。

「わたしをご存じなの、あなた？」

「もちろんですとも、コッホ夫人。ドイツで会った女性で覚えているのはあなただけです。でも、ぼくをお忘れなのはむりもない。あの頃、ぼくはまだほんの坊やでしたからね……」

次の瞬間、彼女の口から叫び声が洩れた。「マックス！　マックス・モス！　そうなのね？」

マックスの笑みが薄れた。「ええ、おひさしぶりです。こんなふうに突然お訪ねして申しわけありません、コッホ夫人。できればもっと礼儀にかなったご挨拶をしたいところなんですが、残念ながら時間がないんだな。ほとんどないんです。実は、あなたに助けていただきたくて寄ったんですよ」

ギゼラ・コッホは椅子に腰を下ろし、マックスにも坐るよう促した。目を細くすぼめると、彼女はマックスの制服の隅々まで見まわした。

「わかったわ、マックス。こんなにひさしぶりにお会いしたというのに……なにか面倒事にまきこまれているの？」

「ええ。でも、あなたに助けを乞う前に、事情を説明したほうがフェアですね。関わりにならないほうがあなたのためかもしれないんだから」

黙って先を促すギゼラの顔を見守りながら、マックスは言った。「ぼくはいま追われている身なんだ、コッホ夫人。ヴォポやソ連軍からね。事情は込み入ってるんだが、要するにそういうことなんです。それに、表に駐めてある車には重傷の同僚が乗っていて、こいつも一刻も早く医者に見せなければならない。それやこれやで、ポツダムのある場所まで、大至急逃げ帰らなきゃならないんだ。やつらに……つかまらないうちにね」

ギゼラは身じろぎもせずに、背筋をまっすぐ起こしてビロード張りの椅子に坐っていた。静かだった。聞こえる物音とては、ときどき暖炉で火のはぜる音くらいのもの。しばらくじっとマックスの顔を見つめていたと思うと、静かな声で彼女は言った。

「わかったわ、マックス。心配しないで大丈夫、できるかぎりのことはしてさしあげるから。必要なことはなんでも言ってちょうだい——食料、ポツダムまでの道順、どんな望みでもかなえてさしあげるわ」そこで一瞬口ごもると、ちらっと扉のほうを見やった。「でも、小さな声で話しましょうね、マックス。あの男は——」しまった扉を指さして、「とても耳がいいの。それもあってわたしたちの監視役に選ばれたのにきまっているんですから。前任者たちと同じように、耳に入ったことは残らずヴォポに報告するのよ、あの男は」

マックスの驚きの表情を見て、ギゼラ・コッホは微笑《ほほえ》んだ。

「そうなのよ、マックス。あれからお互いに境遇は変わってしまったけれど、一つだけ共通点が残っていたというわけね。ヴォポはわたしたち母子《おやこ》の敵でもあるの」

驚きのあまり、マックスはまたしてもパチパチと瞬《まばた》きした。それから椅子を彼女のほうに近よせると、声をひそめて事情を詳しく説明しはじめた。

だが、ルディーはそのとき扉の外で立ち聞きしてはいなかった。彼にとっては庭先でアイドリングをつづけているフェアモントのほうが、はるかに興味をそそられる存在だったのである。居間の扉をしめると同時に薄暗いホールの窓ぎわに近よると、彼は外を見すかした。

フェアモントがはっきりと見えた。それとわかるボディの特色を見抜いたとき、彼の鈍重な顔が歪《ゆが》んで獰猛《どうもう》な笑みが浮かんだ。

やっぱりな。アメリカの軍事連絡部の車だ。

フェアモントを慎重に観察して、特色を一つ一つ頭に刻みつけた。どうやらあの車は深い泥地を突っ切ってきたらしい。マッド・ガード、フェンダー、タイヤ等にこびりついた泥はほとんど乾いていたが、まだ濡れている部分もある。どっしりしたカーテンを下ろして、デスクの電話の受話器をとりあげる。ダイアルをまわそうとして、手を止めた。本部に通報する前に、もっと探りを入れておいたほうがいいかもしれない。ルディーはまた受話器を置いた。ここでベルリンのために貴重な情報を収集できれば、このみじめな任務にもおさらばできるかもしれないではないか。お高くとまっているコッホ母子の身辺を嗅《か》ぎまわる仕事に、彼はもううんざりしていた。ここに配属されてから二年たつが、その間《かん》あの母子からはこれといって国家に有益な情報を嗅ぎだすことはできなかった。それどころか——と、彼は苦々しい思いをかみしめた——あの娘をものにすることすらできなかったのだ。どうやらそれは、将校たちだけに許された役得らしい。

よし、あの車をもっと詳しく調べてやろう。ひょっとするとあの車こそは、神にも見棄てられたこの森から脱出するための特別切符になってくれるかもしれん。奥に通じる扉をそっとあけて耳をすました。居間の二人は声をひそめて何事か話し合っている。よし。好きなだけおしゃべりさせておいてやろう。

ホールのライトを消して入口の外にでると、扉が背後でズシンと重々しい音をたててしまる。一瞬両脚を踏んばって、命中率の高い小型マカロフ・ピストルをホルスターから抜きとると、ルディーは用心深く遠まわりしながらフェアモントに近づいていった。

ギゼラは急に頭をかしげた。入口の扉がしまる音が、かすかに聞こえたような気がしたのだ。かいつまんで事情を説明しているマックスに手をあげて黙らせると、じっと耳をすました。素早く立ちあがって窓ぎわに歩みより、庭に目を走らせる。窓から向き直った彼女の顔は、不安そうにくもっていた。

「ルディーがあなたの車を調べているわ、マックス。なにか都合の悪いことを嗅ぎつけられる恐れはないの？」

マックスは眉をひそめた。「ええ、大丈夫だと思うけど。後部シートに、アイクが気を失って横たわっているだけだから」

ギゼラはうなずいて、カーテンを元にもどした。「それならいいけど。もう大きな声で話しても大丈夫よ、あの男が外にいってしまったから。でも、きっとすぐにもどってきて上司に電話をかけるでしょうから、そうのんびりもしていられませんけどね」

そこで沈黙すると、彼女は眉をひそめて唇をかみしめながら、何事か念頭にある目つきでマックスの顔を見つめた。

ややあって、彼女はまた口をひらいた。「ええ、マックス、あなたが無事ポッダムに帰投するお手伝いをしてあげられると思うわ。警察の追跡をかわす方法を詳しくお教えすることもできると思うし、ヴォポですら知らない間道や田舎道を通り抜ける方法も教えてさしあげられるわ。でも、それをいま説明していては時間がかかるし、それに、かりにぜんぶお教えできたとしても、いざとなったらあなたが道に迷うということも考えられるわね」

マックスは肩をすくめた。「かもしれない。でも、とにかくやってみないことには——」

「いいえ、マックス。もっといい方法があるの。わたしたち双方のためになる方法が。ちょっと待ってらしてね」

マックスの返事を遮るように、彼女は突然部屋を出ていった。泥でぬかった庭の向こうに、黒々とうずくまっているのがルディーだろう。すこし離れたところからフェアモントを眺めているらしい。マックスも立ちあがって、窓ぎわに歩みよった。マックスは悪態をついてカーテンをしめた。こちらが実際に行動に移る前に、打つべき手がどんどんなくなってゆく。ヴォポの捜査網をこの城にたぐり寄せるに充分な証拠をルディーが発見するのも、時間の問題だろう。

扉がさっとひらいて、ギゼラが緊張した面持で入ってきた。そろそろ出発しなければ、と言いかけて、マックスは彼女が一人ではないことに気がついた。

別の女性——というより若い娘——が、彼女のわきに黙って立っていたのだ。身の丈はギゼラとほぼ同じくらいで、やはり髪をひっつめた髷に結っている。暖炉の明かりにくっきりと浮かびあがったその容姿を見て、彼女がギゼラの娘であると察しをつけるのに、さしたる時間は要しなかった。ほっそりとして優雅な、落ち着きのある姿態。彼女は物怖《ものお》じするふうもなく、アーモンド形の灰色の瞳で、まっすぐこちらを見つめている。隆《たか》い頬骨と引きしまった顎の線が印象的な顔立ちだが、ふっくらとした丸やかな唇が、きつい感じをやわらげている。ギゼラと同じく、ふくらはぎまで達するプリント・ドレスをまとい、シンプルな靴をはいている。そのドレスも地味なヘアスタイルも、彼女の若々しい美貌を隠すことはできなかった。

ギゼラがさりげなく言った。「娘のヨハンナよ、マックス。あなたはきっと、ハンジという名前で覚えていてくださったでしょうけど」

「もちろん、覚えていますとも、フラウ・コッホ。でも、あの頃はまだほんの小っちゃな少女だったからな。こんな大人びた女性ではなく」

彼は気まり悪げに咳払いした。

ヨハンナ・コッホが不意に浮かべた笑みは、彼女の顔をいっそう明るく彩った。「あら、あたしが覚えているあなたは、あたしのポニー・テイルの髪を引っぱるのが大好きな、手のつけられない腕白坊主だったわよ、マックス・モス」その温かみのある低音の声は、楽《がく》の調べのように部屋の中を漂った。

「そいつはすまなかったな、フロイライン・コッホ。でも、あのときはべつに——」

ぽっと赤面しながらマックスが言いかけると、

「挨拶はそれくらいでいいわ、マックス」ギゼラ・コッホが緊張した、切迫した声で遮った。

「時間がないのよ。ハンジを連れてきたのはある理由があってのことで、五歳の少女の記憶と九歳の少年の記憶の優劣を比べるためじゃないんだから」

マックスはまた顔を赤らめた。ギゼラの言うとおりだった。じっさい、ぐずぐずしてはいられないのだ。

ギゼラはぎゅっとカーディガンの前をかき合わせた。「実はあなたに提案したいことがあるの。いま庭にでているルディーは、あなたの話に裏があることをいつ気づかないともかぎらないでしょう。としたら、あなたにこまごまと道順を教えている暇はないわ。すぐにでも出発しなければ。しかも首尾よく本部にたどりつこうとしたら、方法は一つしかないことになるわね。そう、だれか道案内を連れていくこと」一息ついて、鋭くマックスの顔をのぞきこんだ。「その道案内がハンジよ、マックス。わたしの娘があなたをポツダムまで案内します」

ルディーはヘッドライトを避けて、青いフェアモントに近よっていった。用心深く内部をうかがったものの、ガラスがくもっていてはっきり見えない。間近に立ってのぞきこまなければ、なにも見えそうになかった。

フェアモントの中では、アイク・ウィルスンが一種の譫妄《せんもう》状態に陥っていた。おれは体を縛られて監獄にぶちこまれているんだ、と彼は思った。やつらはおれの口を割らせようとしているんだ。それでおれをくりつけた。だが、おれはやつらをだしぬいてやった。呻《うめ》き声をあげながらも、懸命にもがき、身をくねらせているうちに、突然体が自由になったのだ。そしていまはじっと横たわって、鋼鉄の扉の外にいる歩哨の足音に耳を傾けているところだ——そう彼は思っていた。しかし、いまはなんの物音も聞こえない。で、自分の両手を見た。包帯のようなもので包まれている。きっと眠っているあいだに、やつらに骨を折られたのだ。くそ。でも、いまはたいして痛まなかった。よし、こんど歩哨が顔を出したら……ウィルスンはブーツのあいだにはさんである拳銃のことを考えた。

ルディーは、フェアモントのボディが揺れるのを見て、ハッと足を止めた。とすると、やっぱりだれかが乗っているらしい。用心しなければ。だが、窓ごしに人の頭がぜんぜん見えない点が彼を不審がらせた。待てよ、ひょっとするとだれかが捕われの身になっているのかもしれんぞ。そのだれかとはこちら側の人間、同志の一人かもしれん。

ルディーは拳銃をかまえて近よった。フェアモントの窓の下にひざまずき、ボディに沿って前に進む。耳に入るのは、アイドリング中の低く唸るようなエンジン音のみだった。車内の動きが停まった。くもったガラスごしに中をのぞきこむ。前部シートにはだれもいなかったが、後部シートには横たわっている人影が見えた。

ルディーは屋舎をふり返った。さっきのアメリカ人はまだ中にいる。よし。ボディに沿って後部シートの前に移動し、もう一度中をのぞきこんだ。その男がなにかを枕にして横たわり、体をベルトでしめつけられている、ということだけはわかった。両手を胸に組まされており、いまは身じろぎもしていない。

なおもしばらく眺めていたが、その男は依然として目をしっかと閉じている。同志の一人ではないか、という疑いがさらにつのった。

手を下にのばして、ドアの把手《とって》をつかんだ。ロックはされていない。そのまま大きくドアを引きあけた。

アイク・ウィルスンはじっと〝看守〟を見守りながら、待っていた。やつらは毎晩この独房にやってきては、しつこくマルガレーテのことを聞きだそうとするのだ。今夜こそはやつらをちょっぴり驚かせてやる。〝看守〟がドアをあけるさまを、彼は薄目でじっと見守っていた。いまだ。

男がパッと目をあけたのを見て、ルディーは背後に飛びすさった。狂人のように熱を帯びた瞳が、じっとこちらを見上げている。一瞬、その目に射すくめられて、相手が懸命に右腕をあげたのにルディーは気づかなかった。気づいたときには遅かった。

ルディーがマカロフをかまえようとする寸前、アイク・ウィルスンは二二口径の小型拳銃の引き金を絞っていた。その直後にマカロフの銃口が火を噴き、フェアモントのダッシュボードに九ミリの孔をあけた。次の瞬間、ルディーは濡れたセメントの袋さながらどうと泥の中に倒れた。眉間《みけん》には小さな丸い孔が、後頭部にはその倍くらいの輪郭《りんかく》のくずれた孔があいていた。ウィルスンの放ったダムダム弾が、そこから飛びだしたのだ。

パンと弾《はじ》けるような音が二度つづけて夜の静寂《しじま》を破った直後、マックスはホールから入口に駆けより、扉をあけ放ってフェアモントに突進した。

ルディーは、ひらいた後部ドアに両足を向けて泥の中に横たわっていた。彼が死んでいるのをたしかめるなり、マックスは車内に首を突っこんだ。ウィルスンはまだ拳銃を握っていたが、目を閉じてぐったりと背もたれによりかかっている。マックスはそばに寄って、怪我の有無を調べた。傷は一つもなく、呼吸も平常にもどっていた。一方の目蓋《まぶた》を上に引っぱって、彼が失神していることをたしかめた。だらんとたれている手から拳銃をとりあげて、また彼の体をシートベルトでくくりつける。

車の被害のほうはどうだろう？　じっくりと見まわしてみると、ルディーの放った弾丸が助手席側のウインドウを貫通して、ダッシュボードにめりこんだことがわかった。各計器の回線をウォーニング・ランプでチェックしてみた。緑色のライトが次々についていったが、赤いライトも一つだけついた。無線機だ。マックスは沈鬱な顔で、機能を失った無線機の表面を撫《な》でさすった。これで本部との交信も不可能となった。荒野に一人放りだされた孤児も同然になったのだ。

またルディーの死体をふり返ったとき、ギゼラとヨハンナが屋舎から飛びだしてきた。ハンジは古いショットガンを、ギゼラは大きなキッチン・ナイフを持っている。

「それはもう要らないよ。ルディーは死んだ。おれの同僚はまた気絶しちまったしね」

二人の女はルディーのかたわらに立って、ピクリともしない体を見下ろした。屋舎の戸口の上の裸電球の光に照らされて、コッホ母子の無表情な顔が浮かびあがる。そのうちヨハンナがぺっと死体に唾《つば》を吐き、頭を叩き割ろうとでもするかのようにショットガンをふりかぶった。

ギゼラがその銃をとりあげて言った。「おやめなさい。あなたの気持はわかるけど、こんな畜生も同然の男にかかずらっていたら、貴重な時間を無駄にするだけよ」

ヨハンナの体からゆっくりと緊張が解け、狂おしい目の色も薄れていった。

ギゼラはマックスに向き直った。「状況は変わってないわ、マックス。さあ、一刻も早くハンジと出発なさい。この子がついていれば――」

「ちょっと待った」マックスはフェアモントのボンネットをバシンと叩いた。「ちょっと待ってくれ。いくらなんでも、あなたの話は性急すぎますよ」

「わかってるわ、マックス。あなたにはすぐには呑みこめないかもしれないけど――」

「呑みこめない？　そいつは控え目にすぎる表現じゃないかな。だって、ぼくが現われて二十分もしないうちに、あなたは二十年ぶりに会った男に実の娘を付き添わせようとしてるんですよ。それも、ぼくの見も知らない男が死んだ直後だというのに。それを、すぐには呑みこめないかもしれないだって？　当然でしょう。またなにか突発事が起きないうちに、もっとわかりやすく説明してくれないかな。さあ、いますぐに」

ギゼラはマックスの腕に手をかけた。「そうね、あなたが怒るのはもっともだわ。じゃあ、なにもかも説明します。でも、悠長に話していられないことはわかるわね？　だから、わたしの話すことはそのまま信じていただかなければ」一息ついて、マックスの反応を待った。彼が答えないとみると、ギゼラは彼の背後の虚空に、二十年前の過去に、目を据えて言葉をついだ。寒気が身にしみるのか、ハンジがぶるっと体を震わせた。

「あなたは覚えてないでしょうけど、エリックが——あなたのお父さんが——わたしから去ったのは、わたしが彼をスパイしようとしたと邪推したからなのよ。わたしの死んだ夫のヴォルフは忠実なコミュニストで、この国の諜報部の高官だったの。あなたのお父さんはそれを知っていた。でも、わたしを心から愛してくれたわ。それはわたし、一瞬たりとも疑ったことはなかった。ところが、彼の仲間たちが、ある日こう言ったらしいの——ヴォポがわたしをスパイに仕立てて彼の身辺を探らせている、って。それは本当か、って、彼はわたしに詰めよったわ。それで、わたしは事実をありのままに話したんです——わたしはたしかにそういう命令を受けたけれども、実行できなかったって」

そこで口ごもると、ギゼラは下唇をかみしめた。

「でも、エリックはわたしの言葉を信じてくれなかった。彼はわたしを罵《ののし》って去っていったの。怒ったのはヴォポだったわ。それまでも彼らは、わたしがエリックと結婚することによって亡命を企んでいる、と疑っていたんだから。最初のヴォルフとの結婚にしたって、彼の政府内の地位を楯《たて》にしてわたしの〝貴族的な〟身分を守るのが目的なんだ、と勘ぐっていたくらいですもの。わたしがエリックをスパイすることに失敗したと見ると、彼らはわたしとハンジから城をとりあげて、あの門衛用の屋舎に閉じこめました。それ以来、わたしたちはあの城の主ではなくなって、わたしたち自身の家の単なる管理人になりさがってしまったの。あの城は、いまでは党がときどき集会に使っているわ」

抑えようとして抑えられない怒りの色が、冷静を装った声の中にすこしずつ滲《にじ》みでていた。

「この二十年間というもの、わたしたちはそんなふうに暮らしてきたんです――どこへいくにもヴォポの豚どもにつきまとわれて。そう、この男みたいな豚どもにね」冷たい泥中に横たわっている死体を蹴とばして、「もうおわかりでしょう、ここにいるかぎり、わたしたちは鋼鉄の檻《おり》に閉じこめられた囚人も同然なのよ」

マックスはフェアモントにもたれかかって、落ち着きなく重心を別の足に移し変えた。

「じゃあ、なぜいっそのこと亡命しなかったんです？」

ハンジが母に代わって答えた。「それは何度も試みたわ。でも、この付近の住民のあいだに友人はたくさんいても、本当に力になってくれるような、頼りがいのある人がいないのよ。一度アメリカ人と連絡がとれたことがあったんだけど、結局断わられたの。危険すぎると思ったんだわ、きっと。それだけの危険を冒す価値はない、って」

マックスは髪をかきむしった。「なるほど、それできみは、ぼくについてくれば西への道がひらけると思っているのか。残念だがぼくは、アメリカ以外の国籍の人間は――絶対に――〈奪還チーム〉の車に乗せてはならんという厳命を受けているんだ。それは、ソ連兵との条約にも明記されているしね。それが条約の最も肝心な点だと、わざわざ念を押されたほどさ」

ギゼラの顔には、マックスをなんとしてでも説得しなければ、という焦《あせ》りの色が現われていた。唇をわななと震わせながら、必死の面持で彼女は説いた。「わたしはあなたの同情にすがろうというんじゃないのよ、マックス。規則はわかっています。でも、いいこと、こうしているうちにもヴォポはここにやってくるかもしれないじゃないの。だれか案内する者がいなくては、連中の非常線を突破することは不可能だわ。あなたはあなたなりになにかの手がかりがあったんでしょうけど、いまとなってはそれも役に立たないでしょう。でも、まだ絶望ときまったわけじゃないわ。わたしがヴォポに嘘を教えて、あなたとハンジが逃げのびる時間稼ぎをしてあげることもできるし」

突風が、むせぶように吹きわたった。先刻の雨のもたらした冷気が骨の髄までしみ通ってくるような気が、マックスはした。そのとき彼は気づいたのだ——この誇り高き女性は自分の命と引きかえに娘を逃がそうとしているのだ、と。かりにハンジを連れていった場合、自分たち二人の運命はポツダムに向かう途中でどう転ぶかわからないにせよ、あとに残るギゼラの命運はもはや尽きたも同然だからだ。それは彼女自身も承知しているだろう。

マックスは頭が痛くなってきた。〈奪還チーム〉の車にドイツ人を乗せた場合どういう重大な結果を生じるかは、マーティン大佐からくどいほど念押しされている。が、いまとなっては、たしかに道案内なしにポツダムに帰還するのは不可能と言っていい。

ではいったいどうすればいい？　混乱した彼の頭は、なんとか窮状を打開する道はないものかと悶《もだ》えた。そのとき、またルディーの死体が目に留まった。

「こいつはどうする？　この男のことはどう説明するんです？」

ギゼラは弱々しく笑った。「この死体はメルセデスに乗せて、そのメルセデスをどこかに隠してしまうわ。あなたが電話線を切断したので、ルディーは村の公衆電話から通報しにでかけた、って、そうヴォポには説明すればいいでしょう」

「ハンジのことは？　彼女が姿を消したことはどう説明します？」

ギゼラの笑みは消えた。「拳銃を突きつけられてあなたに連れ去られたと言うわ。人質として連れてゆかれた、と」

マックスは体を起こした。「ギゼラ……そんな話を連中が信じるはずはないでしょう」

ギゼラの体は、セーターの下で急に縮んだかに見えた。「あるいはね。でも、かりに見抜かれたとしても、時間を稼ぐことはできるでしょう」

マックスはちらっとヨハンナに目を走らせた。母親の隣に立っている彼女の頬には、涙が伝い落ちていた。

「ここに残ったらあなたはどうなるか、わかってるんですか、ギゼラ？」

「ええ、マックス・モス。よく承知しているわ。でもね、わたしはもうたくさんなの。いまのわたしたちの暮らしは、人間らしい暮らしとは似ても似つかないわ。ただヴォポの豚どもの言いなりになって生きのびている、というだけですもの。わたしの生き甲斐《がい》は、ただハンジだけ。そのハンジには、まだ人間らしい暮らしを送る可能性が残されています」震える両手で、ぎゅっと彼女はマックスの腕にとりすがった。「わたしの望みを断ち切らないで、マックス。ハンジを一緒に連れていってちょうだい。お願いだから」

「きみはどう思う、ヨハンナ？　お母さんのプランは成功すると思うかい？」

彼女はゆっくりとマックスの顔に視線を移した。灰色の瞳が、暗闇の中できらきら輝いている。マックスの顔をじっと見つめながらヨハンナは答えた。

「これだけはあたしにもわかっているわ。あたしたちみんながいくわけにはいかない、みんなが逃げるのは無理だっていうこと。たしかに、だれかが残ってヴォポを見当ちがいの方向に誘導したほうがいいでしょうね……だから、その限りではお母さんの言うことは筋道立っていると思うけど、そこから先はまちがってるわよ。道案内役はお母さんがしなくちゃだめ。あたしよりお母さんのほうが、ずっとこの辺の地理に詳しいんだから。それに、時間稼ぎならあたしのほうが上手よ、絶対に」

ギゼラはさっとハンジに向き直った。

「いけません。この二十四年間、血の滲むような努力を重ねてあなたを育ててきたのは、あなたにわたしの身代わりになってもらうため？　とんでもないわ、ヨハンナ。あなたは未来に生きなくてはだめ、わたしはもう過去の人間ですもの――あなたを通して、わたしも生きのびるんだと考えて。そして、あの連中の鼻を明かしてやらなくては」両手をのばして、娘の顔を胸に抱きかかえた。そして、「わたしの身を気遣ってくれるのはわかるわ、ハンジ。でも、いかなくちゃだめ。わたしたちが長いあいだ夢みてきたのは、まさにこういう瞬間じゃないの。いつか自由の喜びを心ゆくまで味わおう、って話し合ってきたこと、忘れてはいないでしょう？　だから、わたしをがっかりさせないで、ハンジ。気をしっかり持って、マックスと一緒にいきなさい」

声もなく母親の顔を見つめていたと思うと、ヨハンナはひしと彼女にしがみついた。

心臓がゆっくりと十回ほど鼓動するあいだ、きつく相擁《あいよう》している母子をマックスは見守っていた。決断のときが迫るにつれて、彼は狼狽《ろうばい》しはじめた。一人を連れてゆき、もう一人を残してむざむざとヴォポの拷問用独房で死なせるのか？　それとも、二人とも連れていくか？　あるいはどちらも後に残し、自分もヴォポにつかまるのを覚悟で運を天に任せるか？　これはまさに大学時代によくやった、決定的な答えのありえない、堂々めぐりの議論だった。マックスはよく仲間のナイーヴな学生たちと、その議論に興じたものだった。代わりばんこに立場を入れかわって、夜を徹して論じ合うのだ。けれども、いまは夜を徹して考えているわけにはいかない。もう一分の余裕もない。

マックスはやおらフェアモントのボディを叩いた。「よし、協定などくそくらえだ。失敗しようが成功しようが、かまわない。さあ、いくぞ」

ギゼラとヨハンナはびっくりして身を離し、訝《いぶか》しそうにマックスを見やった。彼は英語で言ったのである。

無理に笑みを浮かべて、彼は言った。「驚かせちゃったかな。でも、ハンジも同行するんなら、すぐに出発しなければ」

彼の言葉の意味が頭にしみこむあいだ、二人はじっとマックスの顔を見つめていた。そのうちギゼラが爪先立って、彼の頬にキスした。彼女の頬を伝い落ちている熱い涙が、マックスの頬をも濡らした。

「ありがとう、マックス。わたし――」

「いや、感謝などしないでもらいたいな、フラウ・コッホ」荒々しく遮った。「あなたはあとに残ってヴォポと対決しなけりゃならないんだし、ハンジだってポツダムにたどり着いたところでアメリカ政府が亡命を認めるかどうかわからないんだから。悪くすれば、ここに送還される恐れだってあるんだ」

ギゼラは目を輝かせて晴れ晴れと笑った。「ええ、そうよ、マックス。そういう可能性もあるでしょう」ハンジの手をとって彼のほうをふり返り、「でも、亡命を認めてくれる可能性もあるわ。チャンスは五分五分でしょう?」

不意に、喉に熱いものがこみあげてきて、マックスは言葉を失った。ギゼラの顔を輝かせている捨て身の希望と、ヨハンナの顔をくもらせている絶望とを、彼は交互に見やった。そのうち、むしり放すように視線を足元の死体に落とすと、腰をかがめて腕を一本つかんだ。ファルケンベルク城の主たちも無言でそれにならった。三人は力を合わせて泥にまみれた死体をメルセデスのほうに引きずっていった。

19

ミューラーはすんでにタイヤの跡を見逃すところだった。BMWのヘッドライトの放つ黄色味を帯びた白光の中に、一瞬、シュロス・ファルケンベルクの城門からのびているタイヤの跡がくっきりと浮かびあがった。すでに乾きかけているその跡の上を通過してすぐ、ミューラーはハッと気づき、ＢＭＷを急停止させるなりＵターンして城門に引き返した。あらためてタイヤの跡に近づきながら、彼はじっと目をこらした。

この一時間に車が一台この城門を入り、また出ていったことをその跡は示している。ＢＭＷを停めると、彼は門衛の屋舎のほうに目を走らせた。車は一台もない。自転車とモーターバイクが一台ずつあるきりだった。彼はぐいっと顎《あご》を引きしめ、泥をタイヤで跳ね飛ばしながら門内に車を乗り入れた。

中庭の中央でエンジンを切って、周囲に目を走らせる。隣に坐っている助手は、黙って指示を待っている。ぬかるんだ地面は、屋舎の近くでひときわ派手にえぐられていた。タイヤの跡はポーチまでつづいている。それとは別のタイヤの跡が、ごく最近まで二台目の車が駐まっていた位置を示していた。

どう見ても怪しい。屋舎の一階には明かりがついており、黒い空を背景に、煙突から灰色の煙がたちのぼっている。コッホ母子のメルセデスの姿はない。別のとき、別の状況下にあったら、ミューラーはおそらくそんなことは気にかけなかっただろう。が、今夜に限って、ほかならぬこの道路に面したこの場所では、気にかけずにはいられなかった。アメリカ人はこの付近にいるにちがいないのだから。

「ここで待ってろ。あの門衛の屋舎を調べてくる」助手が黙ってうなずくのを見て、ミューラーは懐中電灯をつかみ、ＢＭＷから降り立った。数秒後に、彼は腰の拳銃に手をかけて樫《かし》の扉をノックした。

扉がさっとひらき、ギゼラ・コッホの憔悴《しょうすい》した顔が彼を迎えた。

「ああ、よかった。わたしはまたてっきり――」

「どうしたんです、コッホ夫人？　てっきりだれだと思ったんです？」

ギゼラ・コッホは片手を口にあてて、後ずさった。

「あなたはあの――警察の方じゃないんですの？　ルディーが連絡してくれたものとばかり思ってたんだけど」

ミューラーはうなずいた。「わたしはたしかに警察の者ですが、だれかに呼ばれたわけじゃありません。それより、アメリカ人の車がこの近辺を通ったはずなんですがね、コッホ夫人。見かけませんでしたか？」

ギゼラが答える前に、ミューラーはふとなにかを思いだしたように目を細くすぼめて、彼女の背後のホールのほうを見やった。「それはそうと、ルディー・グラーザーはどこにいるんです？　彼はここに寝起きしているはずでしたね？」

「ええ、ふだんはね。でも、あのアメリカ人が電話線を切断してわたしの娘を連れ去ると、グラーザーさんはあとを追っていったんです。隣り村から警察に連絡してくる、と言って。それでわたし――」

「ちょっと待ってください、コッホさん。詳しいことはあとでうかがいます。すぐ報告しなければ」ミューラーは顔をしかめた。「待てよ、電話が使えないと言いましたね？」

ギゼラは目を大きく瞠《みは》ってうなずいた。「ええ、ええ。あのアメリカ人が――」

「ご心配なく。車の無線機で連絡してきますから、しばらくお待ちを」

くるっとふり返ると、ミューラーは大あわてでぬかるんだ地面を突っ切って白いBMWに駆けよった。ギゼラ・コッホの顔に浮かんだかすかな笑みは彼の目には入らなかった。

十五分後、シュタッヘルのメルセデスが急ブレーキとともに泥を跳ねあげながら横すべりして中庭に停まり、その数分後にはコシュカのヘリコプターも到着した。シュタッヘルがミューラーと話し合っていると、道路の真ん中に大型のMi-24ヘリコプターがゆったりと着陸したのだ。ピカピカのブーツが泥にまみれるのもかまわず大股《おおまた》に歩みよってくるコシュカの姿を見て、二人のドイツ人はハッと姿勢を正した。

「どうだね、ヘル・シュタッヘル？　アメリカ人がどこにいるか、突きとめたかね？」

シュタッヘルはかぶりをふった。「いいえ、まだです、大佐。しかし、彼がどこにいたかは、わかっております」

コシュカの細い顔に険悪な表情が浮かんだ。「彼がどこに*いた*かなら、とうに知れてるのだよ、部長。彼はドップルンの近くの農地にいた。それはかなり遅れて生じたA-10の不可解な爆発によって、判明した。目下の急務は、彼がどこに*いる*のかを知ることだろうが」

コシュカの口調の激しさにたじろいだように、シュタッヘルは一歩後ずさった。喉《のど》まで出かかった反論の言葉を呑みこんで、彼は愛想よく言った。

「実はそのことで、ぜひご報告したいことがありまして。わたしとミューラーは、ここに住んでいる女性を尋問してみました。彼女の証言によると、アメリカ軍の軍曹が彼女の娘をさらって西の方角に走り去り、グラーザーがそれをわれわれに報告しにいったというんですな」

「グラーザー？　そいつもきみの部下なのか？」

「はい、大佐。彼はここに住んでいるコッホ母子を監視する任務を担っておりました――怪しいことは逐一報告するよう命令されておったのです」

「だったら、なぜあのアメリカ人のことを報告してこなかった？」

シュタッヘルは顔をしかめた。「女の証言によると、それは不可能だったというんですな――電話線が切断されてしまったので」

コシュカは唸《うな》った。「なるほど。で、きみはそれを額面どおり受けとっているのか？」

「いいえ、大佐。彼女のことはずっと以前から知っておりまして、その経歴も全部つかんでおります。これまでに何度も亡命を企てたことがある札つきの女でして。こんどの証言もでたらめだと信じております」

コシュカはしだいに苛立《いらだ》ってきたらしく、無意識のうちに太腿《ふともも》をぴしゃっと叩いた。

「いいかね、シュタッヘル、わたしの最大の関心事は、いかがわしい女どもの経歴ではなく、肝心のアメリカ人の居場所なんだ。きみがなにをどう信じているかなど聞きたくもない。それより肝心の問題に全力を注ぎたまえ。その女が虚偽の証言をしているなら、さっさと片づけてしまうがいい。が、その前にヤンキーどもの居場所を聞きだすんだな」

無言で拳《こぶし》を握りしめると、シュタッヘルは一礼した。「ご指示のとおりにいたします」冷ややかに言ってくるっと踵《きびす》を返し、中庭を横切って門衛の屋舎の入口に立った。扉をあけるなり、バシンと後ろ手にしめる。その音は、冷たい夜気を揺るがすように大きく響きわたった。

コシュカはその音も耳に入らないように考えに沈んでいる。数フィート離れて威儀を正していたミューラーが、コホンと咳《せき》をした。コシュカはくるっと彼に向き直った。

「そうだ、きみの情勢判断を聞かせてもらおうか、ミューラー君?」

ミューラーは顔を赤らめて、口ごもった。「しかし……あのウ、その件につきましてはシュタッヘル部長がすでに把握《はあく》しておられますから」

「こういう場合はな、自分の上司と見解を異にすることを恐れてはならんぞ、ミューラー。いまこそ自分の真価を認めてもらう好機ではないか」

「はい。それでは申しあげます。最初わたしは、コッホ夫人は真実を述べていると思ったのですが、そのうち門外のタイヤの跡が、西に向かっているものと東に向かっているものと二つあることに気づいたのです。もしグラーザーがアメリカ人たちを追っていったのなら、タイヤはいずれも同方向に向かってなくてはなりません。それに、どうしていまに至るも彼から連絡がないのでしょう？　その点が納得しかねます」

コシュカは東に向かっているタイヤの跡を指さした。「あっちにいくと、どこにでるんだ？」

「ヴェンデマルクです、大佐。それから、ハーフェルベルクの近くのエルベ川の渡しにでます」

しばらく考えてから、コシュカは断を下すように太腿を叩いた。「やつらは東に向かったのだ。もし西に向かったのなら、われわれのだれかが目撃しているはずだからな。連中はこうしているいまも、渡し場に近づいているだろう。ミューラー、きみは部長を呼んで、ヴェンデマルクから渡し場に向かうんだ。わたしは、やつらが間道伝いに逃げる場合に備えてヘリの上から見張ることにする。出発する前に、渡し場に電話をしておけ。そこには警官は配置されているのかね？」

「はい、三人いるはずですが。川の両岸に一人ずつと、フェリー・ボートに一人です」

「よし。指揮官に無線で連絡をとって、アメリカ人を見かけたらあらゆる手段を講じて拘束するように命じたまえ。必要なら射殺してもかまわん。わかったか？」

ミューラーは熱心にうなずいた。「かしこまりました、大佐。ただちに連絡します」身をひるがえして、屋舎のほうに駆けてゆく。ユーリ・コシュカもヘリコプターに向かって歩きだした。途中、立ち止まってふり返り、駆けてゆく男に向かって叫んだ。「ミューラー！　シュタッヘル部長にさっさと用件をすますように言え——出発する前にちょっと話したいんでな」

了解したしるしにミューラーは手をふって、屋舎に駆けこんだ。

ギゼラ・コッホは背筋をまっすぐのばして、炉辺の椅子に坐っていた。顔にはほとんど血の気がなく、関節が白く浮きあがるほど強く拳を握りしめていた。ソファに坐って上目づかいに彼女を眺めていたカール・シュタッヘルが、とうとう言った。

「コッホ夫人、あんたの証言が完全なつくり話であることはこちらも知っているし、あんたも承知している。われわれに追われているアメリカ人がいかに死物狂いになっておろうと、ドイツ人の女性を誘拐《ゆうかい》するような真似だけはせんはずだ。それに、グラーザーにしたところで、紀律違反は多々あるかもしれんが、不審なアメリカ人の車をわれわれに連絡もとらずに追跡するような無茶な真似はしないはずでな」ゆっくりと立ちあがると、消えかかっている暖炉の火に両手をかざす。赤い熾火《おきび》を見つめながら、彼はつづけた。

「それにだよ、あんたが何年も前から亡命を目論《もくろ》んでいたことは、あんたもわたしも承知していることだ。今夜ここで起きたことを類推するにはさほどの想像力も必要としないのさ」そこで、瞬《まばた》きもせずに彼女をじっと見すえると、「あんたがアメリカ人どもに並はずれた好意を抱いていることは、秘密でもなんでもない。しかも、われわれが追っているアメリカ人がポツダムをめざしていたことを、あんたは知ったはずだ。結果は明白だな。あんたはそのアメリカ人と一緒にグラーザーを殺して、死体を処分した。そして、そのアメリカ人はあんたの娘を連れて出発した。あんたの証言とちがうのは、娘が自分の意志で同行したという点だ」

ギゼラは無言で、冷ややかにシュタッヘルの顔を見返した。

「それくらいのことは簡単に察しがつくのだ、アレクサンドラ・ギゼラ・マリア・フォン・ファルケンベルク。わからんのは――」そこでぐっと前に身を傾けたが、ギゼラは後ずさろうともしなかった。「そう、わからんのは、なぜあんたも同行しなかったのか、という点だ。まさかあんたは、そんな作り話がそのまま通用すると考えていたわけじゃあるまい？」

「わたしは事実をすべてありのままにお話ししているにすぎませんわ、シュタッヘルさん」

やおらシュタッヘルは彼女の口元に平手打ちをくらわせた。ギゼラが悲鳴をあげて後ずさると、彼は怒りに顔を歪《ゆが》ませてつめよった。「そういつまでも甘い顔はしておれんのだよ、男爵夫人。とぼけるのはやめにして、さっさとアメリカ人の逃亡プランを話すがいい。さもないと、あんたは明日の日の出を拝むことも、ましてや娘の顔を見ることもできんようになるぞ。嘘は言わん、必ずそうしてやる」

ギゼラが無言の行をつづけているところへ、ミューラーが息をはずませながら飛びこんできた。

「部長、大佐殿が――」

「なにしにきた、ミューラー？」声を荒らげてシュタッヘルは向き直った。「わたしの手がふさがっているのがわからんのか？」

ミューラーは顔を赤らめたが、ひるまずに気をつけの姿勢をとって言った。「ただちにあなたを連れてこいとの命令を大佐から受けましたので、部長」

シュタッヘルは彼に背中を向けた。「わかった、ミューラー。すぐいく。さあ、向こうにいってろ」

ミューラーはおずおずとシュタッヘルの背中を見守りながら、とまどっていた。「ですが……大佐が――」

「いけと言ってるのに。わたしもすぐにもどる」

ミューラーが逃げるように立ち去ると、シュタッヘルはまたしてもギゼラのほうに身を傾けた。ギゼラは背筋をまっすぐに起こして、彼と目を合わせようともしない。

「とんだ邪魔が入ってしまったな、奥さん《リーブヒェン》。しかし、これだけは言っておくぞ。あんたの娘とアメリカ人たちは必ずつかまえてみせる。そのとき、真相がはっきりするはずだ。こんどはあんたの家柄も、高貴な血も、なんの役にも立たんだろう」ギゼラの銀髪を撫《な》でながら、ささやいた。「そいつは、このわたしが請け合ってやる」髪を撫でていた手が頬を伝い、喉にまとわりついて締めつけた。ギゼラは唇をかみしめた。シュタッヘルはなおも巨《おお》きな手に力をこめて、ぐいぐい締めつけてくる。目の前が暗くなりかけたが、ギゼラは声ひとつあげなかった。と、不意にシュタッヘルは手を離して姿を消した。

コシュカはヘリコプターのドアのかたわらに立っていた。外套《がいとう》のボタンをはめながらぬかるんだ庭を横切ってくるカール・シュタッヘルを見て、彼はエンジンをかけるようにヴァーニャに合図した。大きなローターが頭上でゆっくりと回転しはじめたとき、シュタッヘルが数メートル先で立ち止まった。

頭上のローターが回転をあげる気配を感じつつ、コシュカは底光りのする目を細めて言った。

「なにか新しい事実でもわかったかね、ヘル・シュタッヘル？　単なる憶測以上のなにかが？」

「いいえ、大佐。どうにも強情な女でして。しかし、虚偽の証言をしているのはたしかです」

「いまとなっては、そんなことはどうでもいい」コシュカは東の方角に手をふった。「いいかね、エルベ川の渡し場でやつらを阻止するんだ。ミューラーはすでに出発した。きみも即刻あとを追え。言っておくがね、シュタッヘル――」唸りをあげるエンジンの音にかき消されまいとして、声を張りあげた。「――こんどこそ失敗は許さんぞ。不可解な機体の爆発や、方向ちがいの捜索、見せかけの熱意――そんなものには騙《だま》されんからな、わたしは。こんどこそは本気であのアメリカ人どもを追うんだ――きみの全身全霊を傾けて」

シュタッヘルは平然とかまえながらも、相手の言葉の真意をくみとろうとしていた。コシュカは勘づいている。いるのだ。ほかに解釈のしようがない。こっちが勝手な計算で動いていることを、彼は見抜いているのだ。コシュカはいまや本腰を入れてかかってきている。

シュタッヘルは相手に向かって薄く笑いかけた。「わかっております、大佐。革命の大義のためなら、わたしは常に全身全霊を傾けております。いついかなる場合でも」

コシュカはローターの轟音《ごうおん》も耳に入らないように、射るような眼差《まなざ》しでシュタッヘルを見すえた。そのうち、彼の顔にもうっすらと笑みが浮かぶのを見て、シュタッヘルの全身に抑えがたい戦慄《せんりつ》が走り抜けた。

「けっこうだ、ヘル・シュタッヘル。どうやらわれわれはお互いを完全に理解し合っているようだな。きみのことだ、こんどこそはすみやかにあのアメリカ人どもをつかまえてくれるだろう。ただし、そのさい肝心の〝品物〟は無傷で確保してくれるよう頼むぞ、部長。いいね？」

シュタッヘルの口元が動いたが、その声はローターの轟音にかき消された。その顔を一瞬睨みすえてからコシュカはヘリに乗りこんだ。数秒後に、大型のMi‐24ヘリコプターは地を離れた。巨《おお》きなローターに吹きあおられて、路辺の埃《ほこり》が砂嵐のように舞いあがる。

シュタッヘルは外套の裾を押さえながら、東の夜空に遠ざかりゆくヘリを見送った。たしかにわれわれはお互いに理解し合っているようだな、ユーリ・アンドレーエヴィッチ同志、と彼は胸に呟いた。仰せのとおり、今夜はわたしの全身全霊を傾けてみせようじゃないか。あるいはあんたの望む以上にな。

シュタッヘルの運転手が、かたわらにメルセデスをつけた。シュタッヘルは黙々と暖かな車内に乗りこんだ。運転手が背後をふり返った。

「どちらに向かいましょう、部長？」

「エルベ川だ、ハンス。ハーフェルベルクの渡し場に向かってくれ」

運転手はうなずいて、大きなメルセデスをスタートさせた。一瞬、ぬかるんだ路面をつかみそこねてタイヤが空転し、車体が軽く横にすべったが、シュタッヘルは気づかなかった。自分がコシュカの忠実な部下の役まわりを完全に演じおおせたことを、彼は心中ひそかに祝っていた。真に仕事熱心な部下のように、彼は細かいことをくどくどと述べたてて上司をわずらわせたりはしなかったのだ。細かいこと、たとえば、そう、あのコッホの娘の手引きがあればアメリカ人はあの渡しを利用するとはかぎらない、というようなことである。それに、彼女はコシュカの知らない間道をいくらでも知ってるにちがいない、ということも。

そうなのだ、この種の情報を述べたてて、多忙なソ連軍大佐をわずらわせることはない。たとえそれが、カール・シュタッヘルにとっていかに重要な意味を持っていようとも。彼はもうすこしで笑いだしそうになった。ギゼラ・コッホの見えすいた偽証のおかげで、彼はまたしてもコシュカとアメリカ人どもの裏をかくことができるのだ。これ以上なにを望むことがあろう。

20

最初の十分間というもの、フェアモントは緊張を孕《はら》んだ沈黙を乗せて走った。いまにもヨハンナが自分を抑えきれずに泣きだしたりはしないか、とマックスは不安だった。さもなきゃさっと党員証をとりだして、この車を奪おうとするとか――。けれども、ヨハンナはそのどちらもしなかった。彼女はただバケット・シートに包まれるように坐ったまま、流れ去る路面をフロントガラスごしにじっと見守っていた。ウィルスンは依然昏睡《こんすい》状態をつづけている。

やがてマックスは、ターボチャージャー付きV8エンジンの底知れぬパワーを生かしはじめた。彼は運転に没頭し、S字カーヴの連続する空いた路上でハイスピード・カーを自在に操る歓びに我を忘れた。強力なヘッドライトが八〇〇メートルもつづく直線を照らしだすと、即座にフル・スロットルをくれて、ターボが効きだしてからのすさまじいダッシュぶりを堪能《たんのう》した。

それまでヨハンナが乗った車といえば、絹のようになめらかに走る豪華なリムジンか、東ドイツ製の月並みな車に限られていた。猛々《たけだけ》しいまでのフェアモントの走りに、度肝を抜かれた様子だった彼女も、しだいにマックスの興奮に染まりはじめたらしい。心地よい酩酊《めいてい》感すら覚えさせる彼のリズミカルな運転ぶりに魅せられて、自分たちの置かれている絶望的な状況も半ば忘れかけたようだった。

フェアモントは、やはり人気《ひとけ》のない別の村に入った。危うく十字路を通過しそうになったとき、マックスは急ブレーキをかけ、タイヤを軋《きし》らせて停止した。すぐ航法装置のスクリーンに目が走る。幸い航法装置は、ルディーの弾丸の被害を蒙《こうむ》ってはいなかった。二人がいるのはヴェンデマルクであることがわかった。ヨハンナのほうを向くと、彼女が言った。

「そこを右に折れて、ハーフェルベルクに向かって」

マックスはそっちの道を見すかした。やはり閑散としている点では他の道路と同じだが、幅はかなりあってセンター・ラインも引かれている。ソ連軍の戦車でも優に通過できるだろう。立派な幹線道路である。

「この道でいいのかい？　こういう大きな道路は敬遠したほうがいいんじゃ――」

「ううん、大丈夫なの。四キロ先でまた別の道に曲がるのよ。ヴェルベンで。それから南に向かって、あまり人の利用しないフェリーでエルベ川を渡るの。あたしたちがこの道をいったと睨《にら》んだら、連中はまちがいなくハーフェルベルクの渡し場で待ち伏せしてるわ」

マックスは肩をすくめて右折した。速度制限の標識は無視して、アクセルを思いきり踏みこんだ。エンジンが唸り、突然パワーをかけたためだろう、テールが左右に小刻みに揺れる。それを修整しつつスピードをあげながら、彼の頭は奇妙に澄んでいた。いつもそうだった。レースに出場しはじめたときにしてもそうだった。生まれて初めてレースに出たとき、心臓はさすがに高鳴り、喉はカラカラに乾いていたが、頭はどういうわけか澄みわたっていたのである。それはまるで、二トンもの鉄の塊をぶっ壊れる寸前のスピードで走らせるという行為が、かけがえのない精神的カタルシスを与えてくれるかのようだった。事実、レースの最中なら、彼は明晰《めいせき》にものを考えることができたし、持論を文章で表わすときの父のように、一点の矛盾もない軍隊的な簡潔さで考えを整理することができたのだ。じっさい残念だな――と、彼は思った――この車というやつを永遠に運転しつづけていられないとは。

あそこよ、とヨハンナが叫ぶのを聞いて、マックスはハッと追憶からさめた。分岐点が眼前に迫っていた。分かれている道は、貧相な標識しかついていない細い道だ。すんでに通過しそうになってフル・ブレーキングをかけた。とたんに四輪がロックし、車はザーッと横すべりした。とっさにギアを後退《リヴァース》に入れ、猛然とバックさせながらクラッチを踏んで、大きなクローム・メッキのシフト・レヴァーを一速《ロウ》に入れる。そのままアクセルを踏みこんで、細い道に突っこんでいった。ステアリングをしっかと握りながら、マックスは悪態をついた。この辺の迷路のような道を調子にのって飛ばしすぎると、それこそ命とりにもなりかねない。

ヨハンナが冷ややかな口調で言った。

「お見事な腕前ね、マックス。でも、目印になるようなタイヤの跡が道路に残らなかったならいいけど」

とっさに激しい口調で応酬しようとして、彼女の言うとおりだ、とマックスは覚《さと》った。日曜日の公道レースで友人たちの鼻を明かしてやるような調子で運転するのは、この場合に限ってはまちがっている。舗道に黒々と残るタイヤの跡は、自分たちの行き先を示す真っ赤な矢印のようなものだ。生きのびようと思ったら、もっともっと慎重を期さなければ。

次の分岐点にさしかかったときには、ヨハンナにかなり前から教えられていたので、マックスはスピードを八〇キロに落とし、四輪をドリフトさせながら左側の道に進入した。道幅はさらに狭くなっていた。路面は半ば土、半ば小石で蔽《おお》われており、草むした道ばたには瓦礫《がれき》が散乱していた。路面の感じをつかみにくいので、マックスはスピードを落とした。道幅が狭く、しかも谷あいになっているため視界も悪い。フォグランプのスイッチを入れると、前方は白と黒に二分された世界に一変した。

「もうすぐ牛囲いのゲートが見えてくるはずよ」ヨハンナが言った。「そこをすぎると、道路が木の柵で封鎖されているから、その柵をわきにどけて進むの。それはヨアヒム爺さんが自分の渡し場を他所者《よそもの》が勝手に利用するのを防ぐために置いてあるんだから」

マックスは強張《こわば》った笑みを浮かべた。敵の非常線を突破するにはこの種の情報が不可欠なのだとすると、やはりハンジを連れてきてよかったことになる。

たしかに、しばらく走るとゲートが見え、次いで木の柵に行く手を阻まれた。マックスはフェアモントを停めて外に降り、柵をわきにどけた。そこを走り抜けると、ヨハンナが言った。「待って。あれを元にもどしておかなければ。さもないと――」

「そうか――さもないと、おれたちがここを通り抜けたことをヴォポに勘づかれる。よし、おれが――」

そのときにはすでにヨハンナが外に降りて、柵を元の位置にもどしていた。

丘をのぼりきると、眼下に川が見えた。淡い星明かりに照らしだされた、幅八〇〇メートルほどの黒いのっぺりとした流れ。九〇メートルほど先には、古ぼけた小屋と船着き場、それに小さな桟橋につながれた旧式の平底船が見えた。

二人はそっちに進んでいった。ヨハンナが言った。「ここはあたしに任せといて。ヨアヒムは昔からの友だちだけど、下手《へた》をすると怪しまれるかもしれないわ。もしあたしたちが法を犯していると見たら、やっぱりヴォポに通報すると思うの」マックスがうなずくと、彼女は車から降りた。

ヨハンナの姿はじきに古い小屋の中に呑みこまれた。マックスは故ない不安を覚えた。彼女が自分のそばを離れたのは、これが初めてなのだ。もし彼女が向こう側に内通する気なら、ここで初めてヴォポに電話を入れて助けを乞うチャンスを得たことになる……。

そのとき、冷たい夜気から身を守るように白いカーディガンのボタンをはめながら、ヨハンナが小屋から出てきた。青いプリント・ドレスの裾が風にあおられて脚にまといついている。ヨハンナはフェアモントの助手席に飛びこんできた。髪がすこしほつれていた。と、彼女は頭に手をやって髷《まげ》を解いた。甘い香りのする豊かな長い髪がふわっと下に流れた。寒気に触れていたせいだろう、両の頰が紅潮している。

髪を指ですきながら、ヨハンナは小屋での交渉の結果を説明した。

「こんな寒い晩に船をだすのはいやだ、って向こうは渋ったんだけど、ベルリンの夜を楽しむためにいくんだから、って頑張ったの」苦笑を浮かべながらつづけた。「二十年前に母がアメリカ人たちと付き合っていたことを、彼はまだ覚えているのね。だから、それほど驚きもしなかったみたい。あなたはあたしを迎えにきた運転手なんだって言っといたわ。ベルリンには将軍が待っているんだ、って」

マックスはあらためて彼女の顔を見つめた。「きみは話をでっちあげる天才だな、フロイライン・コッホ」

面白そうに言うと、彼女はきっと睨み返した。「あたしたちの命がかかっているからよ、マックス。それに――」と、表情を和らげて、「まるっきりの嘘でもないでしょう」

ヨアヒムが小屋からのそのそと出てきた。セーターの上から顔まで隠れるようなオイル・クロースのジャケットをはおり、厚手の縁なし帽を目深にかぶっている。大きなブーツで泥を跳ねあげながら近よってきた。ウィルスンの体を毛布で隠してから、マックスはウインドウを巻き下ろした。ヨアヒムが、分厚い手袋をはめた手をにゅっと窓の中に突っこんできた。どういうことなのかとヨハンナの顔を見やると、

「料金を前払いしてくれと言うのよ」

彼女が英語で答えるのを聞いて、マックスは財布をまさぐった。その中にマルク紙幣を何枚か突っこんだのは数年も前のような気がするが、考えてみればついけさのことなのだ。十マルク分のせてやったが、相手は手を引っこめようとしない。さらに十マルクのせてやると、手はゆっくりと引っこんだ。マックスはヨアヒムの顔を見上げようとはしなかった

し、ヨアヒムも黙って金をポケットにねじこんだだけだった。それから彼は渡し場のほうに降りていった。

マックスはゆっくりとフェアモントを進めて、小さなフェリー・ボートに乗り移った。甲板はそれでいっぱいになってしまい、ヨアヒムはフェアモントのフロント・フェンダーに腰かけるようにしてフェリー・ボートを操りはじめた。

船が岸を離れるとマックスは車のエンジンを切った。耳に入るのは古い船外機の苦しげな唸り音くらいのものだった。インクを流したようなエルベ川の水面は、星明かりばかりか、さまざまな物音まで吸いとってしまうらしい。風のためだろう、ボートはわずかに傾斜しながら下流に流されつつ進んでゆく。あの非情な水面に呑みこまれたらと考えると、マックスはぞっとした。そっとヨハンナのほうをうかがうと、彼女は幅広い川面を眺めていた。はるか彼方《かなた》で、果てしなくつづく艀《はしけ》の灯がちかちかと瞬《またた》いている。古いフェリー・ボートの平たい船べりを、小波《さざなみ》がひたひたと洗う。ウィルスンの不規則な息遣いだけが、フェアモントの中の静寂を破っていたが、ヨハンナは気づかない様子だった。淡い光に照らされた彼女の顔はクリーム色に染まり、肌がひときわなめらかに見えた。長くたらした髪もつやつやと輝いている。唇をかすかにあけて、彼女は川面を見つめていた。その左目の隅に小さな涙の粒が光っているのを見て、マックスは胸を衝《つ》かれた。そのときヨハンナがふり返り、彼の表情に気づいて微笑を浮かべながら、低い声でたずねた。

「どうかしたの、マックス？」

彼はかぶりをふって、フロントガラスごしに前方を見やった。

「いや……べつに。ただ、おれたちはなんてクレージーなことをしてるんだろう、と思ってね」

ヨハンナは眉をひそめた。「クレージーなこと？　どうして？」

マックスは彼女に向き直った。「だってそうだろう。おれたちのやってることを考えてみろよ。二十年ぶりに再会してから一時間もたたないうちに、怯《おび》えたウサギのように見も知らない連中の追及を逃れようとしてるんだぜ。これが気違いじみたことじゃなくて、なんだい」

しばらく沈黙してから、彼女は鋼のように鋭い口調で言った。

「あなたはまちがってるわ、マックス。あたしたちのしていることはちっとも気違いじみてなんかいないわ。この世には、もっともっと気違いじみてることがたくさんあるじゃないの。それに、あたしたちはウサギともちがうわ。すくなくともあたしたちには自由な意志があるんですもの——あたしたちは自分の意志でこうして逃げているのよ。それに、見も知らぬ連中に追いかけられてる、ってあなたは言ったけど、あたしは彼らがどんな連中かよくわきまえてるつもりよ。あいつらは人間の屑よ。他人を思うがままに操れる権力を握って悦に入っている、人間らしさのかけらもない獣たちよ。ええ、あの連中のことなら、あたしはなんでも知ってますとも。あいつらの卑しい行動や醜い心情をね。あたしは何度もあいつらの臭い息を顔に吐きかけられたわ、あいつらの歪んだ欲望を満たすための道具にされかかって。だから、あたしは本当にこういう日がくるのを心待ちにしていたの――あの連中の手から完全に逃れられる日がくるのを」

話し終えたとき、ハンジは大きく息をはずませていた。

マックスはそっと手をのばして、わなわなと震えている彼女の拳に触れた。

「すまん、ヨハンナ。おれはつい、きみが送った二十年間とおれのそれとはちがうということを忘れてしまうんだ。もし……おれの親父がきみのお母さんと結婚していたら、事情はずいぶんちがっていただろうな」

ヨハンナの体から、すこし緊張が解けたようだった。「ええ……それはもう。でも、そうね、わからないわよ、どうなっていたか。ただ、母が……あのことから立ち直れなかったことだけはたしかね。母はあなたのお父さんを忘れられなかったらしいわ。あたしはただ、こわい顔をした大柄なアメリカ人とだけしかあなたのお父さんを覚えてないんだけど、母は本当に彼を愛していたみたい。あなたのお父さんのことならなにからなにまで、何度も何度も、あたし、母から聞かされたもの。あなたは……うちの母のこと、お父様から聞かされた？」

ゆったりと流れる川面に一瞬目を転じてから、マックスは答えた。

「いや。城で別れて以来、父は一度もきみのお母さんの名を口にしたことはなかったな。あの城に言及したことすらなかったよ」

ハンジは黙ってマックスの顔に目をこらした。

「お父様は再婚したの？　アメリカ人の女性と？」

マックスはうなずいた。「ああ」

「どういう方、その二度目のお母さんて？」

「親父よりずっと若くてね——そう、おれよりほんのちょっぴり年上って程度さ。見たところ映画女優みたいで、従順で、大会社の社長夫人たるべき心得はすべて身につけてる、ってタイプだな」

マックスの声にはトゲがあった。

「あたしは本当に無知で恥ずかしいんだけど、アメリカの会社のことはほとんど知らないの。お父様が社長だっていうことは、その会社の管理者だっていうこと？」

マックスは笑い声をあげた。しわがれた、皮肉っぽい笑い声だった。

「管理者どころか、その会社を丸ごと所有しているのさ。いや、所有していたと言うべきかな、おれが最後に確認したときにはね。しかし、それももう五年も前の話だから」

ハンジはびっくりした表情を浮かべた。「じゃ、この五年間、実の父親と口をきいたことがないっていうの？　どうして？」

「そいつはちょっと説明しづらいんだな。とにかく、おれが子供のときから、親父とはほとんどあらゆる事で激しく対立してきたんだ。最後に衝突したのは、親父から自分の会社で働けと言われたときだった。年商数億ドル、アメリカの最高機密を扱う会社で働け、とね」

食いしばった歯のあいだから、言葉を押しだすようにして言った。

再び甦った静寂の中で、ボートの船外機の唸り音だけが単調に響く。

「そんなにいやだったの、お父様の下で働くのが？」

マックスはわざとらしく渋面をつくってみせた。「まあね。とにかくいやだったんだ」

「でも……どうして？」

「つまりさ……おれはなんというか、親父の——まあ、いいじゃないか、そんなことは。なぜそんなことを気にするんだい、ヨハンナ？」

大きなバケット・シートに坐ったまま、彼女はもじもじと身じろぎした。

「べつに、あなたのプライヴェートな問題に嘴《くちばし》を突っこむ気はないのよ、マックス。ただ、あなたは、母からよく聞かされていたあなたのお父さんにとてもよく似ている気がするから」

自嘲《じちょう》するように笑って、マックスは目をそらした。「おれが？　なるほどね、つまりそこが問題なんだな」

ヨハンナはシートの中で身をちぢこませた。遠くのほうで、艀が汽笛を鳴らしている。対岸が近づきつつあった。

「ある意味で、おれたちは二人とも犠牲者だって気がするんだがね、ハンジ」

「どうして?」

「考えてもみろよ。もしおれの親父がいなかったら、おれたちは今夜ここでこんなことをしちゃいないはずだろう。きみのお母さんが、自分は東ドイツのスパイではないと釈明したときに、親父はそれを信じなかった。しかも親父は、おれに生きたいように生きさせてはくれなかった。その結果、おれたちは今夜こうして逃避行をしてるんじゃないか。もしあのとき親父が――」

ヨハンナがいきなりシートを叩いた。バシンと鳴り響いたその音に、マックスは飛びあがった。

「馬鹿なこと言わないで、マックス。本気でそんなふうに考えているの? あたしたちはいつも自分の行動を選択できるのよ。うちの母だって、連中に言われたとおりスパイを働くこともできたのに、それを拒む道を選んだんですものね。あたしだって――そうよ、あたしだって、あの城に閉じこめられたまま命を絶とうと思えばそうできた機会が何度もあったわ。でも、それによって失うものが大きすぎたし、たとえ生きてたって仕方がない、自分の生死に関心を抱く者なんかいないんだって思っても――ええ、何度そう思ったかしれないけど——でも、やっぱり自殺することはできなかったし、あいつらと同じような人間になることもできなかった。わかる、マックス？　あたしは自分の意志でそうはなるまいと決めたのよ。手足を縛られているなら別だけど、そうでないかぎり、どんな人間だって運命の完全な犠牲者でなんかありえないわ。そうね、自分自身の犠牲者になることはありうるかもしれないけど」怒りにぐっと細めた目が、慣性航法装置の光を受けて輝いていた。

痛いところをつかれて、マックスもすこしムッとした。「じゃあきみは、自分がヴォポに囚人扱いされたのはおれの親父がきみのお母さんと恋に陥ったからだという事実を否定できるのか？　そういう事件のあとで、きみにはどんな選択の幅があったというんだ？」

「いいえ、それは否定できないわ。でも、あのとき西側の代表として母と知り合ったのがあなたのお父様以外の人間だったとしても、ヴォポは同じ仕打ちをしたはずよ。それくらいはわかるでしょう？」

「まあね」唸るようにマックスは答えた。

もはや怒りからさめて、ヨハンナは彼の手に触れた。「悪いことをすべてお父様のせいにするのはまちがってるわよ、マックス——あたしが自分の不運を父のヴォルフ・コッホのせいにすることがまちがいのように。お父様との関係は、ここまで引きずってこなくちゃならないほど痛切なものだったの？」

マックスは自嘲するように笑った。「おれが大学時代に相談した精神科医と同じようなことを言うね、ヨハンナ。その精神科医はこう言ったんだ――きみにはある有名な症状が現われている、と。彼はそれを〝偉人症候群〟と呼んでいたっけ。彼によると、偉業を達成した父を持つ息子は、たいてい二通りの道を歩むんだそうだ。つまり、自分の実力以上のことをしようとあせって変になるやつと、わざと自分を実力以下の人間に見せかけようとして変になるやつ、と。父子間の競争関係、と彼は呼んでいたけどね。で、結局――」彼はまた皮肉っぽく笑った。「――その精神科医が勧めてくれた処方箋《せん》とはなんだったと思う？　その問題について親父と率直に話し合ってみろ、というのさ」

「で、話してみたの？」

「ああ。学期末の休暇に家に帰ったとき、親父と釣り旅行にでかけたんだ。そのときに洗いざらい話してみた」

「で、お父様はなんて言って？」ヨハンナは用心深くたずねた。マックスの声にこもっている怒りが、すでに聞きとれるような気がしたからだ。

マックスは革巻きのステアリングに両手を置いて、ぐっと握りしめた。

「親父のやつ、笑いとばしたよ。そして、精神科医なんかと貴重な時間を浪費するのはよせ、と言いやがった」

「で……それだけ？」

「それだけさ」

二人は沈黙した。対岸が目前に迫っていた。数分後には、再び生きるか死ぬかの逃避行を再開しなければならない。

ヨハンナが軽く彼の袖に触れた。

「マックス……ごめんなさい。あたしはただ、あなたがまだ——」

「幼稚なだけだと思ったんだろう？ 大人になりきれずにいると？ それはおれ自身、この十年間ときどき考えたことさ。あまり考えすぎて変になっちゃいそうなときもあったがね。でも、まあ、たいていの場合は忘れていられるから、どうってことないんだ。いまふり返ってみると、ちょっとした親子の確執ってやつでね。それ以上の問題じゃない」

マックスは口をつぐんだ。

ヨハンナはぶるっと体を震わせた。マックスの父親エリック・モスはここから一万六〇〇〇キロの彼方にいて、しかも、二人にとっては遠い過去の存在のはずなのに、依然として二人を動かしているのだ。

「マックス、あたし、さむい。ヒーターを入れてくれる？」

マックスはほっとして身をのばし、イグニッションのキーをひねった。これほど冷えこんでいるというのに、体中が汗ばんでいる。父についてしゃべるのは、父について考える以上に不愉快だった。

そうになった。上目遣いに二人のほうを睨みつけると、彼はまた腰を下ろした。ヨアヒムはすんでに川に飛びこみ
気がついたときにはエルベ川の東岸に着いていた。ヨアヒムの舵取《かじと》りを助けてやろうと、マックスはヘッドライトをつけた。数秒もしないうちに、ボートの舳先《へさき》が雑草の生い茂る岸辺の腐りかけた船着き場にぶつかった。ヨアヒムが飛び降りて、ボートのもやい綱を杭《くい》につなぐ。それから勢いよくこちらに向かって手をふった。マックスはギアを一速《ロウ》に入れて、じりじりと用心深く船着き場に乗り移っていった。一瞬タイヤが空転し、ボートが後退してもやい綱がぴんと張った。

岸に乗り移って小さな道をすこし進んだところで、マックスは車を停めた。かたわらを見ると、ヨハンナは航法装置の電子地図をくい入るように見つめながら、思慮深げに唇をかんでいる。ややあってこっちをふり向くと、スクリーンを指さして言った。「ねえマックス、こういうふうにいったらどうかしら。ここからポツダムの中心部までは約八〇キロあるわ。いちばんの近道はラーテノウを通る幹線道路だけど、あそこには軍事制限地帯があるはずよ。知ってる?」

マックスはかぶりをふった。ウィルスンなら知ってるだろうが、いまはとても相談できるような状態ではない。

ヨハンナは眉をひそめつつスクリーン上のルートを指さしながらつづけた。

「となると、この辺の道を利用するしかないわね」彼女の指先がなぞったのは、ごく細い線としてスクリーン上に表示されている道路で、馬車道よりわずかに広い程度の道幅しかないはずだった。「この道を通ると時間もよけいかかるわ。ヨアヒムのフェリーを利用したことが知れたら、ヴォポも、あたしたちがその道に向かったと察しをつけるでしょう。このあたしが道案内をしているのは確実だ、とも思うでしょうしね。でも、あたしたちがときどき農道を利用すれば連中の裏をかけるはずよ。たとえば、この地点からこの地点まで」地図の上では連結道路のいっさいない、長さ一〇キロにわたる区域をハンジは指さした。

マックスは眉をつりあげた。

「きみがその道を知ってるのに、連中が知らないなんてことはあるかな?」

ハンジは顔をしかめた。「たとえスパイの子として生まれたにしても、あたしは田舎の女男爵の娘として育てられたのよ。子供の頃、半径二〇キロ以内に住んでいる農夫とならだれとでも知り合いになったし、これ以上一分でもあの呪われた城や門衛小屋にいたら気が狂ってしまうと思ったときなんか、よくルディーや——その前任者——に頼んでロング・ドライヴに連れてってもらったわ。そういうときにはたいてい、畑のあいだを縫っているそういう小さな農道を走ったの。昔は——ううん、いまもそうでしょうけど——そういう農道はとても静かで、素朴な味わいがあったものだわ」

マックスはちらっと時計に目を走らせた。一八〇九時。すでに六時をまわっている。急がなければ。手をのばして、ヨハンナの肩をつかんだ。彼女はシートにぐったりともたれて窓外を眺めていた。

「ハンジ……どっちの道をいったらいい?」

彼女はパチパチと瞬《まばた》きした。「ごめんなさい、マックス、ついぼんやりしてしまって。なにもかも……あまりにも突然に起きたものだから、まだ新しい事態に慣れることができないの。あたしはいま、まったく新しい世界に飛びこんでるんですものね」

マックスは計器類をチェックして、真剣な口調で言った。「そうかもしれないし、まだそうじゃないのかもしれない。とにかく、もうしばらくは冷静でいてくれ。おれにはきみが必要なんだから」

シートの背後のウィルスンのほうに、ぐいっと親指を突きつけて、

「いや、おれというより、おれたちにはきみが必要なんだから。ポツダムまではまだ八〇キロある。それにハンジ、たとえあそこに着けたとしても……」

彼女は顔をそむけた。「わかってるわよ。たとえあそこに着けたとしても、あたしの亡命が認められるとはかぎらない。さ、いきましょう」

ヨハンナは背筋をすっと起こした。どこから見ても——と、マックスは思った——彼女には貴族の気品があるな。それに、この女性なら、おれも——いや、いまはそんなことを考えているときではない。とにかく、いまは。

シフト・レヴァーを一速《ロウ》に入れると、彼はゆっくりとクラッチをつないだ。一度咳《せ》き込むような音をたててから、エンジンは再び力強い鼓動音を発しはじめた。すぐ二速《セカンド》にシフト・アップし、雑草に蔽《おお》われた道路の彼方に目を走らせる。そのときだった——車の背後で突然バンという音がし、ステアリングをとられそうになったのは。フェアモントは自らの意志を持ったように、左側の路肩のほうにすべりだす。とっさにギアをニュートラルに入れると同時に、マックスはじわっとブレーキを踏みつつステアリングを中立に保った。一瞬後に、フェアモントは停止した。あと数センチも進めば、左側の路肩から畑にずり落ちてしまうところだった。

　ステアリングを握りしめたまま、マックスはしばらく凝然と坐っていた。あの音が聞こえた瞬間、彼はなにが起きたのか覚っていた。パチパチと瞬きして汗が目に入らないようにしながら、とるべき措置を急いで考えた。

　ヨハンナが、ダッシュボードのハンド・グリップから手を離した。

「どうしたの？」声が震えている。

「タイヤさ。パンクしたんだ、左側の後輪が」

　ヨハンナはほっと肩の力を抜いた。「じゃあ簡単ね、スペア・タイヤと——」

「とり換えればいい。ところが、そうはいかないんだ。そのスペア・タイヤが、ない」

　マックスの脳裡《のうり》に、あのパイロットの死体をトランクに乗せるため、ライフルやツール

・ボックスと一緒にスペア・タイヤも外に放りだしたときのさまが甦った。映画のフラッシュバック・シーンのように、あのときの情景が頭の中にひらめいては消える。あのとき、こんなことになるとわかっていたら。もしあのとき、もうすこし先が読めていたら——もし。もし。

ヨハンナの声に、初めて掛け値のない恐怖が滲《にじ》みだした。

「マックス……スペア・タイヤなしに、どうして先に進めるの？」

体と同時に頭まで麻痺《まひ》しはじめるのをマックスは覚えた。とにかく、どうにかしなければ。なにか手を打たなければ。

「わからない」もぐもぐと呟《つぶや》いた。「くそ、どうすりゃいい。なにか打つ手があるはずだ」金縛りにあったような状態にならないうちに、彼はドアをあけて、ぎごちなく外に降り立った。

のろのろと背後のトランクの前に立って、ロック・ボタンを押す。きいっと軋みながらふたがあいて、中にライトがついた。思わず目が、死体の入っている緑色の寝袋に走る。それはグロテスクによじれて、あのとき外に放りださずにおいた品々を囲むように横たわっていた。銀色のヘルメットと黒い箱は、隅に押しこまれている。棒のように突っ立ったまま、マックスは、淡い光に照らされたトランクの隅々まで無意識に見まわしていた。と、それが目に入った。死体の背後に押しこまれている、大きなエアゾルの缶。ややあって、そいつの用途が頭にひらめいたとき、彼は夢中で死体の入った寝袋を押しやった。缶をとりあげるなり光にかざして、レッテルに目を走らせる。無力感は潮が引くように薄れていった。助かった。まだチャンスはある。一縷《いちる》の望みにはちがいないが、とにかく……。

素早くひざまずいて、タイヤの損傷部を調べた。パンクの原因がわかった。トレッド部の近くに大きな釘《くぎ》が刺さっていたのだ。そいつを揺すぶって引き抜き、エアゾルの缶の細いキャップをタイヤのヴァルヴにねじこんだ。シュッという音とともに、手中の缶の表面がしだいに冷たくなる。数秒後には、タイヤがまたふくらんだ。シュッという音が消えるのを待って、エアゾルの缶のキャップをゆるめて引き離す。空気が洩れている音がしないか耳をすましたが、大丈夫だった。ほっとしてその場に尻をつき、幸運の女神に感謝した。じっさい、ツイていたとしか言いようがない。スペア・タイヤを放り捨てたあのとき、その缶だってまかりまちがえば捨てていたかもしれないのだから。

ヨハンナが呼びかけた。「マックス。どうしたの？」引きつった、甲高《かんだか》い声だった。からになった缶をトランクに放りこむと、マックスはまた運転席にすべりこんだ。

「パンクしたんじゃなかったの？」

シートベルトをしめながら、マックスはかぶりをふった。「やっぱりパンクだった。ところが、おれたちの守護天使が瞬間パンク修理剤の缶をトランクの中に残しておいてくれた。さあ、これでまた走れるぞ」パッと彼女が顔を輝かせるのを見て、マックスは楽観をいましめるように表情を引きしめた。「あの修理剤は長くてせいぜい二、三時間しかもたない。しかも、無茶なスピードもだせんしね。だから、急がなくちゃ。さもないと、帰りつけないかもしれない」

ヨハンナはうなずいた。マックスはそっとフェアモントを道路の中央にもどした。時刻は六時十五分。紫紺の空に満月がのぼりつつあった。これでまたしても貴重な時間をロスしたことになる。ヴォポはもうそこまで迫っているかもしれない。

21

首筋のあたりが鳥肌立っているのを覚えながら、マックスは数分後に薄暗いヴルカウ村にフェアモントを乗り入れた。静まり返っている家々の前をゆっくりと通りすぎつつも、彼の闘争本能はもっとスピードをあげろ、とわめきたてていた。村を通り抜けるまで必死に自分を抑えていた彼は、十字路でハンジが進むべき方角を示すと、床も踏み抜けとばかりアクセルを踏みこんだ。夜のとばりに蔽《おお》われたドイツの野面《のづら》に、獣の雄叫《おたけ》びのようにフェアモントのエンジン音が響きわたった。

コシュカは渡し場でシュタッヘルとミューラーを待ちかまえていた。ヘリコプターは、ハーフェルベルクに通じる道路わきの狭い農地にうずくまっている。渡し場は三列に並んだライトを浴びて明るく浮かびあがっていた。埠頭《ふとう》に接舷《せつげん》しているボートには、ときどき地元の連中の車が乗り移っていく。甲板には小型車が四台並んでおり、あわただしく到着するヴォポの車を二十人ほどの乗客が不安そうな面持で眺めていた。

メルセデスから降り立ったシュタッヘルのもとにミューラーが駆けよる。二人は憮然《ぶぜん》とした面持のコシュカのほうに歩みよった。コシュカの隣にはその渡し場の警備担当の警官が立っていたが、彼はかなりの年輩のヴェテランらしく、覚りすましたような大儀そうな表情を浮かべていた。

彼ら二人の数メートル手前で立ち止まると、シュタッヘルは呼吸を整えてから言った。「首尾はいかがでした、大佐？　連中は――？」

「いや、まだだ」コシュカは答えた。「ここにいるディンケルの話だと、手配書に合致するような車は、日が暮れてから一台もこなかったそうだ。ディンケルはこうも言っている――ここから数キロほど下流に、古くからあるもっと小さな渡し場があるが、アメリカ人たちはそっちを利用したのではなかろうか、と。そっちの渡し場についてはなにか知ってるか、シュタッヘル？」

シュタッヘルはなにくわぬ顔で答えた。「もちろん、知っとりますとも、大佐。しかし、まさかあのアメリカ人が——」

「言い訳を聞いている時間はないんだ、シュタッヘル」ミューラーに向かって、「おまえはただちにこのボートに乗って、アメリカ人の車の前方にまわれ。やつがコッホの娘に手引きされていることはもはや明らかだ。彼女はこの辺の地理には精通しているにちがいない」コシュカはそこで、さっとシュタッヘルのほうに向き直った。きりきりと絞った弓弦のような緊張感が、コシュカの全身に漲《みなぎ》っていた。「それからシュタッヘル、きみはその古い渡し場から川を渡れ。わたしはヘリの上から二つの渡し場にはさまれた区域をパトロールして対岸に渡る。今夜の交通量はさほどでもないようだ。空中から見える車はすべてチェックするつもりでいる。それから——」長い筋張った指をシュタッヘルに突きつけて、「前方のハイウェイをすべて遮断《しゃだん》しろ。やつらがわれわれをリードしているにしても、せいぜい三十分くらいのはずだ。ラーテノウのわたしの部隊と軍事警察にはすでに警報を発してある。だから、やつらはこことラーテノウ間のどこかにいるにちがいない」

ミューラーは自分の車のほうに駆け去った。コシュカは一歩シュタッヘルの前につめよった。シュタッヘルより数センチは背が低いはずのコシュカが、まるで彼の前に聳《そそ》り立っているように見えた。シュタッヘルの茶色の外套《がいとう》の前をむんずとつかむと、コシュカは氷のように冷たい声で言った。「二度とわたしを騙《だま》すなよ、シュタッヘル」

シュタッヘルを押しやるなり、パッと踵《きびす》を返してヘリコプターに歩みよる。彼を呑みこむと同時にヘリのエンジンが唸りはじめ、五つの大きなローターが回転しはじめた。シュタッヘルはよろめくような足どりでメルセデスにもどった。運転手は賢明にも目をそらして沈黙を守っている。

「ヨアヒムの渡し場にいってくれ。急いでな」かすれ声でシュタッヘルは命じた。

もはや遅滞は許されなかった。

コシュカはリモート・コントロール式の二個の大型サーチライトで川岸を照射した。彼らは黒い水面からわずか五〇メートルしか離れていない低空を、時速一五〇キロの速度で岸辺に沿って飛んでいた。青白いサーチライトに照らされた両岸の地形が、一連のストロボの映像のようにひらめいては眼下を流れてゆく。前方に、ポッンと明かりが一個ともっている渡し場の小屋が現われた。さっそくその小屋に接近するよう、コシュカはパイロットのヴァーニャに合図した。二人の乗ったヘリは小屋の上を二度旋回して、腐れかけている渡し場を照射した。フェリー・ボートは影も形もなかった。

彼は水面を指さした。ヴァーニャはうなずき、大型ヘリはエルベ川の上空を横断しはじめた。対岸までの中間点にさしかかったとき、水面上のなにかをコシュカの目はとらえた。とっさにサーチライトをあてると、古ぼけた小さなフェリー・ボートが浮かびあがった。

黒っぽい人影が一方の端に坐っている。それは遅々としたスピードで川の流れを横切りつつあった。眩《まばゆ》いライトを浴びせられた男は、びっくりしたように立ちあがって片手を目の上にかざした。コシュカは無線のスイッチを入れた。眼下のフェリー・ボートの船頭を尋問するようシュタッヘルに命じると、彼はヴァーニャに川をまたいで東に向かうよう指示した。

ヨアヒムの小さなボートが古ぼけた船着き場にどしんとぶつかったとき、前方にはすでにシュタッヘルが待ちかまえていた。黒い大型のメルセデスを、ヨアヒムは怪訝《けげん》そうに眺めやった。が、彼がボートを係留し終える前にメルセデスは渡し場に近づき、数秒後には船の甲板に乗り移っていた。ぶうんという音とともに、メルセデスのパワー・ウインドウがさがる。シュタッヘルが顔をだして、ヨアヒムに手をふった。

「今夜は商売繁盛のようだな、ヨアヒム」

ヨアヒムは答えなかった。

「こんな寒い晩におまえさんの小さな船を利用しようとするのは、どんなやつなんだ？」

ヨアヒムは帽子をいじくりながら、依然として黙りこくっている。

シュタッヘルの口調が急に冷ややかになった。「いいか、ヨアヒム。こっちは急いどるんだ。まずそのもやい綱を解いて、われわれを向こう岸まで運んでくれ。その途中で、おまえがすでに対岸に運んだ連中について話してもらうことにする。いいな？」

老人は勢いよく首をふり、もやい綱を解いてからボートの船外機のギアをバックに入れた。小さなフェリー・ボートはゆっくりと岸辺を離れた。

東岸の渡し場にボートが着く頃には、シュタッヘルはすべてを聴取し終えていた。コッホの娘はまたアメリカ人たちと付き合っているのだろう、とヨアヒムは思ったのだという。年老いたヨアヒムにとっては、二十年前の出来事のほうがつい昨日の出来事よりも鮮烈なのだ。二十年前にファルケンベルク城に通っていたアメリカ人のことを、彼はよく覚えていた。その証言はシュタッヘルにとって、ヨハンナ・コッホがまぎれもなくアメリカ人を手引きしているという事実の証《あか》し以外の何物でもなかった。

その事実の意味するところを、シュタッヘルは吟味してみた。彼にとっては、アメリカ人がA‐10の秘密装置を奪還したことよりも、ヨハンナ・コッホが西側へ亡命を図ることのほうがはるかに深刻な問題だった。自分も出席したことのあるファルケンベルク城での党の集会のことを彼は思い返した。最近ではヨハンナが母親とともにその種の集会を主宰することが多くなっている。いかにも事務的に、てきぱきと討議を進めていくヨハンナ・コッホ。彼女がその種の集会で見聞したことはかなり多いはずだ……。

そう、その気なら党の機能を麻痺《まひ》させ得るほどの情報を彼女は耳に入れている。シュタッヘルはいまさらながらヴォルフ・コッホを呪った。なぜあの軟弱な男は貴族の女などと結婚したのだ？　なぜヨハンナ・コッホのような雌狼《めすおおかみ》をこの世に送りだしてくれたのだ？

そのとき車のエンジンが甦り、メルセデスは甲板から岸辺に乗り移った。運転手はそこで停止させて、進む方角をたずねた。シートベルトをしめながら、シュタッヘルは険しい顔で答えた。「まっすぐヴルカウに向かうんだ。全速力で飛ばせ」

追いつめられたシュタッヘルの心境をくみとって、運転手はこっくりとうなずくと同時にアクセルを踏みこんだ。メルセデスの四・五リッターV8エンジンは、待ちかねたように重厚な鼓動音を響かせた。

うねりつつ背後に流れ去る道路を眺めながら、コシュカは手にした地図でそれを確認しようとしていた。背中ではエンジンのタービンが唸っている。ヴァーニャの操るヘリは、時速一二〇キロで木々の梢《こずえ》すれすれに飛んでいた。コシュカとしては、遠方まで見すかすためにもうすこし高空を飛びたかったのだが、最初にこちらの爆音を聞きつけた敵のアメリカ人ドライヴァーが――そいつはかなり用心深い男であることがいまや判明しつつあった――ライトを消してしまう心配もある。そういう事態に備えるためには、低空を飛ぶしかなかった。

やがてヘリは十字路の近くにさしかかった。さっきの渡し場からのびている小さな道は、幹線のハイウェイと鉄道を横切ってから、ヴルカウの近くで南東に走っている普通のハイウェイに接している。幹線のハイウェイのほうは、ラーテノウの軍事基地まで直接通じている道であることがわかった。コシュカは方向感覚をつかむまで、もうしばらくその場に滞空するようヴァーニャに命じた。

アメリカ人が進んだ道としては三つが考えられる。まず南東に向かう道だ。その場合はすでに待機中の彼の部隊の懐《ふところ》にもろに飛びこんでしまうことになる。あるいはポツダムからはすこし離れるが、北東に向かう道。この場合は幹線のハイウェイを五〇キロほど進んだところで、やはり道路を封鎖しているバリケードに飛びこんでしまうことになるだろう。残るはいったん南下してから東に向かう、やや細い道路だ。いずれにしろ、同時に二つ以上の道をチェックすることはできない。コシュカはもっとも南寄りのルートを地図の上でたどった。その道は、村や人家のほとんどない幅二五キロほどの湿地帯を横切っている。そして、小さな村や丘や森のあいだをくねくねと縫ってから、一五キロほど東の地点で再び幹線のハイウェイに接している。

眼下を一台のトラックが北に向かって飛ばしていた。運転手が首をひねって、頭上に滞空しているヘリのライトを見上げた。ソ連軍の兵士だった。こんなところになぜヘリコプターが、とでも言いたげな、びっくりした表情を浮かべていた。

コシュカは決断を下した。いかなアメリカ人でも、ソ連軍の兵士たちと遭遇する危険を冒すことはできまい。おそらくラーテノウを避けて、北東に向かうのではあるまいか。コシュカはマイクに向かって指示を下した。次の瞬間、ヴァーニャはヘリを急上昇させて、北東に向かう道路沿いに飛びはじめた。

六分後に、シュタッヘルのメルセデスが砂利を跳ねあげながら村の十字路で停止した。カール・シュタッヘルは道路地図を見るまでもなく現在地をつかんでいたが、やはり同様のジレンマに直面していた。

アメリカ人は軍事制限地帯を突っ切って南に向かうだろうか？　いや、そいつはありそうにない。やつがその危険を知らなくても、ヨハンナ・コッホは知っているだろう。

では、北か？　否。キリッツにあるヴォポの兵舎のことも、ヨハンナは知っているはずだ。

とすると、あとは二つの細い道しかないことになる。最も北寄りの道を進む場合の彼らにとっての利点は、その沿道に小さな町がいくつかあることだ。それらの町にはヨハンナ・コッホの友人たちも住んでいることだろう。古い家柄の出である彼女は、後進地域であるこの近辺ではいまだに尊敬されている。ヨアヒムが彼女について言い渋ったこともその証左と言ってよかろう。

だが、その道を進んだ場合は、彼らの目的地よりかえって遠ざかることになるのだ。彼ら二人は一刻も早くポツダムに帰り着こうと必死になっているはずだ。しかも、やつらの操っている車はとてつもないスピードをだすことができる。やはり、多少の危険を冒しても最短のルートをとろうとするのではなかろうか。

シュタッヘルは苛立《いらだ》たしげに山羊《やぎ》ひげをしごいた。決断に迷っているうちに、時間は刻々とすぎてゆく。無線機が突然ザーッという音を発して、なにやら聞きとりづらい伝達事項を流した。

シュタッヘルはとうとう肚《はら》を固めた。運転手の肩を叩くと、彼は南に向かう道を指さした。運転手は猛然とアクセルを踏みこんだ。

その一一キロ先で、勢いよくステアリングを切って右手の道に折れたマックス・モスは、八〇〇メートルも離れていない前方の路上に、ライトのついた道路封鎖用のバリケードが置かれているのを見た。

22

赤と白に塗られたバリケードが目に入った瞬間マックスはライトを消し、ステアリングを切るなりハンド・ブレーキを引いて、瞬時に向きを一八〇度変えるスピン・ターンを敢行した。夜気が唸《うな》り、路面に白煙が生じた。ウィルスンよりは慣れていなかったが、うまくいった。フェアモントはタイヤを軋《きし》らせながら半回転し、数瞬後には轟音《ごうおん》とともに封鎖地点から遠ざかりつつあった。マックスは懸命に闇に目をこらした。頼りは自分の記憶と仄《ほの》かに前方を照らしてくれる月光のみ。二キロ近くも走った頃、低い灌木《かんぼく》の生い茂る湿地帯に空地が見つかった。迷わずそこに乗り入れた。すぐステアリングを切って道路に向き直り、路肩から数メートル離れたところでヘッドライトを消したまま停止した。

マックスが大きく息をはずませているのを、ヨハンナは見た。細い顔は青白く、ひときわ頬がこけており、ぎらつく目が忙しく左右に動いて道路を、湿地帯を、空を見すかしている。おそらく彼は父親のエリック・モスが初めてあたしの母と知り合ったときの年齢に近いはずだ、とヨハンナは思った。なにかというとすぐ浮かべる皮肉っぽい薄笑いを別にすれば、容貌も母からよく聞かされた彼の父親のそれに似ているようだ。と、彼女の胸中を読んだように、マックスが唇を歪《ゆが》めながら笑って言った。「くそ、先まわりされたな。あそこを迂回《うかい》して通り抜ける道はあるのかい？」

ヨハンナはかぶりをふった。「この湿地はかなり先までつづいているの。道の両側五キロ以内には、固い地面はないわ」

マックスはステアリングを見つめながら、懸命に頭を絞った。不意に、冷ややかな笑みがその頬に浮かんだ。

「なあ、ハンジ」彼は言った。「さっき道路を封鎖していた連中はドイツ人たちだったかな、それともロシア人たちだったかな？」

ヨハンナは必死に考えた。あのときはちらっと見えたにすぎないが、しかし……。

「ロシア人だったと思うわ。ヴォポは灰色のトラックを持っていないはずよ。あそこにはたしかに灰色のトラックが見えたもの」

マックスはうなずいた。

「よし。いいかい、そっちの窓ガラスを巻き下ろして、なにか聞こえたら言ってくれ」彼女が言われたとおりにするのを見て、マックスはダッシュボードに手をのばした。あるスイッチを入れると、青いライトがついた。ヨハンナがこっちを見やった。

「いいかい？」

彼女はうなずいた。マックスはステアリングのリムに嵌《は》めこまれているスイッチを押しながら、ホーン・リングのマイクに向かって低く数をかぞえた。「一、二、三、四、五」

ヨハンナがさっとこっちをふり向いた。

「あなたの声が車の外から聞こえるわ。いったい——」

「拡声器さ。フロントグリルに取り付けてあるんだ。どうしてそんなものまで装備しているのかわからないが、おかげで助かった。なんとかなるかもしれない」

「どうやって?」

「とにかく、エルベ川に後もどりはできんし、といってあそこを迂回することもできない。となれば、さっきの封鎖地点を通り抜けるしかない。しかし、銃を乱射しながら強行突破することもできないのだから、なんとか敵を騙《だま》すしかないだろう」

ヨハンナはぴんとこない表情で、こっちを見返している。

マックスはくっくっと笑った。航法装置のスクリーンが発する仄《ほの》かな光に、両眼がきらきらと輝いていた。

「どうかね、おれは人質になったソ連軍の将校に見えるかい」

前方の路上にまたしても車のライトが浮かびあがったとき、ラーテノゥの道路封鎖を指揮していた大尉は、先刻目撃した奇妙な光景について、ちょうど電話で報告し終えたところだった。急いで受話器を置くと、彼は部下を持ち場につかせ、封鎖用の柵を点検してから口径九ミリのマカロフ・ピストルをホルスターから抜きだした。

ライトがさらに接近してきた。ハイ・ビームになっているので、車もドライヴァーもはっきり見えなかった。警報がでた直後に強力なサーチライトを確保しておけばよかったと、ソ連軍の大尉は悔《く》やんだ。なんとか車の外観を見分けようと、彼は片手を目の上にかざした。

ライトは五〇メートルと離れていない地点で停まった。大尉は射撃準備の命令を部下に下した。そして、メガホンを口にあてて怒鳴ろうとしかけたとき、謎の車の発したピーッという警笛のような音に遮《さえぎ》られた。

拡声器で増幅された男の声が流れだした。しかも、話している言葉がロシア語だと知って、大尉は愕然《がくぜん》とした。彼はメガホンを下ろして耳をすました。

「同志たちに告ぐ。わたしはドミトロフ少佐だ。アメリカ人たちに捕えられて人質となった。こうして話しているいまも、頭に銃口を突きつけられている」

兵士たちの一人が、農夫特有の顔に驚愕の色を浮かべて大尉のほうをふり返った。

またしても男の声が静寂を破った。ベロルシア訛《なま》りがあるようだ、と大尉は思った。

「この車を通さんとわたしを殺す、とアメリカ人たちは言っている。彼らは死に物狂いになっているが、いずれはつかまるということがわかっとらんらしい――」声が不意にとぎれたかと思うと、ガツンという鈍い音につづいて、うっという呻《うめ》き声が流れた。大尉の部下はいっせいに武器をかまえた。

再び声が流れた。

「この連中を通してくれ、同志。わたしの命など惜しくはないが、もし生きていられれば、この連中が最終的に捕えられたときに効果的な尋問をすることができるだろう」

沈黙。

拡声器がまたぶうんと唸った。

「射ってはいかん、同志。これは命令だ」

カチッという音とともに声が消え、車がじりじりと前進しはじめた。

ソ連軍の大尉は唇をかんだ。彼は、いかなる犠牲を払ってもアメリカ人の車を阻止せよ、という命令を受けていた。その命令は明瞭そのものだったが、ソ連軍の少佐が人質になった場合の措置などについては一言も触れられていなかった。人質――それも自分より明らかに階級が上の軍人――の命を犠牲にすることが果たして許されるだろうか？　それに、あの声にはいかにも威圧的な響きがあった。じっさい、ロシア人たちの耳には、その声は共産党の党籍を有している人間、しかも政府の上層部に有力な後援者や友人を持っている者のそれのように聞こえたのである。大尉はグルジアの農村地帯の出身だった。父も母も農民だったから、入党申請をだせるくらいの階級にまで昇進し得た自分を実に幸運だと思っていた。

彼は部下に手をふってバリケードから後退させ、武器を下ろすよう命じた。そして自らバリケードの遮断機《しゃだんき》をあげると、数歩後退して拳銃をホルスターにおさめた。

何台ものトラックのヘッドライトが照射している明るい路面に進入してくる車を、兵士たちは声もなく見守った。ダーク・ブルーのボディは泥にまみれて、あちこちに傷がついている。大尉はじっと内部に目をこらした。バリケードを通過してしだいにスピードをあげつつある車の窓ガラスは、白くくもっている。だが……。

助手席に坐っているのは、ただの女ではないか。

マックスが二速《セカンド》にシフト・アップしてアクセルを踏みこむと、フェアモントは激しいホイール・スピンを起こした。大尉は茶色い革のホルスターから拳銃を抜きとりざま、射てと部下に叫んだ。数秒後、彼のマカロフと十挺《ちょう》のカラシニコフ自動小銃がいっせいに火を噴いた。が、フェアモントはすでにカーヴしている道路の彼方《かなた》に消えていた。

車のトランクにビシッと弾丸が当たって跳ね返ったとき、マックスは四速《フォース》にシフト・アップした。フェアモントはなおも加速しつつあり、スピードはいまや時速一六〇キロをオーヴァーしていた。ヨハンナは恐怖に顔を引きつらせて、凍りついたように坐っている。道路が見通しのきく直線に変わったとき、マックスは拡声器のスイッチを切った。青いライトが消えた。体が小刻みに震えていた。汗が顔を伝い落ちたが、彼は笑っていた。

ヨハンナが握りしめていた両手をひらいた。「あんなことをするんだと知ってたら、あたしはむしろ降伏してたかもしれないわ」彼女の顔にはおよそ血の気がなかった。「あなたはとても勇敢なのか、すごい自信家なのか、そのどちらかね、マックス」

マックスは顔の汗を手でぬぐった。

「いや、そういうわけじゃない。せいぜいきみと同じ程度の自信しか持ち合わせてないさ。でも、なにか思いきったことをしなくちゃ、あのピンチは乗り切れない、と思ったんでね。

ここまできて、むざむざとっつかまってたまるもんか」彼はじっと前方の路上を見すえていた。スピードは約一六〇キロを保っている。風が唸り、夜気がおののきながら流れ去る。フェアモントは荒涼たる田園地帯をロケットのように驀進《ばくしん》していた。

ダッシュボードのライトに仄白《ほのじろ》く浮かびあがっているマックスの横顔に、ヨハンナは目をこらした。固く引きむすんでいる唇、ぐっと引きしまった顎《あご》。細くすぼめられた目が、弧を描くようなパターンで終始動いている。前方の路面、道路の右側、左側、ダッシュボード、そしてまた前方の路面。荒れた路面の穴や突起を乗り越えるたびに、車体が震動するのを彼女は感じた。

「あんなに流暢《りゅうちょう》にロシア語をしゃべる術をどこで身につけたの？」

路面に視線を据えたままマックスは答えた。「カリフォーニア大学のバークレー校さ。ソ連から亡命してきた教授に習ったんだ。彼はもとソ連陸軍に在籍していた男でね、じっさいにドミトロフという名前だったんだぜ、ＣＩＡの助言で別人になりすましてしまう前は。単なる動詞の活用以上のことをいろいろと教えてくれたよ、彼は」

前方にＳ字カーヴが現われたのを見て、口をつぐんだ。

ややあって、マックスは訊いた。「あの連中、この先でも道路を遮断しているかな？」

ヨハンナはかぶりをふった。

「さあ、してないんじゃないかしら。ヨーロッパ幹線道路Ｅ15号線のインターチェンジまでは。そこでは、きっと検問が行なわれていると思うわ。どうして？」

マックスはちらっとバックミラーに目を走らせた。

「どうやら、もっとスピードをあげなくちゃならんようだからさ。おれたちには連れができたようだ」

ヨハンナはさっとふり向いて、リア・ウインドウごしに背後を見すかした。夜空が、ヘッドライトの光芒で異様な明るみを帯びていた。


ソ連軍大尉のためらいがちの説明を、シュタッヘルは信じられぬ思いで聞いていた。大尉の説明が終わると、彼はメルセデスの窓から顔をだして、相手が二度と忘れられぬような口調で面罵《めんば》した。ソ連軍の将校を叱咤《しった》するのは彼の権限外の行為だったが、それはそれでいい気分だった。

とにかく、アメリカ人には僅差《きんさ》のリードしか許してないことがこれではっきりした。やつは策略を弄《ろう》して検問を突破したが、これでこっちもやつに肉迫するチャンスをつかめたわけだ、とシュタッヘルは思った。彼は運転手の肩を叩いた。メルセデスはタイヤから白煙を発しながら検問所を通り抜け、ぐんぐんスピードをあげていった。

五分後に、先行するアメリカ人の車のテールランプがちらっと地平線上に見えた。夜風が霧と靄《もや》を吹き払ってしまったからだろう、視界は上々だった。それに、平坦な湿地の中を貫通しているこの道は、さっきの検問所から二五キロ離れたフリーザックまで、ほぼ一直線に延びているはずだった。

運転手のハンスは、まるで狂人のように大型のメルセデスを飛ばしてゆく。シュタッヘルはシートの背もたれにしっかとしがみついていた。いくらアメリカ人の車が速いといっても――と、彼は思った――特別に手を加えたこの450SELの敵ではあるまい。運転手の肩ごしに速度計に目を走らせると、すでに時速二四〇キロを超えていた。ときどき苦しげに、ボディがわなわなと震えた。前方のテールランプがしだいに明るさを増してきた。

マックスはちらっとターボのブースト計に目を走らせた。エンジンの回転数が最高レヴェルに達しているのに、たったの五ポンドのブースト圧しか得られていない。それで、いくらアクセルを踏みこんでも一九〇キロ以上でないのだ。思わず悪態をついた。そのとき、無線機を壊されたときのことを思いだした。あれだ。あのときルディーの弾丸は隔壁をも貫通してエンジン・ルーム内に飛びこみ、デリケートなターボの配管をも傷つけたのだろう。配管にごく小さな穴があいただけでも、ターボは必要な圧力を生みだすことはできない。エンジンが過熱している徴候はないから、おそらく排気系のパイプが損傷を受けたのだろう。くそ。腹立ちまぎれにステアリングを叩きながら、もっとスピードをあげる手はないものかと必死に頭を絞った。回転計《タコメーター》に目をやった。針は七五〇〇回転をさしている。ギアを五速《トップ》に放りこんで、息を殺した。回転数がさがったが、スピードはわずか三キロほどあがったにすぎない。バックミラーに映っているヘッドライトがぐんぐん接近してきた。

前方にはほぼ一直線の路面がどこまでものびている。淡い月光に照らされていて、周囲の湿地帯よりわずかに明るかった。耳を聾《ろう》するエンジンの咆哮《ほうこう》と風切り音に逆らうように、マックスは声を張りあげた。

「こういう直線が、あとどのくらいつづいてるんだ？」

ヨハンナは懸命に記憶の底をさぐった。ややあって、両手をメガホンのように口にあてて叫び返した。「一五キロから二〇キロぐらいだと思ったわ」

マックスは即座に頭の中でマイルに換算した。とすると、すくなくともあと九マイルにわたって、背後に追いすがっている車とデッド・ヒートを演じなければならない。いまのスピードだと、長くてせいぜい四分の勝負だろう。数キロ先に分岐点があるのはたしかだから、カーヴもあるはずだ。そこまでいけばなんとかカーヴを利用できる。とにかくそこまでは、なんとしてでもリードを保たなければ。

ヘッドライトに大きな路面の突起が浮かびあがった。とたん、フェアモントはそこに突っこんでいた。ガツンという衝撃とともにエンジンが苦しげな悲鳴をあげ、四輪が宙に躍りあがって空転した。次の瞬間、フェアモントはつんのめるように着地して、ボディを震わせた。フェアモントはいま一五メートルは宙を飛んだはずだった。ヨハンナは両手でしっかりとハンド・グリップを握っていた。目を大きく見ひらいている顔は、死人のように青ざめている。

数秒後、背後の車のヘッドライトが天を照らした。と見るまにまた下を向いたのを、マックスはバックミラーでとらえた。連中もやはりあの突起を避けられなかったのだ。敵は思ったよりも接近していた。背後の車のスピードは、フェアモントのそれをすくなくとも一六キロは上まわっているだろう。

この道幅ではスピン・ターンもままならないし、すぐ横が湿地だからオフロード・ドライヴのテクニックも使えない。車輪が一つでも路肩の外に落ちたら、横転は必至だ。打つ手が次々に頭に浮かんでは消えてゆく。体中に汗が噴きだしていた。使えそうな手はなかなか思い当たらない。マックスは肩を丸めて、さらに強くアクセルを踏みこんだ。背後のヘッドライトが、いつのまにかフェアモントの内部を照らしはじめていた。

泥まみれのフロントガラスごしに、シュタッヘルはじっと前方を見すかした。アメリカ人の車との差は、もう一〇〇メートルもない。白っぽい煙を吐きだしているエグゾースト・パイプまでが、はっきりと見える。

やはりポツダムのアメリカ軍事連絡部の車にまちがいなかった。フォード・フェアモントだ。シュタッヘルは一瞬首をひねった。彼らの車はターボチャージャーを備えていて、かなりの高速を誇っているはずだ。時速二八〇キロ以上もだせることが、彼らと熾烈《しれつ》な追撃戦を演じた部下によって確認されている。それなのに、眼前のフェアモントは意外にあっさりと追いつめられようとしている。そうか――原因はあの白い煙だな。きっとエンジンが不調なのだろう。

シュタッヘルはドア・パネルに手をのばして、口径九ミリのスチェッキン・マシンピストルを抜きとった。ボディの激しい震動に抗して体のバランスをとりながら、長い木製の銃床をグリップにねじこんで、二十発入りの弾倉を銃把にさしこむ。

それを手に、運転手に向かって叫んだ。「ハンス、可能なかぎり接近しろ!」

黒いメルセデスは容赦なく前車との差をつめていった。

ぎらつくヘッドライトが冷酷にフェアモントの車内を照らしだす。背後の車の意図を読みとろうと、マックスは懸命に頭を働かせていた。連中はどうする気だろう? さっきの検問所のソ連兵たちが発砲してきたことはまちがいない。ポツダム協定の条文は、今夜は完全に無視されているのだ。背後のやつらはおれを湿地に追い落とす気だろうか、それとも問答無用とばかり弾丸を浴びせてくるつもりか?

くいしばった歯のあいだから声を押しだすようにして、彼はヨハンナに言った。「体を伏せろ、ハンジ。やつら、ガソリンタンクを狙い射ちしてくるぞ」

ヨハンナはうなずいて、シートに坐ったまま低く身をずらした。グラスファイバーとフォームラバー製のシートに弾丸を跳ね返せるはずはないが、すくなくとも心理的安心感は与えてくれるらしい。

背後に迫った車がメルセデスであることを、マックスは確認した。450だな、と思ってから、こんな危機の瞬間にも無意識に車の型式をあてようとする自分に腹が立った。すこしでもリードを保つ方法がないものかと、彼は必死に考えを凝らした。

メルセデスはいまやリア・バンパーに触れなんばかりに迫っていた。

最後の瞬間まで窓をあけるのを控えていたシュタッヘルは、いまこそ好機と踏んでフェアモントの左側にでるよう運転手に命じ、パワー・ウインドウのボタンを押した。とたん、メルセデスの車内には轟然《ごうぜん》たるエンジン音とむせび泣くような風音が渦巻いた。いまや二台の車は、一歩まちがえば接触しかねないほど接近していた。メルセデスがじりじりとフェアモントの横にでようとする間《かん》、シュタッヘルは片手でハンド・グリップにしがみついていた。それから、あいた窓にすこしずつにじり寄って尻の位置を定めると、シートベルトをしめた。いよいよだ。左手でショルダー・ストラップの付根の部分をつかみ、肘《ひじ》を安定させておいてから、そこにピストルのずんぐりした銃身をのせる。ゆっくりと銃口を窓の外に突きだして狙いを定めにかかった。と、すさまじい風圧のために、あやうくピストルを持っていかれそうになった。どうにか姿勢を正すと、彼はしっかと銃床をつかみ、スチェッキン・ピストルの照準をゆっくりとアメリカ人ドライヴァーの頭部に絞った。

メルセデスの車首が、するすると左側のリア・フェンダーの横にでてきた気配を、マックスは目の隅でとらえた。といっても、敵は追い越す気はないらしい。ただ、後部シートに坐っているだれかにこちらを狙撃《そげき》するチャンスを与えようとしているのだ。不意に、かつて経験した似たようなシーンが頭に甦った。

あれはデイトナのレースだった。C・W・ハイトンが、長い直線でスリップ・ストリーム効果を狙って、マックスの駆るシヴォレーの尻にマーキュリーの鼻面をぴたっとつけてきた。スリップ・ストリームとは高速で走る前車の後方に生じる乱流のことで、そこだけ気圧が低くなるため、後続車は吸い寄せられる形になり、パワーを抑えたまま前車と同じスピードで走れるのだ。あのときマックスの車は激しく震動しはじめ、タコメーターの針はとうにレッド・ゾーンに入っていた。バックミラーには、にやにや笑っているヴェテランのハイトンの顔が映っていた。もしマックスがスピードを落としたら、ハイトンは待ってましたとばかり脇をすり抜けてゴールに飛びこんでいくだろう。といってそのままアクセル・ペダルを踏みつけていればエンジンがいかれてしまい、ハイトンはギア比を高く設定してあるマーキュリーの利点をフルに生かして、やはりこっちをかわしてしまうだろう。

打つべき手は一つしかなかった。赤土で蔽《おお》われたアーカンソーの田舎サーキットで覚えたえげつないテクニックだが、もはやそれに頼るしかなかった。

マックスはいったんアクセル・ペダルから足を浮かせ、また踏みつけると同時に右に車をふったのだ。

その一瞬の挙動の変化が彼の車に与えた効果は、ごく軽微なものだった。シヴォレーはわなわなとボディを震わせ、エンジンが咳《せ》きこむような唸り音を発したものの、そのまま高回転を保ってゴールに飛びこんでいった。

が、C・W・ハイトンのマーキュリーは、シヴォレーが右に寄ったために生じた低圧ゾーンに吸いよせられ、そのフェンダーが軽くシヴォレーのリア・クォーター・パネルに接触してしまった。ショックでシヴォレーはさらに右に弾かれたが、マックスは難なく姿勢を立て直すことができた。ところがハイトンのマーキュリーは鋭く首をふり、抑えのきかないスピンを起こして、そのままガードレールに激突してしまったのである。すべては一秒の何分の一かの出来事だった。

そのシーンが、いまマックスの頭に鮮やかに甦っていた。ここにはガードレールはないが、あのメルセデスが一つでも車輪を路肩から踏みはずせば、結果は同じだろう。

彼はステアリングをじわっと左に切ってみた。メルセデスも瞬時に左に逃げて接触をかわしてから、また差をつめてくる。なるほど。さすがにいい腕をしている。が、やっこさんは果たして埃《ほこり》っぽいアメリカ南部のサーキットでレースをしたことがあるだろうか？

やおらステアリングを右に切るなり、マックスはアクセル・ペダルから足を浮かした。フェアモントのエンジンが激しく息をつき、一瞬のうちにすべてが起きた。すっと低圧ゾーンに吸いよせられたメルセデスの運転手は、とっさにステアリングを切って離れようとしたものの、遅かった。メルセデスのバンパーの右隅が、フェアモントのリア・フェンダーに軽く接触した。猛スピードで走っていたメルセデスは、それだけで道路の中央から弾き飛ばされた。450SELの車首は大きく左にふりまわされ、運転手は必死の形相でステアリングを右に切った。が、勢いあまって切りすぎたのか、メルセデスの車首は内側にめくれこみ、依然として一九〇キロのスピードを保ったまま逆の方向にスライドしはじめた。

そのときマックスは、激しく尻をふっていたフェアモントをなだめることに成功し、ちらっとバックミラーに目を走らせて、背後で起きつつある光景に見入った。

メルセデスは長い緩慢なスピン状態に入っていた。ひらいたリア・ウインドウで、パッとオレンジ色の閃光《せんこう》がひらめいた。銃弾が発射されたのだ。運転手は、コントロールを失った車をなんとか路上に留めようと必死のステアリング操作を行なっていた。車輪が一つでも路肩から落ちたらどうなるか、彼は熟知していた。そのとき、ほぼ三六〇度スピンし終えたとき、メルセデスのスピードは六〇キロは落ちていた。そのとき、左側の前輪がバーストした。

車体の尻が大きく右にふられたと思うと、依然として一二〇キロのスピードを保ったままメルセデスは道路から飛びだした。後部が路肩を越えて宙に浮いたとみるまに、湿地のよどんだ水面に落下した。そのまま一五メートルも走らないうちに、車速は七〇キロに落ちていた。運転手もシュタッヘルも、シートの背もたれに叩きつけられた。シュタッヘルの指がスチェッキン・マシンピストルの引き金を引き、残っていた一九発の弾丸を全弾連射した。そのとき車輪がようやく堅い地盤にぶち当たり、メルセデスは後ろ向きのまま停止した。

マックスの目には、光の渦巻のようにヘッドライトを照射しながら道路から消えるメルセデスの姿しか映らなかった。心臓が狂おしく鳴っていた。C・W・ハイトンがいまどこにいようとも、やっこさんに感謝したい気分だった。

ヨハンナが目をあけて、マックスを見やった。彼の横顔には、冷ややかな笑みが貼りついていた。彼女の視線をとらえると、マックスの笑みはさらに広がった。

「どうってことはない」彼は叫んだ。「〝デイトナ大学〟で学んだ、ちょっとしたテクニックさ」

ヨハンナの顔には狐につままれたような表情が浮かんでいる。マックスはまた笑い声をあげて、ステアリングをがっちりと握りしめた。

カール・シュタッヘルは徐々に意識をとりもどした。彼の体はかろうじてシートベルトに支えられていた。静かだった。苦しげに目をひらいて、周囲を見まわした。

車は横転を免れ、正常な姿勢で湿地の中に止まっていた。つんと鼻を衝《つ》くキナくさい煙が車内にたちこめている。前方を照らしている朧《おぼ》ろなヘッドライトの光で、車首が道路を向いていることがわかった。右の手には依然としてマシンピストルを握っていた。が、ショルダー・ストラップをつかんで銃の台座代わりにしていた左腕は、ストラップがからみついて肩口からもぎとられそうになっていた。

彼は運転手を見やった。ハンスはぐったりとステアリングにもたれかかっていた。前部シートとフロントガラスには血が飛び散っている。運転席の側の窓ガラスは砕け散っており、ドアは血を塗りたくったように真っ赤だった。

シュタッヘルは手中のスチェッキンに目をもどした。きっと車がスピンしたときに引き金を引いてしまったのだ。まるで記憶はないのだが、そのときハンスを射ち殺してしまったらしい。

彼はシートベルトのロックを解いて、身をふりほどいた。身動きすると車がかすかに揺れて、ずぶずぶと沈みこんでいくような音がする。左側のドアのロックを解除して、あけにかかった。びくともしない。尻をすこし遠くにずらして、思いきり蹴《け》りつけてみた。三度目にやっとひらいた。

水の深さは五〇センチもない。車輪のホイールキャップにも達していなかった。が、その下のほうではジューッという音がしている。熱いエグゾースト・パイプやエンジンが、水に浸りつつあるのだろう。

外に降りたシュタッヘルは、力まかせに運転席のドアを引きあけた。ハンスの死体が転がり落ちてきた。頭部は、もはや原形を留めない血みどろの塊と化している。死体の上着とシャツをむしりとると、シュタッヘルはそれでシートとドアの血をぬぐった。それから死体を遠くに引っぱっていった。再びメルセデスに乗りこむ寸前、ほんのつかのまながら、遠ざかりゆくフェアモントのかすかなエンジン音が聞こえた。

マシンピストルの照準にとらえた、あの黒髪の頭部が脳裡《のうり》に甦った。

まだ負けやせんぞ、小癪《こしやく》なアメリカ人め、と彼は胸に呟いた。

イグニッションのキーをひねると、エンジンが呻《うめ》くように甦った。

そう、勝負はこれからだとも。

23

ミューラーはフル・スピードでアウトバーンを飛ばした。白いBMWのルーフでは青い警戒灯が回転し、泣き叫ぶようなサイレンの音が夜気をつんざいた。E15号線を走っている一握りの車のドライヴァーたちは、背後から急接近してくるBMWを認めるとおとなしく走路を譲った。彼らに追いつくたびにミューラーはスピードを落とし、横に並んだ車に助手がスポットライトを浴びせた。これまでのところ、ライトに浮かびあがったのは、怯《おび》えきった東ドイツ人の顔ばかりだった。

ミューラーはすでにコシュカから、数キロ先のインターチェンジに急行するよう無線で命令を受けていた。あのソ連軍の大佐もいまのところ、なんら収穫もあげられないでいるらしい。

暗闇の中からインターチェンジが浮かびあがった。ミューラーはブレーキをかけて停止した。封鎖用バリケードの両側に、十台ほどの車が駐まっている。中央分離帯にはソ連陸軍の戦車が一輌控えて睨《にら》みをきかせており、五十人ほどのソ連軍憲兵が、通過する車を一台ずつ検問している。ミューラーは検問待ちの車の列から抜けだして、ゆっくりとバリケードに近づいた。指揮をとっている将校——少佐だった——が彼の車に気づき、降り立ったミューラーに向かってぶっきらぼうにうなずいてみせた。

「なにか収穫は？」

ミューラーがドイツ語でたずねると、将校は首を横にふった。

「検問をはじめて三十分たつんだが、手がかりはつかめん。ジューロフ大尉がアメリカ人に検問を突破されたと報告してきたのに、それらしき車はいっこうにやってこないんだ」

ミューラーは、突破された検問所に通じているはずの、アウトバーンから分岐している暗い道の彼方《かなた》に目を走らせた。

「あの検問地点からはこの道一本なんですよ、少佐。やつらがまだ生きてるなら、絶対にこの道をやってくるはずです」

彼はふり返って少佐の顔を注視した。

「この道にパトロール隊を繰りだしてはいかがですか？」

少佐はかぶりをふった。

「まず第一に、おれはそういう命令を受けてはいない。第二に、パトロールにまわせる余分な人員がここにはいない」

ミューラーは周囲に屯《たむろ》している兵士たちを見まわした。彼らがしているのは、せいぜい怯えたドライヴァーたちの顔を威丈高に睨みつけることくらいのものだった。たった一人のアメリカ人を捕えるのに、いったい何人の人員が必要だとこの少佐は考えているのだろう？

ミューラーは唇をすぼめた。「なるほど。じゃ、コシュカ大佐の到着を待つあいだ、わたしがちょっと偵察してきましょう」

ルーフの警戒灯を消すと、ミューラーは駐まっている車の群れを迂回《うかい》し、遮断機《しゃだんき》をあげてもらって本線からの出口を降りた。そこからはコンクリート舗装のランプが半円形にのびていて、アウトバーンの下を交差している細い未舗装道路につながっている。ミューラーは暗い道の彼方を見すかした。道はそこから約五キロにわたってゆるやかな弧を描きつつクレーセンまでのび、クレーセンからは幾重にも折れ曲がりながらノイヴェルデンにまで通じているはずだった。

ミューラーはゆっくりと走りはじめた。二、三キロ走ってきついカーヴを抜けたときだった、突然前方の暗闇から真っ黒い物体が躍りでてきたと思うと、轟音とともに風のようにかたわらをすり抜けた。不意を衝《つ》かれたミューラーはあわててステアリングを切った。白いBMWは道路から飛びだし、雑草に蔽《おお》われた土堤に頭から突っこんで停まった。

ミューラーは悪態をつきつつギアを後退《リヴァース》に入れた。が、シフト・レヴァーはなにかにつっかかったように震えて、すんなりと入らない。クラッチを踏みつけるなりミューラーはいきりたってアクセルを踏み、エンジンの回転をあげた。ゴリッという音を発しながら、レヴァーはやっとリヴァースに入った。

バックして路面にもどったミューラーはすぐステアリングを切り、細いタイヤを軋《きし》らせながらもときた方角に車首をふりまわした。青い警戒灯のスイッチを入れると同時に、彼は、もはや闇の彼方に消え去ったアメリカ人の車を追って急発進した。

「なにをぼやぼやしてる。いま起きたことを無線でインターチェンジに知らせろ」

助手は夢からさめたようにダッシュボードからマイクをむしりとって、報告しはじめた。

フランツ・ミューラーは顔面を引きつらせ、無我夢中でBMWを飛ばした。

やつは木製のバリケードくらい突破しちまうかもしれんな、と彼は思った。ソ連軍の戦車は中央分離帯の上にいて、その下には数人の兵士が待機しているにすぎない。もしあのフェアモントがいまみたいに突然暗闇の中から躍りでたら、戦車にしたところでとっさには照準を絞れまい。砲塔を回転させて射撃を開始する頃には、フェアモントはたぶん二重のバリケードを突破してしまっているだろう。

ミューラーは床もぶち抜くような勢いでアクセル・ペダルを踏みつけていた。エンジンが猛《たけ》り狂ったように唸った。無線機からは、報告と命令が入りまじった、混乱しきった音声が流れている。最後のコーナーを曲がりきって、バリケードまでまっすぐのびている直線にでたとき、ミューラーの目に、依然としてライトを消したまま驀進《ばくしん》しているフェアモントの姿が映った。いましもそれは最初の木製のバリケードに突っこんで粉砕したところだった。バラバラと倒れた兵士たちが、銃を乱射している。フェアモントはアウトバーンの下をくぐり抜け、もう一つのバリケードをも突破して、進入路には折れずにまっすぐ細い道に突っこんでいった。兵士たちを蹴散らすようにサイレンを鳴らしながら、ミューラーも舞い落ちる破片を浴びつつ一二〇キロ以上のスピードでバリケードの残骸のあいだを走り抜けた。アウトバーンの下をくぐり抜けたとき、戦車の一二〇ミリ砲が火を噴いた。が、フェアモントはすでにアウトバーンから遠ざかりつつあった。

背後の路面で起きた爆発の衝撃で、フェアモントの後部が一瞬宙に浮きあがった。車内にも衝撃波が走ったが、マックスはステアリングを離さず、一瞬たりともアクセルから足を浮かさなかった。あの戦車はどうにか一発放てたにすぎなかった。が、もうすこし連中にツキがあったら、こっちはいまごろバラバラの肉片になっていただろう。

タイヤを鳴らしてカーヴを曲がりきると、路肩までせりだした高い土堤や木々の陰になって、フェアモントはインターチェンジからの死角に入った。マックスはヘッドライトをつけた。もしあのとき、ライトをつけたまま突破を図っていたら、まず十中八、九、ヴォポに阻止されていたにちがいない。

マックスの指示どおり上体を折って顔を両腕に埋めていたヨハンナが、ライトがつくと同時に初めて顔をあげた。

「あたし……だめだと思った」語尾が震えていた。

マックスはパチパチと瞬《まばた》きして、目にかかる汗を払った。

「おれもだよ。生まれて初めてだからな、いまみたいな真似をしたのは」

ヨハンナはびっくりして彼の横顔を見つめた。例のメルセデスの追撃を断ち切ってから、これからインターチェンジの下のバリケードを強行突破するつもりだと聞かされたとき、彼女はてっきりマックスが前にもそういう体験をしたことがあるのだろう、と思った。それほど彼の口調は穏やかで自信に満ちていたのである。

「どうやらまたお客さんがついてきたようだ」バックミラーをのぞいて、マックスは言った。「こっちの位置は完全に連中に知られてしまったしな。なにかいい考えはあるかい?」

ヨハンナはスクリーンの地図に目をこらし、ややあって言った。

「いま走っているのは、ナウエンに通じる間道よ。これから約二五キロ走るあいだに、六つの小さな村を通過することになるわ」

マックスは素早く考えをめぐらした。距離計によると、ポツダムの本部までは直線にしてあと三四キロだ。この道なら、たぶん二十分ぐらいでナウエンまでの二五キロを走破できるだろう。前方にヘアピン・カーヴが現われた。即座にシフト・ダウンして突入し、軽く四輪をスライドさせながら直線に抜けたところで、こんどは鉄道の踏切りが現われた。マックスは左右の線路に目を走らせながら踏切りを渡った。線路はまっすぐにのびているようだった。

「いまの線路はナウエンに通じているのかい?」

ヨハンナは眉をひそめた。「ええ、だと思うけど」

マックスの視線が、航法装置に走る。スクリーンの地図には、鉄道は描かれていない。フェアモントはまたカーヴを曲がった。と、前方に再び線路が現われた。どうやらこの道は、あの鉄道の線路を何度もまたいでは折り返して、縫うように走っているらしい。マックスはある決断を下した。

「よし」エンジンの轟音にさからって声を張りあげた。「こうしよう。あの鉄道の線路はまっすぐナウエンに通じている。そいつは百パーセント確実と見ていい。としたら、この曲がりくねった道を真正直にたどっているのは時間の無駄だ」激しくブレーキをかけながら、「このフェアモントの左右両輪の幅は、あの線路をまたげるほど広くはないが、どちらか一方のレールだけならまたげるだろう。レールは平らな枕木の上に敷かれているはずだから、たぶんサスペンションをあまりぶつけずに走れるさ。次の踏切りで線路に乗ることにする。いいね？」

こっくりとうなずいて、ヨハンナはハンド・グリップを両手で握りしめた。

と、前方の闇の中から、ヘッドライトを浴びて銀色に光る鉄路が現われた。いったんブレーキをかけてから、またアクセルを踏むと同時にマックスは力いっぱいステアリングを切ってレールの上に乗り移った。四輪が激しく跳ね、踊り、突きあげたものの、すぐに線路に沿って走りだした。左側の車輪は左のレールの外の路盤にうまく乗り、右側の車輪はレールとレールのあいだの枕木に乗っていた。ヘッドライトに浮かびあがった線路は、地平線まで矢のようにのびている。マックスはすこしずつスピードをあげていった。右側の車輪が枕木と枕木のあいだの砂利に落ちるつど、ボディはゴッゴッした上下動を示したが、走行には支障なかった。

ヨハンナをかえりみたマックスの顔に、にんまりとした笑みが浮かんだ。

「どうやらうまくいきそうだ。あとはナウエンに着くまで、待避線や転轍器《ポイント》を避けられればいいんだが」

この路線の汽車で旅行したときのことを、ヨハンナはなんとか思いだそうとしたが、頭が混乱していてだめだった。マックスの声が、彼女の物思いを中断した。

「しばらくのんびりできそうだ。ちょっとアイクの様子を見てくれないか。後ろもだいぶ揺れたろうからな」

彼女がシートベルトをはずしてウィルスンの様子を見ているあいだ、マックスはレールを一本またいだまま時速六〇キロのスピードを保ってフェアモントを駆りつづけた。

ユーリ・コシュカは、アウトバーンの上空を飛びながらその知らせを聞いた。馬鹿者どもが、またしてもアメリカ人をとり逃がしたという。ソ連軍によるドイツ国内の道路封鎖を突破した者など絶えてなかったので、下の連中も油断したのだろう。あまりにも長く平和がつづくと、こういう情けない仕儀になる。

無線でミューラーと話して、コシュカはアメリカ人の車の現位置を確認した。彼らはS字カーヴの連続した道路をたどって、ナウエンに向かっているらしい。コシュカはにたりとした。いいぞ。ヘリなら直線距離を飛べるが、車は曲がりくねった道をたどらなければならない。そのままやつらを追跡しろとミューラーに命じて、コシュカは無線のスイッチを切った。

そのとき、彼の青い袖をヴァーニャが小突いて、ダッシュボードを指さした。コシュカの視線が燃料計に走った。針がゼロに近づいていた。くそ。

「どうしたんだ、いったい？」

ヴァーニャが口の前にマイクを引っぱった。

「飛び立ってからそろそろ三時間になりますので、大佐。このヘリの航続距離の限界に――」

「航続距離はわかっている。時間にしてあとどのくらい飛べるんだ？」

ヴァーニャは唇をすぼめた。「約十分間です、大佐」

コシュカは低く悪態をついた。せっかく敵に追いつきかけたというのに――しかし、やむをえない。いったん着陸せずばなるまい。

「どこで補給する気だ？」

ヴァーニャは北東を指さした。「この方向に五〇キロ飛ぶと、オラニエンブルク補給地があります」

コシュカはかぶりをふった。それでは逆もどりになる。

「ジェット機の燃料は使えるのか、このヘリは？」

ヴァーニャはうなずいた。

「よし、じゃあラーテノウに飛べ。あそこには短距離迎撃機隊が駐屯している。彼らの燃料を使わせてもらおう。距離も、ここからわずか二〇キロだからな」

ヴァーニャは再びうなずいて、大型ヘリの機首を転じた。

コシュカは眼下の道路を睨《にら》みつけた。あとはおまえに任せたぞ、ミューラー。そう心に呟《つぶや》きはしたものの、安心感はいっこうに湧《わ》いてこなかった。


ミューラーは急ブレーキをかけてBMWを停止させた。目の前には古ぼけた黄褐色のワルトブルグ・セダンが停まっていた。ルーフでは青い警戒灯が回転している。背後には二人の男が拳銃をかまえて立っていた。急停止したのがBMWだと知ると、彼らは意外そうな面持で拳銃を下ろした。ミューラーが外に飛びだした。

「ここでなにをしている？　きみたちはだれだ？」

左側の男が答えた。「人民警察の者です。実はソ連軍から動員をかけられまして――」

「で、アメリカの車を見なかったか？」唸《うな》るようにミューラーは遮《さえぎ》った。

男は肩をすくめた。

「いえ。実は、遠くから見たとき、あなたがそのアメリカ人じゃないかと思ったんですが」

ミューラーは必死に頭を働かせた。「どこの地区の者だ、きみたちは?」

男はさっとバッジのケースをひらいてみせた。

「ナウエンです」

ミューラーは左の掌《てのひら》をバシンと拳《こぶし》で叩いた。この細い道で、アメリカ人がおれたちをまけたはずがない。考えられる唯一の可能性は、やつが途中でどこかの道に折れたという線だ。しかし、いったいどの道に? やつらがナウエンにいく道からそれたはずはないのだ。二人の警官が見守る前で、ミューラーは苛立《いらだ》たしげにその場を往きつ戻りつした。

この道の途中には農道もない。人家もない。あるのは鉄道の線路だけだ。車には鉄道の線路など……待てよ——ミューラーはハッと立ち止まった。ひょっとしたら。

そうだ、それしか考えられん。

「この先、この道路が鉄道の線路と交差するのはどこだ?」

ナウエン地区の人民警察の要員は、眉をひそめて答えた。「ここから一〇キロ先のヘルテフェルデンですが、しかし——」

「わかった、もういい」ミューラーはまたBMWに飛びのって、二人の男に窓から叫んだ。

「きみたちは全速力でナウエンに引き返せ。あのアメリカ人め、おれたちの裏をかいたんだ。やつは鉄道の線路を走っている」

二人の警官は口をあんぐりとあけて、こちらを見つめた。ミューラーはBMWを急発進させると、ワルトブルグの脇をすり抜けてヘルテフェルデンの踏切りをめざした。

「大丈夫かい、彼は？」心配そうに、マックスはたずねた。

ヨハンナは助手席に坐り直して、枕木をまたぐタイヤの音に負けまいと、声を張りあげた。

「さあ、わからないわ。まだ意識がもどらないし、高熱状態がつづいているようよ」

マックスは無言で線路を見やった。前方にまたしても小さな町が近づきつつある。すでに二つの町を通過してきたのだから、この町が最後だろう。こんどの駅も、他の駅同様、人気《ひとけ》がなければいいのだが。それはすぐにわかるだろう。駅はあと四〇〇メートルに迫っていた。

マックスはライトを消した。この車の走行音だけでも、連中にとっては絶好の手がかりになるはずだ。このうえライトまでつけて、格好の標的をつくってやることはない。鋼鉄のレールが、遠くで瞬《またた》いている蛍光灯の光を鈍く弾き返している。マックスはスピードをゆるめなかった。ゴー・サインの信号の前を通過した。すくなくとも前方には、タイヤを引き裂いてしまうような引き込み線はないらしい。

駅に接近するにつれて、ヨハンナは息を殺した。ゴトンゴトンと枕木を踏む音、エンジン音、強引きわまる走行――それらのすべてが彼女の神経を消耗させていた。彼女はまたマックスの横顔に目を走らせた。平穏そのものに見える。笑みは消えていたが、不安の色は微塵《みじん》もない。みぞおちのあたりで嘔吐《おうと》感がうごめくのを覚えながら、ヨハンナは、こんなときにも落ち着いていられる彼が羨《うらや》ましかった。

やがて駅の構内に入ると、枕木に代わって、地面よりやや高い板張りのプラットフォームがレールのあいだと両側に設けられていた。高さはレールと同一平面で、むろん乗降客の便宜のために設けられたものだが、おかげでフェアモントもそのプラットフォームがつづくあいだは安定した土台の上に乗ったことになる。ゴトンゴトンと枕木を踏む音が急に消えると、重苦しい排気音がやけに大きく聞こえた。

そしてプラットフォームの端に乗ったとき、遙か前方のもう一方の端に、ヘッドライトが二つ現われた。線路はそこで道路と交差しているらしい。何者かの車がやはり線路に乗って、こちらに向かってきつつあった。

駅の仄暗《ほのぐら》い照明に浮かびあがったフェアモントの姿を、ミューラーは見逃さなかった。ライトを消したままの、黒いずんぐりとした輪郭《りんかく》。やつだ。まちがいない。顎《あご》をぐっと引きしめると彼はレールに乗り、青い警戒灯をつけるや否やサイレンを鳴らした。

青い警戒灯がついたな、と思った瞬間、マックスの耳にサイレンが聞こえた。そうか。ヴォポの車だ。マックスはたちどころに敵の意図を察知した。レールの両側には柵《さく》が迫っている。Uターンして逃げるわけにはいかない。敵はチキン・レースを挑もうとしているのだ。両側から猛スピードで相手に向かって突進し、先に怖気《おじけ》づいたほうがステアリングを切って衝突を避けるという、あれである。そうやってこっちをストップさせようというのだろう。だが、いったんストップしたが最後、機関銃弾の雨が待っていることはまちがいない。マックス・モス一味よ、さらば、というわけだ。

こっちが生きのびるには、相手を先に怖気づかせて道をあけさせること、それしかない。が、その可能性はまずありそうになかった。やつらはすでに今夜、何回となくこっちをとり逃がしているのだ。論より証拠、ああしてまっしぐらに向かってくる運転ぶりには不退転の決意がうかがわれる。思わずヘッドライトのスイッチに手をのばして、マックスはためらった。

連中には、銃がある。

ヨハンナにまた上体を伏せるように命じて、マックスはアクセルを踏みこんだ。

二台の車は互いにフル・スロットルで加速しながら相手めがけて突進した。マックスの目の隅を、鉄柵の支柱がかすめ去った。

差が二〇〇メートルに縮まったとき、ミューラーは助手に銃をかまえろと命じた。

差が一〇〇メートルに縮まったとき、ミューラーは、アメリカ人に止まる意志がないことを覚《さと》った。

差が五〇メートルに縮まった。次の瞬間、マックスはずらっと七個並んだ高性能ヘッドランプをいっぺんに点灯した。

ミューラーは悲鳴をあげた。光の洪水に目がくらんだのだ。白いBMWはわずかに一方にそれた。

二台の車は疾風のようにすれちがった。と見えた刹那《せつな》、フェアモントのフロント・バンパーの右隅がBMWのリア・フェンダーを突きのけた。弾かれたように尻をふったBMWは、くるっと旋回しながら鉄柵に吹っ飛んでいった。そのまま頭から鉄柱に激突したとき、スピードは依然として一四〇キロを割っていなかった。ミューラーと助手を乗せたまま、白いBMWは夜空を赤々と焦がす火柱と化した。

マックスは思いきりブレーキを踏み、タイヤの悲鳴に包まれつつ踏切りの上で急停止した。さっとふり返った目に、炎上しているBMWの姿が映った。ぞくっと体を震わせつつ長々と吐息をついて横を見やった。ヨハンナはまだ顔を両手で蔽っていた。

駅の標識を読みとって、マックスは言った。

「ヘルテフェルデンにようこそ、フロイライン・コッホ。さあ、道路にもどるぞ」

ショックのあまり目を大きく瞠《みは》って、ヨハンナは顔をあげた。

にやっと笑うと、マックスはアクセルを踏みこんで、再び道路を走りだした。

24

「まだだめか？」オールドリッチが部屋に入ってきたのを見て、ジャック・マーティンは顔をあげた。

オールドリッチはかぶりをふった。「ええ。ぜんぜん連絡がとれんのです、大佐」

マーティンは無言で、また椅子にもたれかかった。背後にある軍事連絡部の最上の暖炉で、パチパチと火がはぜていた。

ボブ・オールドリッチ中佐は大佐のオフィスのドアをしめて、腰を下ろした。いつもの快活な表情はどこにもなかった。

「東ドイツ側の反応はどうだ？　なにか傍受できたかね？」

「いえ、数カ所で検問を突破されたという混乱した交信を傍聴して以来、これといってなにも。先方は依然として強い妨害電波を発してましてね」

マーティンは首の後ろに両手を組んで、パイプをふかした。「ソ連側の反応はどうだ？」

「似たようなものですな。一時間ほど前にはだいぶあわただしい動きがありましたが、それからは平常にもどっています」

マーティンはパイプの灰を灰皿に叩き落とした。

「しかし、T字路の前を固めている連中は、そのまま動いてないんだな?」

オールドリッチはうなずいた。「ええ。ヴォポの車が四台に、正体不明の装甲人員輸送車が一台、ぴたっと貼りついておりまして。装甲車はチェコ製と思われますが、グリーンに塗装されていて、なんの標識もついていない。こちらで観察を開始して以来、乗り降りした者は一人もいません」ルーフには第七タイプのアンテナがついとります」

マーティンは眉をひそめた。「どうやら司令車のようだな」

一瞬沈黙してから、

「どう思う、ボブ?」

オールドリッチは前に身をのりだして、両肘《りょうひじ》を膝《ひざ》についた。

「うちの連中は依然として逃げまわっとるんでしょう。しかも、かなり近くまできてるんじゃないでしょうか。うまくヴォポとソ連軍をまいたんですな、きっと。アイクはまだ走りつづけてるんです」

マーティンはまたパイプにタバコをつめた。

「かもしれん。きょう送りだしたのがヴェテランのチームならもっと安心していられるんだがな。ウィルスンの腕は信頼できるが、モスは……そう、彼はまだこういう修羅場《しゅらば》には慣れとらんだろう」

オールドリッチは黙っていた。マックス・モスがまだ新米であることはたしかだった。ここで彼の肩を持ったところで仕方あるまい。しかし、とにかく彼にはウィルスンという連絡部きっての名ドライヴァーがついているのだ。

マーティンがゆっくりと、思案を口に出した。

「いまのところドライヴァーはぜんぶ出払っているが、アイクを支援する手がないわけじゃないな、ボブ」暖炉の明かりの中で、両眼がきらっと光った。「ナブズの部下を二、三人、二台のジープ・チェロキーに乗せて、この近くの路上に配置しておいたらどうだろう。必要な場合は本部まで護衛できるし、そのときの情勢いかんではひと暴れさせてもよかろうし」

オールドリッチはにやっと笑った。「そいつはいい。それにたしか、無線担当の連中で地元の酒場にいきたくてウズウズしていたやつが二、三人おったはずですよ。今夜なんかは酒場に繰りだす絶好のチャンスですな。まず手はじめに、T字路の近くにある酒場にいってみる手もある。そのとき連中が、酒場の前に駐めた車に代わるがわる残っていたとしても、わたしは驚きませんね。その場合、どっちの方角からだろうとアイクが現われたら、当然本部に連絡せずにはおられんでしょう」

マーティンは、香ばしいパイプ・タバコの煙をふうっと吐きだした。その香りをかぐとオールドリッチはきまって、ラム酒をふりかけられたオレンジの倉庫が燃えたらこういう匂いを発するのではないか、と思うのだった。おもむろにパイプをデスクに置くと、ジャック・マーティン大佐はじっとオールドリッチの顔を見すえて言った。

「よし、その手でいこう」

25

さすがのマックスも消耗しはじめていることが、ヨハンナにはわかった。これまで彼を支えてきた体力も、ようやく限界に近づいてきたらしい。目の疲労に逆らおうとして瞬《まばた》きする回数も多くなった。この二十分間たどってきた曲がりくねった農道をこのまま走りつづけるためには、視力の衰えだけは最小限に留《とど》めなければならない。

生来楽天的なはずのヨハンナも、ポツダムに近づけば近づくほど、自分たちが逃げきれるなどということは幻想のように思えてきた。ヴォポといえども同じドイツ人である。いったんこうと決意したときの彼らの実行力にはかねてから一目置いているし、ソ連軍だって諦《あきら》めるはずがない。それに、マックスは追われているのは自分だと思いこんでいるらしいが、いまや彼らの真の獲物はこのあたし、ヨハンナ・コッホなのだ、と彼女は確信していた。そうじゃないの、このあたしは党の中央委員会から諜報部の活動まで、東ドイツ政府の内情についてあまりにも多くのことを知りすぎているのだから。それは、どんな会話に対してであれじっと耳をすます習慣から得た断片的な情報にすぎないが、その利用価値は計り知れないほど大きいはずだ。西側の情報機関があたしの証言をつなぎ合わせれば、すくなからぬ数のジグソー・パズルを解くことができるだろう。そのことを、むろんヴォポは承知しているにきまっている。ヨハンナの体に震えが走った。

マックスが大声でなにかを訊いてきた。ヨハンナは頭をふって、混乱した思いを払いのけた。

「なんですって、マックス?」

マックスは前方を見つづけていた。彼らは小さな村を猛スピードで通過しているところだった。のろのろ走っている農家のトラックをマックスが追い抜くと、向こうはあわててステアリングを切って、危うくこっちに接触しそうになった。

「この村を通過したらどうすりゃいい、と訊いたんだ」

ヨハンナは、慣性航法装置のスクリーンに目を走らせた。車は激しい上下動をつづけている。身を支えて、スクリーンに目をこらした。

「この村を抜けると、トレベルゼーという湖と小さな町にでるわ。この道はそこで行き止まりになるので、左に曲がるの。ツァッホーという町よ」猛々《たけだけ》しいエンジンの轟音にさからって、大声で言った。

「その町からポッダムの本部までの距離は？」

彼女はスクリーンの地図でルートを捜した。「コンピューターには本部まで二〇キロとでてるけど、スクリーンにはポッダムの位置がでてないわね」

マックスは低く悪態をついた。それは当然なのだ。このフェアモントの慣性航法装置は、本部の位置を地図上で明示するようにはプログラムされていないのだから。したがって、距離はわかったにせよ、ポッダムまでの道順は自力で捜し当てなければならない。きょうの日中アイクがたどってきたカーヴや曲がり角の一つ一つを、マックスは懸命に思いだそうとした。が、それは容易ではなかった——アイクはあのとき、ヴォポの尾行車をまこうとして行きあたりばったりのコースを飛ばしたのだから。

「きみはこれまでポッダムにいったことはあるかい、ハンジ？」

彼女はうなずいた。「ええ、何度も」

「じゃあ、二車線の新しい道路を知ってるかな、ウルプリヒト・シュトラーセという道路を？　そいつは町をでてからアウトバーンの下をくぐって——」

「ええ、ええ、知ってるわ」興奮した口調で遮《さえぎ》った。「その道は、トレベルゼーからのびている幹線道路と連結しているはずよ。軍事連絡部の本部はそのウルプリヒト・シュトラーセに面しているの？」

「いや、そうじゃないんだが、本部の前からのびている道がウルプリヒト・シュトラーセにT字形に突き当たっているんだ。だから、ウルプリヒト・シュトラーセにでられさえすれば、本部に通じる道も見つかるはずなのさ」

「本部はそのT字路から遠いの？」

マックスはかぶりをふった。「二キロ足らずというところかな。ウルプリヒト・シュトラーセからは見えないが」

そこで彼は口をつぐんだ。あのT字路が封鎖されていることはまず確実だ。二度もこっちをとり逃がしたのだから、こんどこそ敵も死物狂いでかかってくるだろう。あの交差点の断片的な記憶を、マックスは一つにまとめようとしてみた。たしか一方の側が野原で、もう一方が森だったはずだ。ウルプリヒト・シュトラーセを走っていって左に折れると、あとは本部まで一直線である。

ツァッホーの町が前方に現われた。三〇キロ制限の標識がでていたが、マックスは無視した。ヘッドライトに町の広場が浮かびあがった。小さなロータリーの真ん中に、古ぼけた噴水がある。噴水の前には、フィアット1500セダンのソ連版である、ブルーのラーダが一台駐まっていた。ヘッドライトも室内灯もついていない。が、背後に二人の男の人影があった。

マックスはやおらブレーキを踏んだ。タイヤの悲鳴が夜気を震わせた。左側に折れる細い小路が目に飛びこんだ。なおもブレーキを踏みながらマックスはそっちにステアリングを切り、四輪をスライドさせながらその小路に進入すべく足をブレーキから浮かせた。

うまくいった——と思ったそのとき、右のフロント・フェンダーが、あと二センチあまりの空間をクリアーできずに、角の古い家に接触した。フェアモントは石の壁に激突した。ボディがひしゃげ、サイドマーカー・ランプが砕け散った。マックスは必死に反対側にステアリングを切って、フル・パワーをかけた。濡れた石畳の上で、青い煙を発しつつタイヤがスピンする。次の瞬間、フェンダーがガリガリッと家の壁を削ったと思うとパッと離れ、フェアモントは細い小路を突進しはじめた。背後の石畳に銃弾が当たって跳ね返った。

夢中でシフト・アップしているマックスの横で、ヨハンナは生きた心地もなく前方を見守っていた。と、一方に傾いた左のヘッドライトの照射する光の中に、六メートルほどの高さのレンガの壁が浮かびあがった。マックスはすこしもスピードをゆるめずに直進していく。ヨハンナは言葉にならない悲鳴をあげて、両手に顔を埋めた。

あわや激突するという寸前、マックスはブレーキを踏んで、右手に口をあけている小路に車首をふりまわした。古ぼけたミニ・バイクが一台、路上をふさいでいた。マックスは歯をくいしばって突っこんでいった。バイクは空中に跳ねあがり、宙返りしながら彼らの頭上を飛び去った。

マックスはアクセルを踏みつづけていた。前方に、トレベルゼーに向かう本通りが現われた。通りがかりの車の有無など、たしかめてはいられない。小路から飛びだすと同時にマックスはステアリングを切り、横すべりしながら本通りに入って駐車中のボルグワルドにぶつかり、跳ね返った。すぐ態勢を立て直して加速しながらバックミラーをのぞく。さっきの噴水と、同じところに駐まっているラーダが見えた。それも、カーヴを曲がるとミラーから消えた。右手に湖水が現われた。路上に他の車影はない。

マックスは横のヨハンナを見やった。まだ両手でしっかと頭をかかえている。手をのばして肩に置くと、ビクッとしてからゆっくりと顔をあげた。

「どうして……わかったの——あの道が、袋小路じゃない、って？」ショックのあまり、舌ももつれている様子だった。

湖に沿った道を飛ばしながら、マックスは〝停止〟の道路標識を指さした。

「きみたちドイツ人って人種は、やたら標識を立てたがるだろう。もしあの道が袋小路だったら、当然その標識が立ってたはずじゃないか」

なにか言おうとしたヨハンナを制するように、マックスはさらに言葉を継いだ。

「それより重要なのは、いまのあの連中がおれたちの位置をだれかに知らせたにちがいないってことさ。もうしばらくのあいだ、見つからずにすむんじゃないかと思ったんだが……」最後まで言わずに口をつぐんだ。

町の広場にいた警官たちからの連絡を受けたとき、コシュカはツァッホーからわずか数キロしか離れていない空中にいた。ただちにインターコムのスイッチを入れると、彼はヴァーニャに、全速力でトレベルゼー沿いの道路の上空に急行しろと命じた。ヴァーニャは即座に大型ヘリの機首をさげ、ローターの回転速度をあげた。ヘリはたちまち時速二七〇キロのスピードに達して夜空を一直線に飛翔《ひしょう》しはじめた。

コシュカは地図を見ながら、アメリカ人の車までの距離を割りだした。彼の計算が正しければ、二分もしないうちにテールランプが見えてくるはずだった。

よし、まもなく決着がつくだろう。こんどこそ、やつらに逃げ道はない。やつらの本部に通じるT字路には、突破不可能なバリケードが設けてある。それを守っている連中も、こんどは無知なドイツの百姓どもではなく、彼直属の諜報部から選りすぐった精鋭部隊なのだ。コシュカは思わずにんまりと笑った。上司の連中は、これまでの作戦行動の無統制ぶりにきっと立腹しているだろう。だが、あのアメリカ人の車が積んでいる例の装置さえ手に入れれば、連中もなにも言わないはずだ。肝心なのは結果なのである。紙上の協定ではない。アメリカ側がなにか言ってきたら、逆に外交官どもに命じて強硬な抗議文書を送付させればいい。ソ連はA‐10Fの機密を必要としているのだ。そして、断固それを手に入れるだろう、わがソ連は。

操縦席の窓を通して、暗闇の中から現われた銀色の湖の沿道にコシュカは目をこらした。ヴァーニャに向かって、すこし高度をあげるよう合図する。ウクライナ生まれのパイロットは、コシュカがよしと手をふるまでMi‐24を上昇させた。コシュカは機体下部にとりつけてある強力なリモコン式サーチライトのスイッチを入れて、眼下の道路を照射した。機首に装備している三〇ミリ機関砲の弾丸供給装置も、彼は点検した。

Mi‐24ヘリは小さな丘の上を飛び越えた。前方の闇に、ポツンと血をたらしたように車のテールライトが浮かんでいるのを、コシュカは認めた。

26

シュタッヘルはクラクションを鳴らした。鼓膜をつん裂くような圧縮空気の叫喚《きょうかん》が、すでに夜気を震わせている甲高《かんだか》いサイレンの音に加わった。トラックはやっと道をあけた。シュタッヘルは悪態をついて、メルセデスのアクセル・ペダルを力いっぱい踏みつけた。あけた窓から流れこんでくる、氷のように冷たい風も気にならなかった。眼中にあるのはただ一つ、アウトバーンの前方に現われたポツダム出口だけだった。

ステアリングをねじ切るようにまわすと、彼はランプを降りて、下の灯火の前に駐まっていた車のわきをすり抜けた。

無意識のうちに、また悪態が口を衝《つ》いてでる。メルセデスを湿地から引き揚げてタイヤを交換するのに二十分もかけた、あのウスノロのソ連軍大尉のことを思いだしたのだ。あの薄ら馬鹿めはアメリカ人の車を逃がしただけではまだ足りず、湿地の中を転げまわらなくてはたった一台の車も引き揚げられぬような最低の兵士たちを動員して、こちらの貴重な時間をますます削りとってくれた……。

シュタッヘルはすぐに頭を切り換えた。ソ連軍の士官どもを怒鳴りつけてやるのは痛快だが、いまはそうしている暇はない。じっさい、もはや手遅れかもしれないのだ。せめて無線機だけでも使えればいいのだが。

おそらくコシュカのやつは、このおれ、カール・シュタッヘルがすでに戦列から駆逐されたと思っているに相違ない。

そう考えると、シュタッヘルの顔には薄い笑みが浮かんできた。彼は本能的に直感していた――コシュカにはそうやすやすとあのアメリカ人を仕留められっこない。ヘリを五十機も動員できるならまだしも、たった一機では……目下の標的たるアメリカ人の機敏さに対して、彼はひそかに脱帽していた。あの男はアウトバーンの下の検問を突破し、ミューラーの追跡をふり切ったばかりか、彼を焼死させてしまったというではないか。やつは並みのヤンキーとはちがうのだ。コシュカもじきにそれを覚《さと》ることだろう。

シュタッヘルはサイレンを鳴らしながら、ポッダム郊外の道を走っている一握りの車をかわしつつひた走った。もしアメリカ人より先に軍事連絡部を目前にしたあのT字路に着ければ、最後のチャンスをつかめるはずだ。

あのアメリカ人はコシュカとその部下の追撃をなんとかかわしてくるだろう。そうにきまっている。おれの命を賭けてもいい、とカール・シュタッヘルは思った。

27

体中を流れていたアドレナリンが薄れはじめ、痛みがぶり返すのをマックスは覚えた。腕が鉛のように重く、パワー・アシスト付きのステアリングを切るのすら億劫《おっくう》に感じられてきた。しかも両脚はときどき痙攣《けいれん》するように震えだす。心臓が鼓動するたびに首筋に鋭い痛みが走った。彼は疲れていた。

なお悪いことに、フェアモント自体も疲れていた。石の壁に激突したり枕木の上を走ったりしてホイールアラインメントが狂ったのだろう、車輪がかなりガタつきはじめていた。オレンジ色の燃料警告灯が点滅しはじめたと思うと、そのままつきっ放しになった。なにかに衝突したときバッテリーのケーブルも切断されかかったらしく、電圧も急に弱くなってきている。エンジンだけは奇蹟《きせき》的に、依然として圧倒的なパワーを発揮しつづけていた。

マックスはスピードをゆるめなかった。湖岸をふちどっている木々がビュンビュン背後にかすめ飛んでゆく。道路はほぼ一直線にのびていた。

ヨハンナは目を閉じて、ぐったりとドアにもたれかかっている。エンジンの轟音《ごうおん》と深い闇に包まれて、二人はひた走りつづけた。マックスの胸にさまざまな不安が兆《きざ》しはじめた。

最大の不安の種子は左側の後輪だった。行く手にはもっとハードなドライヴィングを強いられる機会が待っていると見ていい。タイヤを傷めつけずにはおかぬ急停止やスリップをまだまだ敢行しなければなるまい。これまでのところ、パンク修理剤はうまく効いてくれているらしい。後輪が腰に伝えてくる唯一の異常といえば、右カーヴで車重が左のタイヤにかかるとき、ややすべりやすくなることくらいだった。が、こんな無茶なドライヴをつづけてまだパンク修理剤が効果を維持していること自体稀有《けう》の例であることを、マックスは承知していた。彼は苛立《いらだ》たしげに両頬の内側をかんだ。

ヨハンナが思いだしたように顔をあげた。

「ウィルスンの様子を見てみましょうか、マックス？」

「ああ、頼む。また麻酔剤を射っといたほうがいいかもしれん」

ヨハンナはシートベルトをはずし、大きなバケット・シートごしに背後に身をのりだした。ウィルスンのベルトをしめ直してやってから、ちらっとリア・ウインドウに目を走らせた。湖岸一帯はひっそりと静まり返っている。テールランプの赤い光だけが、背後の路面を照らしていた。ウィルスンの頬にさわろうとして、彼女はまた顔をあげ、リア・ウィンドウの外をじっと見すかした。エンジン音は後部シートにもこもっており、湖岸道路をひた走る車輪がときどき強くボディを突きあげる。自分がなぜもう一度見上げたのかわからなくて、ヨハンナは眉をひそめた。なにかが目に……。

次の瞬間、彼女は見た。思わず目を瞠《みは》った。はるか背後の沿道の一画が、白光で照射されていたのだ。

「マックス、後ろからなにかが近づいてくるわ！」

マックスは反射的にバックミラーをのぞきこんだ。

「なんだって？　どこに――」

「一キロほど後ろ。見える？　明るい照明が――」

「なんてこった。やつら、ヘリで追いかけてきやがった」路面を照射している白光が、ぐんぐん迫ってくる。冷たいものが背筋を走るのをマックスは覚えた。

「ベルトをしめろ、ヨハンナ」前方に視線をもどした。彼らは工場地帯を猛スピードで通過していた。湖岸には大きな建物――倉庫らしい――が建ち並んでいる。遙か前方に、湖中に突きだしているなにかの施設らしきものが見えた。

「あれはなんだと思う？」

マックスが指さす彼方《かなた》を、ヨハンナは目を細くすぼめて、汚れたフロント・ウインドウごしに見守った。

「そうね……荷積み場じゃないかしら。艀《はしけ》から陸揚げした産物を、トラックや貨物列車に積みこむところよ、きっと」かろうじて聞きとれるくらい低い声だった。

マックスはまた背後のライトに目を走らせた。ヘリは急速に接近しつつある。速度計に目を転じた。スピードは時速一九〇キロくらいに落ちている。これでは逃げようがない。いちばん足の遅いヘリでも、それよりはマシなスピードをだせるだろう。

視線が左手に走った。鉄道の線路が縦横に走っている。あれを乗り越えるのはむりだ。が、この前方には貨物の集積場があるにちがいない。

「しっかりつかまってろ、ハンジ。あの集積場に突っこむから」

ヨハンナはエンジン・ルームとの境の隔壁に足をつっぱって、しっかとハンド・グリップを握った。

ヘリはもうほとんど頭上に達している。

マックスは集積場への進入路を見やった。突き当たりは倉庫の壁になっており、そのすぐ右側に入口がある。彼は壁に向かって突進した。ぎりぎりの瞬間までアクセルを踏みつづけてから、パッと足を浮かしてフル・ブレーキングに移った。タイヤが甲高《かんだか》い悲鳴をあげ、フェアモントのノーズがぐっと沈みこむ。マックスは必死にステアリングを操った。

倉庫の壁がみるみる眼前に迫った。次の瞬間、ブレーキから足を浮かして、思いきりステアリングを右に切った。

フェアモントは車首を転じたものの、右側の二つの車輪が宙に浮き、ボディがぐらっと大きく左にかしいだ。瞬間、フェアモントは左側の二輪だけでかろうじて地面をつかみ、そのまま横転しかねない勢いでスピンしかけていた。ヨハンナが絶望的な悲鳴をあげた。

マックスは歯をむきだした。

「さあ、踏んばれ、踏んばるんだ、ちくしょう……」

と、その願いが通じたのか、急傾斜していたボディがまた元にもどり、フェアモントは再び四輪で路面をつかむやカーヴを曲がりきって広い入口めがけて驀進《ばくしん》した。

ヘッドライトの光に、鎖を張りわたしてあるゲートが浮かびあがった。ときならぬタイヤの軋《きし》り音に寝ぼけ眼をひらいた守衛は、ギラつくライトをまともに浴びて立ちすくんだ。最後の一瞬、彼はわきに飛びのいた。

マックスはまっしぐらにフェアモントをゲートに突っこませた。バシッと鞭打《むちう》つような音をたてて鎖が弾けとんだと思うと、彼らは集積場の中に飛びこんでいた。

コシュカは怒鳴った。「見ろ、ヴァーニャ。あそこだ、急げ！」

叫び返したヴァーニャの声は、タービンの唸り音と、耳をどよもすローターの回転音に呑みこまれた。彼は大型ヘリの機首を大きく集積場の方角に転じさせた。

コシュカがサーチライトを眼下のフェアモントにあてた。

「高度をさげろ、ヴァーニャ。さげるんだ。とうとう捕えたぞ」

ヴァーニャがローターの回転数を絞るにつれて、彼らは急降下した。Mi－24は巨大なトンボに似ていた。その小さなコクピットの前部に、コシュカはヴァーニャと並んで坐っていた。目の前には二つのハンド・グリップが並んでいる。機関砲の引き金だった。ヴァーニャはコシュカの横のウインドウから外を見すかした。Mi－24は世界でも屈指の攻撃ヘリだった。NATOからは、〝ハインド（赤鹿）D〟というコードネームで呼ばれている。ヴァーニャは日頃からその高性能ヘリに惚《ほ》れこんでおり、〝おれの赤ん坊〟と呼んでいた。そのヘリの相手が、ぶっ壊れかけたアメリカのフォードだとは。彼は蔑《さげす》むように鼻を鳴らした。

そのとき、二連サーチライトでフェアモントをとらえたコシュカが、外部スピーカーのスイッチを入れて呼びかけた。

「諦《あきら》めろ、そこのフォード。もはや逃げ場はないぞ」

巨大なヘリのローターが叩きつけてくる風圧が、車のボディを通して伝わってくる。その回転音たるや、まるで空《から》の大型ドラム缶をだれかがぶっ叩いているかのようだった。へッドライトで出口を捜すべく、マックスは意図的にフェアモントをスピンさせた。

ヨハンナが叫んだ。「マックス、あそこを見て！　倉庫の入口があるわ」

マックスは躊躇《ちゅうちょ》せずギアを入れて、小さな入口めざして突き進んだ。距離、約一八〇メートル。

鉄道の線路を通過した瞬間、ボディが激しく突きあげられた。

「しっかりつかまってろ、ヨハンナ。突っこむ寸前に方向転換するかもしれんから」

マックスは顎《あご》をぐっと引いて、真一文字に入口めがけて突進した。

フェアモントをピタリと追うヘリの上で、コシュカは一言も口をきかなかった。

じっと眼下を見下ろしながら、彼は拡声器のスイッチを切った。よし、これだけ言ってもわからんのなら……。

筋張った指が対戦車機関砲の引き金を引いた。

至近距離のアスファルトが弾丸に吹っ飛ばされたとき、フェアモントはすんでに制御不能になるところだった。激しい衝撃波をもろにくらってボディが揺れ、危うく横転しそうになった。歯をくいしばってステアリングを握りながら、マックスはアクセル全開で倉庫の入口をめざした。

「ヴァーニャ、早くせんと逃げこまれるぞ。スピードをあげろ！」

ウクライナ生まれのパイロットは、遮二無二《しゃにむに》攻撃ヘリを突進させた。大型ターボジェット・エンジンが苦しげに呻《うめ》いた。

コシュカは慎重に機関砲の照準を絞った。そして引き金を引こうとする寸前、青い車は巨大な倉庫の入口に呑みこまれた。

マックスは急ブレーキを踏んだ。内部の見通しがきかない以上、スピードは落としたほうがいい。

「ヨハンナ、出口を捜してくれ。早くここからでたほうがいい。ぐずぐずしてると包囲されるからな」

彼女は息を殺して、暗い倉庫の中を見まわした。

マックスはフェアモントを停めて、ライトを消した。

「マックス、どうして……」

彼は上を指さした。見上げたヨハンナの目に、大きな天窓が映った。その上にソ連のヘリがいるらしく、強力なサーチライトで内部を照射している。

マックスはがらんとした細長い倉庫の中をせわしげに見まわした。

ヘリは怒《いか》れるマルハナバチのように頭上を飛びまわっている。その風圧で、波形鉄板張りの倉庫の屋根がガタガタと震動した。

「六〇メートル以上あるな、この倉庫の奥行は」ギアを入れると、マックスは這《は》うように進みはじめた。

ヨハンナが彼の袖を引いた。

「見て、マックス——あそこ」

彼女の指さす彼方には、黒い湖面が見えた。

マックスは車を停めた。埠頭《ふとう》に面した扉が、あけ放たれたままになっていたのだ。

「素晴らしい。だけど、どこにもいけんぜ、あそこからは。埠頭にでるだけだからな」唸《うな》るように言って、彼はそのまま前進しつづけた。

コシュカは苛立たしげに、透明なプラスティックの天窓ごしにサーチライトを浴びせていた。

「ヴァーニャ、どこかに出口が見えるか？」

「いいえ、大佐」

「もうすこし降下して、壁沿いに飛べるか？」

即座に高度を計算して、ヴァーニャは言い淀《よど》んだ。

「むずかしいですね、大佐。隣の倉庫も接近しすぎていますし――」

「そうか、わかった。じゃあ、すこし距離を置いて、離れたところから四方の壁を監視することにしよう」


マックスは片手をあげた。

「しいっ――聞こえるかい？」

ヨハンナは耳をすました。「なにが？」

「ヘリさ――遠ざかっていく」

「引き揚げていくのかしら？」

マックスはかぶりをふった。「いや。すこし離れたところから、倉庫全体を見張ろうというんだろう。おれたちがでてきそうなところを捜しているのさ」彼が口をつぐむと、頭上の騒々しいローターの音も薄れていった。

そのとき、闇の中に仄白《ほのじろ》く浮かびあがっている一画が彼の目をとらえた。倉庫の突き当たりだった。マックスはゆっくりとそっちの方角にフェアモントを走らせた。

「くそ――荷積み場じゃないか」前方には縦横三メートルあまりの、観音びらきの金網のゲートがある。その倉庫の床面は外の地面より高くなっており、その地面に向かって、ちょうど突堤のようにコンクリートの細長い荷積み場が突きだしているのが望まれた。マックスはじりじりとフェアモントを前進させていった。

ヨハンナが首をのばして前方を見すかした。「下の地面まで二メートルはありそうよ、マックス。このゲートを突き破ったとして、地面までジャンプできるかしら？　二メートル下にジャンプしても、この車は耐えられそう？」

マックスは無言でスピードと距離を計算していた。地面に突きだしている荷積み場の長さは約一五メートル。その両側にトラックが停まって、倉庫の貨物を積んでいくのだろう。ヨハンナの観察は正しかった。下の地面までは約二メートルありそうだった。

バタバタというローターの回転音が頭上にもどってきた。

選択の余地はなかった。やるしかない。

が、なにか敵の注意をそらすものが必要だった。ジャンプを決行するあいだヘリの注意を他に向けるためのものが。しばらく眉をひそめて考えこんでいたと思うと、マックスはにやっと笑った。

「そうだ、信号筒がある。あれを使おう」

「なんですって、マックス？　信号筒？　でも、どうやって――」

「いいか、こうするんだ」彼女に向き直ってマックスは言った。「きみの側のドア・ポケットに信号筒が五本入っている。赤いやつが三本、白と黄色がそれぞれ一本ずつだ。まず、あの埠頭に面した扉に近よる」がらんとした倉庫の背後を指さして、「そこで信号筒を扉の内側に置くんだ。上のヘリから直接見えない位置にね。ヘリは絶対そいつにまどわされる。で、調べにやってきた隙に、こっちはあのゲートを突破して、下の地面にジャンプする」

ヨハンナはまじまじと彼の顔を見つめた。

「でも……もし——」

「迷っている暇はないんだ、ハンジ。それしかこのピンチを切り抜ける法はない。まごまごしてるとヴォポの大群が押しよせてくるぞ」埠頭に面した扉をまた指さしながら、「さあ、信号筒をだしてくれ。五本全部を片手に持って、そのうち一本だけ発火させればいい。そうすりゃ、残りの四本も発火するから。ただし、おれの合図を待って発火させること。いいね？」

ヨハンナはうなずいた。

「大佐、加勢を呼びましょうか？」

コシュカは激しく悪態をついた。

「その必要はない、ヴァーニャ。やつはわれわれだけで始末できる。それより倉庫の北端に接近しろ」眼下の倉庫の屋根を舐《な》めるように、コシュカはサーチライトを走らせた。

「かしこまりました、大佐。しかし——」

「しかし、なんだ、ヴァーニャ？」

「なぜあの倉庫を銃撃せんのですか？」

「なぜなら、やつが積んでいる貴重な装置を破壊する危険は冒せんからだ。まだほかに、くだらん質問をしたいか？」

ヴァーニャはきっと唇を引きむすんで、答えなかった。

ヨハンナは、信号筒を持った手を窓の外にだして、不安そうにマックスの横顔を見守っていた。

彼は真剣にヘリコプターを見上げている。ヘリが倉庫の北端に移動したのを見すまして、ヨハンナのほうに向き直った。

「いまだ、ハンジ。発火させろ！」

彼女が一本の信号筒の発火スリップをむしりとると、パッと火がついた。彼女はそれを他の四本と一緒に埠頭に面した扉の内側に置いた。

「よし、しっかりつかまってろよ」

マックスはターボチャージャー付きV8エンジンにフル・スロットルをくれた。一瞬タイヤが白煙を発して空転した。と見るまに、フェアモントは猛然と倉庫の床を蹴《け》っている。その車首を、マックスはピタリと前方のゲートに向けた。

ヨハンナは両手に顔を埋めて、胸いっぱいに息を吸いこんだ。

「大佐。あそこをごらんください」

「どこだ？」コシュカは首をよじった。

ヴァーニャはヘリの機体をほぼ垂直に傾けて倉庫の端をまわった。

「あそこです——前方の。見えますか？」

埠頭に面した扉から明るい光が洩れているのをコシュカは見た。

「すこし外側にふくらんでみてくれ、ヴァーニャ、直接内部がのぞけるように」

ヘリは倉庫から離れて、埠頭の上に滞空した。

コシュカが首をのばして、光の発生源をたしかめようとする。

「もっと接近しろ、ヴァーニャ」

Mi-24は倉庫の扉にゆっくりと近づいた。中から白光が放たれている。コシュカはサーチライトを扉に向けた。

「すこし横に移動しろ、ヴァーニャ。二メートルほど」

大型ヘリはわずかに左に移動した。怪しい光の源をたしかめようと、コシュカは懸命に目をこらした。

突っこむ寸前、わずか一秒の何分の一かのあいだにマックスは、地面に着地するか激突するかした直後に急角度で右に折れる必要があることを、確認した。次の瞬間フェアモントは、時速一三〇キロで金網のゲートに激突した。フェアモントには二トンの車重がある。ゲートは金属がねじ切られるときに特有の妙に透明な共鳴を発して突き破られた。ばかりか壁の取付部からむしりとられて、六メートルほどフェアモントに引きずられたのちにふり離された。フェアモントは手負いの獣のように荷積み場に躍りでた。

あとわずかでコンクリートの床が尽きるというとき、マックスはブレーキを踏んだ。ノーズがぐっと沈む。間髪を容れずまたアクセルを踏むとノーズが大きく持ちあがり、そのままの姿勢でフェアモントは宙に飛びだした。後車輪が浮き、エンジンが激しく過回転《オーヴァー・レヴ》するのを感じて、反射的にマックスはアクセル・ペダルから足を離した。次の瞬間、すべてがあっというまに起きた。

フェアモントは四輪で着地した。とはいえ、巨大な手で地面に叩きつけられたかのようなショックに、ボディが激しくつんのめった。その衝撃にはサスペンションのダンパーも用をなさず、ボディは長いスプリングの分だけ沈みこんで腹を打ち、はずみで再度宙に躍りあがった。マックスはうっと息をつまらせて舌をかんだ。気がついたときには眼前に石の壁が迫っていた。とっさに全力でステアリングを右に切ると同時に、アクセルを踏んづけた。

が、依然として飛び降りたときの慣性に支配されていたフェアモントは、横向きになったまま目に見えない力で石の壁に押しやられていく。タイヤは壁から逃げようとしているにもかかわらず、ボディはずるずるとそっちに吸いよせられていった。

壁まで一メートルに迫ったとき、左の後輪のスライドが止まった。エンジンのパワーが突如として地面に伝えられ、フェアモントはかすかに向きを変えた。その直後に右の車輪も地面をがっちりとつかみ、あと三〇センチの差で激突を免れたフェアモントは、一瞬わなわなと身震いしてからまた弾丸のように直進しはじめた。

マックスはステアリングを逆に切り、石の壁の角を曲がってから三速《サード》にギアをぶちこんで、無残に変形した車首を、ウルプリヒト・シュトラーセに通じるゲートに向けた。そのゲートもまた、フェアモントの重量に耐えきれずに跳ねとばされた。次の瞬間、彼らは再び湖岸の道路を、ポツダムに向かってひた走りはじめていた。

「あれは信号筒だ。信号筒だぞ、ヴァーニャ。われわれを騙《だま》すための囮《おとり》だ」コシュカは憤然と膝を叩いた。「急げ。高度をあげろ。やつらはほかの扉から逃げだしたかもしれん」

ヴァーニャが操縦桿《かん》を引くと、エンジンは急激な負荷に抗《あらが》うように呻《うめ》き声をあげた。

コシュカは眼下の倉庫の周辺をサーチライトで照らした。舗道にタイヤの跡がついているのが目にとまった。ゲートもひん曲がっている。

「ヴァーニャ、大通りにもどれ！　早くせんか、馬鹿者——一秒たつごとにやつらは遠ざかっていくんだぞ」

ポツダムに通じている道路を、コシュカはあらためて見下ろした。背中に汗が噴きだしているのがわかる。このおれをあれほど鮮やかにコケにしてのけるとは。そう思うと、ぞくっと冷たいものが背筋を走った。

すこし走ってから、マックスはヘッドライトを点灯した。ツイていた。七個のライトのうちまだ三個はちゃんと点灯した。ほっとしてヨハンナに目を走らせる。

「大丈夫かい？」大声で叫ばないと聞こえなかった。排気音を消すマフラーがむしりとられてしまったため、さながら〝インディ500レース〟が真上で行なわれているかのような大音響が車内にこもっていたのだ。

ヨハンナはスカートで顔をぬぐってから笑みを返した。

「ええ。それより車のほうは大丈夫？」

マックスはにやっと笑って叫んだ。「もちろん。こいつはアメリカ製だからな。忘れたかい？」

彼女は安堵《あんど》の微笑を浮かべた。

が、マックスはそれほど安心していたわけではなかった。さっきのジャンプの衝撃でドア・ミラーが二つとも吹っとんでしまったし、ボディの震動もかなりひどくなっている。ステアリングのギアが損傷を受けたことは明らかだった。

ダッシュボードに目をやった。エンジンがオーヴァーヒートしていた。油温計と水温計の針もぐんぐん上昇している。あれだけ無茶な突進をくり返しては、ナブズが補強してくれたラジエーターが傷むのも当然だった。とにかく、スピードを落とさなければ。

時速一三〇キロほどで巡航しはじめると、油温計と水温計の針は安定した。それ以下のスピードでは十一月の冷たい空気を充分ラジエーターにとりこむことができないし、それ以上にスピードをあげると壊れたフロント・バンパーがスポイラー代わりの役を果たして、高速の空気を押しのけてしまう。

それくらいのスピードでは苛立たしいくらいのろく感じられた。ヨハンナの右目の上に大きな擦過傷ができているのに、マックスは初めて気がついた。見ちゃいられんな、と思ってすぐ、このおれはどんなざまになっているだろう、と想像した。そこらじゅう擦《す》り切れた青い制服。泥と油にまみれた両手と顔。きっと妖怪《ようかい》もどきのざまになっているにちがいない。

もう一つ村を通過したとき、急に見覚えのある風景が現われはじめた。たしかウィルスンの運転で、この道を走ったのではなかったか。ひょっとすると助かるかもしれんと思いかけたとき、手中のステアリングが激しく震えはじめた。やはり操舵《そうだ》装置のギアがいかれはじめているのだ。といって、ほかにどうしようもない。このままいけるところまでいくしかない。

見覚えのある旅館の前を通過してまもなく、またしても青白いヘリのサーチライトが頭上を照らした。

が、ヘリとの差はすくなくとも八〇〇メートルはあることをマックスは見てとった。やつが頭上にいるかぎり、こっちにチャンスはない。前方に細い小路が現われた。あらんかぎりの力でステアリングを切って、マックスはそこに突っこんでいった。

コシュカは対戦車機関砲の引き金を引いた。弾丸はフェアモントの真後ろで炸裂《さくれつ》し、アスファルトと土砂が天に噴きあげられた。フェアモントは尻をふって、道路の端に横すべりしてゆく。

「高度をさげろ！」蛇行するフェアモントをサーチライトでとらえようと、コシュカは叫んだ。ヴァーニャは唇をかみしめて、逃げるアメリカ車の真上までヘリを降下させた。すでに機体の腹は、木の梢《こずえ》をこすらんばかりだった。コシュカがまたなにか叫んだが、ヴァーニャはひたと地平線に目を据えていた。こういう暗夜では、突然電信柱が目前に現われた場合、奇蹟でも起こらないかぎり回避できるものではないのだ。

サーチライトの光が熱波のように、マックスには感じられた。ヘリが生じさせる空気の乱流が、フェアモントに襲いかかる。ヘリの下腹に取り付けられたスピーカーで拡大され歪《ゆが》められた声が、頭上で轟《とどろ》きわたった。

「聞きたまえ、アメリカ人。きみはもう逃げられん。そこで停止しろ」

かなり訛《なま》りのある英語だった。マックスは無視した。

こんどはフェアモントの前方の路面を、コシュカは狙い射った。目を片手で蔽《おお》うまもなく、マックスは噴きあげる土砂と火の粉の真っ只中を走り抜けた。一瞬目が見えなくなり、路上にあいた小さな噴火孔を乗り越えはしたものの、猛然と自転しようとするステアリングを押さえかねて、危うくコントロールを失いそうになった。

コシュカがまた怒鳴った。ひび割れた声が暗夜に谺《こだま》した。

「わかったろう、その気になればいつでもおまえを殺せるんだ。いさぎよく降伏しろ！」

右手前方に教会の庭があるのを、マックスの目はとらえた。ぎりぎりの瞬間まで待って、彼はステアリングを右に切った。フェアモントは左側にぐらりと傾き、一瞬ふらっとよろめいてからまた四輪で地をつかむと、雑草で蔽《おお》われた庭に横すべりしながら飛びこんだ。

コシュカは為《な》す術《すべ》もなく見守っていた。こと方向転換に関するかぎり、ヘリはどうしても車には遅れをとってしまう。パイロットを叱咤《しった》しようとしたが、ヴァーニャはすでに機体をほぼ垂直に傾けて、フルパワー・ターンに入っていた。逃げまどうフェアモントに、コシュカは容赦なくサーチライトを浴びせた。数秒もしないうちに、ヘリはまたフェアモントの頭上にさしかかっていた。

そこにぐずぐずしていてはかえって罠《わな》に陥ったようなものだ、とマックスは覚《さと》った。いきなりハンド・ブレーキを引いて、彼はフェアモントをターンさせた。濡れた草の上ではタイヤの路面把握《はあく》力が落ちてしまう。フェアモントは方位を定めることができず、横すべりしながら砂利を敷きつめた小道に乗った。タイヤが空転するのもかまわず、マックスは強引に車のノーズを前方のゲートに向けた。よく見ると、それは墓地への入口だった。

フェアモントがまたくるっと車首を転じて眼下を走り去るのを見て、コシュカは怒号した。ヴァーニャはわなわなと震える操縦桿を握りしめて、Mi－24を急旋回させる。サーチライトをふりまわしてフェアモントをとらえ直したコシュカの目に、墓地に通じるゲートが映った。とたん、彼の指は機関砲の引き金を引いていた。三発の弾丸を同時に浴びて、石のゲートは瞬時に空中に吹っ飛び、大小の石の破片が宙に舞った。

フェアモントのフロントガラスを、大きな石の破片が直撃した。ピシッと音をたてて防弾ガラスが砕け散る。顔面に破片を浴びたマックスは苦痛の叫び声をあげながらも、アクセルを踏みつづけた。フェアモントは石の破片を跳ね飛ばして、遮二無二ゲートの残骸のあいだを走り抜けた。コシュカがまたも弾丸を放った。マックスは右に車をふって、道路にあった孔をよけた。そこはすでに墓地の中だった。四輪が土と雑草を踏みにじった。

弾丸を回避すべく右に左に蛇行するフェアモントを、ヴァーニャは必死に追っていた。墓石のあいだを駆けめぐる青い車に、彼はひたと目を据えていた。闇の中を、コシュカの操る青白いサーチライトの光芒《こうぼう》が、フェアモントとヘリを結ぶ不吉な絆《きずな》のようにめまぐるしく動く。

フェアモントのスピードが落ちたのを見て、コシュカはまたスピーカーのスイッチを入れた。憤激のあまり、英語でしゃべるのも忘れて、彼は母国語で怒鳴った。

「これ以上あがいても無駄だ、どぶねずみ。もう逃れようはない。停止しろ」

マックスはノーズをふりまわして、再びフェアモントを砂利敷きの小道に乗せた。ヘリはフェアモントの回転半径のすぐ外側を、轟音とともに旋回している。ヴァーニャの全神経は眼下の青い車の挙動に集中していた。

コシュカがまた弾丸を放った。フェアモントのリア・フェンダーの一部が吹っ飛んだ。

前方の左手に教会の壁が迫りつつあるのを見て、マックスはフル・スロットルで直進した。わなわなと震動しながらもエンジンは、冷酷なサーチライトの光の先端を瞬間的に追いこすだけのパワーを絞りだしてくれた。

ヴァーニャは青い車を睨みすえて攻撃ヘリを突進させ、コシュカはまたしても三〇ミリ機関砲の照準を絞った。

教会の建物の角に達した利那《せつな》、マックスはハンド・ブレーキを引くと同時にステアリングを思いきり左に切った。フェアモントはざっと砂利を跳ねあげつつ外側にふくらみながらも建物の角を曲がりきった。

それを見たヴァーニャは、反射的に教会の反対側に先まわりしようとした。コシュカはまた弾丸を放って顔をあげた。その目は、信ずべからざるものを見て、かっと見ひらかれた。教会の尖塔《せんとう》が躍りかかるように眼前に迫っていた。獣のような悲鳴が放たれたときには、遅かった。

ヴァーニャは、ただ呆けたように目を瞠《みは》っていた。次の瞬間、重さ一〇トンの攻撃ヘリは古い石造りの尖塔に頭から突っこんでいった。

ヘリは瞬時に爆発し、ジュラルミンと石の破片が肉片をまじえて教会の構内に降り注いだ。爆発の衝撃波でいったんぐらついたフェアモントは、しばらく蛇行してからまたぐらっと傾いた。空から降ってきた五〇キロもの石塊が、ルーフを直撃したのである。

マックスは夢見心地に陥ったように、呆然とステアリングを切って教会の外にでた。石塊に直撃されたルーフがヨハンナの頭上で鋭い円錐《えんすい》状に陥没していることに、そのとき初めて気づいた。もうすこしショックが大きかったら、彼女はまちがいなくあの世に送られていたにちがいない。

マックスはヨハンナの顔を見やった。青白い頬が血にまみれていた。こちらを見返した顔の口元からは血が滴《したた》り落ちている。

だが、ヨハンナ・コッホは誇らしげに微笑していた。

28

右折してウルプリヒト・シュトラーセに入ったシュタッヘルは、前方で瞬《また》いている水銀灯の下でヴォポが検問を行なっているのを認めた。ループで青い警戒灯を回転させながら、白いBMWが二台駐まっており、三人の警官が交通を規制している。こっちの側からT字路へ突入を図った車はやはりないらしい。あのアメリカ人の車は逆方向からT字路に向かっているはずなのだ。

シュタッヘルは、短い車の列の先頭にメルセデスを巧みに割りこませた。制服警官がそれに気づいて、つかつかと歩みよってきた。

数歩前で立ち止まったその警官は、まじまじとメルセデスを見つめた。ひどい有様だった。ドアの把手《とって》から下の部分には、泥や水草がこびりついていた。事実、車軸やサスペンションには、まだ雑草がからみついているのである。運転席側のドアには乾いた血がこびりついていたし、窓ガラスは失くなっていた。トランクのふたもひしゃげて、五センチほどロをあけている。呆《あき》れた表情で見まわしているうちに、彼はシュタッヘルに気づいた。

気をつけの姿勢をとって、警官は言った。

「部長殿でしたか。われわれはてっきり……いえ、ソ連側の報告では――」

「連中の報告など気にせんでいい」シュタッヘルは冷ややかに遮《さえぎ》った。「それより、なぜこっちの側を封鎖しとるんだ?」

警官は身を折って顔を近よせた。

「T字路の向こう側には、ソ連軍がバリケードを設けましたので。われわれはこちら側からの車の進入を阻止するよう命じられたのです。明らかに——」

「明らかに連中は、わたしを死んだものと思っとるようだな」シュタッヘルは顔をしかめた。「さあ、わたしを通せ」

一瞬躊躇《ちゅうちょ》してから、警官は車の前方に飛びだしていった。

「クラウス! 部長殿の車をお通ししろ」

叫んでから、きびきびと敬礼する。シュタッヘルはアクセルを踏んで、スピードをあげた。

ほとんど無意識のうちに運転操作を行ないながら、頭の中ではこれから打つべき手を考えていた。あのアメリカ人はソ連軍に捕えさせるわけにもいかんし、アメリカ軍事連絡部に帰投させるわけにもいかん。したがってこの自分、カール・シュタッヘルが是が非でも阻止しなければならん。

コシュカの部下たちがあのアメリカ人の阻止に失敗したのは明らかだ。さもなければ、いまごろまだ検問が行なわれているはずがない。いまの警官の言葉を、彼はもう一度吟味してみた。ソ連軍は、アメリカの軍事連絡部に通じる直線道路ではなく、このウルプリヒト・シュトラーセを封鎖しているという。とすると、バリケードはT字路の向こう側に築かれているのだろう。

早くも路面の水たまりが凍りかけているらしく、メルセデスがスリップした。シュタッヘルは運転にもっと注意を払うよう努めたが、頭の中ではやはり、宝石屋が宝石を鑑定するように、さまざまな角度から当面の問題を検討しつづけていた。

一〇キロほど走ったところで、スピードを落とした。もう一キロも走ると、T字路が見えてくるはずだった。そこで右に折れる道を直進すれば、アメリカ軍事連絡部の本部である。すでに脳裡《のうり》に克明に刻まれているその近辺の地形を、シュタッヘルはあらためて眺めやった。軍事連絡部のある右側には、下生えの生い茂った鬱蒼《うっそう》たる森林が広がっている。それは直径約一キロにわたって、さながら濠《ほり》のように軍事連絡部をとり囲んでいる。シュタッヘルの知るかぎり、そこには防火帯もないし、鉄道や道路も通っていないはずだった。この辺の地理で、彼の知らないことはないのだ。

反対側、つまりこのウルプリヒト・シュトラーセの左側には、木が疎《まば》らに生えているだけの未開拓の湿地帯が広がっている。車が通過できる区域もあるが、交差点の近くにはない。しかも、道路のその側には、雨水を通すための深い溝が走っている。その土手はかなり傾斜がきつく、車が走ることはまず不可能と見ていい。

シュタッヘルは考えに沈みつつ、ゆっくりとメルセデスを走らせてゆるやかなカーヴをまわった。T字路の前を通過した。と、約五〇〇メートル前方に、ソ連軍のバリケードが見えてきた。

ライトを消して、メルセデスを道路の端に停めた。グラヴ・コンパートメントに手をのばして、高性能双眼鏡をとりだす。車を降りて、前方の封鎖地点に焦点を絞った。

連中はいま最後の仕上げを行なっているらしい。彼らが実施しているのが、自分自身の考案した封鎖方式だと知って、シュタッヘルの顔に冷ややかな笑みが浮かんだ。その方式とは、道路中央に装甲人員輸送車を置き、それよりすこしさげて、両側にセダンを二台ずつ配置するというもので、こうして楔形《くさびがた》の陣形を敷くと、まずどんな大きさの車輛《しゃりょう》も突破することができない。あえて中央を破ろうとすれば、かえって車の陣形が密になってしまうのだ。せわしげに動きまわっている連中はすべて空軍の制服を着たロシア人たちであることを、彼は見てとった。青と銀色に輝く中佐の肩章をつけている者も中にいた。こんどこそはソ連軍も、本腰を入れてかかっているらしい。

寒さも苦にせずメルセデスにもたれながら、彼は考えつづけた。アメリカ人にはあの道路封鎖を迂回《うかい》することも突破することもできまい。戦車でも先頭に立てるか、砲撃でも加えないかぎりまずむりだ。アメリカ人がこのおれのところまでやってくることはできないとしたら、こっちから彼を迎えにいくしかあるまい。

シュタッヘルは山羊《やぎ》ひげをしごきつつ、計画を練った。そのさい展開されるはずの光景が、スクリーンに投射されるスライドのように脳裡に映しだされてゆく。それがひと通り終わると、もう一度最初から脳裡のスクリーンに映しだして、欠点の有無を厳密に検討した。欠点はかなりあった。この計画の成否は、寸秒を争うタイミングと、アメリカ人の側の反応、そしてソ連側の軍人がおとなしく権威に恭順を示すかどうかにかかっている。弱点を数えあげながら、彼は眉をひそめた。やはり、弱点はかなりある。が、いまはそれを承知で一か八かやってみるしかなかった。あのコシュカの顔に泥を塗ってやるチャンスは依然として存在するのだ。

とうとう寒気が体の芯《しん》まで沁《し》み通ってきた。シュタッヘルはぶるっと体を震わせて、血まみれの外套《がいとう》の襟《えり》をかき合わせた。前方にポツンと一つ瞬《またた》いている水銀灯の下で、ロシア人たちがせわしげに立ち働いている。ディーゼル・エンジン特有の音が、かすかに伝わってきた。装甲車が楔形《くさびがた》の陣形の頂点の位置につこうとしているらしい。はるか天空には星《ほし》屑《くず》がダイアモンドのようにきらめいている。シュタッヘルは運転席にすべりこんで、スチェッキン・ピストルに弾丸をこめはじめた。一発弾倉につめるごとに、カチッと金属的な音が夜の静寂に響きわたる。不意に、その音の一つ一つが何事かの終焉《しゅうえん》を予兆しているようにシュタッヘルには思われてきた。全弾をこめ終わると、彼は、いまや完全に態勢の整った封鎖地点を見わたした。

おれの計画は穴だらけだ、と彼は思った。無謀とさえ言えるかもしれない。追いつめられた男が最後に打つ捨て鉢な一石とも言えようが、とにかく、いまのおれに打てる手はそれしかないのだ。

そのとき、はるか西方の空が一瞬オレンジ色の眩《まばゆ》い光に映えたと思うと、また暗転した。十五秒後に、鈍い爆発音のような音が伝わってきた。

カール・シュタッヘルはうなずいた。いまの爆発はあのアメリカ人が依然として逃走をつづけている証拠だという気が、なぜかした。おわかりか、ユーリ・アンドレーエヴィッチ・コシュカ大佐？　あのアメリカ人はこのわたしのものなのだ。

イグニッションのキーをひねると、メルセデスが唸りをあげて甦った。

29

教会前の小道から本通りに入ったところで、マックスはフェアモントを停めた。本部まではあと数キロに迫っているはずだった。最後のホーム・ストレッチだが、途中、やはりどこかで道路が封鎖されているとみていい。

さっきのヘリの爆発音が、まだ耳の中で鳴り響いている。無数の小さなガラス片が体中に突き刺さっていた。シフト・レヴァーをニュートラルに入れて、しばらくエンジンをアイドリングさせた。空中に舞っていた破片がゆっくりと落下する気配が背後でした。

顔の血をぬぐっているヨハンナに、マックスは目を走らせた。彼女はこのおれに負けずに今夜の強行軍に耐えてくれた、と彼は思った。いや、彼女はおれという他人の腕に命を預けるしかない立場にあったのだから、むしろおれ以上によく耐えてくれたと言うべきだろう。ウィルスンの助手役をつとめたときの経験から、それがどんなに心もとないことであるかを、マックスは承知していた。

ウィルスン。そうだ、彼のことをすっかり忘れていた。マックスはシートベルトをはずして、背後をふり返った。

アイクの体は奇妙な形によじれていた。ベルトがまたゆるんでいる。両眼は閉じていた。片方の頬に血がうすくこびりついており、怪我がひどい個所は血がどす黒く服の上まで滲《にじ》みでていた。両腕は依然として、エア注入式の緊急用添え木で固定されている。マックスはアイクの喉《のど》に片手をのばした。弱々しい脈が不規則に打っている。かなりの重態と見ていいだろう。

ヨハンナが無言で体をよじって手を貸してくれた。彼女にそっと頭を支えてもらって、マックスはシートの元の位置にアイクの体を横たえた。ベルトをきつくしめ直してから、声もなく黄色みがかったアイクの顔に目をこらす。A‐10の機首から転落したアイクを見下ろして途方にくれていたのが、いまではるか昔のことのように思われる。

A‐10。

マックスはハッとした。あのヘルメットとジーザス・ボックスはどうなっただろう？ ヘリに追いまくられたとき、トランクのすぐ背後で機関砲弾が炸裂《さくれつ》したこともあったのだ。外にでようとして、ドアの把手《とって》のレヴァーを引いた。一センチあまりしかひらかない。肩からもたれかかって全力で押すと、重苦しい音とともにどうにかひらいた。マックスは外によろめきでて、ゆっくりとトランクに歩みよった。

フェアモントの変わり果てた姿に、マックスは一瞬呆然とした。ボディには至るところに孔《あな》があいて鋼板がめくれあがっており、ルーフは大きく陥没している。ナブズがロール・バーでボディを補強しておいてくれなかったら、二人の命はなかったかもしれない。四輪のタイヤもゴムが裂けたり切れたりしている個所があちこちにあったが、どうにか保《も》っていた。左の後輪の前にひざまずいて、調べてみた。かろうじてふくらんでいた。サイド部に針金が一本突き刺さっていた。ゲートを突破したときの名残りだろう。中に入っている修理剤のおかげでなんとかぺしゃんこにならずにすんでいるが、それもあとどれくらい保《も》つことか。

マックスは苦しげに立ちあがった。あらためてトランクを眺めてみたが、さほどの被害は蒙《こうむ》っていなかった。バンパーはむしりとられ、テールライトも二つとも吹っ飛ばされていたが、トランクはふたがひしゃげた程度ですんでいた。ボタンを押してあけてみようとしたが、動かない。彼は肩をすくめた。これなら、中のものが外にこぼれ落ちたはずはない。運転席にもどると、ヨハンナがたずねた。「どうだった？　このまま走れそう？」

マックスは薄い笑みを浮かべた。顔一面埃《ほこり》にまみれているせいか、歯が不自然に白く見える。

「もちろんさ。やつらにこのおれたちを止められるもんか」こんなときよく映画のヒーローが放つような、スパイスのきいた洒落《しゃれ》たセリフを放ちたかったのだが、笑みが強張《こわば》って口が動かなかった。それほど疲労が淀んでいたのだ。

ヨハンナがじっとその顔を見返して、彼の手に触れた。

「そのとおりよ、マックス。あんな連中にあたしたちを止められるもんですか」

彼女が本気で言っているのに気づいて、マックスは胸を衝《つ》かれた。こっちの強がりを、ヨハンナは額面どおりに受けとったのだ。

もはや気のきいた答えを返す気力もなく、彼は弱々しくうなずいた。

「さあ、準備はいいかい？」

ヨハンナは首を横にふった。マックスは驚いて、シフト・レヴァーから手を離した。

「どうして？」

すると、ヨハンナはつとセンター・コンソールごしに身をのばして、マックスの口に唇を重ねた。ライラックの香りに似た淡い体臭が、瞬間鼻をかすめた。

再びシートに坐り直したヨハンナは、真剣な眼差《まなざ》しで言った。「この先どんな結果に終わろうと、やるだけの価値はあったわ、マックス。ありがとう」

マックスは言葉もなく坐っていた。気のきいたセリフなど吐きたくもなかった。彼は不意に笑みを浮かべた。自然に湧《わ》いてきた、明るい、純粋な笑みだった。幸福な笑みでもあった。

「ああ」彼は英語で言った。「きみの言うとおりだ。やるだけの価値はあったな」

おもむろにシフト・レヴァーを一速《ロウ》に入れると、マックスはゆっくりと大通りに入って走りはじめた――一路本部に向かって。

彼は慎重に運転した。心は平静に澄みわたっていた。依然として疲労は感じたが、気持は落ち着いていた。心配なのは車の状態と、前途で待ちかまえているに相違ない道路封鎖だけだった。

エンジンはかなりオーヴァーヒートしている。冷却液をできるだけ循環させようとヒーターをフルにきかせたが、水温計の針はレッド・ゾーンの近くに貼りついたまま下がらない。ちょっと急加速しようものなら、針はすっとレッド・ゾーンに入ってしまう。これ以上のエンジンの過熱を防ぐためには、できるだけ一定速度を保って、急な加速を控えるしかあるまい。

満足についているヘッドライトも、いまは二つに減ってしまった。ダッシュボードのライトもついたり消えたりしている。燃料計の針はEをさしていた。ということは、あと八キロ程度走れるくらいの燃料しか残っていないことを意味する。よくてもせいぜい一六キロ走れるかどうかというところだろう。

暗夜を衝《つ》いて、彼はゆっくりとスピードをあげていった。回転数があがるにつれて、エンジンが震動する。ヴェンチレーターからは熱いオイルの臭いと熱風が噴きだしてくる。マックスもヨハンナも全身に汗をかいていた。

いまはマックスも、窓外の田園風景をはっきり見分けることができた。もはや明かりも要らなかった。この時刻、トレベルゼー交差点付近のウルプリヒト・シュトラーセは閑散としている。左手の森には居酒屋のものらしい明かりがいくつか見え、はるか右手には不毛の湿地と闘っている頑固な農夫たちの家の灯がわびしげに瞬《また》いている。そちらの側には道路沿いに深い灌漑溝《かんがいこう》が走っていた。

さっきの教会から数キロ走ったところで、小さな居酒屋の前を通過した。そのとき、店の前に駐まっている三台の車のうちの一台が、アメリカ空軍のブルーに塗装されていることにマックスは気づいた。しかも、中にだれか坐っているのを見て、一瞬、車を停めようかと思ったが、ツァッホーの町で見かけたソ連のラーダを思いだして、そのままアクセルを踏みつづけた。

居酒屋の前の駐車場にいたアメリカ軍の少佐は、マックスの車が目前を通過するのをはっきりと見た。フェアモントは見るも無残な姿になっており、黒煙を派手に吐きだしていた。

手にした無線機のマイクの発信ボタンを押すと、彼は言った。

「ティンパニへ、こちらトランペット。フィガロ、くり返す、フィガロ」

マイクをダッシュボードにもどしてエンジンをかけ、ホーンを鳴らす。と、店の中からもう一人のアメリカ人が飛びだしてきた。何事かとばかり、店で飲んでいた数人の地元の客が好奇の視線をその背中に注ぐ。

二人目のアメリカ人は息をはずませて車に飛び乗った。

「通りすぎたんですね？」

少佐は顎《あご》をぐっと引きしめて、答えた。「たったいま通った。あと数分でソ連軍の封鎖地点に達するだろう。ナブズの部下たちが本部の前で出迎えているといいんだが」

あとから乗った男がシートベルトをしめるのを待って、少佐はヘッドライトをつけて道路を走りだした。

「それにしても、アイクのやつ、どうやってあの道路封鎖を突破するつもりなんですかね」

少佐は顔色も変えずに答えた。「そいつはわたしにもわからんが、いまの車の有様では、ソ連側はかなり手荒な真似をしているらしい。連中がそう出るなら、こっちもそれなりに対応するさ」

もう一人の男の視線が、後部シートに置いてある二挺《ちょう》のM16ライフルに走った。

30

道路封鎖が目に入った瞬間、マックスはさすがにがっくりきた。アクセルから足を浮かせると、エンジンの咳《せ》き込むような音とともに車のスピードが落ちた。装甲兵員輸送車の角張った鼻面の一八〇メートル手前で、彼はフェアモントを停止させた。

敵は楔形《くさびがた》に車輛を配置して、道路を封鎖している。あれを迂回するのは不可能だな、と見定めをつけた瞬間、目もくらむような眩《まばゆ》い光線が装甲車から放たれた。蜘蛛《くも》の巣状に亀裂が走ったフロントガラスに光が当たって拡散する。マックスもヨハンナも両手を額にかざして目を細くすぼめた。

封鎖線の背後は、ひっそりと静まり返っていた。敵はなにかを呼びかけてくるでもなければ、恫喝《どうかつ》するでもない。いかなる事態が起きようとしているのか、だれもが心得ているのだ。無駄な言葉を費やす必要はないのだった。

マックスは右手に目を走らせた。幅三メートルの灌漑溝の彼方《かなた》に、荒地が広がっている。むりにそっちに突進しようとすれば、溝の中に転覆するか、フェンダーの高さまで湿地に沈みこんでしまうのがオチだろう。

左手に目をやると、走破不可能な森林がすぐ道路ぎわまで迫っている。

V8エンジンが、咳き込むような音をたてている。オーヴァーヒートしているのだ。オイルの臭いもますますひどくなっている。

なおも目の上に手をかざしながら、ヨハンナがマックスを見やった。その目が問いかけているものを汲《く》みとって、彼はかぶりをふった。

「いや、迂回する道はないんだ。本部に曲がるT字路はやつらのすぐ背後、あの水銀灯のそばだと思う。しかし、あの封鎖線をどうやって突破したらいいものか」

マックスはバックミラーをのぞいた。この道を引き返したところで、やつらにつかまる瞬間を先にのばすだけにすぎない。ただそれだけのことだ。追いかけてきているラーダはかわせても、結局、別のヘリか道路封鎖に阻まれてしまうだろう。

ソ連軍の封鎖線の向こう側では、カール・シュタッヘルが、夜空を明るく照らしだしたサーチライトを見守っていた。アメリカ人の車は見えなかったが、すでに封鎖線の直前まできているはずだった。

いよいよだ。

メルセデスのヘッドライトとフォグランプを、彼は同時に点灯させた。

ついで、青い小型の警戒灯をルーフにのせると、バシッと音がして磁石で貼りついた。コードをダッシュボードに引きこんで接続し、スイッチを入れる。青い警戒灯は勢いよく回転しはじめた。

セレクターを〝D〟の位置にすべらせると、シュタッヘルはメルセデスを急発進させた。一秒後に、泣き叫ぶようなサイレンの音が夜気を震わせた。

ソ連軍の兵士たちが、いっせいにこちらをふり返る。強力なヘッドライトを浴びて、彼らの顔が白く浮かびあがっていた。なおも封鎖線に接近すると、装甲車のハッチがひらいて、男の顔が現われた。シュタッヘルはスピードをあげつづけた。ハッチから現われた中佐の表情が、はっきりと読みとれた。

メルセデスの燃料噴射式エンジンの呻《うめ》くような音を耳にした兵士たちは、不安そうに顔を見交わした。ルーフで回転している警戒灯を見ると、彼らはおずおずと持ち場を離れはじめた。中佐に大声で叱咤《しった》されて初めて、彼らは不安そうな面持ながらその場に立ち止まった。つかのま、アメリカ人の車は忘れられた。

封鎖線ぎりぎりまで迫ったところで、シュタッヘルはとうとうメルセデスの強力なディスク・ブレーキを踏んだ。白煙を生じながらスリップした車輪は、装甲車の鋼鉄製テールゲートの三メートル手前で停止した。

警戒灯もサイレンもつけたまま、シュタッヘルは運転席に坐っていた。

約十秒というもの、だれ一人その場を動かなかった。そのうちソ連軍の中佐が、様子を見てこい、と一人の兵士に命じた。そのメルセデスが東ドイツの公用車であることはわかったものの、ギラつくヘッドライトが邪魔して中のシュタッヘルの姿が中佐には見えなかったのだ。

兵士はおずおずとメルセデスに近づいた。

ウインドウの数歩手前で立ち止まると、彼は中をのぞきこんだ。

冷ややかな一瞥《いちべつ》をその兵士にくれると、シュタッヘルはいかにも威儀張った口調のロシア語で言った。「即刻わたしに情勢報告をするように、司令官に言いたまえ」

兵士はアングリと口をあけて、背後をふり返った。中佐は冷然とこちらを注視している。

シュタッヘルに視線をもどすと、兵士はとまどったように咳払いした。

「失礼ですが、同志、あなたはいったい――」

「東ドイツ軍事諜報部長、カール・シュタッヘルだ。この作戦を、目下指揮している」

兵士はパッと気をつけの姿勢をとって、敬礼した。ソ連軍の中佐が顔をしかめて呼びかけた。「ボロゾフ、そこにいるのはだれだ?」

メルセデスのヘッドライトの中を横切って装甲車のほうに駆けもどった兵士は、サイレンの音にさからって、大声でシェタッヘルの言ったことを伝えた。

その様子を、シュタッヘルは無表情に見守っていた。身じろぎもせずに坐っている彼の目に、青い警戒灯に照らされた周囲の光景がストロボのようにひらめいた。一瞬、その眩《まばゆ》い光を睨みつけるようにこちらを見てから、中佐はハッチの下に消えた。次の瞬間、彼は装甲車の後部ドアから飛び降り、制服の上着の皺《しわ》をのばすように引っぱってから、ゆっくりとシュタッヘルの前に歩みよってきた。

「シェタッヘル部長と称しているのは、あんたか?」冷ややかな声で訊いた。

シュタッヘルはゆっくりと頭をめぐらして、ソ連軍中佐の顔を凝視した。

「シュタッヘルと称しているわけじゃない、シュタッヘル本人なのだ」ウインドウごしにさっとバッジ・ケースをひらいてみせる。

ソ連軍の中佐はケースを一瞥《いちべつ》してから、またシュタッヘルの顔に目をもどした。二人はしばらく視線をからみ合わせていた。と、中佐はパチパチと瞬《まばた》きして、わずかに後ずさった。

「どうやら、お言葉のとおりのようですな。あなたは亡くなられたものと思っていたのです、シュタッヘル同志。コシュカ大佐が――」

「そうそう、大佐はどこにいる?」

抑揚のない声でシュタッヘルが訊くと、相手は口ごもった。「それが……わからんのです、部長。ついさっきまで、ヘリでアメリカ人を追跡していたはずなのですが」

シュタッヘルは微笑した。「なるほど。にもかかわらずアメリカ人がそこにきているとなると、コシュカ同志は殉職したと判断するしかあるまい。とすれば、わたしの指揮権の正当性については、いささかの疑義もないことになるな？」

中佐はまたためらった。「しかし、この道路封鎖の指揮は、わたしが直接コシュカ大佐から委《ゆだ》ねられましたので」

シュタッヘルはうなずいた。「そいつは適切な人選だったな。しかし、わたしがこうして到着したからには、指揮権はわたしにある。きみはそれにあえて異議を唱えるつもりかね？」

ソ連軍の中佐は唇をかみしめた。こんどのアメリカ人捕獲作戦の正当な指揮権がこのドイツ人にあることは否みようがない。

サイレンが依然として鳴りつづけていた。高く低く、泣き叫ぶように鳴り響くその音を聞いていると、ソ連軍の兵士たちまで不安な気持に陥るらしい。彼らはじりじりとメルセデスから後退しはじめていた。

と、ソ連軍の中佐はとうとう表情を強張《こわば》らせてうなずいた。「おっしゃるとおりです、部長。指揮権はあなたにあります。なにかご命令は？」

シュタッヘルは装甲車を指さした。

「あの車輛をわきにどけたまえ。わたしがアメリカ人のところにいって、説得してくるから。あの連中はいまや死物狂いになっとるからな。貴重な装置を抱いたまま自爆もしかねん。とにかく、いまなによりも重要なのは、あの装置を無事に手に入れることなのだ」

中佐はじっとシュタッヘルの顔を見つめた。

「封鎖を解けと言われるんですか、あなたは？」

シュタッヘルは顔をしかめた。「同じことをもう一度言わなきゃならんのかね、中佐？」

中佐は身を硬くした。「いいえ、部長。ですが、ここで封鎖を解けばまたアメリカ人を逃がす危険があります」

シュタッヘルは窓からすこし身をのりだして、歯をむきだした。「やつらは絶対に逃がさんと約束するよ、中佐」

シュタッヘルの目が狂おしく光っているのを見て、中佐は後ずさった。興味津々《しんしん》たる面持でこっちを眺めていた装甲車の操縦士に、彼は手をふった。

「軍曹。装甲車をわきにどかせろ」

一瞬こちらを見返してから、操縦士はディーゼル・エンジンをかけた。ガチャガチャとギアの入る音がしたと思うと、車重一二トンの装甲車はゆっくりと前進した。エグゾースト・パイプからもくもくと吐きだされる黒煙が、装甲車の軌跡を描いて進路の端のほうに動いてゆく。サーチライトが消えた。

中佐はシュタッヘルの顔を見下ろした。

「連中が突破を図ったら発砲してよろしいですか、部長？」

シュタッヘルはセレクターを〝D〟に入れてかぶりをふり、中佐の顔を睨みつけながら言った。「どんな事態が起きようとも発砲してはいかん、中佐。大切な積み荷を破壊してはならんのだ。わかったな？」

中佐が答えるより早く、シュタッヘルは路面に黒々とタイヤの跡を残して急発進し、前方に停止しているフェアモントに向かって突進していった。

装甲車がわきのほうに移動してゆくさまを、マックスは意外な面持で見守った。背後に別の車のヘッドライトが見えた。ルーフで青い警戒灯が回転している。一八〇メートルの距離を隔てていても、サイレンの音がはっきりと聞こえる。その車のヘッドライトのパターンには見覚えがあった。メルセデスだ。やつらはあえて封鎖線から出撃してこようとしていい、い、い、い、い、い、いるらしい。

ヨハンナは両手をぐったりと膝に置いて、身じろぎもせずに坐っている。メルセデスのノーズが一瞬上向くのを、マックスは見た。こちらに向かって、スタートを切ったのだ。

ギアを一速《ロウ》に入れると、マックスはゆっくりとクラッチをつないだ。フェアモントはじわっと動きはじめた。

メルセデスは真っしぐらに突き進んでくる。九〇メートル前方に迫ってもまだ加速しつづけているのを見て、敵には停止する気がないことをマックスは見てとった。

メルセデスが五〇メートル前方に迫るのを待って、彼は力いっぱいアクセルを踏みつけた。エンジンが即座に反応し、フェアモントは地を蹴って飛びだした。メルセデスは依然として一直線に走ってくる。と見て、マックスはやおらステアリングを切った。フェアモントは瞬時に右にノーズを向けた。

シュタッヘルもそれに合わせて向きを変えようとしたが、遅かった。黒いメルセデスはわずか数センチの差で、唸《うな》りを生じながらフェアモントとすれちがった。シュタッヘルは半狂乱になってステアリングを切り、メルセデスは四輪をロックさせたまま横すべりしてから停止した。

マックスも車を停めてミラーをのぞいた。背後に走り去ったメルセデスが大きくよろめいて停止したのを確認してから視線を前方に走らせる。封鎖線には依然として穴があいている。シフト・レヴァーを一速《ロウ》にぶちこむなり、アクセルを踏みこんだ。疲れきったエンジンが再び咆《ほ》え、ボディがわなわなと震える。タイヤから白煙を生じさせながら、フェアモントは猛然と前方に躍りでた。

それを見て慄然《りつぜん》としたシュタッヘルは、すぐさまメルセデスのノーズを旋回させて、フェアモントを追いはじめた。

猛スピードで突っこんでくる二台の車を見て、恐怖に顔を歪《ゆが》ませながら飛びすさるソ連軍の兵士たち。その光景がちらっとマックスの目に映ったとき、背後のメルセデスの放つ眩《まばゆ》いヘッドライトがフェアモントの内部にさしこんできた。

マックスはギアを二速《セカンド》に入れて、轟音《ごうおん》とともに封鎖線を走り抜けた。ソ連軍の中佐が悪態をついた。彼はとっさにピストルを引き抜いて装甲車のボディに飛び乗り、銃口をフェアモントに向けた。

が、引き金を絞ろうとする寸前、背後から自動小銃の銃弾が飛来し、装甲車の横腹に当たって跳ね返った。中佐はひるんで、背後をふり返った。九〇メートルほど背後に、もう一台アメリカの車が接近しつつあった。窓から身をのりだした男が、M16ライフルの銃口をピタリと向けている。

そのとき、シュタッヘルのメルセデスも疾風のように封鎖線を走り抜けた。ソ連軍の中佐はそれには目もくれずに、遠ざかってゆく青い車を見つめていた。彼がなにか言うより先に、M16ライフルをかまえたアメリカ人が叫んだ。「ピストルを下ろせ、イヴァン。こっちは協定を順守しているんだぞ!」

ソ連軍の中佐はピストルをホルスターに突っこみ、身をよじって、消え去ろうとする二台の車を目で追った。

マックスは、封鎖線を突破し得たことに驚いている暇もなかった。この手負いのフェアモントでいかにゲートまで逃げこむか――念頭にあるのはそれだけだった。背後のメルセデスにはいつ追いつかれるかもわからない。本部のゲートの一メートル手前でも、そこは厳然たる東ドイツの領土なのだ。なんとしてでもゲートの中に飛びこまなければならない。

T字路が目前に迫った。水銀灯の下にさしかかるなり、ステアリングを思いきり左に切った。エンジンが一度、二度と咳きこんでから、またコンスタントな唸り音にもどった。燃料タンクが傾いた拍子に、ギリギリのレヴェルまで減っていたガソリンが一瞬カットされたのだろう。

スリップから立ち直ると同時に、マックスは四速《フォース》にシフト・アップした。水温計の針がレッド・ゾーンに入って、なおも上昇しつづけている。

バックミラーにメルセデスの姿が現われた。マックスは前方を見わたした。妙な工作が施されている形跡はない。路面はなだらかに左にカーヴしており、その一六〇〇メートル前方に本部のゲートがあるはずだった。そのとき、油圧警告ランプにポッと赤いライトがともったのを見て、彼は顔をしかめた。

シュタッヘルは、わなわなと震えるステアリングを右手で握り、スチェッキン・マシンピストルをつかんだ左手を血に染まった窓枠《まどわく》から突きだしていた。フェアモントとの差は、ぐんぐん縮まりつつあった。

マックスはアクセルを床まで踏みつけた。それでもメルセデスは急速に接近してくる。と見て、道路の幅を最大限に使って右に左にスラロームしはじめた。

シュタッヘルの連射した弾丸が、フェアモントの右側をかすめ去った。目をらんらんと光らせたドイツ人は、またしても引き金を引いた。一発の弾丸が唸りを生じて、フェアモントのリア・ウインドウの防弾ガラスに命中した。さらに一発が、ブスッとトランクのふたを貫通する。マックスはぐいっと右にステアリングを切った。

シュタッヘルは、左手を窓の外に突きだしたまま再度引き金を引いた。フェアモントは眼前に迫っている。射ち損じるはずがなかった。

スチェッキン・マシンピストルはカチッという音をたてた。弾丸が尽きたのだ。怒声とともに銃を放り捨てて、シュタッヘルはなおも強くアクセルを踏みこんだ。

そのとき、はるか前方にとうとう本部のゲートが見えてきた。と同時にマックスの目には、二台のジープ・チェロキーの姿が映った。一台は左手、もう一台は右手。いずれもライトを消したまま、道路の両端に車首を中央に向けて横向きに駐まっている。マックスが訝《いぶか》しげに目をこらすと、二台のジープは左右からゆっくりと、道路の中央に向かって動きだした。

タイミングは完璧《かんぺき》だった。マックスは左にステアリングを切って、右側からせりだしてきたチェロキーのノーズをかわし、次の瞬間右にステアリングを切り返して、左側からせりだしてきたチェロキーの鼻面をかわした。二台のジープは移動バリケードよろしく、マックスの通過した路面を封鎖しようとしていた。シュタッヘルの目にはそれが見えなかった。フェアモントが最初のジープをかわすのを見て初めて彼は気づき、とっさにステアリングを左に切って、巨大な四輪駆動車の鼻面をかろうじてかわした。が、幸運もそこまでだった。

左側のジープをかわそうと必死にシュタッヘルがステアリングを切ると、メルセデスのボディは大きく右側にかしいだ。とたん、左側の前輪がジープの巨大なバンパー・ウィンチに激突した。

メルセデスはコントロールを失って、スライドしはじめた。懸命にステアリングにしがみつくシュタッヘル。左側のフェンダーがむしりとられ、ヘッドライトが吹っ飛んだ。道路の端に横すべりしてゆくメルセデスのスピードは、依然として一六〇キロを上まわっていた。血走った目で周囲を見まわすと同時に、シュタッヘルはスリップしている方向にステアリングを切った。急速にスピードの落ちたメルセデスは再び四輪で路面をつかんだ。次の瞬間、その車首はまたしても前方を向いていた。

シュタッヘルの目に、フェアモントのテールが映った。もはや彼にはたった一つのことしか考えられなかった。メルセデスの姿勢が安定した。シュタッヘルは真一文字にフェアモントのテールに追いすがった。

マックスは顔をあげた。本部のゲートまであと四〇〇メートル。もはやエンジンの能力は限度にきている。が、あるいは……アクセルを踏む足に、彼は全体重をかけた。フェアモントのスピードがすこしずつあがりはじめた。

が、メルセデスはなおもその差を縮めようとしている。

ひらかれているゲートに向かって、マックスはひたすらフェアモントを駆った。スピードは、時速一八〇キロを保っている。水温計と油温計の針は、ともに上限に貼りついていた。

ぎらつく目がバックミラーに走る。メルセデスはほとんどリア・バンパーに触れなんばかりに迫っていた。と、その車首がするっと左側にのびた。敵はこっちを路肩の外に突き落とそうとしているのだ。マックスはアクセルを踏みつづけた。

エンジンはすでに過回転《オーヴァー・レヴ》している。五速《トップ》にシフト・アップしようとしたが、ギアがつかえて動かない。回転計《タコメーター》の針は、いまや一万回転をオーヴァーし、耳をどよもすようなエンジン音がコクピット内に充満していた。

シュタッヘルの顔に冷たい笑みが浮かんだ。アメリカ軍事連絡部のゲートまで、あと二〇〇メートル。もうやつは逃げきれっこない。フェアモントのエグゾースト・パイプは、黒煙を吐きだしている。メルセデスをすっと左に寄せてから、シュタッヘルは、フェアモントの壊れたテールライトめがけて、右フェンダーを近よせた。

ヨハンナは絶望的な眼差《まなざ》しでマックスの横顔を見やってから、両手で顔を蔽《おお》った。マックスは車を右にふろうとしたが、ステアリングはわなわな震えるだけで応えてくれない。

ひしゃげたメルセデスのバンパーがフェアモントの左側のリア・フェンダーに触れた。

シュタッヘルは勝利の雄叫《おたけ》びをあげて、ステアリングを右に切りはじめた。そのままフェアモントを路肩の外に突き落としてやるつもりだった。

マックスの必死の努力が実ったのはそのときだった。ついに四速《フォース》の位置から動いたシフト・レヴァーを、彼はなんとか五速《トップ》に放りこもうとした。が、またしてもニュートラルの位置でつかえてしまい、突然負荷から解放されたエンジンは、一万五〇〇〇回転までまわりはじめた。

とたん、鼓膜をつん裂くような爆発音がしたと思うと、あっという間にフェアモントのコクピット内に煙が充満した。破裂したエンジンの接合個所からオイルが噴きだした。シュタッヘルの目には、フェアモントの下部から噴きだした炎は見えたが、オイルは見えなかった。

一秒もたたぬうちに、フェアモントのV８エンジンは七クォート分の煮立ったオイルを路上にまき散らし、メルセデスのタイヤの摩擦係数を瞬時にゼロ近くにまで落としてしまった。

シュタッヘルは、突然車が左側にすべりはじめるのを感じた。あわててステアリングを右に切り、ついで左に切ったものの、車はもはや慣性の法則によって支配されていた。一二メートルほど横向きに滑走したところで、メルセデスの前輪は乾いた路面に乗った。とたん、ボディが左前輪を下にしてもちあがった。スピードはなおも一六〇キロは下っていなかったから、メルセデスは逆立ちした格好で猛然と空に飛びあがり、ちょうど宙返りしかけたとき密生した樹林に叩きつけられた。カール・シュタッヘルの苦悶《くもん》の叫び声は、ほぼ同時に起きたガソリンタンクの爆発音に呑みこまれた。メルセデスは、木々の上方の枝をバキバキとへし折りながら火の玉となって飛びつづけた。やっとのことで停止したときには、地上六メートルの木の枝にひっかかって炎上していた。

マックスにはその光景を見ている暇はなかった。エンジンが破裂した瞬間、フェアモントもまたそのオイルに乗って滑走しはじめていたからだ。いくらステアリングを切っても、手応えはゼロだった。車内に充満した刺激性の煙のために息がつまり、目がかすんだ。苦しげに咳きこみながらも、彼は必死にフェアモントを操ろうとしていた。

三〇メートル前方に、ゲートの大きな石の柱がぬっと現われた。マックスはステアリングを切った。フェアモントは前後に激しく揺れた。

マックスはステアリングを離した。思わず両手で目を蔽《おお》った。

フェアモントは重量二トンの、制御不可能な暴走ミサイルも同然だった。ゲートのあいだに真っしぐらに突っこむなり、それはスピンしはじめた。

ヨハンナが悲痛な叫び声をあげた。

本館正面の円形の草地の、高さ一五センチの石の囲いにフェアモントは激突した。右側の前後輪が最初にぶつかり、いずれも瞬時にバーストした。それでも勢いは止まらなかった。フェアモントは囲いを乗り越えて横転し、一回転しながら国旗掲揚の旗竿《はたざお》に激突して吹っ飛ばした。そして、なおも回転しつづけた。

二度目の回転に入ったとき、すでに自動消火器が作動しはじめていた。草地の向こう側に達するのは瞬時の間だった。フェアモントは再度石の囲いを乗り越えて側面から地面に落下し、そのはずみでまた宙に躍りあがった。

こんどは、バーストした右側の前後輪から先に地面に落ちた。ボディが大きく持ちあがって、もう一回転しそうになった。露出したホイールのリムが、地面にくいこんだ。一瞬、そのひしゃげたリムに支えられて横向きに立った格好になったボディは、かすかに震えてから、どうとこちら側に揺れもどり、四輪で地面をつかんだ。

フェアモントは本部玄関の真正面に停まっていた。最後にもう一度、精根尽きたように重苦しい呻《うめ》き声を発したと思うと、ボディはガクッと右側に傾いた。そっちの側のサスペンションが、ついにいかれたのだ。

マックスは呆然と坐っていた。まだ耳鳴りがしているのを覚えつつ、目の焦点を合わせようとした。

黒煙に包まれている自分の車に向かって、四方八方から駆けよってくる男たちの姿が見える。

左側のドアの前に、ナブズ・ピアースが立った。

ナブズは目を丸くして、ボディをしげしげと見まわしていた。

彼の声が耳に入った。

「驚いたぜ、じっさい。あんな運転の仕方を、いったいどこで習ったんだ？」

ナブズがにやっと笑って、口中のかみタバコを地面に吐き捨てるさまをマックスは見た。

次の瞬間、意識が遠のいていった。

31

「起立したまえ、マクスウェル・T・モス軍曹」

将軍の声は、軍事連絡部の庭の芝生に降りつもっている雪のように冷たかった。

マックスは、トルコ絨毯《じゅうたん》の敷きつめられた床に椅子をずらして、立ちあがった。青い制服の裾をのばし、三メートル前方に目をやって、この軍事査問会を執行している三人の将官たちと向き合った。中央にはベルリン司令部の副司令官をつとめている陸軍少将。その左には、この軍事連絡部の指揮官、ジャック・マーティン大佐。そして右側には、在欧連合軍総司令部から派遣された空軍准将が控えている。三人ともいかめしい表情でマックスを見守っていた。

中央の陸軍少将が、この査問会の委員長だった。一枚の紙をおもむろにとりあげると、彼は口をひらいた。「この二日間に、本査問会の議題に関して行なわれた証言は、すでにきみも聞いたな、軍曹。本会が最終決定を下す前に、なにか言いたいことはあるかね？」

マックスは苦痛をこらえて立っていた。A‐10の秘密装置とパイロットを奪還してから、すでに一週間たっていた。そのうちの二日間を、彼はベルリンの病院ですごし、全身の診断と治療、並びに休養にあてた。そしてポツダムの本部に帰ると、残りの数日間をこの査問会の対策にあてたのである。

マーティン大佐から、きみは査問会にかけられることになったと告げられたときも、マックスは驚かなかった。ルールを破ったヒーローが勲章と美人と大金を手中にするのは、映画の中だけの話なのだ。軍隊は規則を厳守することによって存在している。敵方との微妙な均衡の上に成り立つ半ば秘密の任務は、それを可能ならしめている特殊な規則を無慈悲なまでに厳守することを要求するのである。

静まり返った部屋の中に、古めかしい大時計の時を刻む音がいやに大きく聞こえる。三人の将官を別にすると、その場にいるのはマックスと彼の弁護官、それに書記のみだった。査問会なので正式な告発は行なわれず、当該の議題に関する証言を聴取すべく、何人かの証人が召喚されるだけだった。

元は男爵の書斎であったその部屋で、過去二日間に行なわれた証言の数々を、マックスは思い起こした。外では雨が雪に変わっていた。いまではナブズのジープが常時路上に配置されており、高速を誇るフェアモントも凍結した路上でぶざまなスリップをくり返していた。

そして、部屋の中では、マックスの為《な》したとてつもない行動が、職業軍人や外交官の冷静な証言によって再現されたのだった。証人の中には、軍部が〝向こう側の人間〟と婉曲《えんきょく》に形容する連中、すなわち、ソ連軍の軍人たちも含まれていた。

中の一人であるソ連軍の将軍は、オックスフォード大出身者風の英語で、次の事実を明瞭に指摘してみせた――すなわち、まず第一に軍事連絡部の車輛でヨハンナ・コッホを西側に逃亡させたことにより、そして第二に、その彼女に亡命を許可したことにより、アメリカ合衆国は一九四七年に締結された協定の条文と精神を踏みにじったのである、と。でっぷりした将軍がまず当事者の自分を、ついで軍事連絡部の将校たちを、そして最後にNATOの司令部全体を舌鋒《ぜっぽう》鋭く糾弾する演説に、マックスは感心して聴き入っていた。将軍は目をらんらんと光らせて恫喝《どうかつ》し、大声を張りあげ、拳《こぶし》をふりまわしたあげく、今回の違反行為によって生じたソ連とアメリカの友好関係のひび割れが修復されないかぎり、危機の拡大は不可避だろうと警告して、三時間に及んだスピーチを締めくくったのだった。

査問委員長の声が、マックスの物思いを中断させた。

「どうだね、モス軍曹？」

マックスはちらっとオールドリッチ中佐のほうを見やった。弁護官の役を買ってでてくれた中佐は、終始有益な助言をして力づけてくれたが、いまはこちらを見返そうとしない。マックスは独自の判断を求められているのだ。さすがに悪戯《いたずら》っぽい色のかけらもない緑色の瞳《ひとみ》を、マックスは委員長役の少将に向けた。

「自分としては、先の証言をもう一度くり返すしかありません。自分はあのとき、コッホ嬢の同行を認めなければエルベ川を渡ることは不可能だと確信したのであり、いまもその判断は正しかったと信じております。すなわち、自分に為し得る唯一の弁明は、マカラック大尉の遺体と〝ジーザス・ボックス〟をこの本部まで運び帰ることのほうが、協定の遵守より重要だ、としか思えなかった、というに尽きます。ウィルスンがルディーを射殺しなかったなら事態は変わっていたかもしれませんが、その点はなんとも判断しかねます」

そこでマックスは一息ついた。周囲の面々はみな熱心にこっちを見守っている。彼が口をつぐんだとたん、書記が打ちつづけていたタイプライターのひそかな音もやんだ。

「ただ一つ断言できるのは、もし自分が将来もう一度同じ事態に直面したら、やはり同じ行動をとるだろう、ということです」

そこでまた口をつぐんだ。心臓が高鳴り、掌《てのひら》が汗で濡れていた。三人の将官の顔を順に見わたしてから、彼は言った。

「以上です」

マックスが着席したのちも、しばらく沈黙がつづいた。

やがて、少将がゆっくりと口をひらいた。

「なにかつけ加えることはあるかね、オールドリッチ中佐」

オールドリッチは立ちあがった。

「いいえ、ありません。ただいまのモス軍曹の言明よりも雄弁に彼の行為を弁明することは不可能かと思われます」

将軍はうなずいた。「それでは、われわれ査問委員は別室に移って最終審判を下すために討議することとする。三十分間、休憩」

彼が小槌《こづち》を打ち下ろしたのを合図に、全員が立ちあがった。

マックスが部屋をでようとすると、オールドリッチが背後から肩をつかんだ。

「マックス、きみに面会したいという人がダイニングルームにきておられるんだ」

マックスはふり返って言った。「でも、自分はいま、だれかと話したい気分では――」

「しかし、この客なら別だろうよ、マックス。待っておられるのは少将なのだ」

マックスはかぶりをふった。

「逆らうわけじゃありませんが、お偉方のご機嫌とりはうんざりなんですがね。やっぱり、気が進まないな」

じっさい、ほとんど三十秒ごとに彼は吐き気を催していたのである。ヨハンナと二人で死物狂いの逃避行をつづけたあの夜にしても、これほど気分が悪くなったことはなかった。

オールドリッチは執拗《しつよう》にねばった。

「すまんがマックス、どうしてもいやだというなら、わたしは命令することもできるんだぞ、きみの弁護官兼上官としてな」

もったいぶったその口調に、マックスは驚いた。オールドリッチは、上官意識などめったにチラつかせない、この軍事連絡部にあって最も温和な男だったのに。

「わかりました。お供しますよ」

皮肉っぽい笑みを浮かべてマックスが言うと、オールドリッチはかぶりをふった。

「いや。この面会客にはきみ一人で会うんだ。じゃあ、二十分後にまたこの部屋で会おう」

マックスは肩をすくめてがらんとした書斎を横切り、ダイニングルームのドアの前に立った。その少将の訪問の意図に関しては、さほどの興味もなかった。こんどの体験について、軍事連絡部の上官たちから根掘り葉掘り訊かれることには慣れっこになっていたからだ。

ドアをあけると、優雅なダイニングルームの奥に陸軍少将の制服を着た男がいた。高い窓ぎわに立って、本館の背後の小さな湖を眺めている。その湖は端から凍りかけていたが、氷はまだ薄く、ちょうどその朝湖岸をジョギングした折に、凍結した湖面にパリパリッとひびが入るさまをマックスは見たばかりだった。

彼はわざと音をたてて、勢いよくドアをしめた。

少将がこちらをふり向きかけた。そのときになって初めて、彼が杖《つえ》にもたれていることにマックスは気づいた。

少将がこちらをふり向いた。彼が何者かを知るためには、その右胸のネーム・プレートを読む必要もなければ、歩兵戦闘記章と優秀爆破手の翼章の下の六列のリボンを調べるまでもなかった。

彼はマックスの父、エリック・モス少将であった。

しばらくのあいだ、二人は無言で部屋の両側から互いの顔を見つめ合っていた。

マックスの目に映った父は、別れていた五年という歳月以上に老けて見えた。まだ黒かった髪はいまや白髪に変わって薄れかけていたし、両の頬や手には雀斑《そばかす》のようなしみが浮いていた。顔の左側が右側よりも弛緩《しかん》して見え、鮮やかな緑色をしていた瞳もどことなく濁っている。体重も減ったようだし、なぜか背丈も縮んだようだった。そのせいか、一点のしみもない緑色の制服が、不格好にたるんで見えた。背筋は依然としてしゃきっと伸ばしてはいるが、金の握りのついた黒檀《こくたん》の杖の助けを借りてもいる。船の衝角のように突きでた鉤鼻《かぎばな》、たるんだ皮膚《ひ》によってもいささかも損なわれていない顎の線。だが、どこにいようとも人々の注意を惹かずにはおかなかったあの精気は……失せていた。彼は依然として用心深く、自信に満ち、昂然《こうぜん》としていて、周囲の混沌《こんとん》に自分流の秩序を課さずにはいられないエリック・モスであることにちがいはなかったが、かつてその身内に漲《みなぎ》っていた稲妻のような覇気《はき》は、もはや感じられなかった。

一方、エリック・モスの目に映っていたのも、彼の記憶にあるのとは別の息子だった。無言で凝視し合った三十秒のあいだに彼の目がとらえたのは、知性と機知に恵まれながら反抗心が旺盛《おうせい》で好戦的な若者ではなく、外見は息子のままでもまったく別の人間だった。彼と同じように胸を反らして立ち、彼の目をひたと見すえて動じない男だった。

彼らは互いに未知の人間を相手の中に見出していた。

沈黙を最初に破ったのは、マックスだった。父に対面すると必ず口元に滲《にじ》むあの薄い笑みをこんども浮かべて、彼は言った。「さてと、あなたの手を握ったほうがいいのか、敬礼をしたほうがいいのか、どっちなんでしょうかね、将軍」

エリック・モスは顔をしかめた。彼のほうで、息子と会うと決まって示す反応が、それだった。

久方ぶりに聞く父の声は、マックスを驚かせた。かつてのあのきびきびとした歯切れのよさがそこにはなく、語尾をわずかに引きずるような話し方に変わっていた。

「そういう話し方はやめにせんか、マックス。時間の無駄だし、なんの意味もない。それにわたしは、ここにはあと十五分しかいられんのだ」

「わかりました。じゃあ、真面目にいきましょう。なぜこんなところにまでいらっしゃったんです？」彼の顔にはまだ薄い笑みが貼りついていた。

エリック・モスは、左足を引きずるようにしてゆっくりと近づいてきた。

「ヨハンナの身許《みもと》と証言を確認してくれと、情報部の連中から頼まれてな。国家から奉仕を要求されたときには、必ず応じるのがわたしの主義だ」

「ごもっとも。とにかくあなたは少将なんだから。でも、ヨハンナはいまベルリンでしょう。それなのに、なぜここに？」

「なぜだと思う？　ヨハンナを連れだしてくれたのが自分の息子だと知ったら、わたしならずとも、人はどうすると思う？」

憤然としたその口調には、かつてのあの精気がいくぶん甦っていた。

マックスは首をふった。「そりゃ、あなたは自分のしたいことをするでしょう。ぼくが驚いているのは、あなたがここにいることではなくて、ここにきたがったということです」

エリック・モスは、ピカピカに磨きたてられたウォールナットのテーブルの下から椅子を引きだして、どっかと腰を下ろした。

「わたしも年をとった。おまえ流のもってまわった話し方にはもう付き合いきれんよ、マックス。はっきり言おう——ヨハンナを連れだしてくれたことに対して、だれかがおまえに礼を言うのが筋だと思ったのだ。ギゼラには……それができんので、代わりにわたしがやってきた。それに、わたしはおまえの顔を見たかったのだ。あれからもう五年近くになるからな」

マックスの皮肉っぽい笑みが薄れていった。

「ええ。わざわざ遠いところを、どうも。でも、ご存じでしょうが、ぼくは彼女の助けなしには帰れなかったんですよ。だから、ぼくのほうが彼女に連れだしてもらった、と言ったほうが正解なんだ。言うまでもないことでしょうが」

「ヨハンナがどう思っているかは承知しとるよ。彼女は、おまえが命の恩人だと思っている。ジャック・マーティンの話では、事実そうらしいな」

「いや、それはちがうな。ぼくはただあの車をやみくもに走らせただけだ。舵取《かじと》り役をしてくれたのは彼女なんだから」

エリック・モスはかぶりをふった。「それはどっちがどうだろうとかまわん。肝心なのは、いまやヨハンナが安全圏にいるということだ。彼女ばかりでなく……おまえもな」

「いや、必ずしもそうじゃないんだな。ジャック・マーティンからは査問会のことを聞きませんでしたか？　十五分後にはきっと、ぼくを軍法会議にかけるのが適当、という判定が下るでしょう。それでもぼくは、安全圏にいると言えるんですかね？」

エリック・モスは急に立ちあがってマックスの前に歩みより、彼の目をじっとのぞきこんだ。とたんに彼は、七センチも身長がのびたように見えた。

「わたしはこれまで、自分のあるがままの気持をおまえに伝えることが不得手だった。こんどこそはわかってもらいたいと思う。いいか、おまえがすこしでも頭を使えば、その査問会なるものは単に記録に残しておくことだけが目的のショウにすぎん、とわかるはずだ。ソ連側にその気があれば、こんどの事件を大々的な国際紛争に仕立てあげることも容易にできたはずなのだ。が、東西ドイツの国境上空でなにがあったかは、連中も承知しているし、こちら側も承知している。たぶんそれ以上に重要なのは、A‐10Fが連中の心胆を寒からしめたということだろう。あと一年、そう、すくなくともわが方の脳波誘導兵器開発の実態を探りだすまでは、連中はいかなる危険も冒そうとはすまい。だから、いまのおまえは保育園にいるように安全なのだ。じっさい、おまえがいつまでもそうやって幼稚なたわ言をぬかしている気なら、いっそ保育園にでも入れてもらったほうがいい」

彼は大きく息をはずませていた。口の端に、かすかに唾《つば》がたまっている。

マックスは後ずさった。

「なぜそんなに詳しく事件の背景を知っているんです？」

彼の父は蔑《さげす》むように笑った。「わたしの会社〈モス・エレクトロニクス〉はなにを製造しているると思ってるんだ？　しかし、まあ、いい。おまえはこれまで、本気でわたしの会社のことを知ろうと思ったことなど一度もなかったのだからな。産軍複合体の中のネジの一つだぐらいにしか思っとらんのだろう。その程度の理解しかおまえは持っていないのさ」

マックスは父親を睨み返した。

「でも、それが実態でしょう？　国防省との契約がとれなくなったら、会社はすぐ破産でしょうが」

「だからなんだというのだ？　おまえとて国防省と契約してなかったら、いまごろどこにいる、軍曹？　いま着ている制服を見てみい。おまえがなぜ空軍に入ったのか、わたしは知らんし、再志願した理由はなおさらわからん。が、これだけは言っておこう。おまえはいま、あだやおろそかにできない人生のゲームを演じているのだぞ、マックス。おまえはもう子供ではない。年上の少年たちと遊ぶのに倦《あ》きたから家に帰る、というわけにはいかんのだ。おまえはここで、人生ののっぴきならない現実というやつを多少味わったらしい。その経験から学ぶことだ。もちろん、おまえにその気さえあれば、こんなところまで――」と、黒檀の杖を窓のほうにふりまわして、「――こなくとも、そうできたはずだ。その気なら、自分の家の裏庭にいてさえ、同じ教訓が得られたにきまっているのだ」

そこで口をつぐむと、顔をわきにそむけて彼はつづけた。「もちろん、それはあくまでも、おまえにその気があったならば、の話だ。しかし、おまえにはそんな殊勝な心がけは毛頭なかった。そうだな、マックス？　おまえはただひたすらわたしを憎み、自分の失敗をわたしのせいにして満足していたのだから」

「そうさせるようなところが、あなたにあったからですよ」静かに、マックスは言った。

エリック・モスはうなずいた。「ああ、そのとおりだ。わたしもたしかに、いくつかの重要な過ちを犯した」彼は目を細くすぼめた。「しかし、それはすべて過去の話だ、マックス。わたしはその過ちをくり返す気はないし、おまえとて同じだろう。重要なのは、おまえがこれからどうするか、という点だ」

マックスは不敵な笑みを浮かべて、父親の肩の二つの銀の星章を指さした。「あなたにとっていちばん重要なのはそれなんじゃないかと、昔から思ってましたがね」

エリック・モスは目を炯々《けいけい》と光らせて、テーブルを拳で叩いた。

「もちろん、そうだとも。個々人の優れた能力があってこそ、物事を変革していく力も生まれるのだ。わたしは常にそう信じてきた。こうした制服などは――」いきなりマックスの上着をつかんでから、また離した。「――その中に価値ある実体が包まれてないかぎり、くその役にも立たん。それぐらいのことがまだわからんのか？」

マックスの目がキラッと光った。

「いや、わかってますよ、モス少将。あなたの庇護《ひご》下にあった十八年間の体験、それに、最近四年間の軍隊生活を経て、大切なのは制服の中身だということは、ぼくもつくづくよくわかりました。残念ながら、ぼくがこれまで目にしてきた制服のほとんどの中身は、それこそ馬のくそ同様の代物でしたがね」

不意に、黒檀の杖がマックスの頭の背後に押し当てられた。彼の顔すれすれに顔を寄せると、エリック・モスはしわがれた声でささやいた。「わたしがわざわざここにやってきたのは、ある傑出した功績をあげた息子に対して、敬意を――そう、遅ればせながら敬意を――表するためだった。その息子自身、傑出した人材だ、とわたしは信頼できる男たちから告げられた」そこで一息つくと、彼は大きく息を吸いこんだ。両眼が緑色の火のように燃えていた。「ところが、その息子の代わりに――そう、四年前に軍隊入りしたという報に接して以来、わたしが初めて誇りに思ったその息子の代わりに――わたしはまったく別のだれかを、いや、なにかを見つけたというわけだ」

マックスの頭から杖を離し、窓のほうを向いて彼はつづけた。「連中から聞かされたとおりの傑出した息子の帰郷なら、わたしは常に両手をひろげて迎えよう。だが、昔に変わらぬ偽悪家の、不平を口にするしか能のない己惚《うぬぼ》れ屋の帰郷など、絶対に歓迎はせん」そこでゆっくりとマックスに向き直ると、大儀そうな声で言った。「わかっただろうな、わたしの言いたいことは」

マックスは全身に虚脱感が広がるのを覚えていた。部屋の中の空気が、いつのまにか冷えきっていた。

「ええ」それだけ言うのがやっとだった。

もう一度マックスの顔を見やってから、彼の父親はテーブルから軍帽と外套《がいとう》をとりあげ、向かい側の戸口に歩みよってふり返った。

二人のあいだの虚空を通して、しばらくじっとこちらを見つめていたと思うと、彼は口をひらいた。マックスの耳を打ったのは、鉛の鋳型《いがた》にはめられたように重い声だった。

「こんなふうに終わるのは残念だ、マックス」

さらになにか言いかけて口をつぐみ、ドアを荒々しくあけると杖にもたれて出ていった。

最後にマックスの目に映ったのは、板のようにピンと張った父の背中だった。

しばらくのあいだ、彼は身じろぎもせずに立ちつくしていた。いったいどうしてこういうことになってしまったのだろう？　五年ぶりの再会だというのに、話しはじめて十分もしないうちに昔どおりのいさかいがむし返されてしまった。

二人はともに変わった。それはマックスも気づいていたし、父親も気づいていた。この五年間にエリック・モスが大きな災厄に見舞われたことは明らかだった。脳溢血《のういっけつ》かなにかの発作の後遺症は、はっきりとその体に現われていた。彼のトレード・マークでもあった精悍《せいかん》な覇気の衰えは、弛緩《しかん》した顔と不自由な脚をもたらした脳の痙攣《けいれん》に劣らぬ深刻な打撃であったに相違ない。

だが、結局二人の対話は昔どおりのパターン、昔どおりの口論で終わってしまった。ドアを軽くノックする音を聞いて、マックスは虚脱状態からさめた。ドアがあいて、オールドリッチが顔をだした。モス少将の姿がないのが意外だったらしく、驚きの色を隠さずに言った。

「時間だぞ、マックス」

マックスはのろのろと立ちあがり、オールドリッチのあとから書斎にもどった。将官たちが一列縦隊で入ってくる。全員が着席すると、陸軍少将が小槌でテーブルを叩いた。

「査問会を再会する。モス軍曹、起立したまえ」

マックスは立ちあがった。妙なことに、彼はこれという感慨も覚えなかった。ただ、自分がなにかの劇を、演ずるのではなく、観客として観ているような気分だった。

無表情に彼の顔を見やってから、少将は口をひらいた。抑制のきいた、明瞭な声だった。

「モス軍曹、きみは一九八二年十一月一日、東ドイツのポツダムに駐在するアメリカ合衆国軍事連絡部スタッフの行動範囲を規定した、合衆国とソ連、両国間の協定条項を意図的に破った――当査問会としては、そう判定せざるを得ない。その結果、きみは両国の友好関係を損ない、当連絡部の全作戦任務の遂行に支障を生じさせかねない危機を招来した」

そこで一息ついた。マックスは頭が空白になるのを覚えた。

「以上の判定に鑑《かんが》み、当査問会は軍法規定に照らして、次の二つの措置のいずれかをとるのが妥当と判断した——すなわち、モス軍曹を任務怠慢の廉《かど》により軍法会議に付すか、あるいは第一五条の罰則を適用するか、である」

マックスの喉《のど》が引きつった。

「当査問会は全員一致で、きみに軍法規定第一五条の罰則を適用することに決定した。マクスウェル・T・モス軍曹、きみはここに正規の懲罰を受けた。よって査問会を終わる」

マックスは啞然《あぜん》として突っ立っていた。少将の打ち下ろす小槌の音が、砲声のように耳に谺《こだま》した。次の瞬間、だれもがいっせいに彼をとり囲み、破顔しながら同時にしゃべりだした。オールドリッチが立ちあがって、笑いながら腕をつかんだ。みんなが祝福の言葉と謝罪の言葉を交互に叫んでいる。マックスの耳にはその断片的な文句しか聞こえなかった。

「……ソ連側はゴリ押しをしても勝ち目はないと覚《さと》っていたんだが、せめて査問会ぐらいはひらいてくれと要求してきおってね……」

「……わかるだろう、単なる形式上の手続きだったのさ。これだけは避けられんのだ……」

マックスはうなずいて微笑を浮かべた。だれかがウイスキーをあけた。部屋には連絡部の他のメンバーたちもなだれこんできて、たちまちタバコの煙と人声が渦巻いた。

父の言ったとおりだった。すべてはロシア人向けのショウにすぎなかったのである。ただそれだけのことだった。第一五条の罰則とは、勤務に遅刻したというような類いの行為に適用される名目的な罰にすぎないのだから。

マーティン大佐がマックスを隅のほうに引っぱっていった。まだ混乱しているマックスの顔を真剣な眼差しで見つめて、彼は言った。

「わかってくれるだろうな、マックス。こいつはどうしても必要だったんだ。これもゲームの一部というわけさ」

ゲーム。マックスは微笑して、うなずいた。彼の背中をポンと叩くと、大佐はみんなのもとにもどっていった。パーティーは早くも盛りあがっていた。グラスを片手に大声で談笑する男たちを、マックスは見守った。頭を押さえつけていた重石《おもし》が一気にとり除かれたような賑《にぎ》やかさだった。彼らが祝っているのは、自分が罰を免れたからではないのだ、とマックスは思った。それは、彼以外のすべての人間にとっては自明の結論だったのである。彼らは勝利を祝っているのだった。

そう、このゲームにおける彼自身の勝利を。マックスはいつしかそのことを考えていた。ウィルスンは目下病院に入っている。ヨハンナ・コッホは厳しい尋問を受けているが、一つの尋問が終わるごとに真の自由に近づいている。マカラック大尉は、アーリントン墓地に埋葬された――〝ジーザス・ボックス〟とは離ればなれになって。〝ジーザス・ボックス″はすでにどこかの秘密研究所に運ばれて、検査を受けているはずだ。マックスはにやっと笑った。それは案外、父の会社の付属研究所だとも考えられる。

だれかがマックスの手にビールのグラスを押しつけて、背中をどやしつけた。マックスは窓ぎわに歩みよった。

本館の玄関の円柱の周囲に、雪の吹きだまりができている。見ているそばから、それはどんどんうずたかくつもっていった。

こんなふうに終わるのは残念だ、と父はさっき言ったな、と、冷えたビールをすすりながらマックスは思った。クリスティーの面影が、頭に浮かんだ。ついで、ギゼラとヨハンナの面影も。

たぶん、父との語らいがきょうのように終わらない日が、いつかはやってくるだろう。部屋のほうに向き直ると、またしてもどっと賑やかな笑い声が湧《わ》き起こった。

そう、いつかは。だが、きょうではなく。

グラスのビールを飲み干すと、マックスは祝宴に加わった。

外では、静かに降りつもる雪を蹴散《けち》らすように、フェアモントの猛々《たけだけ》しいエンジン音が轟《とどろ》いていた。

32

「ここにはだれもいないようです」扉の前に立った、ヴォポの若い警官が将校をふり返った。降りしきる雪に打たれつつ、数メートル離れて立っていた中尉は、顔をしかめて煙突をふり仰いだ。頭上には、煙ひとすじ漂っていない。

「あけてみろ、ヴェクスラー」中尉は命じて、すべての出口を部下が押さえているかどうか、周囲を見まわして確認した。どの窓の前にも、カラシニコフをかまえた警官が口元を引きしめて立っていた。

ヴェクスラーはそっと扉の把手《とって》に手をかけた。簡単にまわった。扉を半ば押しあけて、静まり返ったホールに自動小銃の銃口を向けた。動くものとてなく、ひっそりとしている。彼は将校をふり返った。

中尉はホルスターから拳銃を引き抜き、ヴェクスラーの脇をすり抜けてホールに入った。数歩前進して、立ち止まった。屋内は外に劣らず寒かった。ヴェクスラーと他の二人の部下に、入るよう手真似で合図した。ホールをはさんで、両側に二つ部屋がある。そこを調べてみろと、彼らに手をふって命じた。

「だれもいません」ヴェクスラーが言った。

「こっちにもいません、中尉。もし彼女がこの家にいるんだとすると——」

「いるにきまってるんだ」中尉は言い返した。「ベルリンではそう確信している。つべこべ言わずに、捜せ」

警官たちは肩をすくめて、どかどかと二階にあがっていった。中尉は居間の扉をあけて、中を見まわした。やはりだれもいない。暖炉の火床《ひどこ》は冷たい灰に蔽《おお》われていた。

二階で声がした。「ここもからっぽです」

中尉は居間の扉をしめてホールに向き直り、唇をすぼめて一瞬考えに沈んだ。

「そうだな、城のほうを調べたほうがいいかもしれん。みんなを連れてこい」

ヴェクスラーは敬礼して、外に駆けだしていった。

十五分後、中尉の率いる小隊はファルケンベルク城の庭に散開した。男たちは膝《ひざ》までつもった雪を蹴ちらして動きまわった。中尉は五人の部下を引率し、城の入口のがっしりとした扉の鍵《かぎ》をあけた。入口の周囲には、純白の処女雪がつもっていた。

「この中にいるんだとすると、かなり長時間閉じこもっていることになりますね」靴跡一つない雪の表面をさして、軍曹が言う。中尉は黙って、静まり返った各室を捜すよう手真似で合図した。

彼女が見つかると同時に、冷たい石の壁や階段に響いていた男たちの足音がやんだ。大広間の、傷のついた古風なテーブルの首座の位置に、彼女は坐っていた。すでに息絶えていることを最初の一瞥《いちべつ》で中尉は見抜いた。彼女は白衣の蠟《ろう》人形のように坐っていた。長い銀髪が肩にかかり、女男爵のティアラが額を飾っていた。苦悶《くもん》の表情を刻んだ顔、猛鳥の爪のように椅子の腕を握っている両手。テーブルには、カップが一つ横倒しになっていた。

拳銃を手に、中尉は長いあいだテーブルの端に突っ立っていた。やがてマカロフをホルスターにもどすと、彼は女の表情に魅せられたごとくゆっくりと歩みよった。近づくにつれて彼は、血の気のない女の顔に貼りついている、毒薬のもたらした苦悶の表情の奥に、もう一つ別の、一種形容しがたい表情がかすかに透けて見えることに気づいた。青く濁った目をつぶらせてやる寸前、彼はその表情のなんたるかに気づいた。瞬間、体の芯《しん》まで冷えびえとしたものが沁《し》み通ってくるのを覚えた。

苦悶の色の奥に刻まれていたもの――それは誇らしげな凱歌《がいか》であった。ギゼラ・コッホはとうとう自由の彼岸に到達し得たのである。

エピローグ　一九八三年

ドアのベルがチリンと鳴るのを聞いて、トラファルガー・スクエアの小さな新聞雑誌店の主人は《デイリー・ミラー》から顔をあげた。黄ばんだ唇にタバコのウッドバインを転がしながら、彼は、身を揉《も》むようにして戸口から入ってくる大柄な男を見守った。その客は明らかにアメリカ人だった。気どった羽根などさしてある緑色のアルペン・ハット。雪のロンドンより雨のカリフォーニアのほうが似合いの、膝まで届くハーバー・マスター・レインコート。赤いポリエステルのズボン。そして濡れたハッシュ・パピーという出立《いでた》ちだった。

この男はアメリカ人で、しかも兵隊だな、と店主は思った。肉の厚い陽気そうな顔でひときわ目立つのは、大きな赤鼻と水差しのような耳だった。GI風にカットされた白髪《しらが》まじりの髪の上半分は、帽子に蔽《おお》われている。両の目は用心深そうな光をたたえていた。

グスタフ・ホーナックは、はあっと両手に息を吹きかけた。小さな店内に入っても、やはり寒さは変わらなかった。店主の背後の棚の片隅にある雑誌を、彼は指さした。

「アメリカの《ドッグ・ワールド》だろう、それ。じゃあ、《キャット・ファンシー》は置いてるかい？」

店主は、すでに細めていた目をますます細くすぼめ、まじまじとそのアメリカ人を見てうなずいた。

「ええ、置いてまさ。どっかその辺にありますよ。お客さん、猫の愛好家なんで？」

ホーナックは微笑した。「ああ、猫は大好きだよ」

新聞をたたんだ店主は、いったんカウンターの下にかがみこんでから、ドイツの愛猫家の雑誌を手にして立ちあがった。「じゃあ、こんなのも好きなんじゃないですかい、お客さん？」

ホーナックは、パラパラとページをめくった。

「ああ、いいね、こういうのも」店主に金を払って、雑誌をレインコートのポケットに突っこむ。

手をふりながら戸口からでていった。ウッドバインの煙をすかして十ポンド紙幣を見つめながら、店主はにんまりと笑った。

「幸運を祈ってるぜ、旦那」

ホーナックは、ベントウォーターズの近くの小さな自分の家に着くまで、その雑誌をひらくのを控えた。ロンドンでの午後の残りの時間は、観光客を装ってあちこち見物してすごした。ロンドンから帰る汽車の中で、早く雑誌をあけてみたいという衝動を抑えるのがひと苦労だった。とうとう家に帰り着くと、夜が更けるのを待ってガラス敷きを置いたデスクを前に坐った。

そっと雑誌を繰って、三十四ページをひらく。派手な感嘆符をあしらった、大きな見出しがあった。高倍率の拡大鏡をとりだして、感嘆符の黒丸の部分に目をこらした。明るいデスク・ランプをあちこち動かした末に、とうとう紙の繊維と凝固したインクのあいだに、きらきら輝く微小な点のような金属片がひそんでいるのを見つけた。

すぐ引出しから小型のプラスティック製の箱をとりだす。中にはスポイト、透明な液体入りの小壜《こびん》、ピンセット、それに顕微鏡用のスライドが入っていた。ホーナックはまず微小な金属片の上に透明な液体を一滴たらした。すこし待ってから、スポイトを使って、その液体を金属片ごと吸いあげ、スライドの上に移す。

デスクの上には、切手収集の趣味用に見せかけた顕微鏡が置いてある。そのレンズの下にスライドをのせて焦点を合わせた。しばらくすると、アイピースの下に文章が現われた。思ったとおり、暗号で書かれていた。

それを暗号のまま、デスクのガラス敷きの上にマジックペンで書き移した。

一瞬、じっと眺めてから解読しはじめる。

二十分後、同じガラス敷きの上に、ある文章がマジックペンで書かれていた。ホーナックはそれをゆっくりと読み直した。

ノルウェイで行なわれるアメリカ空軍の冬期演習、〝スノーボール〟作戦の飛行プランを至急入手せよ。A-10のファイルを最優先のこと。

指示内容を吟味しつつ、もう一度読み返してから、彼はガラスに書かれたその文字をきれいにぬぐいとった。

訳者あとがき

夜の闇を衝《つ》いて、東ドイツの凍《い》てついた山道をひた走る一台の車がある。助手席には西側への亡命を望む若い娘。後部シートには瀕死《ひんし》のアメリカ軍兵士。そしてトランクには、A-10地上攻撃機のパイロットが命を張って守り抜いた最新電子兵器〝ジーザス・ボックス〟が積まれている。背後に迫る東ドイツ人民警察のBMWの群れと、ソ連軍諜報部の攻撃ヘリ。果たしてステアリングを握る主人公マックス・モスは、前途に幾重にも張りめぐらされた道路封鎖網を突破して、ポツダムのアメリカ軍事連絡部の本部まで無事たどりつけるだろうか――。

〝手に汗握る〟というと、いかにも陳腐な表現だが、本書に限ってはさほどオーヴァーな形容ではあるまい。ちょうど一年前のある日、伊豆半島南端の浜辺に駐めた車の中で初めて本書を読んださい甦ってきたのも、冒険、という二文字を見ただけでわけもなく胸をときめかせた、あの遙《はる》かな日の懐かしい記憶だった。

冒険小説としてみた場合、本書がなにより異彩を放っているのは、東ドイツのポツダムに駐在するアメリカ軍事連絡部、なかんずく、その〈奪還チーム〉にスポットを当てた点ではあるまいか。アメリカ四軍から選抜された優秀なドライヴァーたちが、五〇〇馬力という怪物マシーンを操って、東ドイツを舞台に、日夜ソ連軍や東ドイツ人民警察の高速車を相手に熾烈《しれつ》なカー・チェイスを繰り広げている——主人公のマックスならずとも、目を瞠《みは》るような設定だが、それが果たしてどの程度事実に近いのか、いまは確認する手段を持たない。もっとも本書の場合、その点にこだわるのは野暮というものだろう。著者の覚書どおり、もし一定の事実に基づいているのなら、そこに着目した著者の炯眼《けいがん》を讃《ほ》めればいいのだし、もし完全なフィクションであるなら、その発想の妙に感心すれば足りる。とにかく、〈奪還チーム〉という異色の存在にスポットを当てたからこそ、車による敵中横断という、冒険小説ならではのスリリングなシチュエーションに、いっそうのリアリティーと生彩が加わったのだから。

前半のクライマックスとも言えるA-10Fとミグ25〝フォックスバット〟との空中戦シーンもさることながら、やはり本書の白眉《はくび》は後半に入ってからのカー・チェイスだろう。マックスに襲いかかる数々のピンチ、それを次々に突破していくシーンには、車という乗物ならではの機能、そのもろもろの属性を知り尽くしたうえでの工夫が随所に生かされている。その奥に、車に対する愛情が仄見《ほのみ》えている点も、好もしい。車という単純にして複雑な〝キャラクター〟の持ち味を存分に生かすためには、車に関するそれ相応のセンスが作者になくてはならない。本書を最初に読んで感心したことの一つも、実はその点であった。〈奪還チーム〉がアメリカ軍の一機関であるという性格を考えれば、フォード・フェアモントという一見何の変哲もない車の起用はそれなりにうなずけるが、いかにも散文的なその車をこれほど生き生きとした副主人公に仕立てあげた手腕は並みのものではない。著者はいったいどういう人物なのだろう、と興味を誘われたが、その経歴を知って納得がいった。

スティーヴン・L・トンプスンは、かつて五年ほど数々の国際レースで活躍したことのある元レーシング・ドライヴァーなのだ。しかも現役引退後は、自動車専門誌《オートウィーク》のレース担当記者として健筆をふるい、その後も《ロード・テスト》、《カー・アンド・ドライヴァー》等英米の一流自動車誌の編集者を歴任して、現在に至っているという。いわば〝車のプロ〟なのである。本書は、彼の作家としてのデビュー作にあたるわけだが、数あるジャンルの中から、自己の持てる力を存分に生かし得る本書のような分野を選んだのは、賢明なことだったと言えよう。

主人公といえば、マックス・モスというヒーローのキャラクターを造型するにあたって、いわゆるスーパーヒーロー・タイプの人間ではなく、強大な父に対するコンプレックスからいまだに抜けきれず、自己の存在の拠《よ》り処《どころ》を見出しかねている生身の人間として描いている点にも好感が持てる。マックスにとって、苦難にめげずに敵中を突破していく過程は、そのまま自己との闘いの過程であり、いっさいの自己弁護を捨て去って一人前の男になるためのイニシエーションでもあるのだ。それを白熱のカー・アクションと重ね合わせて描き切ったあたり、単なる〝車のプロ〟のレヴェルを越えた、エンターテイメント作家としての素質を認めてもいいように思う。

深夜、往き交う車もない山道を走りながら、ヘッドライトに浮かびあがるコーナーを読みつつギア・シフトを繰り返す喜びにようやく倦《う》んだときなど、頭がいっとき空白になることがある。そんなときこれまでは、あのライアルの『深夜プラス1』の主人公の面影や、田中光二氏の『白熱』中の名場面などがふと甦ってきたりしたものだが、これからはそれに加えて、Ｍｉ－24に追われながら必死の逃走をつづけるマックス・モスの姿も浮かんできそうだ。そうした諸作と並ぶアドヴェンチャー・スピリットにあふれた冒険小説に、いずれまためぐり会えればいいのだが――。

（一九八二年六月）

〔補足〕

スティーヴン・L・トンプスンは、一九四八年にアメリカのテキサス州で生まれた。一九六七年、カリフォーニア大学バークリー校在学中にモーターバイクのレースに初めて参加、以来、モーターバイクと車に対する情熱と愛着を持ちつづけている。父親がアメリカ空軍のパイロットだったため、空への憧れも強く、大学在学中に選抜徴兵されることになった際は空軍を選んでいる。二年後に除隊すると、自動車ジャーナリズムを進路に定め、《オートウィーク》、《カー・アンド・ドライヴァー》等著名な自動車専門誌の編集に携わるようになった。それと平行して、モーターバイクのレースとして国際的に有名な〝マン島TTレース〟に参戦する等、個人的にもスピードへの挑戦をつづけてきた。そういう背景の中から生まれたのが本書にはじまる〝マックス・モス・シリーズ〟四部作であり、ウォルター・J・ボインとの共著『ワイルド・ブルー』である。

現在は《テクノロジー・アンド・カルチャー》誌の顧問エディターをつとめるかたわら、主として〝人間と機械〟の関わりをメイン・テーマとした研究・著作にいそしんでいる。昨年（二〇〇八年）刊行したノン・フィクションの新著 *Bodies in Motion* では、モーターバイク・ライディングの魅力を遺伝子学的、運動力学的見地から探って話題を呼んだ。人間はなぜモーターバイクで疾駆すると快感を覚えるのか、その命題に新たな光を投げかけた労作と言えよう。今後は自動車と並んで造詣《ぞうけい》の深い歴史学の素養を生かした著作も視野に入っているようである。

（二〇〇九年八月、訳者記）

解説

文芸評論家
関口苑生

奇想天外な舞台設定は冒険小説の常であるが、本書『A−10奪還チーム 出動せよ』を最初に読んだとき、これはまたとんでもない話を考え出したものだなと、まずその設定に驚き、感心したことを覚えている。

第二次大戦後、米ソの間で秘密協定が結ばれ、アメリカ軍、ソ連軍双方がそれぞれ相手の支配地区内に軍事連絡部を設置することになったというのである。要するにアメリカは東ドイツ国内に、ソ連は西ドイツ国内に自分たちの〝部隊〟を堂々と置いて、自由に動きまわっていたというのだ。いやはや、これは凄いと思った。

いくら冒頭の著者覚え書に「ストーリーの根幹をなす設定のいくつかは、つい最近まで機密扱いにされていた多くの事実に基づいている」と記されているにせよ、こちらとしてみればその覚え書までもが作者の創作ではないかと思い込んでしまったのである。つまりはそれぐらい常識で考えると荒唐無稽《こうとうむけい》な設定だったのだ。

本書が発表されたのは一九八〇年（邦訳刊行は八二年）。世界はまだ冷戦構造の真っ只中にあった。いやむしろこの時代は一触即発の危機を迎えていた時期であったかもしれない。というのは、一九七九年、ソビエト軍がアフガニスタンに侵攻し、東西の緊張関係が一挙に高まっていたからだ。

そもそも〝冷戦〟とは、第二次大戦後のソ連を盟主とする共産主義陣営の〝東〟側と、米・英・仏による資本主義陣営の〝西〟側との対峙《たいじ》、対立構造を言う。主たる舞台となったのは疲弊《ひへい》しきったヨーロッパだ。戦争が終結してから経済的にも社会的にもどん底の状態が続き、混乱の極致にあったヨーロッパにおいて、東西それぞれの陣営が、自分たちの政治経済体制のモデルを他の諸国も導入すべきだと提示し、相互に競争を始めたのである。当然、競争はやがて軋轢《あつれき》と緊張を生む。

アメリカは「ヨーロッパ諸国が経済復興の具体的計画と受け入れ態勢を作るならば、アメリカはそれを援助する用意がある」とするヨーロッパ復興計画（マーシャル・プラン）をぶち上げれば、ソ連もまた東ヨーロッパ復興計画を打ち出し、ついでソ連・東欧の共産党に加えてイタリアとフランスの共産党がそれに同調し、新たな活動機構としてのコミンフォルムを結成。両陣営は完全に対立し、新たなる緊張関係が生まれた。これが世に言う〝冷たい戦争〟の始まりである。わけても東西に分割されたドイツと首都ベルリンは（正確には米・英・仏・ソによる四分割だが）、冷戦の最前線となった。

一九四八年、ソ連が西ベルリンに繋《つな》がる鉄道、道路など陸上・水上すべての交通路を完全に封鎖してしまうという暴挙に出たベルリン封鎖などは、冷戦下における象徴的な事件だろう。これに対抗して西側諸国は、陸の孤島と化した西ベルリンへ、動員できるかぎりの航空機で大量の物資を運ぶ大空輸作戦を展開、封鎖そのものをなしくずしにした。そうした緊張を孕《はら》みながらも、一九四九年、西ドイツはドイツ連邦共和国として、東ドイツはドイツ民主共和国として正式に独立する。しかしその後も軋轢は続き、一九六一年には西ベルリン全体を囲む形で鉄条網が張りめぐらされ、後に壁が築かれる。それから壁の崩壊までの長い長い時間、東西ドイツは常に冷戦の矢面に立たされていたと言ってよい。そのことは下手《へた》に何があった、かにがあったという具体的な出来事、事件をあげつらうよりも、この地を舞台にした小説やドキュメントの多さと深刻さを思えば一目瞭然だろう。特にスパイ小説となると、いったいどれほどの数になることか。

しかしながら、これらの書物の中でも軍事連絡部なる組織のことは一切伝えられていない。それだけ厚い秘密のベールに包まれていたということにもなるが、まずは誰の頭にもそんなものがあったなどとは考えつかなかったというほうが正解だろう。そのぐらい冷戦はシビアな構造であった。

しかし現実には、本書の中でブラウン大尉がモスに説明していた通りに、著者覚え書の内容はそのまま事実であったのだ。一九四七年、アメリカのC・R・ヒューブナー中将と、ソ連のマリーニン少将との間で交わされた〝ヒューブナー＝マリーニン協定〟がそれだ（フランス、イギリスとも調印）。だがこの協定に基づいて設置された軍事連絡部は、やがて時が経ち冷戦が激化し始めると当初の目的から次第にはずれ、情報機関としての役割をはたすようになる。

米ソはともに——アメリカ側は東ドイツ領内でワルシャワ条約機構軍の情報をかき集め、ソビエト側は西ドイツ領内を走りまわってNATO軍の動向を探っていくという諜報活動に専念する。そこで彼らの最大の武器となったのが〝足〟となる車であった。だがそこには、当然のことながら冷戦下における激烈な〝見えない戦争〟があった。彼らの任務は、常に死と隣り合わせにあり、闇の彼方に消えていった事件は無数にあったと思われる。

たとえば一九八五年三月二十四日、その中のひとつの事件——アメリカ軍将校が東ドイツ国内で射殺されるという事件が明るみに出て、東ドイツのポツダムにアメリカ軍の軍事連絡部が存在すること、さらには軍事連絡部に所属するパトロール班が、常時東ドイツ領内をパトロールしていること等々が証明されたのだった。

事実は小説よりも奇なり……とはよく言われるが、本書はそうした事実に裏打ちされていることで物語に厚みを加え、同時に圧倒的な筆力で臨場感と迫力を醸《かも》し出している。そのことは、一にも二にも本書におけるもう一方の主役であるモンスター・マシンたちの描写に表われている。もっともわたしは今にいたるまでただの一度も運転免許証を取得したことがないので、どれほど凄いのかは実のところよくわかっていない。しかし超高度にチューンナップされたフォード・フェアモントは、５０００ccV8エンジン、ターボチャージャーを装着し、最高出力は五〇〇馬力、最高速度は時速二七〇キロに達すると書かれてあるだけでもう、何だか物凄い車だとわくわくさせられるのは確かだ。しかも慣性航法装置、今で言うナビゲーション付きときてる（こういう小道具に弱いのだ）。このモンスター・マシンが、同じように改良されているであろう、敵方のメルセデス・ベンツやＢＭＷと凄絶なカーチェイスをやらかすのである。それどころか対戦車攻撃ヘリ、ハインドとの対決まで用意されてある。

しかも、だ。なぜそんな羽目になってしまったのかの原因がまた、冒険小説ファンの心を揺さぶるものとなっているのが嬉しい。カーチェイスの前にまず、これまた壮絶なドッグファイトが展開されるのだった。

こちらの主役はＡ-10〝サンダーボルトII〟とミグ25〝フォックスバット〟である。Ａ-10機はベトナム戦争の教訓——対空機関砲によって撃墜された航空機があまりにも多かったのを教訓に開発された、近接航空支援に特化した攻撃機だ。超低空をゆっくり飛べるよう作られ、敵の戦車を破壊し、橋梁《きょうりょう》を粉砕し、歩兵部隊を殲滅《せんめつ》するのが任務で空飛ぶ砲兵隊とも呼ばれるが、かなり奇抜な格好をしており、そこでついた別名がウォートホッグ（イボイノシシ）。が、ここでの真打ちはA‐10機の改良型A‐10F。全天候型攻撃機にして、脳波誘導装置〝ジーザス・ボックス〟が搭載された極秘の新型機である。この装置を使うとパイロットは攻撃と防御機能を思考によってコントロールできるだけでなく、機の内外の状況を〝ジーザス・ボックス〟から直接伝えられる情報によって、何ら意識することなく感じることができる。まさにパイロットと機体が一心同体となってしまうのだ。このA‐10F一機がミグ25とおよそ信じ難い（！）空中戦のすえ、東ドイツ側に追い込まれて不時着する。

そこで〈奪還チーム〉の出番となるわけなのだが、ここから先はまさにノンストップ、全速全開で物語はぶっ飛んでいく。

絶望的な状況下で、何度となく危機に陥りながら、不屈の意志を持って任務をやり遂げる。ここには最近ではあまり見られなくなった、冒険小説におけるお手本ともいえる主人公像が描かれている。そう、われわれは、こういう小説を読んで手に汗を握り、血を滾《たぎ》らせ、胸を熱くしてきたのだった。

マックス・モスのシリーズはその後『サムソン奪還指令』『鉄血作戦を阻止せよ』『上空からの脅迫』と本書を含めて四作が邦訳された。またトンプスンの邦訳作品にはもう一作、ウォルター・J・ボインとの共著『ワイルド・ブルー』（ハヤカワ文庫）がある。こちらはアメリカ空軍物語とも呼べそうな、堂々たるサーガ・ドラマだった。

パトロール・チームは冷戦の終了とともに幕を閉じたと思われる。東西ドイツが統一されたのち、もしかすると何人かの冒険小説ファンは、ナビゲーション・システムを利用してこの地を訪れているかもしれない。車好きな人は本部へと向かう最後のT字路を前にして、モスはここを駆け抜けたのかと感慨にふけったに違いない。

いい小説を読むといつも思う。小説の中の登場人物は永遠に生き続ける、と。どのページを開いても、必死に生き抜いた彼らの熱い息吹と、決してくじけない魂の強さを感じることができるからだ。

冒険小説っていいなあ、と心の底から感じる一瞬だ。

（二〇〇九年八月）

本書は、一九八二年七月に新潮文庫より刊行された作品の新装版です。

訳者略歴　1941年生，雑誌編集者を経て翻訳家に。訳書『スティーム・ピッグ』マクルーア（早川書房刊），『グリッツ』レナード，『ハンニバル』ハリス，『日はまた昇る』ヘミングウェイ他多数

HM=Hayakawa Mystery
SF=Science Fiction
JA=Japanese Author
NV=Novel
NF=Nonfiction
FT=Fantasy

A-10《テン》奪還《だつかん》チーム 出動《しゆつどう》せよ

〈NV1202〉

二〇〇九年九月　十　日　印刷
二〇〇九年九月十五日　発行
（定価はカバーに表示してあります）

著者　スティーヴン・L・トンプスン
訳者　高《たか》見《み》　浩《ひろし》
発行者　早川　浩
発行所　株式会社　早川書房
郵便番号　一〇一 - 〇〇四六
東京都千代田区神田多町二ノ二
電話　〇三 - 三二五二 - 三一一一（大代表）
振替　〇〇一六〇 - 三 - 四七七九九
http://www.hayakawa-online.co.jp

印刷・中央精版印刷株式会社　製本・株式会社川島製本所
Printed and bound in Japan
ISBN978-4-15-041202-9 C0197

＊本書は活字が大きく読みやすい〈トールサイズ〉です